W9-DEU-997

MAR 20

Corazón de espino

Corazón de espino

Bree Barton

Traducción de
Marta Armengol Royo

Rocaeditorial

Título original: *Heart of Thorns*

© 2018, HarperCollins

Primera edición: octubre de 2019

© de la traducción: 2019, Marta Armengol Royo
© de esta edición: 2019, Roca Editorial de Libros, S. L.
Av. Marquès de l'Argentera 17, pral.
08003 Barcelona
actualidad@rocaeditorial.com
www.rocalibros.com

Impreso por LIBERDÚPLEX, S. L. U.
Sant Llorenç d'Hortons (Barcelona)

ISBN: 978-84-17305-81-9
Depósito legal: B. 19192-2019
Código IBIC: YFB

RE05819

Para Carli Christina Cat, la BA original

LOS CUATRO

Norte

Pembuk
EL REINO DEL CRISTAL

El puente

Golfo de Luumia

Luumia
EL REINO DE LA NIEVE

REINOS

El mar Opalino

o Ratha

picos del norte

Kaer Killian

Villa Killian

Ilwysion

Foravis Swyn

Refui

Cuevas de hielo

Las minas de sal roja

Estrecha del Hombre Muerto

Cuevas de hielo

La Laguna Blanca

Pozos de fuego y hielo

Fojo Karação
EL REINO DEL FUEGO

Glas Ddir
EL REINO DEL RÍO

El mar Salado

Un mapa antiguo del mundo
tiene forma de corazón, una silueta pulcra
antaño pintada de vivos colores,
aunque los colores se han desvanecido
como se desvanecen los sentimientos
de un corazón viejo y frágil, el mapa
apergaminado de una vida. Pero los sentimientos son indelebles
y el anhelo, infinito, una brújula estrellada
que señala todas las direcciones
que se abren ante dos amantes, una brisa fresca
en sus velas, el futuro ignoto
aún lejos del borde
donde el mar se derrama sobre las estrellas.

Un Mapa del Mundo, TED KOOSER

* * *

Fidacteu zeu biqhotz, limarya eu naj.
[Confía en tu corazón, aunque te mate.]

Prólogo

Érase una vez, en un castillo excavado en piedra, una chica que planeaba un asesinato.

PRIMERA PARTE

Carne

1

Senos de porcelana

La víspera de su boda con el príncipe, Mia Rose hubiera debido estar sentada ante su tocador de madera de cerezo ahuecándose los rizos rojizos y ciñéndose un corsé de ballenas. Hubiera debido estar enredando con la cola de su vestido, hecha con seda de mar, que se desplegaba tras de ella como un manto de nieve sobre un bulevar.

Pero Mia no hacía nada de eso.

Daba vueltas por sus aposentos nupciales con un zurrón lleno de sangre de jabalí bien agarrado con los dedos. Llevaba semanas realizando una investigación meticulosa, hurtando pedazos de carne de las cocinas del castillo —de pato, de ganso, de ciervo— y el jabalí había salido vencedor. La sangre se secaría y parecería humana: una mancha marrón envejecida.

Había sustraído uno de los vestidos de su hermana para poder hacerlo trizas junto con su vestido de novia y convertirlos en un amasijo de cintas ensangrentadas que dejaría atrás para que lo encontraran. Era un plan sencillo. Montaría el decorado en los subterráneos del castillo para dar pie a una conclusión ineludible: Mia, la prometida del príncipe, había sido víctima de un brutal ataque, secuestrada y seguramente asesinada, junto con su hermana menor, Angelyne. Las pobres hermanitas Rose, que estaban en la flor de la vida.

Y mientras los guardias del rey ponían el castillo del

revés buscando al cruel asesino, Mia guiaría a Angie hasta la libertad.

Tenía que admitir que no era un plan muy brillante. El problema era que no tenía otro. Y, además, había un obstáculo bastante importante:

No se lo había contado a su hermana.

—¿Mia? ¿Te falta mucho?

Angelyne entró en la habitación de Mia con un susurro de sus escarpines de satén.

—Venía a ver si necesitabas… —se interrumpió—. ¿A qué viene esa cuerda?

Mia se había pasado una gruesa soga por las trabillas del pantalón para descender a las entrañas subterráneas del castillo. Abrió la boca para explicárselo, pero no consiguió articular palabra: un dolor de cabeza empezaba a hacerle cosquillas en las sienes.

Angie frunció el ceño.

—¿Eres consciente de que el banquete final está a punto de empezar?

—Lo soy.

—Y no te has puesto el vestido ni los guantes.

—Cierto.

—Y parece que se te ha muerto un caniche en el pelo.

—Siempre me han gustado los caniches.

—¿Eso es sangre? —Angelyne le quitó el zurrón de cuero a su hermana, lo olisqueó e hizo una mueca—. Me da igual lo que estuvieras a punto de hacer; te diré lo que vas a hacer ahora. —Señaló el tocador de cerezo y apartó un montón de libros y una vela a medio consumir para hacer sitio—. Siéntate. Voy a peinarte.

Mia se dejó caer en la silla con irritación. El dolor de cabeza había pasado a darle zarpazos en el cráneo. ¿Por qué era incapaz de contarle el plan a su hermana? No podía decirse que no fuera una cuestión de vida o muerte: un mes antes, su padre, Griffin, prometió al rey una novia para su hijo. Con diecisiete años, Mia era la opción más evidente. Pero, con quince, Angie no le iba a la zaga.

Mia había intentado por todos los medios que su padre cambiara de idea. Las jóvenes del Reino del Río raras veces tenían voz en la elección de marido, pero Mia supuso, ingenuamente, que con ella sería distinto. Bajo la tutela de su padre, llevaba tres años preparándose para ser cazadora. Parecía impensable que fuera a venderla al mejor postor. Pero, por más que suplicó, su padre no cedió.

La había condenado a cadena perpetua, destruyendo cualquier posibilidad de encontrar el amor o la felicidad. Su propio padre, que conocía mejor que nadie el poder del amor. Afortunadamente, Mia no tenía la menor intención de casarse con el príncipe Quin ni de compartir su lecho. Tenía trabajo por delante: una hermana que salvar... y una Gwyrach asesina que encontrar.

—¿Angie? Tengo que...

—¿Estarte quieta? Tienes toda la razón.

La joven rebuscó en su cesta de horquillas y otros objetos alarmantemente afilados. Su presencia en el castillo era culpa de Mia. Cuando la reina intentó endosarle una dama de compañía que la ayudara con los vestidos, las joyas y los afeites, Mia se puso tan nerviosa (¿para qué necesitaba que nadie le hiciera compañía?) que solicitó que trajeran a Angie a Kaer Killian, el castillo real, durante el mes que duraría el compromiso.

Se arrepentía casi a diario. El castillo y sus corrientes de aire no habían hecho más que exacerbar la diversidad de dolencias misteriosas de su hermana. El Kaer era una ciudadela antigua excavada en una montaña de hielo y roca helada donde hacía un frío miserable. Por no hablar de que Angie había llamado la atención del joven duque, cosa bastante inquietante. Su hermana era grácil y esbelta, con una cara pálida en forma de corazón, labios de pétalo de rosa y el cabello ondulado del color de las fresas veraniegas madurando en la mata.

—Mia Rose —murmuró Angie—, princesa del caos, destructora de cosas bonitas.

Angie tosió violentamente un instante, pero recuperó la

compostura. Pasó el peine de hueso por los enredos de Mia con tanta fuerza que la hizo gritar.

—Angelyne Rose, señora del dolor, usuaria de instrumentos de tortura. —Mia se frotó las sienes—. La cabeza ya me dolía horrores antes de que empezaras con este tormento. No sé por qué de repente he empezado a tener estos dolores tan atroces.

Angie se detuvo.

—¿Dónde te duele?

—Aquí. —Se señaló la nuca—. Y aquí. —Se pellizcó el puente de la nariz—. En el esfenoides. Es como si me ardiera el cerebelo.

—En humano, por favor. No todos hablamos anatomía.

—Hasta la mandíbula me palpita. —Mia se masajeó el mentón.

—Será que tienes dolor de muelas.

—De dientes. De todos los dientes.

—¿Cómo van a dolerte todos los dientes a la vez? —Su hermana reprimió otro ataque de tos—. Espera. Mira lo que tengo.

Angie sacó una lata abollada de ungüento de menta de su cesto. Intentó desenroscar la tapa, pero la manipulaba con torpeza. Las dos se quedaron mirando sus manos enguantadas. El astracán era de un suave color rosa.

—No pasa nada —dijo Mia—. Puedes quitártelos. No se lo diré a Padre.

Despacio, con cuidado, Angie aflojó la piel del meñique, luego del anular, luego del índice. Se quitó el guante y lo dejó pulcramente sobre el tocador. Su piel era suave y sonrosada, muy diferente a la tez de alabastro llena de pecas cobrizas de Mia.

—Imagínate —dijo Angie en voz baja—. Después de mañana ya no tendrás que volver a llevarlos.

Qué fácil era olvidar.

A excepción de los miembros de la familia real, todas las chicas estaban obligadas a llevar guantes como precaución. Cualquier mujer podría ser una Gwyrach. Por lo tanto, cual-

CORAZÓN DE ESPINO

quier mujer era una amenaza. Las Gwyrach eran mujeres que, a través del mero contacto, podían manipular la carne, el hueso y la sangre de sus víctimas, incluso el aire que respiraban.

«No son mujeres —se dijo Mia—. Son demonios.» Medio dioses, medio humanas; la ira y el poder de un dios mezclado con los celos mundanos y el rencor de los humanos. Las Gwyrach podían partir huesos y helar el aliento. Podían dejar brazos y piernas sin oxígeno, henchir un corazón de deseo falso, hacer hervir la sangre y poner la piel de gallina. Hasta podían detener un corazón. Qué forma más fácil de matar: bastaba con poner la mano sobre el pecho de la víctima y su vida se apagaba para siempre. Mia lo había visto con sus propios ojos.

Una Gwyrach destruyó sus vidas y Mia iba a a encontrarla. «Corazón por corazón, vida por vida.» Pero, primero, ella y Angelyne tenían que escapar.

A través del espejo vio cómo el rostro de su hermana se ensombrecía. Fue solo un instante. Angie frotó el ungüento de menta en la mandíbula de Mia y volvió a ponerse el guante enseguida. Tenía las muñecas tan finas que a Mia se le encogía el corazón. Como un pajarito. Su madre siempre decía que Angie era su pequeño cisne, y con razón.

Antes de que Mia pudiera reaccionar, su hermana le había quitado la túnica de lino y le estaba ajustando el corsé de ballenas.

—¡Por los cuatro infiernos, Angie!

—¿Qué pasa? ¡Pareces una princesa! —Contempló con admiración el reflejo de Mia—. ¿Sabes si los aposentos del príncipe estarán iluminados con velas? La luz de las velas realza maravillosamente tu estructura ósea. Tu clavícula proyecta unas sombras preciosas...

—Dudo que vaya a fijarse en mi clavícula —dijo Mia con hosquedad. Entre lo que el corsé empujaba hacia arriba y lo abajo que terminaba el escote de su vestido, nunca había tenido la piel tan a la vista.

—Tienes la figura de mamá —suspiró Angie—. Lo que daría yo por tener esos senos de porcelana.

Mia y su hermana se miraron a los ojos en el reflejo del espejo y, a pesar de todo —o tal vez por culpa de todo—, se echaron a reír. Siempre estaban igual: podían estar peleándose y pasar, en un momento, a retorcerse de risa.

—Veo que has estado leyendo tus noveluchas horrorosas.

—Qué poca fe tienes en el destino. ¡Querer enamorarse no tiene nada de malo! Sentir algo inmenso, encontrar un compañero apuesto en el baile del destino...

—Igual que Madre y Padre.

Angie se tocó el colgante de piedra lunar que llevaba atado al cuello. Había sido de su madre.

—Sí —respondió con un susurro—. Igual que ellos.

Estaban perdiendo un tiempo precioso. Era ahora o nunca.

—Necesito que me escuches, Angie. Tengo que contarte algo importante.

—¿Ah, sí?

Su hermana escogió una horquilla de pelo muy larga y la sumergió en una vela candente. Entonces tomó un mechón del cabello rojo oscuro de Mia y lo enrolló alrededor de la horquilla, caliente y cubierta de cera. Al soltarlo, el mechón dibujó un tirabuzón perfecto. A la luz de la antorcha, Mia no pudo evitar pensar que sus rizos relucían con el color de la sangre fresca.

—Angelyne. —Su voz era perturbadoramente queda—. Nos vamos de aquí. Tú y yo. Ya lo he preparado todo, no tienes que hacer nada más que confiar en mí.

Despacio, Angie dejó la horquilla sobre la cómoda. Sus ojos azules destellaban en el espejo.

—Sé lo que planeas, Mia. He visto los mapas, las bolsas que has preparado. Sé que vas a escaparte. Y yo no voy a ir.

Mia se quedó estupefacta.

—No... No pienso dejarte aquí.

—¿Y si yo quiero quedarme? ¿Lo has pensado? A lo mejor esta vida que tanto insistes en detestar, vivir en un castillo casada con un príncipe, no está tan mal.

—¿Estar atrapada para siempre en esta tumba de hielo? —Alargó la mano y la puso sobre la frente de su hermana—. ¿Tienes fiebre? La fiebre te roba la cordura.

Angie se zafó.

—¡Aquí la que está cuerda soy yo! Me tratas como si fuera una víctima. La pobre Angie, tan enferma, que necesita que alguien la salve. Pues no necesito que me salven. Vete. Huye del castillo. Escápate a correr aventuras.

—¿Aventuras? Hablas como si quisiera irme de vacaciones. Sabes que tengo que encontrarla, Angie. Si Padre no lo hace, lo haré yo. «Corazón por corazón, vida por vida.»

—Sí, ya. Los cazadores creéis que estáis haciendo justicia, pero, en realidad, no hacéis más que echar más leña al fuego. Más muertos. Más pérdidas.

La conversación se estaba desviando muy rápido y Mia no sabía cómo encauzarla.

—¿Por qué ibas a querer casarte sin amor? ¿Qué pasa con lo de «el baile del destino»? Piensa en cómo Madre miraba a Padre…

—Intento no pensar en ella —le espetó Angie—. Aunque tú no paras de recordármela.

—¿Es eso lo que quieres de verdad? ¿Atarte con un voto sagrado a un chico que no te ama? ¿Y todo para poder pasearte por el castillo con vestidos bonitos?

—¡No tienes ningún derecho a decirme lo que quiero!

Angelyne palideció. Se tambaleó y se apoyó en uno de los pilares de la cama, presa de un ataque de tos que sacudía su cuerpo liviano. Mia se le acercó al instante.

—¿Otra vez mareos?

—No sé por qué me pasan. Me encuentro perfectamente y, de repente, todo se vuelve blanco.

—Tal vez deberías tumbarte.

—Tal vez. —Mia la ayudó a encaramarse a la cama con dosel y ahuecó las almohadas de color escarlata para ponérselas bajo la cabeza. Observó cómo el pecho de su hermana se inflaba y desinflaba como un delicado farolillo de papel. Sentía un remolino de culpa en la barriga.

23

Mia tampoco se encontraba muy bien. Se sentía presa de un calor inexplicable, tan abrasador como si se hubiera acercado a una hoguera y las llamas hubieran lamido su piel pecosa. El sudor empezaba a humedecerle las axilas, a acumularse en la parte baja de su espalda. Era la razón 612 por la que no sería muy buena princesa: las princesas no manchaban sus elegantes vestidos de seda con ronchas de sudor.

Angie sonreía con tristeza.

—Mírame. No estoy ni para pelearme como es debido. Verdaderamente, soy como una de las protagonistas de mis novelas. —Cogió la mano de Mia, que sintió el calor intenso de su piel—. Vete, Mia. Si quieres huir, huye. Yo no seré más que un estorbo.

A Mia se le hizo un nudo en el estómago. Su hermana no podía estar ni cinco minutos sin caer presa de una de sus inexplicables aflicciones: fiebres, ataques de tos, mareos, monstruosos dolores de cabeza. A veces, Angie caía de bruces porque los pies habían dejado de responderle y se le dormían los dedos. Mia había rebuscado en todos sus libros de fisiología, leído hasta la extenuación todos los tomos sobre enfermedades e infecciones. Nunca sacó nada en claro.

Sentía la respiración entrecortada. Para escapar, debían recorrer sin ser descubiertas un laberinto infinito de túneles, salir del castillo, atravesar el pueblo sin que nadie las viera, hacerse con una embarcación y navegar hacia el este por el río Natha hasta Fojo Karaçaõ. Fojo era el lugar en el que su madre se enamoró y donde se ganó varios enemigos. El viaje les llevaría varios días. O semanas.

Angie nunca lo conseguiría. Muy en el fondo, Mia sospechaba haberlo sabido desde el principio.

La verdad echó raíces en su mente con una certeza nauseabunda.

Nunca encontraría a la Gwyrach asesina.

Nunca saldría del castillo.

Tendría que casarse con el príncipe.

Mia hizo un esfuerzo heroico por ocultar su desesperación. Si no podía salvar a su hermana, al menos podía hacerla sonreír.

—Me temo que no te librarás de mí tan fácilmente. Aunque preferirías que yo fuera un chico apuesto que admirara tus senos de porcelana.

Oyó pasos en el corredor del castillo. Dos golpes secos en la puerta resonaron en sus aposentos.

—¿Lady Mia? —Era el príncipe, con su voz fría como el hielo—. Traigo noticias.

2

Instrumentos de guerra

*E*l príncipe Quin esperaba en el dintel de brazos cruzados. Guardaba un parecido extraordinario con el dibujo anatómico favorito de Mia, con su cuerpo largo y esbelto y su cara perfectamente simétrica. Aunque no es que Mia se fijara mucho en esas cosas.

—Podéis llamarme Mia. Ya os he dicho mil veces que lo de «lady» no hace falta.

—Hasta que seáis mi princesa, seréis mi dama —dijo él en su tono engolado de siempre. Al ver los brazos desnudos de Mia, hizo una mueca temerosa.

—Mis disculpas, alteza. —Solo le faltaba que el príncipe la denunciara—. Estaba llevando a cabo mis abluciones —mintió.

Recogió sus guantes de un gris aterciopelado de la cómoda y se los puso. La mayoría de las muchachas del Reino del Río llevaban guantes de piel basta de ternero o ciervo, pero Mia y Angelyne disponían del astracán más fino. Ser hijas de un asesino a sueldo tenía sus ventajas. Especialmente cuando ese asesino lideraba el Círculo de la Caza, el clan real de cazadores de Gwyrachs.

Quin carraspeó.

—He venido a contaros que el banquete se ha pospuesto.

—¿Ah, sí? ¿Y a qué se debe este trágico suceso?

—A algo relacionado con un pato chamuscado. Nos reuniremos dentro de una hora.

Mia se preguntaba por qué Quin no había despachado a una de sus muchas sirvientas a transmitirle la noticia. El Kaer estaba a rebosar de ellas, todas doncellas, todas jóvenes. ¿Acaso querría algo más?

Inclinados el uno hacia la otra a ambos lados del dintel, evitaban cuidadosamente mirarse a los ojos. Él empezó a juguetear con uno de los botones de oro del puño de su chaqueta verde perfectamente cortada a medida. Quin iba vestido con los colores del Clan Killian: esmeralda marina y dorado reluciente.

Él volvió a carraspear.

—Confío en que seréis puntual.

—Por supuesto.

—No como anoche.

—Anoche fue una anomalía.

—Y la noche anterior.

Así que a eso había venido: a burlarse de ella. Lanzó una mirada fulminante a sus relucientes ojos verdes, enmarcados por unos pómulos cincelados y un puñado de pecas que salpicaban su piel dorada. Su melena rubia, perpetuamente revuelta, se le rizaba sobre las orejas. Sí, Quin era guapísimo. Y también frío y arrogante y del todo incognoscible. Por encima de todo, Mia quería conocer y que la conocieran.

Tenía razón en lo de llegar tarde a cenar; había pasado las últimas noches trazando mapas de los túneles en preparación de su huida con Angelyne. ¿De verdad había conseguido convencerse de que podía escapar de su destino?

Miró a Quin con una nueva certeza que le pesaba: ese sería su marido. Su compañero de por vida. Mia había pasado muy poco tiempo con él —demasiado poco como para saber qué clase de chico era—, pero sabía de sobra qué tipo de hombre era el rey Ronan. El clan Killian había gobernado Glas Ddir durante siglos, empachado de poder y de sus excesos. Lo más natural era pensar que el muchacho se parecería a su padre.

El miedo le pegó una dentellada tan visceral en el estómago que le hizo tambalearse.

—¿Estáis...? —Quin alargó un brazo para sostenerla,

pero enseguida apartó la mano de su brazo enguantado—. No iréis a desmayaros, ¿verdad?

Mia expulsó el aire de sus pulmones.

—No me he desmayado nunca en la vida. Yo no soy una chica de esas.

Lo que no dijo era que el tacto de su mano había atravesado el astracán como una daga. ¿Era siempre tan desagradable que te tocara un chico? No tenía mucha experiencia de primera mano. Mientras otras chicas se colaban en puestos vacíos del mercado para frotar sus labios tímidamente con otra persona, Mia lanzaba cuchillos a tocones de árbol y estudiaba cuántos huesos podían romperse en el cuello de una Gwyrach.

Quin señaló la cama, donde los pequeños pies de Angelyne eran visibles bajo el dosel.

—¿Esa es vuestra hermana?

—Está descansando.

—Más os vale despertarla en una hora, o ella también llegará tarde.

—¿A qué viene este interés tan repentino en la puntualidad, alteza?

Él se agitó un poco.

—Es una exigencia de mi padre.

Mia sintió un escalofrío, como si alguien le hubiera frotado un cubito de hielo por la nuca. Por el interior de la nuca. No tenía en muy buen concepto al rey Ronan. No le gustaba su forma de hablar a las sirvientas o cómo miraba a su hermana. Ni su evidente placer al torturar a la Gwyrach que había sido capturada y trasladada a Glas Ddir. Había visto su Corredor de las manos.

Mia se enderezó.

—En una hora estaremos en el salón. No os preocupéis.

¿Se lo imaginó o, de repente, él relajó levísimamente los hombros?

—Bien. Mi padre estará complacido. Mi madre ya está furiosa con los cocineros por haber quemado el pato, prefiero no darle otro motivo para lloriquear.

Mia sintió el puñetazo en el estómago que siempre notaba

cuando alguien hablaba de su propia madre en su presencia, especialmente en unos términos tan claramente desdeñosos. Le dieron ganas de zarandearlo hasta conseguir que algo de sensatez penetrara en su córtex cerebral. Hasta que recordara la suerte que tenía.

—Los cazadores también han llegado —añadió Quin—. Nos acompañarán en el banquete para garantizar nuestra protección. Pero no debéis hablar con ellos.

La ira prendió en su pecho. Estaba en su derecho de hablar con los cazadores si así lo deseaba. Al fin y al cabo, llevaba tres años entrenando con el Círculo y estaba preparada para tomar el juramento sagrado en su decimoctavo cumpleaños y dedicar su vida a encontrar y eliminar a las Gwyrach. Le gustaba la fría lógica del lema de los cazadores: «Corazón por corazón, vida por vida». Aunque nunca había matado a una Gwyrach —su padre se lo había prohibido terminantemente— Mia sabía que, llegado el momento, no vacilaría.

Pero entonces, su padre la había echado de improviso del Círculo y había anunciado sus planes de boda.

—Lo tendré en cuenta, alteza.

Mia lo observó detenidamente. Cuando llegó al castillo desarrolló la hipótesis descabellada de que, bajo su gélida fachada, tal vez latiera un corazón de verdad. Escrutó sus ojos esmeralda en busca de algo que lo confirmara, una chispa de alegría, un terrible secreto, una grieta diminuta en esa apariencia inmaculada. Algo. Lo que fuera. Pero, si aquello era una máscara, la llevaba perennemente congelada sobre la cara y, congelados con ella, sus secretos.

El príncipe titubeaba en el dintel. ¿Por qué no se iba?

—Vuestras hebillas —dijo Quin.

—¿Mis hebillas?

Él señaló con la cabeza las hebillas que decoraban sus botas.

—Son muy relucientes.

—¿Gracias...?

Aquel silencio era insoportable. Ambos buscaban en vano algo que decir.

—Vuestras hebillas también son relucientes —balbució ella.

—Muchas gracias.

Si ese tipo de conversaciones eran las que iban a alimentar cincuenta años de matrimonio, sentía la tentación de arrancarse las hebillas y clavárselas en el corazón ya mismo.

—Tengo que…

—Debería…

—Sí —dijeron los dos a la vez. Sin una palabra más, Quin echó a andar por el corredor con sus largas piernas, reflejándose entre destellos en las paredes negras de ónice. Era verdaderamente parecido a El Hombre Herido, la larguirucha figura masculina de su lámina anatómica favorita, aunque él no tenía varias armas clavadas en el cuerpo.

Mia sentía que se le hinchaban los dedos con la sangre que volvía a circular por sus venas. No era la primera vez que Quin dejaba un rastro de congelación a su paso. No entendía por qué notaba las manos entumecidas y la caricia del frío en la mejilla cuando él andaba cerca. ¿Era así la sensación de ser odiada? ¿Como encontrarse desnuda y a la intemperie en medio de una ventisca?

Apartó esa idea de su mente. El odio no era frío, de la misma manera que el amor no era ardiente. Ponerse a otorgar significado a las sensaciones físicas era un juego peligroso. Las Gwyrachs se aprovechaban de las sensaciones físicas y, mientras tuvieran libertad de hacerlo, el contacto era un campo de batalla, y los cuerpos, instrumentos de guerra. Para Mia, las pérdidas habían sido devastadoras.

Pasó junto a su hermana, que se había quedado profundamente dormida. No conocía a nadie que cogiera el sueño más rápido que Angelyne. Siempre había sido así.

Mia se frotó las manos para reactivar la circulación. Agarró un puñado de varitas de azyfre de la cómoda y sacó el morral de debajo de la cama. Entonces se agachó junto a la chimenea y apartó el montón de cenizas. Bajo la ceniza había una rejilla de hierro y, bajo esta, una trampilla.

Levantó la rejilla con sigilo para no despertar a su hermana y se zambulló en la oscuridad.

Iba a visitar a su madre.

3

Huesos y polvo

$\mathcal{M}$ia frotó una varita de azyfre contra la áspera pared de piedra del túnel. Gruesas como pulgares, las varitas eran un regalo de su padre, su botín de guerra más reciente de Pembuk, el Reino del Cristal, al oeste. Fue un intento evidente de volver a congraciarse con su hija. No sirvió de nada, pero Mia aceptó el regalo igualmente.

Griffin Rose recorría los cuatro reinos a la caza de Gwyrachs y sus bolsillos siempre rebosaban de regalos exóticos. Mia aún recordaba cómo, cuando era una niña pequeña ansiosa de aventuras, desplegaba pergaminos arrugados sobre la mesa de la cocina y la dejaba trazar el recorrido de sus viajes con los deditos.

—Esto es el mundo conocido —le decía—. Partido en cuatro reinos.

—¡Río, Cristal, Nieve y Fuego! —exclamaba ella, deseosa de complacerlo.

—Muy bien, rosita. —Su padre le ofrecía un bombón picante y especiado de su bolsillo, aunque para Mia la mayor recompensa era siempre la forma en la que asentía complacido cuando ella respondía correctamente a sus preguntas—. Y ahora, dímelos en su propio idioma.

A Mia se le daban bien las lenguas luumi, igual que las matemáticas y la ciencia. Un idioma no era más que un sistema de gramática y normas. Al menos al principio, consistía en introducir variables dentro de ecuaciones. Y a Mia le gustaban las ecuaciones. Le encantaba tener siempre una respuesta correcta.

—Glas Ddir, Pembuk, Luumia y Fojo Karação —replicó, orgullosa.

—Tu pronunciación deja que desear —dijo su padre.

La llama verde empezó a parpadear al mismo tiempo que sombras oscuras emborronaron la vista de Mia. Volvió a frotar la varita contra la pared del túnel y el fuego revivió, inundando el corredor con un olor penetrante y acre a huevo. Como por arte de magia, las varitas de azyfre hacían fuego.

Magia no. Química. Al frotar una varita de azyfre de pino sobre una superficie rugosa, la fricción en combinación con los gases liberados hacía brotar una llama verdosa en la mano de su portador. Su padre se lo había enseñado en su adiestramiento como cazadora.

—A veces, la ciencia se disfraza de magia —le había contado—. Pero nunca olvides que la ciencia necesita que mantengas la cabeza fría. La magia necesita de un corazón cruel y rebelde.

Mia se aferraba a la varita de azyfre. Desde que su padre la había vendido a la familia real, el corazón de Mia se volvía cada vez más rebelde y peligrosamente cruel. Protegió la débil llama con la palma de la mano y rebuscó en su morral, de donde sacó un mapa dibujado a mano y la brújula que su padre le había traído de Luumia, en el sur. La varita de azyfre teñía de luz verdosa los pasillos a medida que ella avanzaba, con la aguja de hierro de la brújula oscilando a derecha e izquierda sobre la base blanda de corcho. Su dolor de cabeza se esfumó como una gota de agua en la arena.

Pero entonces volvió como un aullido feroz al recordar las palabras del príncipe. «Los cazadores han llegado, pero no debéis hablar con ellos. Hasta que seáis mi princesa, seréis mi dama.» Incluso ese «mi» le daba acidez de estómago. Como si fuera una joya, o un perrito lanudo a los pies de Quin que esperaba que le rascaran las orejas.

Una esclava vestida de seda.

Un adorno colgado de un nudo de oro.

Por supuesto que, más allá de las murallas fortificadas del

Kaer, a las jóvenes de Glas Ddir se las coaccionaba a casarse «para protegerlas». Algunas de esas alianzas eran violentas. Incluso cuando no lo eran, las mujeres se veían relegadas a una vida de cocinar y limpiar, de tener hijos y alimentarlos, como gatos domésticos comodones ronroneando al sol. ¿De verdad había creído que ella se libraría de eso?

Las Gwyrachs eran pérfidas, pero el rey también lo era. Había construido su reino sobre un esqueleto de miedo y terror. Las Gwyrachs parecían mujeres normales. Cuando una muchacha de buen ver te rozaba en el mercado, era imposible saber si ese contacto era fruto de la torpeza o lo último que sentirías jamás. En los numerosos burdeles que rodeaban Kaer Killian como un corsé, los hombres a veces sentían que se les disparaba el pulso o se endurecía otra parte de su anatomía para, un instante después, desplomarse sobre un blando plumón con las manos henchidas de sangre.

Y, como no había ninguna forma evidente de averiguar quién era una Gwyrach y quién no, se vigilaba atentamente a todas las mujeres. Sus propios hijos y maridos las temían. Incluso en la seguridad de sus casas tenían prohibido quitarse los guantes. El rey Ronan promulgaba una ley tras otra para restringir aún más sus movimientos. «Nuestra misión es garantizar la seguridad de las buenas mujeres del Reino del Río —decía el decreto real—. Actuamos movidos por el deber y el amor.»

Mia no sabía cuándo el amor se había convertido en una jaula.

Se había perdido.

El pasadizo desembocaba en una pequeña cámara circular sin otra salida, de techo tan bajo que tuvo que agacharse. Nunca la había visto antes. Sobre su cabeza vio una puerta de hierro oxidado empotrada en el techo. Descorrió el pestillo y dio un fuerte tirón al picaporte, que provocó una lluvia de polvo sobre su cabeza.

Mia se izó por la abertura. Metros de terciopelo púrpura

le obstruían la vista. Recogió la lujosa tela y la apartó, percibiendo un aroma terroso a lilas y a sebo. Hileras de velas sujetas en esbeltas palmatorias de latón iluminaban una pequeña sala octogonal. Era la sacristía, anexa a la capilla real. Desde donde estaba, Mia alcanzaba también a ver la capilla, una estancia que evitaba a propósito. Unos angelotes regordetes con cara traviesa miraban hacia abajo desde los techos abovedados revestidos de oro, apuntando al altar con sus flechas de amor. El mismo altar frente al que ella y Quin iban a casarse la noche siguiente.

Oyó un fuerte chasquido metálico y volvió a meterse en su escondite justo cuando Tristan, el duque, entró en la sacristía. Tristan tenía veinte años y era el primo segundo de Quin, hijo de un primo del rey muerto mucho tiempo atrás. Era musculoso y de espaldas anchas, con una piel blanca y feroz y una sombra de barba que le oscurecía las mejillas. A Angie le parecía atractivo, pero Mia lo encontraba un bruto. El duque estudiaba para convertirse en clérico, una vocación que parecía sorprendentemente alejada de su temperamento. A pesar de su juventud y poca experiencia, el rey había consentido en permitirle realizar la ceremonia nupcial, para fastidio de Mia.

Sin embargo, en ese momento, Tristan agitaba un candelabro de peltre para golpear con fuerza las delicadas palmatorias de latón. Con cada porrazo, una de las velas salía rodando por la cuadrícula de mármol blanco y negro del suelo.

—Estamos aquí reunidos... —Crac—... por decreto real de Ronan, hijo del Clan Killian, rey incontestado de Glas Ddir... —Crac—... para presenciar esta sagrada unión. —Crac, crac.

Así que estaba ensayando los votos nupciales. Y, al mismo tiempo, creando un desorden que las sirvientas tendrían que limpiar, destruyendo por el mero placer de destruir. Qué encantador.

Mia se retiró ligeramente en el túnel. Cerró la puerta del techo y echó el pestillo. Luego desanduvo sus pasos bajo la turbia luz verde que se colaba entre sus dedos y dibujaba siluetas verde musgo en las paredes. Un teatro de sombras.

ϒ

La cripta estaba vacía. Siempre lo estaba. No parecía haber nadie más en Kaer Killian interesado en pasearse por las catacumbas.

La luz de la luna se colaba por una grieta invisible, grabando una línea de un blanco perlado sobre las tumbas. Mia se paseó entre ellas, recorriendo las lápidas y sepulcros con las puntas de los dedos, hasta encontrar el nombre que buscaba. Wynna Rose.

—Hola, Madre. —Se arrodilló quedamente junto a la tumba de su madre y apoyó las manos en la fría piedra plomiza—. Vengo a verte el día antes de mi boda.

El silencio era abrumador. Se colaba hasta los resquicios del corazón de Mia.

La tumba de su madre era sencilla pero hermosa, muy distinta de los recargados mausoleos que la rodeaban. Su padre había mandado grabar un simple relieve de un ciruelo invernal en la tumba de su esposa. Con delicadeza, Mia recorrió el relieve con los dedos, repasó el tronco esbelto, la copa intrincada. A su madre siempre le gustaron muchísimo los árboles y el ciruelo invernal era su favorito.

La parte de la talla que más le gustaba a Mia, sin embargo, era un detalle que la mayoría de gente pasaba por alto: un ave solitaria posada en una rama mirando la luna llena. Un atisbo de vida sobre una lápida fría y muerta.

Era lo único bueno de verse confinada en el castillo las últimas semanas: Mia había tenido la oportunidad de pasar tiempo con su madre. Cuando Wynna murió, tres años antes, el rey exigió que su cadáver permaneciera en la cripta de Kaer Killian, convirtiéndola en la única enterrada en las catacumbas sin sangre real y contribuyendo así a las misteriosas circunstancias de su muerte.

Si cerraba los ojos, Mia aún podía ver el cuerpo de su madre, su cabello rojo y luminoso desplegado por el suelo de su casa. Los guantes arrugados junto a ella, la piedra lunar torcida sobre su cuello. Los ojos abiertos y para siempre negros.

35

Asesinada sin un rasguño.

Cuando Mia pensaba en la Gwyrach responsable, la sangre se le volvía alquitrán en las venas. Por encima de todo, quería encontrarla. Hacérselo pagar.

«El odio solo te llevará por el mal camino. A veces, el amor es la decisión más fuerte.»

Mia llevaba las últimas palabras de su madre grabadas como un epitafio en la memoria.

—Rosita.

Mia dio un respingo al ver a su padre salir de entre las sombras.

—¿Qué haces aquí, rosita mía?

Parecía cansado. Mia percibió sus hombros encorvados y las arrugas de su rostro, un rostro que era una versión más vieja y cansada del suyo: la misma nariz afilada, mejillas pálidas y unos ojos grises inquisitivos. De niña, él solía darle un beso en cada párpado para darle las buenas noches.

—Dos barcos llenos de secretos —decía—. Cerrad las escotillas, arriad las velas.

Mia dijo:

—He venido a visitar a madre.

—Tu madre no está aquí. —Él le sostuvo la mirada y, por un momento, Mia creyó ver una chispa de luz en sus ojos. Pero entonces, él apartó la vista—. Un cuerpo sin alma no es más que huesos y polvo.

«Unos huesos muy valiosos, pensó ella. Un polvo muy valioso.»

Él le ofreció el brazo.

—Ven. Acompáñame.

—¿Adónde? —Las palabras le quemaban la lengua—. ¿Al altar con mi prometido?

—Tengo algo para ti. Algo que creo que querrás.

Como ella no le tomaba el brazo, él alargó la mano y le quitó la brújula para guardársela en el bolsillo, con tanta parsimonia que Mia se enfureció.

—Esto no te servirá de nada. Pero lo que yo tengo puede que sí.

4

En blanco

Las catacumbas desembocaban en una pequeña habitación cuadrada de la que salía un largo pasillo. El padre de Mia la guiaba sin necesidad de ningún mapa. Su barba estaba mechada de gris, pero sus andares aún eran ágiles. Por más que Mia se entrenara en las habilidades prácticas de la caza —rastreo, cartografía, supervivencia— su padre seguía siendo su maestro. Griffin Rose era el mejor cazador que jamás se hubiera visto en el Reino del Río.

—Ten cuidado —dijo él—. Este camino es muy traicionero.

Caminaban por debajo de la arboleda de ciruelos invernales; por una grieta en la piedra, Mia veía sus copas inclinadas por el viento. Había mil árboles, un regalo para el rey Ronan de la reina del Reino de la Nieve. Solo florecían tras la primera helada, cuando sus ramas plateadas quedaban recubiertas de jugosas ciruelas invernales de color púrpura: eran la fruta favorita de su madre.

Mia chocó contra la espalda de su padre cuando el túnel terminó en una estrecha cornisa en el exterior del castillo. El helado viento nocturno le hincó los dientes en la piel.

—Tienes frío. —Antes de que Mia pudiera oponerse, le cubrió los hombros con su gruesa capa gris—. ¿No te parece gracioso? Estudiamos la fisiología humana sin dencanso, y aun así somos incapaces de dominar la habilidad más sencilla: aislar nuestros cuerpos del frío.

Le indicó con un gesto que se sentara al borde del abismo.

No era el tipo de padre que iba corriendo a apartar a sus hijos del borde de un precipicio, una cualidad que Mia siempre había apreciado. Aunque, en ese momento, se aferraba firmemente a su indignación.

—Las Gwyrachs pueden calentar a quien quieran —replicó ella con impertinencia—. Pueden prender fuego a la carne humana, si lo desean.

Se sentó de malos modos y él tomó asiento a su lado. Bajo la luz amarillenta de la luna veía Villa Killian, las casitas, tabernas, tiendas y burdeles que flanqueaban el río Natha. En lengua antigua, *natha* significaba «serpiente» y era un nombre apropiado: el río serpenteaba por el reino, negro y resbaladizo como un nido de víboras. Los afluentes del Natha conectaban un centenar de pueblos aislados. *Glas Ddir* significaba «país de ríos».

Si entornaba los ojos, Mia alcanzaba a ver las cumbres nevadas y verdes laderas de Ilwysion, al este, los bosques alpinos donde se había criado. Más allá, el río viraba al sureste y subía hasta Foraois Swyn, el Bosque Retorcido.

Su padre siguió su mirada.

—Tendría que haberte llevado a verlo. El Bosque Retorcido es una maravilla para la vista.

Ella estuvo a punto de echarse a reír. A las niñas no les estaba permitido entrar en Foraois Swyn, donde tanto el agua como la madera quebrantaban las leyes naturales. El Natha se bifurcaba en un millar de pequeñas serpientes de agua que fluían montaña arriba en lugar de hacia abajo y los árboles swyn contrahechos se inclinaban hacia el norte al unísono, enredando sus copas en un entoldado de agujas azules. Nadie sabía por qué se inclinaban los árboles ni por qué el agua corría hacia arriba, pero estaba terminantemente prohibido que las niñas accedieran al bosque por temor a que su magia antinatural las mancillara.

El padre de Mia señaló el pico escarpado que tenían encima. Para su sorpresa, Mia descubrió una polvorienta carroza de bronce colgando de un cable sobre un parapeto, meciéndose ligeramente con la brisa.

—Es el antiguo laghdú. Cuando yo era niño, lo usaban para las bodas reales. ¿Ves el cable? —Señaló la línea negra tendida en el cielo—. Envolvían a la novia en gruesas sedas, la cubrían de joyas y la bajaban hasta el pueblo metida en la carroza, centímetro a centímetro. Un cuadro reluciente de riqueza y poder.

«Con la novia interpretando el papel de adorno centelleante», pensó Mia.

—Lo llamaban *bridalaghdú* —añadió él—. En lengua antigua significa «vuelo de la novia».

—No, «caída de la novia». —Mia no pudo evitar sentir un chispazo de orgullo. Por una vez, sabía más que su padre.

Él sonrió.

—Tu mente es deslumbrante, rosita.

—¿Por qué cayó en desuso esta ceremonia? —No pretendía seguirle el juego, pero la venció la curiosidad. A su padre se le daba muy bien atraerla con el anzuelo perfecto.

—Una novia se cayó. Iba tan recubierta de kilos y kilos de tela y piedras preciosas que volcó y acabó convertida en una nube de terciopelo y huesos astillados. Al día siguiente, en la capilla se celebró un funeral real en lugar de una boda real.

Mia se estremeció. En Glas Ddir, las niñas eran intercambiables. Se preguntó cuánto habría tardado la familia real en agenciarse otra novia.

—El *bridalaghdú* fue uno de los primeros rituales que Bronwynis derogó cuando se convirtió en reina. —La voz de su padre sonaba nostálgica—. Le parecía anticuado y humillante.

Mia había oído hablar mucho de la reina Bronwynis. Casi veinte años antes, cuando Glas Ddir se encontraba en la vibrante cúspide del progreso, los padres de Mia se habían congregado con la multitud a las puertas de Kaer Killian, entre la risa y el llanto, el día que coronaron a Bronwynis. Era la primera vez en la historia que una reina ocupaba el trono del río. Su reinado fue breve. Las Gwyrachs mataron a Bronwynis poco antes de que Mia naciera y su hermano menor heredó el trono. Su hermano era, por supuesto, Ronan. Y su primer decreto como rey fue restablecer las leyes antiguas para garantizar que solo los hombres tuvieran derecho a la sucesión.

El padre de Mia suspiró.

—Te he enseñado muchas cosas, ¿verdad?

—Veamos. —Mia empezó a contar con los dedos—: A perseguir Gwyrachs. A atrapar Gwyrachs. A no permitir jamás que nadie controle mi cuerpo. Ah, y a ofrecer mi cuerpo a un chico que no conozco porque mi padre me obliga.

Él guardó silencio un instante.

—Sé que has estado trazando un mapa de los túneles. Siempre has sido mi pequeña exploradora. Pero también sé que nunca dejarías atrás a tu hermana.

Mia sintió calor en las mejillas. Así que lo sabía todo. El tierno afecto con el que dijo «mi pequeña exploradora» le dolió, como si no fuera más que una niña curiosa con un catalejo y un viejo mapa de bolsillo. Había sido esa niña en el pasado, cuando el mundo aún era una ciruela madura esperando que la cogieran. Sus padres le habían dicho que podía tener el futuro que quisiera, pero que tendría que abandonar Glas Ddir para conseguirlo. Mia recordaba el anhelo poderoso de navegar a los otros tres reinos, embeberse de los colores, aromas y sabores que su padre siempre traía de sus viajes en frágiles viales de cristal y delicados paquetes envueltos en papel de estraza.

Aquel sueño había muerto con su madre. De la noche a la mañana, Mia cambió sus mapas geográficos por otro tipo de cartografía: un atlas del cuerpo humano. Empezó a pasar todas las horas del día inspeccionando sus libros y láminas de anatomía, examinando la vulnerabilidad de las válvulas cardíacas, recorriendo con el dedo las venas azuladas, estudiando su diagrama de El Hombre Herido para comprender mejor la teoría de las heridas. Si era capaz de reducir el cuerpo humano a un sistema coherente de elementos, podría dominarlo y fortalecer el suyo propio contra las Gwyrachs.

Pero había otro motivo. Mia no podía evitar creer que, de haber sabido más sobre el cuerpo humano, de haber comprendido la forma en que la sangre fluía por la vena arteriosa hasta el ventrículo izquierdo del corazón, de haber podido invocar el sutil ritmo de la sístole cardíaca... hubiera podido salvar la vida de su madre.

—Has dicho que tenías algo para mí —le dijo a su padre, esforzándose por mantener un tono de voz neutro.

Él sacó un paquete delgado de debajo de la capa y se lo dio. El papel crujió cuando ella desató el cordel encerado y sacó de su envoltorio un pequeño libro encuadernado en cuero.

Era del tamaño de su mano, lleno de páginas de color marfil que un broche de piedra rojo mantenía unidas. El cuero marrón tenía la suavidad de muchos años y estaba desgastado en algunos lugares como las rodilleras de unos pantalones muy usados.

Mia recorrió con el dedo los surcos agrietados del libro. En la cubierta, las iniciales W. M. estaban grabadas a cuchillo, como dos cicatrices blancas. Wynna Merth. El nombre de su madre antes de casarse con Griffin y pasar a formar parte del clan Rose.

Mia sentía los latidos de su corazón contra las costillas.

—El diario de Madre.

¿Cuántas veces había visto a su madre sentada en el alféizar de una ventana, escribiendo con pasión? Wynna solía tener una expresión serena cuando miraba el bosque por la ventana y observaba el revoloteo de los pájaros entre los ciruelos y las zarzas de endrino. Pero su rostro se ensombrecía cuando volvía a concentrarse en las páginas de su diario, manchándolo de tinta y, a veces, también de lágrimas.

Mia aún recordaba la vez que reunió la valentía para preguntarle a su madre si las cosas que escribía le causaban dolor.

—Desde luego —le había respondido ella—. Escribo sobre lo más doloroso de todo.

Y cuando Mia le preguntó qué era eso, ella respondió:

—Yo.

—Tu madre quería que lo tuvieras tú —dijo su padre—. Cuando estuvieras preparada. Y creo que ya lo estás.

Mia acunó el diario contra su pecho. La historia de su madre siempre había estado rodeada de misterio, un tupido velo corrido sobre algún horror tácito del pasado. ¿Qué secretos habría enterrado entre esas páginas?

Un recuerdo vago parpadeó en la mente de Mia.

—Había una llave.

—Sí.

Su padre se sacó una llave tallada en piedra roja del bolsillo. Tenía forma de pajarillo con las alas extendidas, la cabeza ligeramente ladeada y el pico abierto, como si trinara. Un saltaparedes rubí. Mia había estudiado esa especie con gran interés: especie nativa del Reino de la Nieve, el saltaparedes rubí era la única ave conocida que hibernaba en invierno. Las hembras construían enmarañados nidos abovedados en las ramas de los ciruelos invernales. A la madre de Mia le encantaban. Era su destino: en lengua antigua, *Wynna* significaba «saltaparedes».

—El pequeño saltaparedes rubí —dijo su padre, depositando la llave en la palma de la mano de Mia. Al instante, ella sintió un aleteo, como si el pájaro se le hubiera metido bajo la piel y estuviera batiendo las alas dentro de su pecho, ansioso por escapar.

Una vez más, Mia oyó la voz de su madre, llamando a sus hijas al nido. «Mia, mi cuervo rojo. Angie, mi pequeño cisne.»

El recuerdo era demasiado doloroso, así que lo alejó de su mente. Sus dedos manoseaban la piedra roja. Era de un cuarzo más vidrioso que carmín y relucía como el cristal. Tenacidad quebradiza, tal vez elástica, clivaje imperfecto. Había estudiado las propiedades físicas de docenas de minerales, pero nunca había visto uno como ese.

—¿Reconoces la piedra? —preguntó su padre, que la observaba con atención.

—¿Esto es un examen?

Él asintió.

—Tal vez sea el más importante que harás jamás.

Ella calló un instante mientras repasaba el catálogo que tenía en la mente.

—Fojuen —dijo su padre.

—¡Estaba a punto de decirlo! —saltó ella. La única cosa que detestaba más que no saber una respuesta era que su padre respondiera por ella.

Había leído acerca de los cráteres de fojuen en el Reino del Fuego, al este. Fojo Karação era el lugar donde sus padres se habían conocido cuando eran estudiantes: un archipiélago nacido del magma solidificado que las volqanes habían escupido siglos atrás que, al endurecerse, se había convertido en una deslumbrante piedra roja. Gracias a las clases de idiomas de su padre, sabía que *fojuen* significaba «forjado a fuego». El fojuen también era la lengua oficial de Fojo. Era interesante pensar que un idioma era como un cristal volqánico, una historia contada a través de los restos de lo que fue.

Mia sabía otra cosa del fojuen: una vez cortado y pulido, era mortalmente afilado. Su madre, que había estudiado medicina en Fojo, le había contado que, en el Reino del Fuego, los armeros lo usaban para tallar espadas y puntas de flecha. Los médicos operaban con bisturíes de fojuen. El mineral realizaba incisiones limpias y diminutas, apenas visibles al ojo humano.

—No me obligues, Padre. —Cerró los dedos alrededor del pajarillo y sintió cómo su pico afilado se le clavaba en la carne tierna de la palma de la mano. Se sentía mareada y agresiva al mismo tiempo, más cercana a su madre de lo que se había sentido en años. Y más valiente—. No me obligues a casarme con Quin.

Él le rehuía la mirada.

—Es para protegerte, rosita.

—¿De qué? Sé que, desde que Madre murió, crees que tu vida no vale nada. Pero la mía sí. Quiero luchar con el Círculo. Quiero encontrar a la asesina. Mi padre, el que yo conocía, nunca me entregaría así, como una bonita princesa para un príncipe mezquino.

—Tal vez la unión con el príncipe te sorprenda.

—¡No quiero casarme con él! No quiero casarme con nadie. Pero si, algún día, decido casarme por propia voluntad, quiero lo mismo que teníais tú y madre.

El amor de sus padres había sido como una explosión de chispas en el cielo, un polvo cósmico que aún rielaba. También había sido la causa de mucha tristeza y dolor. La muerte de Wynna dejó un cráter abierto que nadie podría llenar jamás.

Su padre se puso muy tenso.

—Prometí una de mis hijas a la familia real. Tal vez debería ser Angelyne. La familia real velará por que reciba los mejores cuidados.

—No. No le impongas esta carga. —Mia se puso en pie—. Tengo que ser yo.

—Pues muy bien. —Él la cogió delicadamente por los hombros. Sus manos eran bloques de hielo que le quemaban incluso a través de la capa—. El banquete espera a la novia.

Desapareció por el túnel, dejándola sola.

Mia se negaba a llorar. No había vuelto a llorar desde el día en el que sostuvo en sus brazos el cuerpo sin vida de su madre. Las lágrimas eran veleidosas y traicioneras. Los sentimientos, fueran del tipo que fueran, hacían a las personas vulnerables, débiles. A veces se preguntaba si su cuerpo era aún capaz de llorar. ¿Tenía minas de sal en su interior aguardando a derramarse en forma de lágrimas? Tal vez algún día, como una columna, se derrumbaría sobre el suelo.

¿De qué servía querer a nadie si los apartaban de su lado? Que la pérdida fuera de la mano del amor tal vez hiciera más fácil negar la entrada a ambos en su corazón.

Y, sin embargo, el amor de Mia por su hermana se acumulaba en su interior como agua salada, como bilis. La insensatez del amor la enfurecía. ¿Qué era el amor, si no un puñado de nervios y válvulas agitados disparando a lo loco? ¿Una ecuación sin variables conocidas? ¿Una contracción incalculable del corazón?

Salvar a Angelyne implicaba su propio sacrificio. ¿Era el amor un sacrificio voluntario?

«A veces, el amor es la decisión más fuerte.»

Mia nunca había añorado más a su madre. Ansiaba su consuelo. Tal vez las palabras de su madre le reconfortaran el alma.

Deslizó el saltaparedes rubí en la cerradura y giró la llave. El libro se abrió con un susurro titubeante.

Mia contuvo la respiración.

Las páginas estaban en blanco.

5

Un enemigo común

—*L*ady Mia. Qué amable por vuestra parte haber venido.

El rey Ronan tenía una forma de hablar que inyectaba una amenaza velada en cada palabra. Con solo verlo presidiendo la mesa del festín, el dolor de cabeza de Mia regresó al instante. La piel del rey tenía una palidez grisácea y su figura demacrada iba enfundada en una lujosa túnica de lince y armiño. En el plato tenía una porción de pato asado, buñuelos de jabalí, crema de almendras, gelatina de ganso tierno, paté de venado... y no había probado ni un solo bocado. Sus ojos, de un azul acerado, se clavaron en Mia con tanta fiereza que, por un momento, ella temió haberse olvidado los guantes. Se frotó la muñeca con los dedos para asegurarse de que el astracán seguía en su sitio.

—Aceptad mis disculpas, majestad. Incluso transcurridas todas estas semanas, los complejos corredores de este castillo aún me desconciertan. El Kaer es precioso, pero hechizante.

Se arrepintió al instante de haber usado esa palabra. «Hechizar» no era algo que uno pudiera decir a la ligera. Vio cómo el rostro del rey se endurecía.

—Nos preguntábamos qué tragedia podría haberos sobrevenido. —Los labios de la reina Rowena se doblaron en una sonrisa tan cultivada que Mia casi esperaba ver caer de su boca un collar de perlas en cualquier momento. La reina era hermosa, pero frágil, con el cabello rubio ceniza que le escaseaba en las sienes, la piel como de cáscara de huevo y unos ojos afligidos de color violeta. No mediaba ningún afecto entre ella y Ronan. Si alguna vez la pasión había hecho arder el aire entre ellos, hacía ya tiempo que se había apagado.

Rowena señaló la mesa del festín, indicándole con un gesto que se sentara en la silla vacía junto al príncipe.

—Mi hijo estaba angustiado.

Quin no parecía angustiado. Parecía fastidiado.

—¡Por los cuatro dioses! Dejad a la chica en paz. —La princesa Karri, la hermana mayor de Quin, alzó su jarra de cerveza de roca y le guiñó el ojo—. No te has perdido nada más que una cháchara inane, Mia. ¡Bebe! ¡Sé feliz! Llegas justo a tiempo para el flambeado de baya de roca.

Mia se dejó caer en su asiento, agradecida por la intervención de la princesa. Pensó, y no por primera vez, que Karri sería una reina excelente. Era tan orgullosa como humilde y parecía mayor que sus diecinueve años. Era una chica audaz y animosa capaz de competir con cualquiera en comer, beber y pelear. Muchos glasddirianos (su madre incluida) la consideraban directa y descortés, pero Mia la admiraba. La piel clara de Karri solía estar tostada por el sol. Se teñía el pelo de un blanco deslumbrante y lo llevaba muy corto, vestía túnicas sin adornos y pantalones y era capaz de hacerse fácilmente con la voz cantante de cualquier reunión.

Sin embargo, a pesar de ser un año mayor que Quin —y estar infinitamente mejor preparada— Karri nunca gobernaría el Reino del Río. Ronan se había asegurado de ello.

Mia miró al príncipe. Parecía muy ocupado en pinchar un guisante fresco con su tenedor. Menudo príncipe heredero.

—Tal vez —dijo Quin en voz queda— debería regalarte un reloj de bolsillo en lugar de un anillo.

Una sirvienta desplegó una servilleta de tela sobre el regazo de Mia y le puso delante una copa de vino de endrino. Ella le dio un trago nada delicado y cerró los ojos esperando que la bebida aflojaría el nudo de dolor que tenía en la cabeza. Y quizá también haría desaparecer a Quin.

Abrió los ojos. Quin seguía allí.

—No me serviría de nada —murmuró— porque esta ropita de muñeca que tu madre insiste en que me ponga no tiene un solo bolsillo.

El príncipe se dio la vuelta sin levantarse.

—¡*Wulf*! —exclamó—. ¡*Beo*! —Sus perros se acercaron esperanzados a la mesa del festín y él se inclinó para rascarles las orejas. Su pelo ceniciento era del típico dorado Killian, o, si se quería decir así, del color de los rizos de Quin.

Wulf apoyó la barbilla sobre la rodilla de Mia y la miró cabizbajo.

—Les caes bien —dijo Quin—. Y mira que no les cae bien nadie.

De no ser por los monstruos diminutos que en esos momentos frotaban varitas de azyfre contra los huesos temporales de su cráneo, Mia habría sonreído. Tal vez fuera culpa del gran salón. Tenía una inmensa chimenea en cada extremo y las paredes, suelos y techo eran de un negro reluciente. El ónice no solo reflejaba el fuego y las personas, sino que magnificaba su tamaño, dando a Mia la sensación de estar atrapada en el interior de un inmenso dado negro.

Se llevó una mano al pecho para palpar el saltaparedes de fojuen. Después de separarse de su padre, había pasado un momento por sus aposentos para guardar el diario, ponerse un vestido de terciopelo y guardarse la llave en el corsé. No sabía por qué, pero le reconfortaba llevar el saltaparedes rubí de su madre cerca del corazón.

Mia identificó trece caras conocidas en el otro extremo del salón. Los doce Cazadores —y una sola Cazadora— estaban reunidos alrededor de una mesa de piedra gris y comían en silencio. Llevaban carcajes de flechas colgados a la espalda y tenían dagas escondidas debajo de los platos. Un buen Cazador siempre dejaba sus armas a mano. Si descubrías a una Gwyrach en el otro extremo de la habitación, tal vez tuvieras una oportunidad. Pero si estaba lo bastante cerca como para tocarte, estaba lo bastante cerca para matarte.

La mirada de Mia se posó en Domeniq du Zol, su amigo de la infancia. Dom había empezado a entrenar con el Círculo en la misma época que ella. Tenía una cicatriz en común con Mia: una Gwyrach había matado a su padre. Pero, incluso después de esa pérdida tan dolorosa, la sonrisa ancha y torcida de Dom era como un rayo de sol.

También sonreía en ese momento. Se reía de algo que había dicho otro Cazador y la luz del fuego daba un matiz candente a su piel oscura, de un cálido marrón. Mia paseó la vista hasta la daga plateada que tenía al alcance de los dedos. La hoja era de sierra y la vaina estaba decorada con una piedra verde pálido. ¿Sería aventurina? ¿Jade? ¿Qué otras sorpresas escondería Dom mientras ella estaba atrapada en el castillo haciendo de damisela en apuros?

Mia se sintió ahogada por el anhelo. Pero no era a Dom a quien anhelaba, sino la vida que él iba a emprender. El destino de Mia estaba junto a esa gente, al borde de una gran aventura, con la promesa de traer ante la justicia a la asesina de su madre. Debería haber estado sentada en esa mesa junto al grupo de Cazadores, no al lado del príncipe Quin y sus guisantes.

Por el rabillo del ojo notó que el príncipe también contemplaba a los Cazadores. ¿Los había visto antes? Improbable. Eran un hatajo nada recomendable de criminales y asesinos, hombres cuyas reputaciones eran de todo menos intachables, con una habilidad prodigiosa empuñando una espada.

Cuando Quin se dio cuenta de que Mia lo había pillado mirándolos, apartó la vista rápidamente.

La mente de Mia no dejaba de dar vueltas al diario. No le encontraba ningún sentido, había visto a su madre escribir en sus páginas centenares de veces. ¿Habría cambiado su padre las páginas escritas por otras en blanco? Le lanzó una mirada furtiva. Ni siquiera él sería tan cruel.

Pero entonces vio otra cosa que la preocupó: el primo Tristan se inclinaba con apetito lobuno hacia su hermana. Susurró algo al oído a Angie y ella se ruborizó. Mia los observó inquieta mientras el duque atacaba el pato sin ningún miramiento. Lo de destrozar a mazazos velas inocentes y a saber qué más parecía haberle abierto el apetito.

Tristan la miró descaradamente con una sonrisa socarrona.

—Quizá podáis resolver una duda que tenemos, dama Mia. Estábamos debatiendo la eficacia de los Cazadores de vuestro padre. —Señaló el Círculo blandiendo el tenedor—. Han mantenido durante quince años el juramento sagrado de erradicar la magia en los cuatro reinos. Pero ¿acaso no es cierto que, cuantas más Gwyrachs matan, más parece haber?

—Razón de más para que el Círculo siga creciendo en número y en fuerza —replicó Mia en tono cortante.

—Tengo la sensación que las Gwyrachs se han convertido en la Máiywffan de las leyendas antiguas. Cortan una cabeza y diez más brotan del cuello ensangrentado.

—Por los cuatro reyes. —Karri tenía las mejillas encendidas y sus ojos echaban chispas—. ¿Ahora crees en monstruos marinos mitológicos, primo?

En el otro extremo de la galería se oyó un potente chasquido cuando una sirvienta añadió un tronco a la chimenea. Las llamas crecían y crepitaban bajo la piel de Mia.

Una de las sirvientas de la cocina la golpeó en el hombro con el flambeado.

—Perdonadme, alteza. —Los ojillos de la sirvienta se encendieron de miedo y su piel cetrina palideció. A las sirvientas se las azotaba por torpezas menores que esa.

—No pasa nada —respondió Mia rápidamente—, no te preocupes.

La muchacha agachó la cabeza.

—Gracias, alteza.

—Necia incompetente —siseó Rowena. Miró a su marido—. Pero no olvidemos que no la contrataste por sus habilidades para servir, ¿no es así, mi amor?

Si el rey inyectaba en sus palabras un tono amenazante, la reina tenía el don de llenarlas de veneno. El dolor de cabeza de Mia superaba todo umbral. Se sentía como si la médula se le hubiera soltado dentro del cráneo. En un día bueno encontraba insoportable a la familia real, pero esa noche eran incluso peores que de costumbre. Los perros eran los más decentes de toda la estancia.

El rey Ronan ignoró a su esposa y clavó su mirada penetrante en el padre de Mia.

—Hay algo extraño, Griffin. Nos has traído una cantidad lamentable de Gwyrachs los últimos meses. Mi Corredor de las manos está hambriento.

Mia sintió un soplo de aire frío en la piel. Los monstruos que tenía dentro de la cabeza empezaron a arremeter alegremente con horcas contra su vestíbulo craneal. Por los cuatro infiernos, ¿qué le estaba pasando? Su cuerpo se había convertido en un instrumento extraño, afinado para una sinfonía que ella no podía oír. Clímax y pausa, frío y calor.

La princesa Karri fue la primera en hablar.

—Tus métodos son propios de salvajes, Padre. Las Gwyrachs no son más que mujeres. Algunas tienen hijos. Muchas no son más que niñas.

Ronan se volvió hacia ella con una furia fría y calculada.

—Si eso es lo que crees, es que no eres hija mía. ¿Por qué insistes en ver bondad donde no hay más que inquina y perversidad? Son bastardas nacidas de la unión de dioses y mujeres caídas en desgracia. No son personas. Son mestizas que nos quieren mal.

—También tienen poderes curativos. Pueden detener el flujo de la sangre y volver a unir la carne con solo tocarla.

Eso era cierto: Mia lo había leído en sus libros. En la antigüedad, las Gwyrachs eran, simplemente, *Gwyddon*, «criaturas». Bellas y jóvenes, se las trataba con afecto y curiosidad, incluso con admiración. Se creía que las Gwyddons estaban bendecidas por los cuatro dioses. Pero su magia incipiente pronto degeneró en algo oscuro, una forma de ejercer su poder sobre los inocentes y los débiles.

—Sabes que no siempre ha sido así —Karri continuó, envalentonándose—. La magia viene y va, lo único que cambia es cómo respondemos a ella. Cuando tu hermana ocupaba el trono del río, fomentó el estudio de la magia. Invitó a acadé-

51

micos y científicos de los cuatro reinos a Glas Ddir. Antes de que tú cerraras las fronteras...

—Tu padre tenía todo el derecho a cerrarlas —dijo Tristan con frialdad—. Nuestros vecinos estaban permitiendo que brotaran perversiones antinaturales.

Complacido, el rey Ronan asintió.

—Mi sobrino tiene más sensatez que todos vosotros juntos. Los otros reinos generaron un caldo de cultivo para la magia. Dejaron que esa ponzoña infectara a sus habitantes durante muchos años. Yo prometí a mis súbditos un retorno triunfal a un tiempo mejor.

—Sí, padre. —La voz de Karri temblaba de ira—. He leído el decreto. ¿Sabías que fue uno de los primeros textos que me dio mi preceptor cuando aprendí a leer? «Un retorno triunfal a la grandeza de antaño, cuando Glas Ddir era tanto respetada como temida.»

La princesa Karri siempre decía lo que pensaba. Sin embargo, Mia no podía creer que fuera tan franca, especialmente delante de tanta gente. La cerveza de roca le había soltado la lengua. La convicción con la que Karri hablaba era inquietante; daba vueltas por la cabeza de Mia con el aura incómoda de la verdad.

Pero no podía aceptarlo. Por más que le diera náuseas, tenía que ponerse de parte del rey, al menos en ese asunto. Las Gwyrachs nacían, no se hacían. Su origen siniestro era legendario: después de que los dioses se aparearan con mujeres humanas muchos siglos atrás, las primeras Gwyddons dieron a luz hijas, que, a su vez, dieron a luz a otras hijas y así se perpetuó el linaje. Pero esas hijas no eran niñas humanas. Eran demonios, que se volvían más malvadas y despiadadas con cada generación.

Mia era científica, no mística. Siempre había tenido sus dudas sobre los mitos fundacionales. Pero las pruebas empíricas eran irrefutables. Se había pasado tres años estudiando todos y cada uno de los actos despreciables cometidos por las Gwyrachs, y era una lista muy larga. Eran rencorosas y nunca olvidaban. Derretían la piel, encharcaban los pulmones de fluidos y mucosidades, quemaban el corazón de gente inocente. Las Gwyrachs ya no usaban sus poderes para sanar; solo para embrujar, herir y matar.

—Toda criatura tiene el potencial para hacer el bien y el mal —siguió Karri—. Eso es algo que tú, Padre, nunca has entendido. La reina Bronwynis creía que, cuanto más entendiéramos la magia, más podríamos usar su poder para hacer el bien.

El color tiñó las mejillas del rostro macilento del rey.

—No vuelvas a pronunciar su nombre jamás.

El silencio se abatió sobre el salón. En las cocinas, una taza cayó al suelo estrepitosamente.

El cuerpo de Mia no dejaba de hacer cosas raras. Sus húmeros zumbaban en la articulación del codo y sentía que los músculos de sus brazos se flexionaban y relajaban como si tuvieran voluntad propia. Sentía cómo las costillas le pellizcaban el pecho, y no por culpa del corsé. Se agarró a la mesa para evitar caer de cabeza sobre el flambeado.

—Si tengo una hija de sangre tan necia, tal vez consiga una mejor a través del matrimonio. —Los ojos de azul helado del rey se clavaron en Mia—. Tomad la palabra, dama Mia. Emocionadnos con un brindis.

Le costaba respirar. Era muy consciente de la presencia del saltaparedes rubí bajo su vestido, de un rojo encendido, como un tizón ardiente contra su corazón. Mia sintió todas las miradas sobre ella al tomar su copa. Por una vez, dio gracias por llevar puestos los guantes; ocultaban sus dedos temblorosos.

«Corazón por corazón, se recordó. Vida por vida.»

—Un brindis —dijo, intentando suavizar el temblor de su voz—. Por el Círculo de la Caza: los héroes verdaderos de este banquete. Ellos son los guerreros que limpian los cuatro reinos de magia. Los valientes que arriesgan la vida para mantenernos a salvo.

Miró a su padre, cuyo rostro era inescrutable. Sintió una llamarada de ira en el pecho. Por su culpa, nunca recorrería los cuatro reinos en busca de la asesina de su madre.

53

Pero ¿por qué no lo hacía él? ¿Por qué se había rendido? Mia no se hubiera detenido ante nada para vengar a su madre, aunque le costara la vida.

Una idea empezaba a tejerse en su mente. Si a ella le prohibían buscar justicia para su madre, tal vez pudiera conseguir que los Cazadores lo hicieran en su lugar.

Alzó la copa un poco más. Sus palabras ganaron en vigor.

—Cuando sea princesa, haré cuanto esté en mi mano por que los Cazadores tengan todo lo que necesitan. Hoy, el Círculo tiene trece miembros. Algún día, ese número se multiplicará por diez. Que mi presencia en el Kaer llene de miedo el corazón de todas las Gwyrachs.

Por un momento, el silencio ahogó la galería. Por el rabillo del ojo, Mia creyó ver a la sirvienta regresar a la cocina encogida. Su padre estrujaba su servilleta con una expresión incómoda. ¿Y eran lágrimas lo que manchaba las mejillas de Angie?

La mirada de Mia se posó en el príncipe Quin. Su boca se retorcía en una especie de sonrisa, una mezcla de admiración y preocupación. Pero tan pronto sus ojos se encontraron, él apartó la vista. Fingió estar ocupado rascando detrás de las orejas a sus perros, cuyo pelo relucía como bronce bruñido a la luz del fuego.

Fue Tristan quien rompió el silencio.

—Qué palabras más atrevidas de alguien que aún no es princesa. —Hizo desaparecer la mueca burlona de su rostro antes de volverse hacia el rey—. Seamos sensatos, majestad. Si vamos a hablar de política, ¿no sería el momento de que las damas se retiren?

Fuera de la galería, Angelyne pasó de largo sin pronunciar palabra. Se puso tensa cuando Mia le tocó el brazo.

—Estoy cansada. Me voy a la cama.

—¿Qué te pasa? ¿Estás enfadada conmigo?

—No estoy enfadada. Solo cansada.

Angie se zafó y desapareció por el pasillo, dejando a Mia perpleja.

—Cerrad las escotillas —murmuró—, arriad las velas.
—Pero su hermana ya se había ido.

La reina se había retirado a sus aposentos, así que Mia y Karri se habían quedado solas y en un silencio incómodo, dadas sus posiciones enfrentadas en materia de Gwyrachs. La princesa repiqueteaba distraídamente con los dedos sobre su cinturón ancho de cuero, como si echara en falta su espada.

—Lo siento, alteza —empezó Mia—. No tenía intención de…

Karri la hizo callar con un gesto.

—Tienes derecho a tener tu propia opinión. El día que renunciemos a nuestras opiniones, estaremos perdidos. Pero, como pronto seremos hermanas, ¿me permites un pequeño consejo?

Mia asintió.

—Ten cuidado con mi padre, Mia. Tal vez tengáis un enemigo común, pero no es tu amigo.

55

6

Dolorosamente pequeña

*E*ra imposible evitar las manos.

El Corredor de las manos estaba alojado en el pasillo central del corazón de piedra del Kaer, una atracción que se mostraba con orgullo a los visitantes extranjeros. El número de dichos visitantes se había reducido a cero desde que el rey Ronan cerrara las fronteras, pero quedaban muchas sirvientas y cortesanos para estremecerse ante las manos.

O, en el caso de Mia, novias reticentes.

Normalmente pasaba a toda prisa por el Corredor, pero esa noche, de camino a sus aposentos, aminoró el paso.

Era una estancia cavernosa, más nave que pasillo, donde la temperatura siempre era extrañamente cálida. En el aire flotaba un penetrante olor a vinagre y carne en descomposición. Las velas de color crema sostenidas por soportes de hierro en las paredes lo bañaban todo en una luz suave. En las sombras, una sirvienta montaba guardia para asegurarse de que el fuego nunca se apagara.

Y, bajo la luz parpadeante de las velas, estaban las manos.

A cada Gwyrach capturada, el rey Ronan le cortaba la mano izquierda. Se la serraba mientras aún estaba viva y la conservaba como un trofeo. Unos días antes, Mia había llegado a la parte restringida del castillo y había oído gritos. «Gritos de demonio», se había dicho mientras regresaba rápidamente por donde había venido. Pero parecían humanos.

En la muñeca había ocho huesos carpianos: escafoides,

semilunar, piramidal, pisiforme, trapecio, trapezoide, grande y ganchoso. Cinco metacarpianos. Tres tendones. Innumerables aponeurosis y ligamentos. Las arterias cubital y radial, que hacían llegar la sangre hasta las articulaciones y las suturas. Mia no pudo evitar preguntarse cuánto se tardaría en cercenar toda esa sangre y hueso.

Una vez separadas de su dueña, las manos se guardaban en sal, vinagre y polvos de zimat dentro de jarras de loza. Después de encurtirlas durante una semana, se secaban al sol. Los criados hacían velas con la grasa del cadáver, mezclando el sebo con agua de rosas. Y así, con cada nueva mano, al Corredor también llegaban nuevas velas para iluminarlo.

Las manos eran pardas y negras, aunque las más frescas eran púrpuras como un hematoma. A veces, los huesos de los dedos eran visibles bajo la carne podrida. Algunas se exhibían en vitrinas de cristal, artísticamente dispuestas sobre cojines de terciopelo de color carmesí. Otras se colgaban del techo con largas correas de cuero. Cuando Mia pasó por debajo, describieron silenciosas piruetas en el aire.

El estómago le dio un vuelco. Algún día, cuando encontraran a la Gwyrach que mató a su madre, su mano se uniría a las demás. ¿No era eso lo que Mia quería?

Una sirvienta la observaba desde las sombras. Era una chica de ojos grandes, alta y desgarbada, con su grueso pelo recogido en una larga trenza amarilla que le colgaba por la espalda. Levantó la mano enguantada en un tímido saludo y Mia inclinó la cabeza. Al hacerlo, sus ojos se posaron en una mano fresca en una vitrina de cristal. La piel estaba recubierta de suciedad y las uñas hechas añicos y aún bordeadas de sangre. Esa debía de ser la mano de la Gwyrach cuyos gritos había oído.

Le inquietaba lo fina que era la muñeca. Qué frágil. De tamaño infantil. Mia veía los surcos que las uñas habían dejado en la palma al apretar el pequeño puño.

«Una mano de demonio —pensó mientras aligeraba el paso—. Carne de demonio.» Pero, para ser la mano de un demonio, era dolorosamente pequeña.

7

Ardiente

Mia estaba a punto de salir del corredor cuando oyó la música. Una melodía frágil e inquietante que estaba segura de haber oído antes. La siguió.

Las notas la llevaron a través de los pasillos negros y relucientes del castillo, más allá de la lechería y la sala de observación, a través de los jardines interiores, llenos de flores y hiedra. Cada vez que doblaba una esquina, Mia se veía reflejada en las paredes relucientes.

Se detuvo ante la puerta de la biblioteca. Era su rincón favorito del Kaer; allí había pasado muchas horas felizmente atrapada en un libro. La biblioteca hacía gala de una colección impresionante de láminas anatómicas y publicaciones médicas, con muchos más libros de los que los Rose tenían en su casita de la montaña.

Miró dentro desde el corredor. En la hornacina este, el príncipe estaba sentado a un piano negro reluciente. Mia ni se había dado cuenta de que hubiera un piano en la biblioteca, pero quizá fuera porque siempre tenía la cabeza enterrada en un libro.

Quin inclinaba la cabeza sobre las teclas, con *Beo* y *Wulf* echados a sus pies junto a los pedales. Cantaba en voz baja.

«Bajo las ciruelas, si así tiene que ser. Vendrás a mí bajo el ciruelo invernal…»

Tenía una voz hermosa, liviana y pura. Mia nunca lo había visto con un aspecto tan pacífico. No había encendido ninguna antorcha, pero un rayo plateado de luz de luna se colaba por la aspillera y hacía que su cabello destellara como oro hilado.

Reconocía la canción. En su niñez en los bosques de Ilwysion, una banda de músicos itinerantes de Luumia había representado una obra de teatro en la plaza del pueblo. En ella, el caballero cantaba esa balada a su doncella. Mia y Angelyne pasaron meses poniéndose los elegantes vestidos de color lavanda y amarillo limón de su madre y dando vueltas por la casa canturreando «Bajo el ciruelo invernal» mientras hacían promesas de amor eterno. Por aquel entonces, Mia era feliz leyendo novelas soñadoras y jugando a disfrazarse con su hermana. Fue después de la muerte de su madre cuando decidió que los cuentos de hadas no le servían de nada. Pero ver al príncipe hizo que su mente regresara a esos cuentos. Quin era tan apuesto como un caballero. Unos años antes, Mia se hubiera quedado embelesada ante su rostro inmaculado. Si él tuviera ni que fuera un atisbo de calidez, una mínima chispa de pasión, tal vez podría avivarse hasta convertirse en una llama, y esa llama, en una hoguera. Pero lo único que Mia había percibido de Quin era un frío helador. ¿Cómo podía hacerse fuego de un iceberg?

Plantada en el dintel, cavilando sobre esa alquimia imposible, los perros revelaron su presencia.

Wulf y *Beo* se le acercaron, hundiendo los hocicos en sus rodillas en un gesto amistoso. Debían de haberla olido.

La música se detuvo de repente y el príncipe se levantó de la banqueta.

—No os había oído entrar.

—No quería asustaros, alteza. Creí que seguíais en el salón hablando de política.

¿Cómo había conseguido pasar por el Corredor de las manos sin que ella lo viera? Ella misma se respondió: porque había vivido en el castillo toda su vida. Conocía sus laberínticos pasillos mucho mejor que ella.

—Nunca me ha interesado mucho el politiqueo —respondió él.

Mia reprimió un gruñido. Él se dio cuenta.

—¿He dicho algo gracioso?

—Nada. Solo que... —Titubeó, dudando cuánto decir.

—Hablad con franqueza.

—Pues claro que no os interesa la política. La política es una cuestión de poder y el vuestro nunca se ha puesto en duda.

Para sorpresa de Mia, él no le llevó la contraria.

—Creéis que soy un niño malcriado.

—Creo que habéis llevado una vida fácil, alteza —añadió ella rápidamente. No pretendía sonar tan huraña. Pero tampoco tenía intención de parecer encantadora. Encantar a alguien estaba tan solo un poco por debajo de embrujarlo.

Superado solamente por el asesinato, el embrujo era la forma de magia que Mia más temía. Las Gwyrach podían inflamar de pasión el corazón de sus víctimas, meterles el deseo en la sangre y —lo más inquietante— robarles el consentimiento. Aún oía las palabras de su padre: «Embrujar a alguien es convertirlo en esclavo, rosita. Es robarle la voluntad. Y sin voluntad, ¿qué somos?».

Mia se agachó para acariciar a *Beo*.

—¿A tus perros les gusta lo que tocas?

Silencio. Y luego:

—A *Beo* sí. Como cualquier mujer, tiene muy buen gusto. Su hermano es harina de otro costal, menuda bestia bárbara. *Wulf* prefiere el clavicordio.

¿Estaba bromeando? Su rostro era inescrutable. El príncipe Quin, maestro de la impavidez. ¿Quién lo diría?

Mia esperó a que dijera algo más, pero entonces se dio cuenta de que él esperaba que ella dijera algo. Su mente estaba tan en blanco como las páginas del diario de su madre.

—Bueno, pues... Os dejo tranquilo. Hizo ademán de irse.

—Esperad.

Parecía distinto, de pie junto al piano, con *Wulf* a sus pies lloriqueando para que lo acariciaran. Se había desabrochado los botones superiores de su jubón color esmeralda, dejando a la vista un triángulo de piel dorada y lampiña. Mia se obligó a volver la vista a las estanterías.

—¿Estáis de acuerdo con mi hermana? —preguntó él—. ¿Sobre lo de la magia?

Los órganos de Mia volvían a revolverse, como una flota de barcos chocando contra sus huesos. Aunque estuviera de acuerdo con Karri —que no era cierto— nunca se lo confesaría a Quin. Discrepar del rey equivalía a traición.

—Vuestro padre comprende la importancia de los Cazadores —respondió—. Y por eso le estoy muy agradecida.

Era difícil de distinguir a la luz de la luna, pero le pareció que el rostro de Quin reflejaba desilusión. Se puso tenso.

—Sé que no queréis nada conmigo. Preferiríais uniros a la alegre banda de asesinos de vuestro padre y cazar Gwyrachs por diversión.

—¿Creéis que cazamos por diversión?

—Debéis saber que a mí este matrimonio tampoco me complace. Claro que a mi padre le importa un comino lo que yo quiera. Claro que nunca tendría en cuenta mis deseos. Nuestra unión es una alianza entre familias poderosas. Si la magia bulle y hierve bajo las aguas tranquilas de este pacto, vuestro padre la encontrará y la aniquilará. Sois un recuerdo constante de que, para una Gwyrach, la muerte nunca anda lejos.

Nunca había oído al príncipe decir tantas palabras seguidas. «Las aguas tranquilas de este pacto.» ¿Quién hablaba así, fuera de los personajes de novela?

Príncipes mimados y pretenciosos, estaba claro.

Su furia era como un suave golpeteo procedente de una habitación lejana. Así que el príncipe no la amaría jamás. Pues muy bien. Ella nunca amaría al príncipe. El amor era una maniobra estratégica, una especialmente mala. Por su hermana estaba dispuesta a morir mil veces. Y, para salvar a su hermana, estaba a punto de hacerlo.

—En eso estamos de acuerdo —replicó—. Nuestra unión es una mera transacción. Un síntoma desafortunado de nuestro linaje, nada más. —Se acercó con brío al piano y le ofreció la mano enguantada—. ¿Estamos de acuerdo?

61

Quin titubeó un momento. Entonces alargó la mano y estrechó la suya.

Mia sintió un calor que se derramó sobre ella como si fuera miel. Un calor envolvente, pegajoso, que recorría la suave piel de sus brazos y hombros. Sus dedos se convirtieron en diez onzas de chocolate que se derretían lentamente. Como para comérselos.

—¿Mia? —La voz del príncipe era suave, curiosa. No estaba donde ella recordaba haberlo visto por última vez. ¿Cuándo se había colocado detrás de ella? Sentía su aliento en la nuca. Despacio, él levantó la mano y le resiguió la clavícula con el pulgar, dejando carne de gallina a su paso. Entonces la tomó delicadamente por los hombros y le dio la vuelta para verle la cara. Sus ojos estaban vidriosos, recubiertos de un distante fulgor dorado. Le apartó un rizo de la mejilla y Mia sintió cómo sus huesos cigomáticos le vibraban bajo la piel.

—Alteza. —La respiración se le entrecortaba—. Esto es de lo más inapropiado.

Él se quedó congelado. Tenía la mano en el aire, en una curva delicada, como si estuviera a punto de apoyar su barbilla en la palma. En su frente relucía una perla de sudor y su respiración era entrecortada, un ritmo desbocado que le hacía temblar el pecho.

Y, entonces, el momento se disolvió. Mia vio cómo el rostro de Quin volvía a su máscara familiar de frío desdén. Llamó a sus perros con un silbido.

La mente de Mia estaba hecha trizas. No entendía qué acababa de pasar entre los dos, ni por qué su cuerpo seguía bañado en un tierno calor. El príncipe ya no era hielo y escarcha: era fuego y ascuas. No era lo que ella había imaginado.

Y algo iba mal. Muy mal.

—Nos veremos mañana, Lady Mia —dijo con brusquedad.

—Hasta mañana —repitió ella medio paralizada mientras él se alejaba con los perros detrás.

Y, durante toda la noche, mientras el castillo dormía entre crujidos, recorrió con los dedos el rastro de la sensación placentera sobre su piel ardiente.

8

Chantaje

Mia despertó con un respingo. Se encontraba en su dormitorio, rodeada de almohadas de satén rojo bordeadas de encaje negro. ¿La familia real había elegido su ropa de cama pensando en los colores del clan Rose? Parecía un poquito exagerado.

Había soñado con los ojos de Quin. Sus iris eran círculos concéntricos, uno verde pálido y el otro verdiazul. ¿Cómo era posible que no se hubiera dado cuenta antes? Vio cómo una luz suave se concentraba en ellos cuando él se inclinó para acariciarla y cómo desaparecía igual de rápido.

¿Por qué la odiaba? Ella tampoco quería casarse con él, pero no era a él a quien odiaba por su compromiso. A juzgar por las apariencias, él también era un peón en el plan maestro de su padre.

No podía volver a conciliar el sueño. Pasaron diez minutos, luego una hora, luego más. Quizá un libro la ayudaría a dormirse. Salió de su barricada de almohadas de encaje, se puso unos escarpines de seda, se echó un chal de marta cibelina por encima del camisón y anduvo sigilosamente por los sombríos pasillos del castillo.

Cuando estaba a medio camino de la biblioteca, oyó voces procedentes del ala norte. Voces furiosas. Si no se equivocaba, los aposentos del príncipe se encontraban en la zona norte del Kaer, justo pasada la sala de estar.

Cambió de rumbo, recorriendo de puntillas otro corredor

y evitando a los dos guardas que lo vigilaban. Su chal negro ofrecía el camuflaje perfecto entre las paredes de ónice. En silencio, se adentró tanto como osó en el ala norte y llegó a la sala de estar del príncipe, amueblada con un clavicordio de oro, un puñado de esculturas y un pequeño escenario enmarcado por un telón de grueso brocado. Acababa de esconderse tras el terciopelo verde cuando oyó la voz indignada de Quin:

—¿… pensado en avisarme?

—Nos interesa tenerla cerca. —Mia reconoció los ladridos del rey Ronan—. Incluso a pesar de tu falta de estrategia política, seguro que eres capaz de entenderlo.

La voz fría de la reina Rowena interrumpió el silencio:

—Estarás perfectamente a salvo, amor mío. No dejaremos que te pase nada malo.

—Pero es peligrosa. No seréis capaces de negarlo.

—El Círculo ya no es lo que era —dijo Ronan—. Sospechamos que la lealtad de su padre puede haber cambiado. Mientras ella esté en el Kaer, podemos ejercer una cierta… influencia.

Esas palabras se enrollaron en el cuello de Mia como una soga. Hablaban de ella.

Quin dijo:

—Ya sé lo que quieres en realidad. Nunca dejarás de castigarme. Esto no es más que un nuevo capítulo de mi calvario.

—Tendrías que estar agradecido —le espetó el rey—. He sido mucho más generoso de lo que mereces.

Silencio. La reina dijo, con voz suave:

—Que duermas bien y tengas dulces sueños, cariño mío.

Mia notaba los latidos de su corazón en los oídos. Había terminado la discusión y Ronan y Rowena se marchaban. En breves instantes la encontrarían escuchando a hurtadillas desde la sala de estar, con los pies asomando bajo el cortinaje de terciopelo.

Ordenó a sus piernas que se movieran. Salió rápidamente de los aposentos del príncipe hacia el pasillo, pero, antes, oyó la voz de Quin, fría e inexpresiva:

—Sí, claro. Gracias, padre. Muchas gracias por esta novia de chantaje.

9

El amor es una magnetita

Angelyne tenía un don para embellecer las cosas. Mientras que Mia se había pasado los últimos tres años dibujando bocetos anatómicamente correctos de la pleura que recubría el mediastino, Angie se había empleado en medios mucho más bonitos.

Estaba de pie detrás de Mia frente a la cómoda de cerezo, aplicándole una tintura tras otra:

—Rosa para las mejillas. Polvo de pétalos de lulablú para los ojos. Pasta de atanasia y ciruela invernal para los labios. Ah, y ya sé que odias los ungüentos para la piel, pero ¿me dejas ponerte un poquitín? Te hará resplandecer.

—Ponme tanto como quieras —dijo Mia. ¿Había una forma mejor de anunciar el fin total y absoluto de su vida que untarse la cara con las entrañas de un animal?

Apenas había dormido después de su excursión nocturna. Oía una y otra vez la voz de Quin mezclada con la de sus padres. ¿Qué habían querido decir con lo de que la lealtad de su padre había cambiado? Griffin nunca había mostrado más que lealtad con el clan Killian.

Intentó en vano reconstruir el resto de la conversación con los fragmentos que había oído a hurtadillas. En la biblioteca, Quin le había contado que su unión era una alianza entre casas poderosas. Pero eso fue antes de la visita nocturna de sus padres. Su matrimonio seguía siendo una cuestión de llevar la delantera… pero no de la forma que ella creía.

65

Quin tenía más motivos que antes para odiarla. «Mi novia de chantaje.»

¿De verdad creían que era peligrosa? Una verdad silenciosa le reconcomía la conciencia. La apartó de su mente.

—No te vas a reconocer —decía Angie— cuando termine de hacer magia en tu cara. Eres espectacular, Mia, ¡pero no te haría ningún mal arreglarte un poco de vez en cuando!

Su hermana parloteaba más de lo habitual. Mia se lo agradeció; así ella no tenía que hablar. Lanzó una mirada taciturna a su reflejo con la mente emborronada por el miedo y la confusión mientras Angie la convertía en la viva imagen de una princesa.

Permaneció en silencio mientras su hermana la conducía al armario y le abrochaba con destreza primero el corsé de ballenas y, después, el traje de novia de seda marina. Con dedos hábiles, Angie unió la cola al drapeado de la espalda. Mia detestaba la cola. Era absurdamente enorme —podría esconderse un mundo entero debajo—, plisada y doblada en un chorreo de volantes de lo más incómodos. Iba emperifollada como una yegua en un día de feria.

Angie dio un paso atrás para admirar su obra.

—Estás preciosa, Mia. Al menos esto es algo bonito entre tanta tristeza. Ojalá Madre pudiera verlo. —Se tocó la piedra lunar y cerró los ojos.

—¿Necesitas descansar? —dijo Mia, preocupada. Su hermana empezaba a ponerse verde.

—Estoy bien. Estaba acordándome de Madre. A veces, todo esto es demasiado.

Mia se moría por hablarle a Angie del diario. En una noche llena de misterios crueles, el diario era el que más le dolía. Pero cualquier recordatorio de su madre era devastador para su hermana. A excepción de la piedra lunar, no había querido quedarse con nada; hasta la chuchería más trivial le desataba un torrente de recuerdos que la dejaba prostrada en la cama durante días. Tras la muerte de Wynna, Griffin y Angie eran partidarios de quemar todos sus efectos personales, mientras que Mia luchó por conservar cualquier cosa que hubiera tocado. Sus motivos no eran sentimentales. Inspeccionó todos y cada uno de esos objetos en busca de pistas: un cabello, un aroma desconocido. Hasta el rastro más difuso podría señalar el camino hacia la asesina de su madre.

—Pareces una princesa de cuento de hadas. —Angelyne se apoyó en el poste de la cama, con lágrimas perlando sus largas pestañas—. Mia Morwynna, hija del clan Rose, princesa del Reino del Río.

Mia no sabía si reír o llorar.

Unos golpes bruscos en la puerta la sobresaltaron. Su padre estaba en el umbral.

—Te esperan, rosita.

Y esta vez, cuando él le ofreció el brazo, ella lo tomó.

El sol se hundía en el oeste mientras Mia y su padre recorrían los pasillos del castillo, con una cabalgata de guardias y criados marchando detrás de ellos. Mia estrenaba unos guantes de piel de cordero para la ocasión, de un blanco lechoso tachonados con botones negros y rojos. Después de la ceremonia, se libraría de ellos para siempre. Un consuelo muy pequeño por el precio que iba a pagar.

Ansiaba contarle a su padre lo que había oído y preguntarle lo que significaba. Deseaba desesperadamente creer que él había actuado como lo había hecho por un buen motivo. Quizá quisiera protegerla de verdad.

—Padre —empezó, pero las palabras murieron en sus labios. Durante toda su vida había confiado en él de forma absoluta e implícita, como solo lo hacen los niños. Pero la confianza se construye a lo largo de una vida y puede destruirse en apenas cuestión de semanas.

Él guardaba secretos. Recordó algo que su madre le había dicho: «Los secretos son otra forma que tiene la gente de mentirse». Mia quería que su padre se lo contara todo, pero no podía creer ni una palabra que le dijera.

Casi habían llegado a la capilla cuando él hizo una cosa de

lo más extraña. Le soltó el brazo y le puso la mano en la espalda en un gesto firme y urgente. Al hablar, su voz era áspera:

—Tu madre te quería más que a nada. Nunca he visto un corazón como el suyo. Un amor así es poderoso. El amor es una magnetita, una fuerza tan poderosa que nada puede detenerlo, ni siquiera la muerte. Tú también cargas ese amor sobre tus hombros. Corre hacia él, rosita. Corre rauda y libre.

Mia sintió que su alma alzaba la testa cansada, buscando una promesa bañada en luz cálida. Los pasillos eran oscuros y opresivos, pero ella se sentía más ligera. Tal vez su madre estuviera con ella. En el aire, en el reflejo de Mia en el ónice. Tal vez no estuviera sola.

Hubiera jurado que vio a su padre pronunciar sin voz la palabra «perdóname» cuando sonaron las trompetas nupciales.

10

Prométemelo

$\mathcal{M}$ia se encontraba ante el altar de oro para casarse con su amor verdadero.

Sin embargo, ni era verdadero ni era amor. El altar ni siquiera era de oro, más bien de un bronce deslustrado. La seda marina la ahogaba y en el aire flotaba un olor a lilas putrefactas. El príncipe era un témpano de rizos perfectos.

—Estamos aquí reunidos —recitaba el duque Tristan —por el decreto real de Ronan, hijo del clan Killian, rey indisputado de Glas Ddir, para presenciar esta unión sagrada…

Esta vez no estaba atizándole a las velas, pero como si lo estuviera. Mia sentía cada una de sus palabras azotarla con un golpe casi audible.

Quinientos pares de ojos se clavaban en su espalda: criados, cortesanos, dignatarios y la guardia amenazante. En los márgenes distinguió a los Cazadores, con las manos descansando en las empuñaduras de sus espadas y arcos.

Sobre sus cabezas, un órgano colosal asomaba por la balaustrada como un esqueleto de huesos afilados. Las paredes estaban cubiertas de estatuas de deidades, figuras masculinas demacradas con túnicas funerarias en el cabezal de mausoleos en los que reposaban los primeros reyes del clan Killian, que ya no eran más que polvo humano sagrado. Bajo la bóveda de ángeles que sonreían con socarronería, una anilla de velas inmensa colgaba del techo goteando cera. La capilla real era inmensa y tétrica, una catedral más apropiada para un funeral que para una boda.

—Todos los presentes están obligados a honrar esta unión tan perfecta —decía Tristan— que marca una alianza entre dos grandes casas...

Mia miró con disimulo por encima del hombro hacia la galería, donde estaba sentada su familia. Angie le dedicó una sonrisa, pero la cara de su padre era inexpresiva, como si tuviera las cortinas echadas. ¿Por qué había mencionado a su madre? En ese momento le había infundido valor, pero, si lo pensaba dos veces, le parecía hasta cruel que la hubiera provocado con una lección de amor cuando estaba a punto de embarcarse en un matrimonio tan falto de él.

El príncipe se pasó los dedos entre sus tirabuzones rubios. Evitaba mirarla. Mia recordó el calor, pegajoso como la miel, que sintió cuando él la tocó en la biblioteca comparado con la puñalada de hielo de sus palabras al hablar con sus padres. «Es peligrosa. Mi novia de chantaje.»

—Si hubiera un hombre que tuviera motivos para oponerse —seguía Tristan— por un buen motivo a la celebración de esta boda, que hable ahora o que calle para siempre.

«Siempre un hombre —pensó Mia sombríamente—. No quieran los dioses que una mujer tenga motivos para oponerse. No quieran los dioses que una mujer tenga un buen motivo.» Se esperaba que las chicas destinadas a ser Cazadoras se casaran alegremente con chicos a quienes apenas conocían. Princesas magníficas se veían obligadas a ser testigos de cómo sus groseros hermanos pequeños heredaban reinos enteros cuando ellas estaban mucho mejor preparadas.

Mia siempre había albergado la esperanza de que tal vez, algún día, si los Cazadores pudieran eliminar la magia, el rey Ronan declararía que Glas Ddir era seguro. Ese era otro de los motivos por los que se zambullía en los textos de anatomía: debía de haber una forma de neutralizar la magia, de entender cómo las Gwyrachs podían controlar el cuerpo de otra persona, y detenerlas. Así ya no se vigilaría y se encerraría a las niñas, sino que serían libres para perseguir su destino.

Era un sueño descabellado y muy dulce. La había acompañado cada día de su entrenamiento como Cazadora. ¿Por qué las mujeres no debían hacerse a medida la vida que quisieran? ¿Vidas caóticas, complicadas, vibrantes, llenas de aventuras? Siempre había soñado con una libertad así, no solo para ella, sino para todas las glasddirianas.

Después de pasar las últimas semanas cerca del rey, se daba cuenta de lo infantil que había sido. Ronan se alimentaba de poder y violencia. Veía a las Gwyrachs como una colección de partes de un cuerpo demoníaco que había que desmontar y colgar, pero a sus súbditos humanos no los trataba mucho mejor. No habría libertad para las mujeres del Reino del Río. Mia enterraría su sueño en una tumba a ras de suelo.

Quin toqueteaba los botones dorados de su levita de novio. Como de costumbre, emitía una borrasca invernal que a Mia le picaba en la piel. ¿Cómo era posible que, apenas unas horas antes, el tacto de sus manos le hubiera encendido el cuerpo? Mia cerró los ojos para despejarse la cabeza.

Pero no sirvió de nada. Sucedía algo extraño. Su mente evocaba la visión de un lugar que no era capaz de ver con claridad, sino solo con sombras y texturas, sin formas claras. Cerró los ojos y dejó que los colores bailaran por el interior de sus párpados, deslumbrantes azules marinos y rojos encendidos, vivos de movimiento y energía. Quería absorberlo todo. ¿Era ese un sitio al que hubiera ido, o solo un sueño? No conseguía aferrarse a una imagen, pero, en los márgenes, oía la vibración de una melodía mezclada con el abundante y ruidoso sonido de risas femeninas.

¿Qué era esa visión suntuosa? Quería creerla, sumergirse en sus colores y sentir su veracidad en los huesos. Ese era un lugar en el que nunca se vería obligada a un matrimonio pactado por hombres, un lugar en el que podría moverse con libertad, sin amo, sin amor. Solo cuando nadie te quería eras libre de verdad. Abrió los ojos de golpe, ebria con la certeza de lo que el mundo podría ser. Quería mirar más allá de Quin, pero se encontró mirándolo directamente.

Y él también la miraba. Sus ojos eran dos varitas de azyfre, de un verde centelleante.

—Bueno, pues no hay objeciones —dijo Tristan.

Mia sí objetaba. Hacía un instante se encontraba cobijada en su mundo de fantasía. Y, de repente, se encontraba desnuda y desprotegida, en carne viva y vulnerable. No tenía ni idea de por qué todo el cuerpo le crujía y temblaba, de dónde venía ese torbellino de sentimientos sin lógica alguna, los pensamientos huidizos que no dejaban de chocar unos con otros.

No era una sensación agradable.

—Ahora diréis los votos al unísono —dijo el duque—. Tomaos las manos y jurad el voto sagrado.

Quin tomó su mano enguantada. ¿Eran imaginaciones suyas o le temblaban los dedos? El resto de la capilla centelleó y se ocultó tras una nube de humo, dejándolos solos. La luz de las velas se trenzó en un tapiz luminoso.

Carne de mi carne, hueso de mi hueso.

Te doy mi cuerpo, mi alma, mi hogar.

Pronunció los votos sin esfuerzo. Después de semanas sin apenas mirarla, Quin no apartaba los ojos de ella. Mia vio cómo su pecho subía y bajaba mientras apretaba los labios. Sus ojos le cortaban la carne y volvían a coserla, dejándole una historia de fuego y hielo y cenizas bajo la piel.

En la enfermedad, el sufrimiento y hasta la muerte,

hasta mi último aliento, tuyo seré.

El labio superior de Quin tenía un surco en el centro; su labio inferior era grueso y carnoso. Mia sintió que sus rótulas se derretían. O sea, que así se sentía una cuando le flojeaban las rodillas. Sus votos reverberaban por la capilla, un zumbido de consonantes, un aria de vocales.

Hasta que el hielo se derrita en los acantilados del sur,

Hasta que las ciudades se hundan en las arenas del oeste.

Mia tenía la sensación de tener dos corazones unidos en el pecho, como dos amantes con las manos entrelazadas.

Hasta que las islas orientales se hagan ceniza,

Hasta que los picos del norte se derrumben.

Era una locura. Mia sentía que la estaban haciendo pedazos. No tenía ni idea de lo que le estaba pasando y no podía fiarse de lo que desconocía. El príncipe se inclinó hacia ella y le rodeó la muñeca con los dedos.

Prométemelo, oh, prométemelo.

Serás mía.

—Sí, quiero —dijo Quin.

«Sí, quiero», iba a decir ella, pero las palabras se quedaron atrapadas en su garganta.

Tenía que escapar. No tenía ninguna lógica, pero al demonio con la lógica. Era una necesidad instintiva que la recorría como una bestia rabiosa. Tenía que salir de allí.

Se zafó de la mano de Quin y dio un salto atrás. Hizo ademán de dar media vuelta, pero Quin fue más rápido. Le puso las manos en la cintura, suaves pero firmes, y la hizo girar para enfrentarla a él; dio un paso hacia ella, prendió fuego a su inercia, le acunó la cara con las manos... y entonces cayó, cayó, cayó en sus brazos.

La cara de Quin estaba demasiado cerca, pesaba demasiado. Su cuerpo estaba inerte.

Estalló el caos en la capilla. ¿Qué sucedía?

Intentó sostener a Quin, esforzándose en aguantar su peso, y entonces lo notó. El astil de una flecha clavada en su espalda.

Cuando el príncipe se desplomó en el suelo de la capilla, Mia tenía las manos pegajosas de sangre.

73

11

Gwyrach

Caos. Gritos. Un calor mortal que venía de todos lados, líquido y espeso, como el vórtice candente de una volqán fojuen.

Mia se agachó sobre el cuerpo encogido de Quin. Le pareció oír gritar a la reina Rowena y, a continuación, un entrechocar de acero, pero era imposible distinguir los sonidos. Un hombre aterrado corrió al altar y se encontró rápidamente con la punta de la espada de uno de los guardias.

No veía a su familia, en el palco se había desatado un gran alboroto. Se le nubló la vista al mirar a Quin y ver el charco oscuro de sangre que se iba extendiendo debajo de él. Había tanta sangre que podía verse la cara reflejada en ella.

El príncipe se convulsionó; tenía salpicaduras de saliva en los labios. Estaba vivo.

Pero no por mucho tiempo si lo pisoteaban y le aplastaban el cráneo. ¿Por qué la guardia real no había corrido a protegerlo?

Con el tumulto acrecentándose a su alrededor, Mia comprendió dos cosas. Una: si nadie iba a acudir en su ayuda, era su responsabilidad poner al príncipe a salvo.

Dos: casi con total seguridad, el arquero que había intentado matarlo seguía ahí.

Rodeó a Quin con los brazos por el pecho y, manteniéndose agachada, lo arrastró hasta la sacristía. Su mente se había amotinado, pero sus manos se mantenían firmes. En silencio, dio las gracias a su padre: de él había heredado, entre otras cosas, la capacidad de mantener la cabeza fría en situaciones de crisis.

La sacristía estaba tal y como ella la recordaba: una mesita en el rincón recubierta de terciopelo morado. Agarró una vela, apartó el mantel y se metió debajo con Quin.

Él gimió. No podía tumbarlo bocarriba —de eso tenía la culpa el arquero—, así que lo puso de lado.

—Te pondrás bien —le dijo, aunque no tenía ni la menor sospecha de cómo conseguirlo. La flecha se había clavado a mucha profundidad y la herida sangraba con profusión.

Los asistentes a la boda habían enloquecido; el tumulto de la capilla amenazaba con pasar a la sacristía en cualquier momento. Una nueva idea la golpeó con horror: ¿y si era uno de los guardias quien había intentado matar al príncipe? Tenía que actuar con rapidez.

Mia arañó el borde de la trampilla. La madera se hizo astillas bajo sus uñas. La fina cadena se rompió con facilidad cuando logró abrirla y se metió dentro. Junto a la apertura, abrazó el cuerpo de Quin y, medio a rastras, medio cayendo, consiguió meterlo en el túnel. La cola de su vestido les cayó encima como un suflé a medio hornear.

Quin gritó. Había caído de espaldas y la flecha se había hundido aún más. Mia maldijo su poco cuidado. Cogió la vela que había tomado en la sacristía y cerró la trampilla sobre sus cabezas.

—Quin, mírame. Necesito que me mires. —Él no conseguía enfocar los ojos.

Tenía que sacar la flecha. No tenía los instrumentos adecuados —pocas novias habría que llevaran cuchillos y adormidera al altar— pero debía intentarlo.

Enarboló la vela, cuya llama bailoteaba bajo el embate de su respiración entrecortada. El astil había entrado por encima del omóplato izquierdo. Veía la punta de la flecha, roja y siniestra, a punto de asomar bajo la piel por encima de la clavícula. No le había atravesado los pulmones y el corazón por un pelo. Tenía suerte de estar vivo.

75

Lo puso boca abajo y presionó la cresta huesuda del omoplato para sostenerlo. Era un error común creer que las flechas, una vez alojadas en el cuerpo, debían empujarse para sacarlas por el lado opuesto. Era una idea científicamente nefasta. Si se la arrastraba por el interior de la cavidad torácica, el emplumado al final del astil podía causar desgarros y sangrado interno. Si la flecha había causado una herida limpia, el camino de salida ya estaba hecho: podía sacarse por donde había entrado siempre que se fuera con mucho, mucho cuidado.

Mia cerró los ojos y evocó en su mente la imagen de El Hombre Herido: una figura alta y esbelta agujereada por todo tipo de flechas, cuchillos, lanzas, dardos y espadas. Macabro, sí, pero había una buena razón por la que era su lámina anatómica preferida: junto a cada herida había un pulcro texto con una descripción de la misma, el tratamiento recomendado y las posibilidades de recuperación. Mia había sentido un inmenso alivio al descubrir que incluso las heridas podían clasificarse y solucionarse. Había memorizado la lámina palabra por palabra.

Por lo que había visto de la punta de la flecha, parecía de piedra lisa, sin aristas ni salientes. Las puntas con aristas eran muy problemáticas, pues podían desgarrar órganos vitales al sacarlas, así que, dentro de lo que cabía, el pronóstico era objetivamente bueno. ¿Qué mejor momento para arrancar una flecha del pecho de un hombre?

—Inspira profundamente —dijo—. Esto te dolerá solo un momento.

Fue rápida. Con una mano presionando el omoplato con firmeza, agarró el astil de la flecha con la otra, cogió aire y arrancó la flecha del cuerpo de Quin de un tirón.

La echó a un lado, complacida. La había sacado entera, incluida la punta. Una extracción perfecta. Pero su satisfacción duró bien poco. Quin se dio la vuelta hasta quedar bocarriba mientras la herida volvía a sangrar abundantemente. Aulló de dolor y se quedó inconsciente. Mia debía de haber hecho algo mal. Debía de haber rozado la arteria carótida, había demasiada sangre.

Mia intentó no perder los nervios. ¿Por qué su padre nunca le había dejado estudiar teoría de heridas en la práctica? Un cirujano solo llegaría a ser tan bueno como los cadáveres que trataba. Pero, a pesar de que otros Cazadores a menudo practicaban la extracción de flechas con los cuerpos de las Gwyrachs, su padre le había prohibido asistir a esas sesiones repugnantes.

El príncipe gruñó y empezó a mover sus labios pálidos sin hacer ruido. Intentaba hablar. Mia le tocó la frente: ardía.

—Bajo las ciruelas —susurró él—. Vendrás a mí bajo el ciruelo invernal.

Con un espasmo doloroso, Mia pensó en Angelyne y sintió la quemazón de la vergüenza. En la capilla, Mia había intentado huir. Había prometido proteger a su hermana, pero, al final, sus instintos más básicos habían ganado, demostrando que uno no podía fiarse jamás de los instintos.

¿Dónde estaría Angie? ¿Estaba a salvo? Era una pregunta inane teniendo en cuenta que acababan de disparar una flecha en la espalda del príncipe. ¿Eran las Gwyrachs las responsables? Esa teoría no se sostenía por ningún sitio; las Gwyrachs no necesitaban flechas y arcos cuando eran capaces de detener el corazón de un hombre. ¿Estaban atacando el Kaer? ¿Otro reino había decidido invadirlo?

De repente, Quin se sentó derecho, dándole un susto.

—Solo queríamos… Nunca pretendimos… Estaba allí tumbada en la piedra… tan quieta… tan fría…

Mia sintió un escalofrío.

—¿Quién estaba allí tumbada?

—No esperábamos que nos encontrara. Yo no quería…

—¿Quién? ¿Quién os encontró?

Quin se dejó caer en sus brazos farfullando cosas sin sentido. ¿Era un delirio febril, o su última confesión? Tosió y se manchó los labios de sangre. Mia sabía lo suficiente de anatomía como para darse cuenta de que aquello no era buena señal.

Le abrió la levita nupcial y la camisa de un tirón, haciendo saltar varios botones. Tenía el pecho suave y lampiño, un lienzo en blanco para la sangre que manaba de la herida. Nunca había visto tanta sangre. Lo manchaba todo. La seda marina de su vestido se había teñido de un rojo profundo y palpitante.

Qué ironía más amarga. Se encontraba en los túneles subterráneos de Kaer Killian con un vestido de novia ensangrentado. Estaba interpretando una grotesca parodia de la fuga que había planeado para sí misma y su hermana. Qué ingenua había sido, pretendiendo fingir un asesinato con sangre de jabalí. Un asesinato de verdad era algo muy distinto.

Observó el rostro ceniciento del príncipe, la camisa desgarrada, los tirabuzones dorados y empapados en sudor que se le pegaban a la frente. Nunca lo había visto tan joven ni inocente. Era difícil ser un imbécil redomado cuando uno está a las puertas de la muerte, incluso para alguien con un don tan pronunciado para la imbecilidad como el príncipe.

—No me dejes, Quin.

En sus diecisiete años de vida solo había visto un cadáver, y era uno inquietantemente pulcro y estéril; el cuerpo de su madre no tenía ni una sola señal visible de herida. Hasta entonces, Mia no se había dado cuenta de cuánta sangre cabía dentro de una persona. Leer en un libro que el cuerpo de un adulto contiene unos cinco litros era una cosa; bañarse en esos cinco litros, otra muy distinta.

Estaba acostumbrada a tener una respuesta para todo, pero, en ese momento, no tenía ninguna. Iba a suspender ese examen. Si no ocurría un milagro, Quin moriría en sus brazos.

La llama de la vela parpadeó y se estremeció antes de apagarse y cubrirlos con un manto negro.

Mia estaba agotada. Pero no podía darse por vencida. Aún no. Así no. Repasó mentalmente todos los libros que había leído. Todos los dibujos anatómicos que había realizado como Cazadora, las clases de fisiología de su padre, las habilidades sanadoras de su madre. Tal vez pudiera detener el sangrado. Tal vez no fuera demasiado tarde.

Se quitó los guantes en un gesto instintivo y los echó a un lado para presionar el pecho de Quin con las manos desnudas. Por una vez, no sintió que el príncipe despidiera frío, solo un calor enfermizo. El truco era presionar. El truco era hacerle saber que no estaba solo. El truco era hacer todo cuanto estuviera en su mano para que no muriera en ese túnel oscuro, lejos de su familia, lejos de sus perros.

—No me dejes. Por favor.

Constató sorprendida que se le quebraba la voz. Nunca se había sentido tan sola.

Su cuerpo era como un trapo escurrido. Veía cómo su esperanza y sus fuerzas se iban por un desagüe imaginario. Sobre su cabeza oyó pisadas y golpes metálicos. Si los guardias no la encontraban con el príncipe muerto en sus brazos, lo haría el asesino y los mataría a los dos.

Acercó la cabeza al pecho de Quin, buscando desesperadamente un latido. Nada.

¿Había corriente en los túneles? Notaba un soplo sobre la piel, como si algo succionara el aire de los corredores. Se moría de ganas de dormir. Empezó a perder el conocimiento, pero despertó de un respingo. ¿Cómo podía fallarle el cuerpo en un momento como ese? Luchó por mantener el control. Pero sentía las puntas de los dedos dormidas, pesadas sobre el pecho del príncipe. Le picaban los ojos, notaba los párpados de plomo.

Mia dejó caer la cabeza; sus tirabuzones desleídos rozaron la cara de Quin.

Lo había perdido. Se acabó.

—Cosquillas.

Mia abrió los ojos de golpe. ¿Era él quien había hablado?

—Tu pelo. —Su voz era un murmullo lejano, como si hablara desde el fondo de un pozo. A oscuras, Mia notó que él levantaba una mano para apartar la cortina de rizos que colgaba entre los dos—. Está por todas partes.

Mia se incorporó. Con el corazón desbocado, escudriñó la

negrura impenetrable. Y descubrió que no era impenetrable: una luz difusa entraba a través de alguna grieta imperceptible en la piedra. Las mejillas de Quin estaban teñidas de color. Sus ojos iridiscentes, despejados y abiertos… y perplejos.

Mia también estaba perpleja. ¿Cómo podía ser que el color hubiera vuelto a su rostro?

Él se enderezó, pero volvió a dejarse caer sobre los codos, mareado.

—¿Qué ha pasado? Estábamos en la capilla diciendo nuestros votos. Lo último que recuerdo…

Quin vio la flecha en el suelo. Luego se miró la herida.

—No deberías… —empezó ella, pero era demasiado tarde: Quin se tocó el agujero que tenía en el pecho. Mia se estremeció, esperando un grito. Pero él no hizo ni siquiera una mueca. Se miró las puntas de los dedos, confundido.

Porque no había ningún agujero.

Bajo la escasa luz, Mia vio algo imposible: la piel había vuelto a juntarse, deteniendo la hemorragia. La herida ya no sangraba. Era blanca, con ligeras protuberancias sonrosadas en forma de espinas de pez. Ya había cicatrizado.

—Por los cuatro dioses —dijo él.

El cerebro de Mia estaba revolucionado. Quin tendría que estar muerto. Se miró las manos, que seguían mojadas de sangre. De alguna manera, lo había salvado. Pero ¿de qué manera?

—Me has curado —dijo el príncipe en voz baja.

No. No era posible. Había pasado tres años estudiando el cuerpo humano. Una herida tan profunda y grave no desaparecía con solo tocarla.

A menos que…

A menos que…

—Eres una Gwyrach —dijo Quin.

12

Momentos de extrema gravedad

$\mathcal{M}$ia oía las palabras de Quin, pero era incapaz de procesarlas.

—Yo… Yo no soy una Gwyrach —balbució—. No puedo ser una Gwyrach.

—Me has curado con solo tocarme. —Quin se palpó la cicatriz con cuidado—. Ni siquiera me duele. Es como si no hubiera pasado nada. —Entrecerró los ojos—. En la capilla, durante la ceremonia… Me estabas embrujando, ¿verdad?

Mia sintió un nudo en el estómago. En su pecho se removía una lava ardiente. Tragó saliva para impedir que la bilis le subiera por el esófago. Todo cuanto sabía, todas las verdades que creía conocer con tanta seguridad, habían desaparecido de un plumazo.

—Yo no… Yo no puedo… Yo nunca haría eso.

Las palabras le salían atropelladamente. Incluso mientras las pronunciaba, ya sabía que eran mentira. Veía la ceremonia nupcial bajo una nueva luz: el calor pegajoso, las chispas encendidas que se le clavaban en la piel. Lo había embrujado. Y debió de hacerlo también en la biblioteca. Lo que ella, en su ingenuidad, había tomado por un deseo incipiente era su propia magia oscura.

¿Cómo había sido tan tonta? Lo había estudiado en cientos de libros, conocía de sobra las señales y los síntomas. Le había tocado la mano en la biblioteca y también en la capilla. Y, ambas veces, Quin se había puesto a sudar y a respirar con dificultad y el corazón le latía tan fuerte que hasta ella había sentido un martilleo bajo su propia piel. Sin querer, le había inoculado el deseo en la sangre. Había hecho que él la deseara.

Pero ¿acaso no llevaba los guantes puestos en ambas ocasiones?

«Embrujar a alguien es convertirlo en esclavo, rosita. Es robarle la voluntad. Y, sin voluntad, ¿qué somos?»

Sobre sus cabezas, los guardias del rey desataban el caos en la sacristía. Sin duda alguna, los Cazadores también estarían con ellos. Una verdad horrenda cayó como una piedra en su estómago.

Era una Gwyrach. Si la encontraban, la matarían.

Parpadeó.

—No sé si...

—Es evidente que alguien quiere matarme. Y, en cuanto descubran que eres una Gwyrach... —La expresión de Quin era muy seria—. Tu mano será un nuevo trofeo para la galería de mi padre.

El miedo se revolvía en su pecho.

—¿Me delatarás?

—No, Mia. No soy tan perverso como pareces creer. —Se señaló la herida con un gesto—. Pero esto es algo incontestable, ¿no crees?

Tenía razón. La piel cicatrizada era una perversión antinatural que solo podía ser obra de la magia. Estaban los dos perdidos.

Arriba se oían gritos y un estruendo de acero y latón.

A Mia se le ocurrió una locura. No tenía ninguna lógica, era una insensatez absoluta, algo que no se le hubiera ocurrido ni en un millón de años... pero podría funcionar.

—Conozco una salida —dijo—. Sígueme.

Se había pasado días dedicando muchos esfuerzos a su esmerado mapa de los túneles, pero, al final, no fue el mapa lo que la salvó. Al guiar a Quin por los pasillos, recordó los pasos rápidos y seguros de su padre la noche antes. Su regalo de despedida.

Unos momentos después llegaron a la cripta del castillo.

Mia ansiaba abrazarse a la tumba de su madre. En la penumbra, veía el elegante ciruelo tallado en la lápida fría y gris, con el pajarillo en su rama solitaria mirando a la luna. «Adiós, Madre.» Parecía que nunca tendría la oportunidad de despedirse como era debido. No la tuvo tres años antes, ni la tendría en ese momento.

—¿Qué hacemos en la cripta? —preguntó Quin, inquieto.

—Ahora verás.

Nunca había sentido un agotamiento así. Su cuerpo era un recipiente vacío, sujeto a los caprichos de una fuerza superior a la suya propia. El príncipe también estaba algo mareado, se le veía en la cara. Mia le rodeó la cintura con el brazo y, juntos, avanzaron a trompicones por el pasadizo que salía de la cripta.

—Este camino es muy traicionero —dijo ella, repitiendo las palabras de su padre—. Ándate con cuidado.

Dio gracias por sus piernas y caderas fuertes mientras avanzaban entrelazados trabajosamente. Se tropezaron con el precipicio en el exterior del castillo. El viento revolvió el cabello de Mia. La luna era una gema que rielaba en el cielo.

Y allí estaba, como un faro centelleante a unos siete metros sobre sus cabezas en el acantilado.

El laghdú.

El carruaje que, tiempo atrás, transportaba a príncipes y princesas a través del precipicio estaba vacío, balanceándose sobre un largo cable en tensión. El mismo cable que unía Kaer Killian con el pueblo, mucho más abajo.

«Corre, rosita. Corre rauda y libre.»

¿Su padre lo sabía?

No tenía tiempo para pensar en ello. Ayudó al príncipe a trepar por el risco y lo metió en el carruaje envuelto en los restos de su camisa ensangrentada.

—¿Mia? —La voz de Quin sonaba insegura—. ¿Qué es lo que vamos a hacer?

—Tienes que confiar en mí.

Una propuesta descabellada teniendo en cuenta que el vestido de novia se le enredaba en los tobillos y por poco la hizo tropezar y caer al precipicio. Esa hermosa fruslería iba a matarla, estaba harta de tropezarse con ella. Enterró los dedos en la cola y se la arrancó, lanzándola sobre la peña como un gran ovillo de seda sucia.

Algo salió rodando de entre la tela.

Era algo pequeño y grueso que estuvo a punto de caer a la boca abierta del acantilado. Mia se echó hacia delante y lo recogió del borde de la roca.

Era el diario de su madre, con el pequeño saltaparedes rubí encajado en la cerradura.

¿Quién se lo había puesto ahí? ¿Su padre? ¿Angelyne? No se había dado cuenta de que alguien le hubiera metido el libro en la cola. Pero, claro, la cola era prácticamente un animal vivo y ella había estado ocupada con otras cosas, que incluían una boda fallida, un intento de asesinato, magia negra, etcétera.

Quizá la pregunta no fuera quién, sino por qué. El diario era un ladrillo inútil de nostalgia y páginas en blanco. Mia pellizcó las alas del saltaparedes y abrió la cerradura. Una brisa hizo girar las páginas y un atisbo de tinta negra le llamó la atención.

Le dio un vuelco el corazón.

La mayoría de páginas seguían en blanco, pero había aparecido algo escrito en la primera. Se le secó la boca cuando sus dedos tocaron el texto escrito con la letra elegante de su madre.

Si este libro se perdiera, su autora solicita humildemente que la que lo encuentre haga todos los esfuerzos razonables para devolverlo a su hogar.

Si quien lo hallara se perdiera, la autora sugiere humildemente que considere el mismo viaje, a un lugar seguro.

El camino se mostrará a la que quiera encontrarlo.

Todo lo que buscas será revelado.

W. M.

Bajo las palabras había un amasijo de curvas y tirabuzones lleno de manchas de tinta. Un mapa.

Mia no tenía tiempo de preguntarse nada. Se oían gritos resonando por los túneles. Los guardias se acercaban, llenos de una furia leal y virtuosa. ¿Iban con ellos los Cazadores? De ser así, a Mia le quedaban minutos contados.

Envolvió el libro con el amasijo de la cola de su vestido para protegerlo y dejó el hatillo junto al príncipe. A continuación, ella también se metió en el carruaje.

Quin tenía la cara encendida.

—¿Me permites decir que esta es una idea extraordinariamente mala?

—¿Tienes una mejor?

Mia tanteó el interior del carruaje en busca de algún objeto afilado. No había nadie que pudiera operar la carroza, de modo que tendría que cortar la cuerda que la unía al cable y los mandaría cuesta abajo en caída libre.

«Bridalaghdú: caída de la novia.»

—¿Qué buscas?

—Necesito un cuchillo.

Él palideció.

—¿Un cuchillo?

—No voy a clavártelo, Quin. Acabo de salvarte la vida, ¿lo has olvidado?

Se quedó mirándola durante un largo rato. Demasiado largo. Los túneles estaban a punto de escupir una mezcla letal de guardias y asesinos; lo sentía en los huesos.

Quin se sacó una vaina de cuero de la bota y desenfundó una fina daga plateada. Se la ofreció. Esta vez, fue Mia quien palideció.

—¿Quieres que te cuente por qué he traído una daga a nuestra boda?

Ella esbozó una sonrisa triste.

—Nunca es mala idea llevar un arma encima en los momentos de extrema gravedad.

Tal vez el príncipe no fuera lo que pareciera. Tal vez él también guardara secretos.

Mia tomó el cuchillo y lo enarboló, haciendo destellar el filo a la luz de la luna. Observó su reflejo. Un demonio vestido de seda marina le devolvió la mirada.

Y aun así, a pesar de todo, a pesar de que se encontraba rodeada de las cenizas de su vida, hacía mucho tiempo que no se sentía tan libre.

Poderosa.

«Corre, rosita. Corre rauda y libre.»

—¿Adónde iremos, Mia? ¿Dónde podemos escondernos?

No respondió. De un gesto veloz, cercenó la cuerda que los ataba a la piedra negra. Con la cuerda partida en dos, el carruaje dio un brinco, liberado de su amarre después de tantos años.

Y, juntos, volaron.

SEGUNDA PARTE

Hueso

13

Cómo conseguir fugarse en ocho sencillo pasos

1. Sobrevivir a una caída de ciento cincuenta metros* en un artilugio potencialmente mortal.
2. Tras retomar el contacto con tierra firme, saquear el laghdú en busca de provisiones. No encontrar nada más que vestidos y pantalones apolillados.
3. Ponerse los susodichos vestidos y pantalones apolillados y ajustarlos a medida con el material disponible. Por «material disponible» se entiende: un ovillo de cordel mohoso.
4. Improvisar un hatillo con un vestido de novia ensangrentado.
5. Guardar la daga envainada en el hatillo improvisado.
6. No perder el tiempo preguntándose por qué el prometido de una llevaba una daga escondida en la bota.
7. Cruzar a hurtadillas Villa Killian sin llamar la atención.
8. Consultar el mapa que tan misteriosamente ha aparecido y dirigirse hacia la bifurcación en el río.

* Para futuras fugas, pensar un método alternativo.

14

Un final breve y sangriento

La caída casi mortal de Mia y Quin les había conseguido un margen de tiempo limitado. Aparte de la caída libre en laghdú, el Kaer solo tenía una entrada y salida: la escarpada carretera excavada en la ladera este. Mia aún estaba luchando por mantenerse en pie cuando divisó la hilera de guardias que moteaba la carretera este.

—En una hora estarán en el pueblo —dijo Quin—. Los hombres de mi padre son rápidos.

—Pues nosotros lo seremos más.

Mia seguía conmocionada, pero, al menos, la conmoción le daba impulso. Cruzaron a toda prisa los callejones de Villa Killian sin que nadie los viera, tomando todos los atajos y callejones despejados. Las casas estaban quietas, acunadas por el silencio de la noche, pero las tabernas y burdeles bullían de actividad y depravación. Al pasar frente a uno de estos establecimientos, un hombre apareció tambaleándose en la entrada y vomitó bilis en el suelo que por poco cayó sobre las botas del príncipe.

—Qué bonito —murmuró Quin.

A Mia, que no había pasado mucho tiempo en el pueblo, le sorprendió lo ruinoso que parecía. Esperaba casitas pulcras y recién pintadas como las de Ilwysion, pero lo que veía eran cabañas desvencijadas y chozas de paja, con montones de basura y estiércol rodeados de moscas cada pocos pasos. La gente estaba más escuálida de lo que ella recordaba; sus ropas, harapientas y sus caras, manchadas de hollín y mugre. Contó al menos cinco ratas correteando entre los adoquines.

—Glas Ddir no ha prosperado bajo el reinado de mi padre —dijo Quin, mientras recuperaban el aliento apoyados en la puerta de un herrero—. Bronwynis fomentó el crecimiento del libre comercio y los negocios. Pero, en cuanto mi padre se hizo con el trono tras el asesinato de mi tía, nuestro hermoso reino vio cómo las importaciones desaparecían y las exportaciones se hacían cenizas.

Mia arqueó una ceja.

—Creía que no te gustaba el politiqueo.

—No me gusta codearme con fanfarrones que se apoltronan en un sofá a fumar cigarros. El politiqueo es una cosa. La política es algo muy distinto.

Era cierto lo que decía sobre el Reino del Río. Hasta donde Mia podía recordar, los glasddirianos habían salido adelante gracias a sus propios productos: lino y lana, madera, carnes en salazón, quesos tiernos y un suministro aparentemente infinito de barricas de vino de endrino, que a ella siempre le había parecido trágicamente aguado. Glas Ddir se había hundido en la pobreza más miserable y Villa Killian era la muestra más evidente de ello.

—Tenemos que seguir adelante —dijo Mia mientras salía de su escondrijo en el callejón y se apresuraba en cruzar una avenida de adoquines mugrientos. No avanzaban tan rápido como le hubiera gustado—. Date prisa.

—Eso intento —jadeó Quin—. Es que resulta que morirse es muy cansado.

—Pues resulta que salvarte la vida también.

Una niña con un vestido de lino hecho jirones y unos grandes ojos hambrientos pasó frente a ellos con andares tambaleantes. ¿Se dirigía a los burdeles? Era demasiado joven. Mia sintió un nudo en el estómago. Deseó tener una bolsa de monedas de plata para darle, o comida, o piedras preciosas del castillo… Cualquier cosa que pudiera suministrarle una dosis de esperanza.

Quin negó con la cabeza.

—No suelo visitar el pueblo, pero cuando lo hago, siempre me acuerdo del coste de las «políticas» de mi padre. Hago lo que puedo para ayudar.

A Mia le sorprendía la sinceridad del príncipe. En la biblioteca lo había tildado de ser un mimado cuando resultaba que, en realidad, solía hacer visitas de caridad a los glasddirianos necesitados. La madre de Mia también lo hacía: Wynna había viajado durante años por los pueblos de la montaña o junto al río, llegando incluso hasta Villa Killian, para llevar medicamentos a los enfermos. ¿Y qué había estado haciendo Mia los últimos años? Leyendo libros de anatomía en el aire puro de Ilwysion.

Mia esbozó una mueca. Era ella la mimada.

—Disculpe, señorita.

Dio media vuelta y encontró a un chico que tendría la edad de Quin, aunque encorvaba la espalda como un viejo. No parecía glasddiriano, tenía pecas oscuras como manchas de tinta que le salpicaban la piel bronceada y bajo su maraña de pelo negro tenía un aire frágil, con un brillo mortecino en sus ojos plateados. Aunque la había llamado «señorita», hablaba con el acento propio de la nobleza.

Les hizo una señal con la cabeza. Mia percibió cómo Quin se ponía en guardia a su lado.

—¿Buscan un sitio para pasar la noche?

Nada le hubiera gustado más que dormir en una cama caliente. Le pesaban los brazos y las piernas de agotamiento. Pero, si se quedaban en el pueblo, los encontrarían los guardias. O, lo que era peor, los Cazadores.

El muchacho interpretó correctamente su titubeo:

—O comida. Para el viaje. No tengo mucho que ofrecer, solo esto. —Enseñó una hogaza pequeña de pan y una bolsa de ciruelas invernales. Mia se dio cuenta de que le faltaban dos dedos en la mano derecha.

—¿A qué precio? —preguntó. Ese chico podría ser uno de los espías del rey, apostado en los burdeles del pueblo para dar cuenta de cualquier actividad dudosa. Había espías por todas partes, hombres hambrientos desesperados por conseguir la recompensa que Ronan ofrecía por delatar a cualquier muchacha sospechosa de practicar la magia.

—Ningún precio, señorita. —Hizo una pausa—. Es que me recuerda usted a mi hermana, eso es todo.

Quin se quedó mirando al chico fijamente.

—¿Dónde está tu hermana?

—Se fue. Se la llevaron.

—¿Las Gwyrachs?

—No, señor, los hombres del rey.

El nudo del estómago de Mia volvió a apretarse. Había oído los rumores que hablaban de guardias de Ronan dando caza a niñas de no más de doce o trece años y llevándolas directamente a Kaer Killian, eludiendo al Círculo de la Caza. Algunas de esas niñas eran declaradas inocentes y devueltas a sus familias. A otras no se las volvía a ver jamás.

Mia había querido hacer caso omiso de esos rumores, pero durante su estancia en el castillo vio un día a una chica que conocía de Ilwysion, esbelta y fuerte, de radiante piel olivácea y una melena negra tan sedosa que le caía por la espalda como una cortina. De niña, esa chica había ganado a tres chicos en una carrera cuesta arriba por la montaña. Sin embargo, ya no era una ágil atleta de pies ligeros. La habían convertido en una muñeca viviente, cubierta de potingues, joyas y plumas bañadas en oro. La habían paseado por la corte del rey Ronan junto con otras favoritas del burdel del pueblo y Mia, al verla, sintió náuseas.

Otro de los privilegios de Mia: como hija de Griffin Rose, no había corrido esa suerte.

—Tenemos que irnos —le dijo a Quin. Se arriesgaban a ser descubiertos. Si el muchacho reconocía al príncipe, tendría aún más motivos para indicar a los guardias la dirección correcta.

—Por favor. —El muchacho dio un paso adelante y Mia percibió un titubeo en su andar. Él le ofreció sus provisiones—. Un regalo.

No apartaba los ojos de sus brazos. Mia no llevaba guantes; se dio cuenta de que se los había dejado en los túneles. El chico los delataría sin duda alguna. Mia sintió náuseas. Debería delatarla. Porque era una Gwyrach.

—Tenemos que irnos ya —susurró con fiereza al oído de Quin.

Mientras giraba sobre sus talones, vio cómo el príncipe alargaba los brazos para aceptar los víveres y sus dedos permanecían durante un instante excesivamente largo sobre la palma de la mano del muchacho. Si Quin hubiera sido una mujer, ese contacto le habría costado la mano.

—Cuidaos, alteza —dijo el chico en voz baja mientras ellos buscaban refugio en las sombras. Así que había reconocido a Quin desde el principio.

Mia se preguntaba cuánto acababan de sacrificar por un mendrugo de pan y un puñado de ciruelas.

El diario de su madre era mágico. Eso era evidente. La tinta normal en un libro normal no aparecía de repente sobre la página. Mientras escudriñaba la caligrafía elegante, sintió un atisbo de incomodidad. Había pasado los tres últimos años empecinada en combatir la magia en todas sus formas. Y, sin previo aviso, se había visto convertida en una criatura mágica con un libro mágico en las manos.

¿Significaba eso que su madre también tenía magia?

—Es inútil. —Quin jadeaba, tenía las mejillas encendidas por el agotamiento. Habían llegado a las afueras del pueblo y se acercaban al río—. Los guardias tienen caballos. Y perros. Mis perros, que pueden seguirme el rastro a la perfección. Entre los dos tenemos solo cuatro piernas y la verdad es que están bastante agotadas. A menos que puedas sacarnos de aquí por arte de magia —meneó los dedos en el aire—, no lo conseguiremos.

Lo malo de que el color estuviera volviendo a sus mejillas era que su hosquedad habitual también estaba regresando.

—La magia —dijo ella— no es un arte.

O tal vez sí. Era evidente que había lagunas en sus conocimientos sobre lo que la magia era y dejaba de ser. La certeza volvió a azotarla: era una Gwyrach. Un demonio. Una asesina.

Mia apartó la idea de su mente, incapaz de aceptarla. Volvió a centrar su atención en el mapa.

Su madre había dibujado el castillo y Villa Killian, pero los territorios del oeste y del sur se encontraban curiosamente ausentes, un espacio en blanco sobre la página. Al este había dibujado el serpenteante río Natha, con un garabato en forma de luna creciente sobre la bifurcación y las fronteras más occidentales de los altos árboles de Ilwysion. Pero el bosque desaparecía mucho antes de llegar al Bosque Retorcido o a la costa oriental, donde el Mar Salado conectaba el Reino del Río con el archipiélago del Reino del Fuego. Como si Wynna se hubiera quedado sin tinta.

Entonces, reflexionó Mia, si la tinta había completado lo que había al este, hacían bien en avanzar en esa dirección. Nunca se había dejado llevar por el instinto —no era una persona impetuosa— pero, esta vez, su instinto había resultado tener razón.

Se rio ante su razonamiento absurdo. Estaba leyendo un mapa fantasioso dibujado por una pluma fantasiosa, intentando atribuir un significado a una inscripción que, por lo que sabía, podría ser nada más que uno de los acertijos de su madre. «El camino se mostrará a la que quiera encontrarlo. Todo lo que buscas será revelado.» Wynna siempre había tenido un afecto poético por los silogismos y el talante travieso de un bufón.

Mia, por otro lado, tenía por costumbre tomarse las cosas al pie de la letra, algo por lo que a Domeniq du Zol le gustaba reprenderla en sus sesiones de entrenamiento con los cazadores.

—Te tomas el mundo muy en serio —solía decirle.

—Me tomo el mundo tal y como se supone que es —le corregía Mia—. Como haría cualquiera con dos dedos de frente.

Pero ya ni siquiera tenía su amada brújula para ayudarla a encontrar el camino. Esa no era la Mia Rose que conocía.

95

Tragó saliva con dificultad. La Mia Rose real era una Gwyrach. Y eso significaba que nunca se había conocido a sí misma de verdad.

—Espero que lo que estés mirando en ese libro —dijo Quin— sea un plano para construir una embarcación. Porque, a menos que puedas conjurar un barco en cuanto lleguemos al Natha, esta excursioncilla pronto tendrá un final breve y sangriento.

—Hombre de poca fe.

—La fe mata a quienes la profesan. Prefiero postrarme en el altar de la lógica. Es un altar más frío, pero es racional.

«Qué curioso», pensó Mia. Ella siempre había pensado lo mismo.

Pero su lógica se estaba retorciendo en una hipótesis descabellada sobre el misterioso garabato del mapa de su madre. No era más que una media luna dibujada sobre la bifurcación, una media luna que flotaba sobre la superficie de tinta del Natha, pero, sin embargo, estaba segura de saber qué era.

Una embarcación.

Antes de que una Gwyrach lo matara, el padre de Domeniq du Zol solía navegar en un coracle: un pequeño bote de forma ovalada. Transportaba pasajeros a lo largo de los ventrículos acuosos del río Natha desde la bifurcación a cambio de unas monedas. Los Du Zol llamaban *Rayo de sol* a la embarcación como homenaje a su herencia fojuen: *Du Zol* significaba «del sol».

Tal vez el bote siguiera allí.

Claro que hacía tres años que el padre de Dom había muerto. Y que los Du Zol —a excepción de Dom, que se quedó en el Reino del Río para adiestrarse con los cazadores— habían regresado a Fojo Karação poco después de su muerte. Y que los barcos tendían a no permanecer en el mismo sitio durante años. Las embarcaciones se movían. Para eso las construían.

—Ya estamos cerca —dijo con una seguridad que, en realidad, no sentía.

—¿Cerca de qué?

Con casi total certeza, lo que perseguía era el fantasma de un bote. Y aun así, avanzaba tozudamente hacia el río mientras notaba que la tierra se volvía blanda y esponjosa bajo sus pies. Percibía el olor a humedad del Natha, las zarzas de endrino de las orillas que absorbían el agua dulce del barro. Siglos de erosión habían pulverizado la roca hasta convertirla en arena negra y reluciente.

Mia y Quin llegaron a un pequeño claro. A sus pies, el Natha pasaba de largo como un torrente negro alquitranado. A la luz de la luna parecía una lengua bífida, con una punta abriéndose hacia el oeste y la otra, al este. Mia se estremeció. La lengua negra de un demonio.

Oyó ladridos de perro seguidos de los gritos ásperos de los hombres. El pánico se inflamó en su pecho. Pero el mapa decía la verdad: un pequeño muelle destartalado se abría al agua. Mia reconoció el olor a madera podrida. Desde luego, allí era donde el padre de Dom recogía a sus pasajeros en el *Rayo de sol*.

Quin parecía sorprendido.

—¿Esperabas encontrar un barco?

—Shhh. —Mia sintió que se le erizaba el vello de la nuca—. Viene alguien.

97

15

Destello plateado

Mia no los oyó, los sintió. No tenía el oído tan afinado como su padre, pero sintió una quemazón amenazante mientras la sangre se le acumulaba en los dedos de las manos y los pies. ¿Acaso su magia le permitía percibir cuándo alguien se acercaba?

—Árbol —dijo, mientras empujaba a Quin hacia el tronco más cercano—. ¿Puedes trepar?

—No soy un gatito. Sé subirme a los árboles.

—Los gatitos también.

Mia escaló el árbol, encaramándose al tronco y calzando la cadera entre las ramas para sujetarse. Quin subió con mucha más agilidad gracias a sus largos brazos y piernas. Aunque él se había criado en un castillo y ella en un bosque, el príncipe tenía razón: no se le daba mal encaramarse a los árboles.

—No oigo a nadie —articuló él sin hacer ruido.

Ella le puso un dedo sobre los labios.

—No hables.

—¡No estoy hablando!

Le cubrió la boca con la mano. Sintió su aliento cálido sobre los dedos.

Unos siete metros más abajo, Tuk y Lyman, dos de los mejores Cazadores de su padre, entraron en el claro.

Los Cazadores más veteranos sabían pisar ligero, con pasos livianos como el rocío. A pesar de que Tuk era grande como un buey y Lyman no se callaba ni debajo del agua, ambos dominaban el arte de andar sigilosamente. De no ser porque había percibido su presencia, Mia nunca los hubiera oído acercarse.

Ni Tuk ni Lyman le caían especialmente bien desde el día que los oyó bromear tras un entrenamiento.

—¿Qué esperaba? —había dicho Lyman—. La mujer de un asesino siempre será un objetivo andante. ¡Tendría que haberlo pensado antes de casarse con él!

Mia nunca les perdonó que hablaran tan a la ligera de su madre.

Sintiendo un cosquilleo en la piel, se agarró a una rama salpicada de escarcha. Quizá el chico del pueblo los había vendido. O tal vez, dijo una funesta vocecilla en su interior, Tuk y Lyman habían detectado su rastro. Había Cazadores que afirmaban ser capaces de percibir la magia, de detectar a una Gwyrach entre humanos. «La peste mágica —lo llamaba Lyman—. No es muy propia de una dama. Pero no tratamos con damas, precisamente, ¿no es así?»

Tuk se agachó junto al río para echarse agua en la cara rubicunda. Luego se incorporó y se apoyó en el tronco de un roble. Se sacó una petaca de aguardiente del diablo de la mochila y le dio un largo trago, relamiéndose de gusto. Mientras, Lyman recorría nerviosamente la orilla del río, sus mejillas sonrosadas encendidas por la actividad, con los dedos inquietos. Él era luminoso donde Tuk era sombrío, una espiga de trigo meciéndose junto a una montaña de color caoba.

—Así y todo —decía Tuk—, eso no quiere decir que la chica tenga que morir. —Dio otro trago de aguardiente y eructó, como para puntuar sus palabras.

—No nos corresponde decidir quién vive o muere.

—Le salvó la vida al príncipe.

—Pero pronto lo matará. Lo sabes perfectamente: es lo que hacen.

A Mia le faltaba el aliento. También notó un cambio en la respiración de Quin: inspiró rápidamente, el pecho se le hin-

chó. ¿Iba a gritar? Si daba crédito a las palabras de Lyman…
Si creía que ella intentaría matarlo…

Pero permaneció en silencio. Exhaló el aire y su aliento
cálido y húmedo hizo cosquillas en los dedos de Mia. Ella
aflojó la mano.

—No puede haber llegado muy lejos —dijo Lyman—. Esa
chica es muy leída, pero no durará ni una noche en el bosque.
Se asustará. Volverá con papaíto con el rabo entre las piernas.

Mia conocía el bosque como la palma de su mano. O lo co-
nocería una vez llegaran a Ilwysion. Allí se haría fuerte. Com-
petente. Ojalá Lyman se atragantara con un hueso de ciruela.

—Echa un trago y cálmate un poco, ¿quieres? —Tuk agitó
la petaca—. Me estás poniendo nervioso.

Lyman se quedó quieto.

—Aquí hay alguien.

—¿El rebaño de imbéciles del rey corriendo en estampida
por el bosque?

Pero entonces, Tuk también se quedó quieto.

Mia sentía que un pedrusco de hielo se le derretía en el
estómago. Los cazadores habían advertido su presencia. Sabían que estaba ahí.

Lyman alzó la cabeza y su mirada se posó sobre ella con
la aspereza del papel de lija.

—Te encontré —dijo, pero ya no dijo nada más, porque
un destello plateado se le clavó en la garganta.

16

Un cuervo en el río

Mia pudo señalar el instante preciso en el que Lyman murió. Lo sintió en su propio cuerpo, una agonía que le azotó el pecho: la tráquea fracturada que ahogaba sus gritos; la arteria carótida seccionada que privaba al cerebro de oxígeno; los jadeos y borboteos que surgían de su garganta rebanada. Se ahogaba en su propia sangre. Su corazón se retorcía mientras un líquido rojo le salía a chorros del cuello, salpicando la carne seccionada y dejando una mancha oscura en su túnica.

No comprendía por qué sentía todo eso, pero era indudable que percibía el colapso del cuerpo de Lyman en sus propias carnes, en sus huesos, en su sangre. ¿Formaba eso parte del hecho de poseer magia? ¿Percibir las sensaciones de un cuerpo que no era el tuyo? Nunca había leído nada parecido en sus libros. Pero era real y terrible. Una bilis ardiente gorgoteaba en su barriga. Luchó por contenerla.

Tuk ya echaba mano de su espada. Para ser un hombre tan corpulento, era sorprendentemente ágil. Con la mano libre, se sacó un talismán de hueso del bolsillo, lo besó y se lo metió bajo el cinturón.

—¡Muéstrate! —ladró, pero el asaltante no emergió del bosque.

Mia sentía el aire burbujeando en su garganta. Esta vez, fue Quin quien le cubrió la boca con la mano para ahogar su grito. Tenía los dedos gélidos.

¿Quién había lanzado la daga? En su mente no veía más que sangre, pero el cuchillo le era familiar. Aquella gema verde pálido...

—Solo los cobardes matan desde las sombras —gruñó Tuk—. Muéstrate.

Domeniq du Zol apareció entre los árboles.

Tuk abrió los ojos con sorpresa, aunque su sorpresa no era nada comparada con la de Mia. ¿Dom, el asesino? No tenía ningún sentido.

Tuk pronunció la palabra que revoloteaba por la mente de Mia:

—Traidor.

Domeniq se frotó la cabeza cubierta de un espeso cabello negro muy corto. Era un tic que ella conocía muy bien: siempre que se sentía incómodo, se frotaba la cabeza y esbozaba una sonrisa torcida. Pero en ese momento no sonreía.

Dom se agachó y extrajo la daga plateada con hoja de sierra del cuello de Lyman, arrancando con el metal el sonido del roce con hueso y cartílago. Dio un paso adelante. La piedra preciosa que le colgaba del cuello ardía con un profundo azul medianoche.

—Lo siento, Tuk —dijo.

Tuk blandió el sable con su puntería habitual. Pero Dom era más rápido. Esquivó el mandoble y atrapó la hoja de la espada en una de las oquedades serradas de su daga, retorciendo su muñeca y desviando el sable. Mia nunca había visto a Dom moverse de esa manera. Sabía que era un espadachín muy habilidoso, pero acababa de descubrir lo mucho que se contenía en sus sesiones de entrenamiento. En ese momento era rápido como un relámpago, poderoso y asombrosamente preciso.

Le bastó con un paso y una finta de la mano: Dom encajó la hoja de la daga limpiamente entre las costillas de su oponente, clavándosela en el corazón aprisionado en su pecho.

Tuk balbuceaba, ensartado como un cerdo en un espetón. La mole de su cuerpo se desplomó y cayó al suelo mientras su pecho descomunal se inflaba y desinflaba con el esfuerzo y sus ojos castaños se cubrían de lágrimas. Su cara estaba retorcida en una mueca de sorpresa. Lo habían traicionado.

Dom se detuvo junto a él y le puso una mano firme en el hombro. Era difícil de ver desde su escondite, pero Mia estaba casi segura de que su rostro moreno y lampiño estaba arrugado en una mueca de dolor. Él inclinó la cabeza.

—Lo siento, hermano. No merecías esto.

En el instante en el que el corazón de Tuk dejó de latir, un vacío estremecedor se abatió sobre Mia, como una corriente de aire frío por un pasillo oscuro.

Estaba cansada. Agotada. La fatiga brotaba de sus poros. ¿Debería intentar sanarlos? La animadversión que había sentido por Tuk y Lyman se evaporó en cuanto cayeron. No merecían morir. Y mucho menos a manos de su amigo y hermano en la caza.

Pero, de alguna manera, sabía que no podía hacer nada por ellos. Sus corazones estaban callados. Esos hombres se habían ido.

El horror de lo que había visto la hizo echarse a temblar. Sentía las extremidades de gelatina. Estaba perdiendo su asidero en el árbol. Sintió las manos de Quin agarrarla con fuerza por la cintura. La sostuvo contra la rama, rodeando su torso con los brazos y sosteniéndola con firmeza. Tenía la cara enterrada en la nuca de Mia, con la nariz enredada en su pelo, y ella sentía su aliento hasta los folículos de sus cabellos. Los huesos de su estrecha pelvis se le clavaban en la espalda, a través de la fina ropa arrugada entre sus cuerpos.

Wulf y *Beo* llegaron corriendo al claro con una cacofonía de ladridos y aullidos. Domeniq chasqueó los dedos y silbó. Mia sintió que el cuerpo de Quin se tensaba. Si Dom hacía daño a los perros...

Pero no se lo hizo. Les colocó las manos en sus cabezas rubias para rascarles las orejas. Ellos menearon el rabo.

—¡*Wulf*! ¡*Beo*!

Una magnífica yegua blanca llegó al galope, con la princesa Karri cabalgándola.

—Los perros habían encontrado el rastro —gritó.

103

Dom se puso en pie.

—Deben de haberlo perdido, alteza.

Karri tenía una apariencia formidable a la luz de la luna. Su pelo blanco y corto salía disparado en todas direcciones y el vestido que se había puesto a regañadientes para la boda estaba sucio y roto. En la cadera, en lugar de un ramo de flores, llevaba un sable. Mia opinaba que le quedaba mucho mejor que las flores.

Karri señaló con la cabeza a los dos hombres muertos.

—¿Qué es eso?

—Mis hermanos en la caza. —Dom señaló la daga que salía del pecho cavernoso de Tuk—. La herida es reciente. Sus atacantes no habrán llegado muy lejos.

Mia no salía de su asombro. Dom acababa de matarlos a sangre fría, ¿y le echaba la culpa a otro?

Karri desmontó la yegua y se agachó para inspeccionar la daga.

—¿Gwyrachs?

Dom negó con la cabeza.

—Las criaturas mágicas no necesitan armas.

—Sí las necesitan si atacan de lejos. —Apoyó una bota en el hombro de Tuk para arrancar la daga de la herida, que aún sangraba—. No es glasddiriana. —Examinó el peso pasándose el cuchillo de una mano a otra y cazándola hábilmente por la empuñadura verde—. Es de acero ligero. Con la punta caída.

—Pembuka —dijo Dom—. Mirad la gema de la empuñadura, alteza. Es aventurina. No es de aquí. Apostaría a que viene de las tribus de arena del lejano oeste, les gustan los filos delgados. Deben de haber sido por lo menos tres hombres, para eliminar a dos cazadores.

Estiró los brazos por encima de la cabeza, exhibiendo los tendones nervudos de su espalda. Dom, muy musculado, tenía un físico que parecía sacado de las novelas que tanto gustaban a Angelyne. Mia sintió un pinchazo. Angie.

—Si encontramos a los que mataron a estos dos —dijo Dom—, encontraremos a vuestro hermano.

—¿Y a Mia también?

Mia se sorprendió y se sintió bastante complacida de saber que Karri se preocupaba por su seguridad. Dom inclinó la cabeza.

—A ella también. Quien sea que ha matado a estos Cazadores se ha llevado al príncipe y a su novia radiante.

«Su novia radiante.» Si salía de esta con vida, hizo una nota mental para pegarle a Dom una patada en sus partes bajas. A menos que él la matara primero.

La princesa Karri frunció el ceño mientras valoraba sus opciones.

—¿Había algún invitado pembuka en la boda?

—No quedan muchos pembukas en Glas Ddir, alteza.

—Puede que no. Pero alguno sí. —Movió la cabeza—. Otra prueba de que los prejuicios de mi padre acabarán con él. Cree haber detenido la riada de extranjeros, pero siguen aquí y ahora nos odian más que nunca.

Miró a Dom con franqueza.

—Si yo gobernara este reino, todo el mundo sería bienvenido. Abriría todas las puertas y echaría abajo todas las murallas.

105

Sus palabras causaron un escalofrío a Mia porque le recordaron por qué pensaba que la princesa Karri tenía todas las cualidades para ser una gran reina. Reabrir las fronteras daría acceso a un mundo que Mia nunca había conocido. El recuerdo de una conversación con su madre que había olvidado tras su muerte la invadió. Wynna raramente hablaba de su pasado, pero una noche, cerca del final, con las mejillas sonrosadas por el vino de endrino, Mia pudo tirarle de la lengua a su nostalgia.

—Mia, tú solo has conocido el Reino del Río, un mundo de terror y represión. El Reino del Fuego era diferente. Fui a Fojo Karação a estudiar medicina, pero aprendí muchas más cosas. Imagina un lugar donde los pembukas, los luumias, los fojuens y los glasddirianos viven pacíficamente. Imagínate sus lenguas y culturas e historias mezclándose, sin tensión, con curiosidad y voluntad de intercambio. Y la magia. En Fojo, la magia no era muy diferente al amor.

Mia enarcó una ceja con escepticismo.

—Sé que no me crees —dijo su madre, cuyas palabras se veían ablandadas por el vino—, pero la magia era una forma de dar placer a la gente a la que tocabas. Podías amar a quien quisieras sin que te juzgaran, sin miedo. Los hombres podían amar a otros hombres. —Una sonrisa bailoteó en las comisuras de su boca—. Y las mujeres, a otras mujeres.

Su sonrisa era como un trago de licor, de un alcohol fuerte de los que queman en la garganta.

—Las cosas podrían haber sido así aquí si Bronwynis siguiera viva.

—Si tan perfecto era Fojo —preguntó Mia—, ¿por qué te fuiste?

La tristeza chispeó en los ojos de su madre.

—Escúchame bien, mi niña cuervo: el amor puede ser una cosa preciosa. Pero la gente a la que amas es la que más daño te hace.

En sus circunstancias actuales, Mia veía la conversación bajo una nueva luz. Tal vez su madre había amado a una mujer —una Gwyrach— que había usado la magia para el placer y no para el dolor.

Y si su madre amó a una Gwyrach en el Reino del Fuego… una amante que le había guardado rencor durante décadas… ¿sería la misma Gwyrach la que había entrado furtivamente en el Reino del Río tres años antes con ansia de sangre y venganza?

Una epifanía se le clavó en la tripa como un cuchillo.

«La gente a la que amas es la que más daño te hace.»

En el claro, la princesa Karri volvió a subir a lomos de su caballo.

—Llévate a estos hombres al Círculo y dales sepultura —dijo a Domeniq—. Diré a los guardias que buscamos a un grupo de jinetes pembuka, al menos un arquero y dos hombres hábiles con la espada. Seguiremos el Natha hacia el oeste en dirección al Reino del Cristal.

Dom se enderezó.

—Permitidnos a los Cazadores que busquemos por el río. Las tribus de arena no conocen el Natha tan bien como nosotros, les daremos alcance en menos de veinticuatro horas. Además, alteza —sonrió—, debéis admitir que vuestra embarcación real no está a la altura de la nuestra.

—Cierto, cierto. Nuestros barcos anuncian su presencia como una manada de elefantes ruidosos. Los cazadores tenéis el don del sigilo. Muy bien. Os ocuparéis del río. Los guardias y yo les daremos alcance por tierra. —Llamó a los perros con un silbido—. ¡Beo! ¡Wulf!

—Alteza. —Dom puso una mano sobre el flanco de la yegua—. Encontraremos a vuestro hermano. Si hubiera muerto, ya lo habríamos encontrado. Les es más valioso con vida.

—Mi hermano será rey algún día. —Mia era incapaz de interpretar la emoción que movía la cara de Karri. ¿Era orgullo? ¿Envidia?—. No olvides que, por valioso que sea con vida, muerto también es muy valioso.

Salió del claro al galope y los perros la siguieron trotando.

Quin hundió los hombros y Mia notó el peso de su cuerpo. ¿Acaso podía culparlo? Su hermana decía la verdad: como heredero al trono, siempre habría alguien que quisiera matarlo. Su cuerpo empezaba a caer, los dos estaban aflojando su agarre a la rama del árbol. Estaban demasiado cansados. Mia no sabía cuánto tiempo aguantarían antes de dar a conocer su presencia.

Dom estaba muy quieto. Tenía la mirada perdida en el río, parecía sumido en sus pensamientos.

Mia se preguntó si estaría pensando en su padre. Tan solo unos días antes de que muriera la madre de Mia, Dom encontró a su padre a la orilla del Natha, con sus largas trenzas negras hundidas en el barro y su piel oscura completamente pálida. No había sangre ni ninguna herida evidente. A Dom no le gustaba hablar del tema, pero Mia había oído a otros cazadores hablar de los detalles: al tocar la cara de su padre, Dom descubrió que la lengua, congelada, se le había pegado a los dientes y que tenía la boca cubierta de escarcha a pesar del calor que hacía. La Gwyrach le había congelado el aliento.

Domeniq se quedó con la piedra cerúlea de su padre, que se colgó al cuello, y con el corazón lleno de ira. A juzgar por los dos cuerpos que aún sangraban tendidos en la orilla, más ira de la que Mia jamás hubiera imaginado.

Pero ¿por qué había matado a sus hermanos Cazadores? ¿A hombres que pretendían cazar a la Gwyrach que mató a su padre? No conocía la respuesta. Y no soportaba no conocerla.

Dom se agachó, tomó un canto rodado y lo hizo rebotar sobre el agua negra del Natha. La piedra rozó la superficie del agua como un cuervo, ligero y elegante, hasta aterrizar con un suave chasquido sobre una superficie de madera.

En la orilla opuesta, Mia divisó una forma ovalada de un amarillo pálido, tan bien camuflada entre los troncos pálidos de un grupo de abedules que nunca hubiera sido capaz de encontrarla.

El *Rayo de Sol*.

Dom echó la cabeza hacia atrás y su encantadora sonrisa torcida le iluminó el rostro. A la luz de la luna, sus dientes brillaban con un blanco deslumbrante en contraste con su piel de un cálido ocre.

¿La estaba mirando? Su expresión mutó de repente, haciendo que el pulso de Mia se disparara por todo su cuerpo mientras observaba como Dom giraba sobre sus talones y salía del claro.

Hubiera jurado que le había guiñado un ojo.

17

Nada más que niñas

*E*speraron un tiempo que les pareció horas para bajar de su escondite, a pesar de que probablemente solo fueron unos minutos. Cruzaron a nado con sigilo el agua tranquila y cálida del río y subieron a bordo de la embarcación

Mia agradecía el silencio. Sus pensamientos, que, normalmente, seguían la corriente lineal de la lógica, se bifurcaban en innumerables canales y riachuelos, remolinos de preguntas sin respuesta que no la llevaban a ningún sitio.

Dom había matado a Tuk y a Lyman, pero la había salvado. Había mentido a Karri, despistado a los guardias e inventado un pretexto para que la comitiva de rescate siguiera un rastro equivocado. Y, además, había guiado a Mia hasta el barco de su padre.

Pero ¿por qué?

Si hubiera sido Domeniq quien había disparado la flecha a Quin en la capilla, le hubiera bastado un pequeño gesto de la muñeca para liquidarlo en el bosque. No, Dom no era el asesino. Pero ¿por qué les había ayudado a escapar? Pasaba algo más. Algo que Mia era incapaz de ver.

El Natha rozaba la proa del *Rayo de Sol*, remojando el musgo y el barro que llevaban acumulándose sobre la embarcación desde no se sabía cuándo. El coracle, que tenía forma de cáscara de nuez, estaba construido por secciones unidas con madera entretejida e impermeabilizado con cuero y una fina capa de alquitrán amarillo. Un coracle era la embarcación perfecta en un río: su carena plana y sin quilla apenas perturbaba el agua y bastaba una persona para manejarlo con facilidad.

Mia se sentó muy derecha en la popa sosteniendo un viejo remo astillado, con un saliente que se le clavaba con insistencia en la mano. A pesar de su agotamiento, su nueva teoría le daba nuevas fuerzas. Si el críptico mensaje de su madre era cierto —«Todo lo que buscas será revelado»— y lo que ella ansiaba buscar era a la asesina de Wynna, entonces iban decididamente por el buen camino.

—Estoy cansado. —Quin se recostaba contra la proa del *Rayo de Sol*—. ¿Tú no lo estás?

—Cansadísima.

—¿Tienes idea de adónde vamos?

—Sé que vamos hacia el este.

—La profundidad de tu sabiduría me asombra.

—Creo que es hora de que te duermas.

El agotamiento les había puesto de mal humor. Mia no estaba segura de qué había sido más cansado: curar al príncipe o ver morir a Tuk y Lyman. Pero sabía que su cuerpo nunca había estado tan exhausto. Un profundo dolor le brotaba de los huesos, creciendo entre sus costillas, sus caderas y hombros. Solo se había sentido así una vez: al convertirse en mujer. Como si su esqueleto no fuera lo bastante grande como para contenerla.

Se le ocurrió una idea inquietante: ¿Era eso lo que se sentía al convertirse en una Gwyrach? Cerró los ojos para ahogar otra oleada de náuseas. Su padre le había dicho que o se nacía Gwyrach o no y no había punto intermedio, pero que, a veces, la magia negra podía permanecer latente durante muchos años, cociéndose y creciendo hasta que unas condiciones adecuadas la despertaban. Le contó que la magia se veía empujada a la superficie en arrebatos de pasión extrema: ira, terror, amor. Mia se preguntaba cuál de esas emociones habría despertado su magia. Tal vez fueran las tres: ira contra su padre, terror ante sus nupcias inminentes y amor por Angelyne.

Otra idea, aún más inquietante, le vino a la mente: ¿Le había contado la verdad su padre?

—Haz el favor de aclararme una cosa —dijo Quin—. Ando algo pez en demonología, pero ¿las Gwyrachs no son hijas de un humano y un dios?

—Mi madre no se acostó con un dios, si es eso lo que preguntas.

—En absoluto —replicó él en un tono neutro—. Yo no creo en los dioses. Además, incluso si creyera, me parece de lo más improbable que fueran a pasearse por el mundo con... partes humanas.

Mia se ruborizó. No tenía ganas de hablar de cómo funcionaba lo de hacer el amor con el príncipe Quin.

Replicó:

—Conoces los mitos fundacionales tan bien como yo. Antaño, cuando uno de los cuatro dioses yacía con una mujer, ella daba a luz a una hija Gwyrach, un demonio con la cólera y el poder de un dios mezclado con la envidia y los celos y la mezquindad de un humano. La hija tenía hijas y esas hijas tenían hijas a su vez, y así hasta hoy. Una estirpe de demonios.

Él la estudiaba con atención.

—¿Qué es lo que crees tú?

Mia abrió la boca para soltarle una respuesta, pero no supo qué decirle. Si daba crédito a las creencias populares, entonces sí: Mia descendía de la unión, mucho tiempo atrás, entre una mujer y un dios. A decir verdad, el mito original siempre le había parecido algo descabellado, pero tampoco había tenido la necesidad de cuestionarlo. Claro que eso era cuando se dedicaba a cazar Gwyrachs sin saber que ella también lo era.

—Si crees en los mitos —decía Quin—, entonces tu madre también era una Gwyrach.

Eso no quería aceptarlo. No podía aceptarlo. Conocía a su madre: era todo delicadeza y generosidad y amor. No se parecía en nada a los demonios depravados que Mia llevaba años estudiando.

—Hablemos de otra cosa —dijo.

111

—Vale. —Quin se dejó convencer con facilidad—. ¿Sabías que nunca había navegado por un río? Es la primera vez.

—Y eso que eres el príncipe del Reino del Río. —Las palabras le salieron algo más cortantes de lo que pretendía.

—Oye, para que podamos tener una conversación civilizada, igual tendrías que actuar de forma normal y/o civilizada.

«No soy normal —quería gritarle ella—. Soy una Gwyrach.»

—Al fin y al cabo —dijo él—, ¿la conversación civilizada no es algo propio de maridos y esposas?

—No lo sé. Nunca he tenido marido. Ni esposa —añadió Mia—. Así que no lo sé.

Él inclinó la cabeza.

—¿No tienes?

—No irás a decirme que ese desastre —hizo un gesto hacia el Kaer— es legítimo.

—Incluso una boda desastrosa puede ser oficiosa.

—¿Hablas siempre como un diccionario?

El río lamía con avidez los costados del bote. Quin suspiró profundamente.

—Te criaste aquí, ¿verdad? Junto al río.

—En Ilwysion, sí. Aún no estamos en la parte del bosque que conozco, pero pronto la atravesaremos. Pero nunca me ha gustado mucho el agua.

—¿Por el pelo?

—¿Cómo?

—Siempre había pensado que a las damas no os gusta que el agua os estropee el pelo.

—¿De dónde has sacado eso?

Él carraspeó.

—De un libro, supongo.

A Mia no le gustaba el agua porque podía cambiar muy rápidamente. De la placidez podía pasar a ser letal en un momento: cristalina en un lugar y opaca en otro. La desconcertaba que, estuvieras donde estuvieses, acampado junto a un arroyo de montaña o navegando por el mar Opalino, se pudiera sostener agua en las manos y fuera perfectamente transparente, un resplandor claro que se escapaba entre los dedos.

No le gustaba pensar que una cosa invisible pudiera matarla.

—Me muero de hambre —dijo Quin—. Hace horas que no comemos.

Para lo taciturno que había sido en el castillo, el príncipe se había vuelto de lo más parlanchín al aire libre. Mia lo observó mientras abría la bolsa de comida que les había dado aquel chico en el pueblo. Sacó una ciruela invernal morada y palpó una mancha blanca y vellosa sobre la piel.

—Nos ha dado ciruelas mohosas —suspiró—. No sé de qué me sorprendo.

Mia lo miró con curiosidad.

—¿Conocías a ese chico?

—Lo he visto por el pueblo. —Apartó la mirada—. Un par de veces. Es un amigo.

Mia sintió una sensación peculiar: el pulso se le aceleró mientras el ruido del golpeteo del agua le llenaba los oídos, como si un líquido viscoso pasara a través de una válvula.

—¿Sería capaz de envenenarte?

—¡Por los dioses, no! No es ese tipo de amigo. —Quin golpeó la hogaza de pan contra la borda del *Rayo de Sol* para quebrarlo como si fuera un tablón de madera—. Aunque supongo que no es lo bastante buen amigo como para darnos pan que no esté como una piedra.

Quin arrojó la hogaza por la borda.

—Era nuestra única comida.

—Tú no ibas ni a probarla. Eres más desconfiada que yo.

—Soy cauta. A ti no te vendría mal algo más de precaución.

Como si quisiera desafiarla, Quin pegó un bocado a una de las ciruelas. Hizo una mueca al sentir el sabor del moho sobre la lengua.

—Por favor, no eches la barca en la bilis —dijo Mia.

Él sonrió. Mia estaba tan cansada que ya no podía ni hablar con claridad. Se le ocurrió decirle a Quin que la sus-

113

tituyera para que ella pudiera descansar un rato, pero no quería pedirle nada. Ella manejaba su barca, en el sentido más literal, y le gustaba.

Además, si era la primera vez que Quin navegaba por un río, nunca habría manejado un remo en su vida.

Quin dormía, con la cabeza caída, cuando Mia oyó unos chapoteos.

Las vio a lo lejos: dos chicas enfrentadas en una ensenada pantanosa, con el bajo de sus largas faldas recogido en la ropa interior, los corsés tirados en la orilla del río. Eran jóvenes, no tendrían más de doce o trece años, y la luz de la luna les teñía las cabezas de un color zafiro plateado. No llevaban guantes. Con las manos desnudas sostenían sendas varas de abedul cortadas en forma de espada, recubiertas de yesca y encendidas. En la oscuridad de la noche parecían demonios azules blandiendo estrellas.

Mia sintió la embestida del miedo. ¿Eran Gwyrachs? ¿O nada más que niñas? No sabía la respuesta, pero se sentía atraída por ellas.

Tenían las caras pintadas como guerreros, aunque, a medida que el *Rayo de Sol* se acercaba, Mia descubrió que sus pinturas de guerra no eran más que barro y pétalos de endrino aplastados. Las niñas luchaban, encendidas por la pelea, rugiendo y atacándose sin parar mientras blandían sus antorchas encendidas.

La más alta dio un paso en falso y cayó al barro de lado. Cuando la otra le tendió una mano para ayudarla a levantarse, se la agarró y la hizo caer al barro con ella. El suelo pantanoso las engulló con avidez y ellas empezaron a revolcarse entre risas, embarradas y gloriosas. En ese momento, eran algo más que niñas: eran criaturas salvajes y libres.

Tan pronto como vieron a Mia, se quedaron totalmente calladas.

Se observaron mutuamente mientras el barco pasaba: dos niñas cubiertas de barro en la orilla, otra cubierta de sangre en la embarcación. Mia se enterneció. Ella había sido como ellas, trepando a los árboles y explorando Ilwysion bajo el manto protector de la noche. Sin embargo, ella y Angie nunca habían peleado así, aunque a Mia le hubiera gustado. Incluso antes de la muerte de su madre, Angelyne siempre fue la frágil, mientras que Mia era feroz.

Sintió un pellizco de vergüenza. Claro que era feroz. Siempre había tenido magia, y la magia necesitaba de un corazón cruel y rebelde.

Al pasar frente a las dos niñas de la orilla, temió por su seguridad. Si los espías del rey las pillaban luchando en el bosque, sin guantes y comportándose como si fueran niños, se las llevarían al castillo, donde aguardaban horrores de todo tipo.

Pero mientras el *Rayo de Sol* se alejaba silenciosamente de la escena, Mia se dio cuenta de que esas niñas no necesitaban su temor ni querían su lástima. Sus rostros estaban encendidos y encolerizados, con los ojos llenos de algo que Mia ya no recordaba cómo sentir. Era ella la única que sentía miedo y vergüenza.

Qué lugar más enfermo era Glas Ddir por hacer que las niñas se avergonzaran de ser salvajes. El rey Ronan se congratulaba por mantenerlas «a salvo», pero eso no era más que una mentira manifiesta. Las chicas que mandaba traer al Kaer no estaban a salvo. Y al resto de niñas del Reino del Río, ¿de qué les servía estar a salvo a expensas de su libertad? Las mujeres glasddirianas estaban enjauladas, ya fuera en jaulas en forma de matrimonios concertados o de guantes.

—Mia.

La voz de Quin la sobresaltó. Se volvió y vio su silueta recortada contra la luz de la luna, que dejaba manchas amarillas sobre la superficie del río detrás del barco.

—Puedo remar un rato. Deberías descansar.

¿Había visto a las niñas? Mia miró atrás, pero no vio más que negrura. El río las había engullido.

—Si me das el remo —dijo—, me encargo del barco.

Ella frunció el ceño.

115

—Has dicho que es la primera vez que navegas.

—He dicho que nunca había navegado por un río. En mi bañera real de oro hacía navegar barcos hechos con cáscaras de nuez. —Mia no se rio. Él suspiró—. No sé adónde vamos, pero mientras la corriente del río nos conduzca en dirección opuesta a quien sea que ha intentado asesinarme, no voy a quejarme. No soy un marinero experimentado, pero conseguiré que no nos quedemos encallados.

Mia estaba demasiado cansada para discutir. Le ofreció el remo y fue a hacerse un ovillo en la proa del *Rayo de Sol*.

No lograba apartar a las niñas guerreras de su mente: su feroz aire triunfal, descarado y desafiante. Angelyne había mirado a Mia con el mismo descaro cuando se pelearon en sus aposentos nupciales. ¿De verdad que eso había sido el día anterior? Parecían haber pasado años en el transcurso de una sola noche. ¿Dónde estaría Angie en ese momento? ¿Estaría a salvo?

De repente, Mia tuvo una revelación: para una boda real hacía falta un novio real. Y, en ese momento, dicho novio navegaba a su lado Natha abajo, alejándose de Kaer Killian a cada minuto que pasaba. Angelyne no corría ningún riesgo de que la casaran con el príncipe mientras el príncipe siguiera al lado de Mia, y vivo.

La envolvió un manto de dichosa tranquilidad. No había abandonado a su hermana. La estaba protegiendo.

El río se desvaneció ante ellos como una línea de tinta borrándose. Por un momento, Mia se sintió feliz. Echó mano de la cola de su vestido de novia para hacerse una almohada y palpó el diario de su madre. Habían pasado tantas cosas que hacía horas que no le prestaba atención. Se le hinchó el corazón al sacarlo y repasar con los dedos las pulcras líneas del grabado de las iniciales W. M. A pesar de la caligrafía florida de su madre, sus iniciales eran llamativamente rectas.

En un gesto instintivo, Mia encajó el saltaparedes rubí en la cerradura. Le dio la espalda a Quin y abrió el diario sin hacer ruido. La primera página se veía moteada a la luz de las estrellas y la parte derecha ya no estaba en blanco.

El mapa le revelaba más.

18

Cebo

*C*uando Mia despertó, el sol del mediodía estaba alto en el cielo. Se cubrió los ojos, cegada por la luz intensa. ¿Dónde estaba? El recuerdo de la noche anterior le sobrevino como una ola llena de rojos y negros y un bote amarillo pálido.

Se incorporó con un respingo.

Gwyrach. Era una Gwyrach.

Esa palabra era como una enfermedad que le infectaba el cuerpo. Había leído mucho sobre infecciones: animálculos microscópicos que atacaban la sangre, el hueso y los tejidos y podían matar a una persona desde dentro. ¿Acaso la magia no hacía lo mismo? Había Gwyrachs que mataban a sus víctimas de forma espectacular, claro —su padre le había hablado de pústulas y ampollas, carne podrida, extremidades gangrenadas—, pero, en general, parecían preferir el asesinato invisible que resultaba de congelar el aliento y coagular la sangre en el corazón.

Un rayo de esperanza se abrió paso en la mente de Mia. Siempre había albergado la sospecha de que Fojo Karaçāo había desempeñado un papel crucial en el pasado secreto de su madre. Y el mapa se había completado con más líneas de tinta que la empujaban hacia el este.

«El camino se mostrará a la que quiera encontrarlo. Todo lo que buscas será revelado.»

En Fojo encontraría a la asesina de su madre.

Mia se estremeció de la emoción. No huía, ya no. Sabía adónde iba.

—¡Buenos días! —La voz del príncipe la sobresaltó. Había olvidado que estaba ahí.

Quin estaba muy erguido en la popa, con aspecto lozano y descansado, enseñando el pecho bajo la camisa desabrochada. Al nadar hacia el bote, el agua lo había limpiado razonablemente bien; ya no había ni una mancha de sangre mancillando su tersa piel dorada. Sus rizos, despeinados por el viento y alborotados por la brisa, ofrecían una imagen francamente encantadora.

Mia se frotó los ojos.

—¿Cuánto tiempo he dormido?

—Bastante rato. Estabas como muerta.

Mia escudriñó el bosque deseando hacerse idea de dónde estaban. Los abedules blanquecinos y los ciruelos plateados estaban dispuestos en pulcras líneas rectas, como un bosque de huesos cuidadosamente pulidos. Detrás se alzaban airados píceas y olmos, cuyos trajes de agujas raleaban a medida que la montaña ascendía hasta cotas en las que el oxígeno era más escaso. En las cimas, los árboles estaban completamente desnudos, parduzcos y desprotegidos bajo el aire alpino.

Se encontraban en Ilwysion, los bosques en los que se crio. Mia no pudo contener una sonrisa. De niña había explorado con avidez cada riachuelo, cada árbol, lo que había debajo de cada roca. Era el sitio ideal para una niña que deseara ser exploradora, lleno de maravillas de la naturaleza y oportunidades de vivir una aventura.

Mia inspiró el aire fresco. Le encantaba lo claro y límpido que era, tan diferente al aire frío y rancio del castillo, o a los aromas pestilentes de Villa Killian. En Ilwysion abundaba el verde: piedras redondeadas por la lluvia vestidas de musgo y liquen, retoños brotando de los troncos de los árboles y matorrales a ras de suelo tan densos que formaban una gruesa alfombra mucho más cómoda que cualquier zapato con el que Mia hubiera caminado nunca. Las criaturas del bosque —sus primeros amigos— corrían a esconderse en sus madrigueras y enormes rocas blancas se apilaban unas sobre otras, algunas en forma de torres inclinadas, otras dispuestas en círculos misteriosos. A los siete años, con la imaginación desatada, a Mia le gustaba imaginar que los dioses antiguos jugaban a juegos de mesa con el bosque como tablero y las piedras como dados.

Pero la Mia de diecisiete años, mucho más práctica, sintió un pellizco de aprensión al pensar en los dioses. ¿Descendería ella de uno de verdad? Le parecía cada vez más ridículo, como para echarse a reír. Sabía quiénes eran sus padres, y eran indudablemente humanos. Pero si su padre le hubiera contado unos días antes que ella era una Gwyrach, también se hubiera echado a reír. La certeza de quién era —lo que era— no dejaba de atenazarla como si lo descubriera por primera vez, la sorpresa y el horror se volcaban sobre su cabeza como una olla de aceite hirviendo.

Mia manoseó la tela sucia y resecada por el sol de su vestido y se obligó a pensar en cosas más alegres. Se inclinó por la borda del *Rayo de Sol* y vio su reflejo en el río. Era aún peor de lo que esperaba. Sus rizos rojizos estaban encrespados y enredados como un nido de pájaro; los afeites que Angie le había aplicado tan cuidadosamente se habían convertido en un desastre emborronado bajo sus ojos. Había dormido demasiado rato y se sentía malhumorada y desorientada. Se echó agua en la cara.

—Estás preciosa —dijo Quin—. De verdad. El color del vestido sucio te favorece.

Mia puso los ojos en blanco. La sonrisa de Quin era de lo más traviesa.

—¿Tienes hambre? He pescado unos cuantos peces.

—¿Que has hecho qué?

Él señaló una pulcra hilera de piezas blancas de carne dispuestas sobre la cubierta del *Rayo de Sol*.

—Es skalt —aclaró—, por si quieres saberlo.

Ella se quedó pasmada.

—¿Has pescado, limpiado y cortado skalt mientras yo dormía?

Él se encogió de hombros.

—Tengo muchas habilidades.

De repente, se sintió muerta de hambre. Alargó la mano para coger un trozo de pescado, pero se detuvo con la mano en el aire.

—¿No deberíamos hervirlo antes?

—Claro. El skalt como mejor está es asado, salado y con mantequilla derretida por encima. Como eres una Gwyrach, supongo que podrás hacer fuego de la nada.

Era evidente que el príncipe estaba de buen humor.

—Los animálculos microscópicos pueden ser más letales que el veneno —dijo ella—. Y es muy probable que hayas contaminado la carne al cortarla.

—Me he asegurado de que no hubiera lesiones en la piel. Y he limpiado el pescado a conciencia. Te sorprenderá, pero tengo bastante práctica. —Se dio unos golpecitos en la barriga, esbelta y sorprendentemente tonificada; Mia pudo comprobarlo a través de la abertura de su camisa—. Yo me he comido al menos seis y me siento estupendamente.

A decir verdad, ofrecía buen aspecto: tenía las mejillas sonrosadas y en sus ojos verdes danzaban los reflejos azules del río. El aire fresco de montaña lo había rejuvenecido. Su cuerpo larguirucho se había relajado y a Mia le parecía incluso más alto que en el castillo, cómodamente sentado en el travesaño, con la cara y el pelo dorados como el sol.

Mia comió un pedazo de pescado y luego otro. Estaba salado y húmedo y los bocados viscosos le resbalaban por la garganta, pero, tras unos cuantos mordiscos, sintió que las fuerzas volvían a su cuerpo.

—Cómete otro —dijo él, complacido.

Por un momento, se preguntó si había despertado en un universo alternativo en el que Quin no era un príncipe consentido, sino un curtido experto en supervivencia.

—¿Cómo aprendiste a pescar?

—He pasado horas y horas en las cocinas de Kaer Killian. Era el único sitio al que sabía que mi padre no iría nunca. —Carraspeó—. Hemos pasado por todos los pueblos del río mientras dormías. Bueno, creo que por todos. No sé a ciencia cierta cuántos hay.

—Si tuviera un mapa, podría enseñártelo. —Los pueblos del río de Ilwysion eran pequeñas poblaciones arracimadas a orillas del Natha. Mia los conocía bien—. Antes había por lo menos veinte, dependiendo de lo que consideres un pueblo. Hay menos ahora que los mercados prácticamente han desaparecido.

—Los mercados fluviales —dijo Quin con melancolía—. Oí a los cocineros del castillo hablar de ellos muchas veces. Se ve que eran muy populares cuando reinaba mi tía.

Mia asintió.

—Eran mercados y reuniones sociales. La gente se pasaba la semana esperándolos. Eso es lo que he oído.

Su madre le había hablado mucho de los mercados, bulliciosos y llenos de comerciantes, con músicos que tocaban el laúd y el salterio y alegres bailarines danzando. Los mercaderes y los boticarios vendían sus productos a la orilla del río: pieles; jarras y tazas de loza; suntuosas sedas de color añil; muñecas, peines y dados tallados en hueso; fruslerías de cristal y todo tipo de ungüentos, elixires y esencias con supuestas propiedades mágicas.

Según lo que le había contado su madre, antes de que el flujo constante de mercaderes y visitantes de los otros tres reinos se secara, este trajo consigo muchas opiniones distintas sobre la magia. Los glasddirianos eran muy suspicaces, pero también eran curiosos. ¿Y si resultaba que la magia, en pequeñas dosis, podía alisarles las arrugas de la piel o añadir un poco de pasión a sus alcobas? La misma Mia había sentido curiosidad por la magia antes de la muerte de su madre: fue entonces que su opinión en la materia cambió de tercio abruptamente.

Mia se obligó a volver al presente.

—Mi madre me contó que era su momento favorito de la semana. En el aire flotaban fragancias de los cuatro reinos: queso fundido burbujeando y chisporroteando en ollas de cerámica, hojas de col en salmuera, pollo con lima y mango bañado en salsa picante de jengibre y ensartado en largos pinchos plateados.

Quin gruñó.

121

—¿Podrías no hablar de toda la comida deliciosa que no tenemos? Mi skalt crudo se vuelve más lamentable por momentos.

Mia no pudo evitar sonreír. Cuando su madre le hablaba de los mercados fluviales, Mia cerraba los ojos e intentaba conjurar esas escenas. Le costaba imaginárselo. Lo que Wynna describía parecía totalmente distinto a los mercados medio vacíos a los que Mia había ido de niña, lugares sobrios donde el único entretenimiento era comer alimentos sosos y ver al afilador de cuchillos gratuito y donde las mujeres estaban obligadas a ir siempre acompañadas de un padre, un marido o un hermano que garantizara que todo era como debía ser. En otras palabras: aburrido.

—Mira —dijo—. Ahí están los restos de uno.

El bote bordeaba la orilla del Natha en la que se había alzado uno de los antiguos mercados fluviales. Estructuras y vigas de madera que antaño estuvieron cubiertas de tiendas de lona ya no eran más que ruinas. No quedaba gran cosa: los saqueadores habían peinado los restos en busca de objetos de valor mucho tiempo atrás. Mia descubrió algunos jirones sucios de lino entre el fango, manchados de huellas de botas. Parecía inconcebible que ese lugar vacío hubiera contenido alguna vez una actividad bulliciosa y vital.

—Mi padre la ha fastidiado bien —musitó Quin—. En su esfuerzo por devolver al Reino del Río su próspero patrimonio cultural, vetó la entrada a todo aquello que lo hacía próspero. Prometió que devolvería Glas Ddir a la grandeza de antaño y luego le arrancó todos los sabores y colores y culturas que le daban esa grandeza.

La luz del sol cambió de posición y arrancó un destello a un resto de cobre entre las ruinas. Mia recordó a la madre de Domeniq, que vendía menaje de hierro y cobre en los mercados fluviales antes de que se prohibiera comerciar a las mujeres. Lauriel du Zol era una mujer grande, tanto de tamaño como de corazón, con carnes generosas y una cascada suntuosa de tirabuzones negros. Era de risa fácil y contagiosa.

Lauriel era, además, la mejor amiga de Wynna. Se había trasladado con su familia al Reino del Río desde Fojo cuando los padres de Mia volvieron a casa. Poco después, el rey Ronan cerró las fronteras y los dejó atrapados. Los Du Zol encontraron una casita en Ilwysion y Mia y Dom se criaron juntos, uña y carne. Aún veía a sus madres en la terraza de la casa de los Rose, rememorando la vida en Fojo a media voz, el murmullo quedo de sus voces puntuado cada pocos minutos por las sonoras carcajadas de Lauriel.

Mia echaba de menos esa vida. Lo había perdido todo muy rápido: el padre de Dom asesinado por una Gwyrach y, pocos días después, la madre de Mia. Lauriel y las gemelas —las hermanas de Domeniq, Sach'a y Junay, de nueve años— abandonaron el reino de un día para otro, regresando al Reino del Fuego a través de algún canal secreto. Dom decidió quedarse para adiestrarse con el Círculo.

—¿Puedo preguntarte en qué piensas?

—En los mercados fluviales. En todo lo que hemos perdido.

En realidad, pensaba en Domeniq frente a los hombres muertos en el claro. ¿Qué hubiera dicho su madre si lo hubiera visto matar a dos hombres? Lauriel también tenía manos habilidosas, pero las usaba para forjar menaje de cocina de hierro y cobre, no para ensartar corazones ajenos con una espada.

—¿Dónde vivías? —preguntó Quin—. Antes de que vinieras al Kaer.

Los pensamientos de Mia estaban llevándola a un lugar oscuro, así que agradeció la interrupción. Señaló un pico nevado a lo lejos.

—Nuestra casita estaba en mitad de la ladera de esa montaña.

—¿Hacía mucho frío en invierno?

—Muchísimo. Teníamos que ponernos tres pares de calcetines para salir de la cama. Pero a mí siempre me gustó la nieve. A mi hermana no. —Hizo una pausa para saborear un recuerdo de su infancia—. Una vez la convencí para salir prometiéndole que haríamos cincuenta ángeles de nieve. Un coro angelical para Angelyne.

123

—¿Y cumpliste la promesa?

—Qué va. Al llegar al ángel número nueve, ya ni me notaba los dedos de los pies.

Quin parecía divertido. Inspiró profundamente y expulsó el aire con un suspiro.

—Qué limpio es el aire aquí. Y estos robles y olmos tan altos. Debía de ser muy agradable dormirse con el murmullo del viento entre los árboles.

No se equivocaba. Mia tuvo una infancia feliz. Pero cuando su madre murió, las cosas que amaba parecieron hacerse más pequeñas. Era como si su casa se hubiera encogido y la ahogara. Su padre le había asegurado que no corría peligro, pero era imposible sentirse a salvo.

Se le ensombreció el semblante. Llevaba tres años a la caza de Gwyrachs. ¿Había estado cazándose a sí misma en realidad?

—Llevo toda la vida queriendo abandonar el castillo. —Quin sacudió sus rizos—. Y casi tengo que morirme para conseguirlo.

Mia estaba sorprendida.

—¿Por qué querías irte?

—¿Tú no querías?

—Es distinto. Kaer Killian es tu hogar. El sitio al que perteneces.

—El sitio donde naces no tiene por qué ser el sitio al que perteneces.

Una brisa helada de nostalgia azotó a Mia. Su madre siempre había sido su hogar, con su presencia tranquila y apacible. Mia hizo una mueca al recordar las cosas atroces que le dijo el día que murió, el dolor que reflejaban sus ojos castaños. Su memoria le gastaba una broma cruel haciendo que determinadas palabras serpentearan constantemente por su mente, como una víbora preparada para atacar. Los ojos de su madre eran dos lienzos inmensos de sentimientos, retratos en constante movimiento de luces y sombras, pero esa noche se convirtieron en dos agujeros negros, eternamente oscuros.

Mia llevaba tres años reprimiendo ese recuerdo y trató de contenerlo una vez más. ¿Cómo podía uno sentir nostalgia cuando ya no tenía hogar?

—Te debo una disculpa —dijo Quin.

Ella enarcó una ceja.

—¿Una disculpa por qué?

—He improvisado un sedal con tu vestido.

Señaló con la cabeza el hilo que colgaba del lado de babor. Mia reconoció la maraña de seda blanca en el suelo del coracle, aunque de blanco ya no tenía mucho. Milagrosamente, Quin había conseguido quitarle el vestido de debajo de la cabeza mientras dormía y, con su daga, lo había hecho jirones que había anudado para hacer una larga cuerda.

Se señaló la levita, a la que ya le faltaban unos cuantos botones dorados más.

—¿Sabías que a los peces les encantan las cosas brillantes? Cuando no tienes cebo, un botón reluciente funciona estupendamente.

Mia apenas lo oyó. Sus pensamientos se concentraron en una sola cosa: el diario.

El diario de su madre había desaparecido.

19

Demasiado bonito

—¿*B*uscas esto?

Quin sostenía en alto el cuaderno pardo, con el saltaparedes fojuen aún encajado en la cerradura. Sintiendo un alivio casi palpable, Mia se lo arrancó de la mano.

—No deberías haberlo cogido…

—Está en blanco, Mia.

Mia sentía los ojos de Quin observándola. No debería guardar la llave con el diario, era una imprudencia. En adelante, se guardaría el saltaparedes color rubí dentro de la blusa, siempre cerca del corazón. Aunque no había forma de impedir que Quin abriera el libro si quería. No era más que cuero y papel.

Mia giró el pajarillo de piedra y las páginas pasaron con un revoloteo. El libro, desde luego, no estaba en blanco en absoluto. La dedicatoria de su madre y el mapa seguían intactos; es más, la tinta había llegado un poco más lejos: veía el principio del Bosque Retorcido, con el río Natha serpenteando entre los árboles trenzados. Sintió una atracción intensa hacia el este, como si su madre tirara suavemente del bote hacia Fojo Karação blandiendo la zanahoria de un lugar seguro. Mia sabía que iban por buen camino, lo sentía en los huesos.

En sus huesos de Gwyrach. Una tormenta furiosa de fuego la sacudió. Iba en busca de la Gwyrach que había matado a su madre cuando ella misma era una Gwyrach. No le cabían ambas ideas en la cabeza. Cada vez que recordaba que tenía magia, se sentía morir; oscilaba entre una incredulidad sorda y gris y una cólera llameante. Odiaba lo que le estaba sucediendo. No era justo.

—Era de tu madre, ¿verdad? —Quin rodeó el remo con un brazo y el otro lo dobló sobre el pecho, estudiándola—. La has llamado en sueños. No parabas de decir: «Lo siento, Madre. Lo siento».

No la sorprendió descubrir que había pedido perdón en sueños; llevaba cada día de los últimos tres años pidiendo perdón por lo que había dicho. Pero no acababa de entender el tono de las palabras de Quin.

—No confío en tu padre —dijo él a santo de nada—. Y en mi padre tampoco, a decir verdad. Ha habido una escasez sorprendente de capturas de Gwyrachs los últimos años, aunque parecen reproducirse sin problemas más allá de las murallas del Kaer.

Recordó de golpe la conversación que había oído a escondidas en el salón de los aposentos de Quin. Sopesó las ventajas de contarle al príncipe lo que había oído, pero era una confesión delicada. Decidió esperar. En cambio, dijo:

—Mi padre ha sido un aliado de valor incalculable para la corona. De no ser por él, el reino estaría lleno a rebosar de Gwyrachs.

—El reino está lleno a rebosar de Gwyrachs. Ese es otro motivo por el que no confío en los Cazadores. Los miembros del Círculo se han vuelto contra nosotros y unos contra otros, como hemos visto.

De repente, Mia sintió el impulso de salir en defensa de su amigo.

—Domeniq du Zol es la única razón por la que estamos aquí ahora mismo. Nos salvó la vida.

—A cambio de quitar otras dos.

—A veces, las cosas van así. Corazón por corazón, vida por vida.

—Para estar tan obsesionada con hacer justicia —dijo él—, echas cuentas de una forma muy rara.

Irritada, Mia alargó la mano.

—El remo.

Él se levantó, le hizo una reverencia socarrona y dejó caer el remo con un golpe en su mano extendida.

—Lo que mande la señora.

Al pasar junto a él, sus hombros se rozaron y, por un instante, el barco osciló, desequilibrado por el movimiento de sus cuerpos. El frío que desprendía él estaba puntuado de chispazos de calidez.

Pero la sensación enseguida desapareció. Quin se apartó y se inclinó por la borda para tensar el sedal. Naturalmente que no quería tocarla; ella tenía el poder de matarlo. Pero es que le había salvado la vida. ¿De verdad la creía capaz de hacerle daño? ¿Qué más tenía que hacer para demostrar sus buenas intenciones?

«Pronto lo matará —había dicho Lyman—. Es lo que hacen.»

No. No lo haría. Ella no. No era de esa clase de chicas.

Reflexionó. No era de ese tipo de Gwyrachs.

Dicho así sonaba tan ridículo que estuvo a punto de echarse a reír.

Mientras un Quin enfurruñado se afanaba con el sedal, Mia se puso manos a la obra. Era el momento de someter el diario a una serie de experimentos. Ella podía ver lo que había escrito y el príncipe no: eso estaba claro. Pero ¿cómo conseguía el libro cubrirse de tinta a placer? ¿Cómo funcionaba?

Había pasado los últimos tres años sometiendo la magia a un cuidadoso examen, tratándola y poniéndola a prueba como si fuera un teorema científico. Sí, la magia era mágica, pero también existía en el mundo natural: debía de obedecer sus propias leyes. Si pudiera descubrir el código y entender esas normas, tal vez podría entenderlo y, si pudiera entenderlo, podría utilizarla. Para Mia, el conocimiento significaba una cosa muy concreta: era un camino para acabar con la magia.

Y ese libro era un buen lugar para empezar.

Tenía varias teorías. Era evidente que una Gwyrach debía de haber encontrado la forma de embrujar el libro a través de algún misterioso aparato dispensador de tinta. ¿Sería magnético? ¿Habría una magnetita escondida dentro del libro que extraía la tinta de un compartimento oculto en el lomo? ¿O sería un proceso mecánico mediante algún pequeño artilugio o brújula que activaba el depósito de tinta?

Mia se giró para dar la espalda a Quin. Muy discretamente, giró el diario en todas las direcciones para ver si conseguía activar la tinta. No lo consiguió. Golpeó el libro con suavidad contra el borde del barco esperando activar el mecanismo y hacer que escupiera más tinta sobre la página. No tuvo suerte.

No tenía ni idea. Y odiaba no saber cosas. Su única teoría fundada era que las Gwyrachs podían ver la tinta y la gente corriente no, aunque el tamaño de la muestra, reducida a ella y el príncipe, era ridículamente pequeño.

Y su madre, claro. Una verdad incómoda serpenteaba entre sus pensamientos: ¿Cómo podría su madre escribir con tinta de Gwyrach a menos que ella misma lo fuera?

Quin suspiró exageradamente fuerte.

—Si nos estamos guiando por algo que crees ver en ese libro, entonces está claro que no vamos a ninguna parte.

—¿Ah, sí? ¿Y adónde crees tú que tenemos que ir?

Él cambió de postura, pero no dijo nada.

—Pues muy bien. Tienes suerte de que siempre se me ha dado bien leer mapas.

—Para que se te dé bien leer mapas —murmuró él— necesitas un mapa.

Ella le lanzó una mirada cortante. Pero Quin tenía razón, lo sabía. Se estaba dejando vapulear por una tormenta impredecible, ganando tiempo hasta que el mapa mágico se dignara mostrarle el camino hacia un «lugar seguro». Mia Morwynna Rose era una pensadora lógica, una científica, una cazadora… y, al parecer, también una niñita perdida que mataba el rato mientras esperaba la aparición de la tinta invisible.

Un lugar seguro. ¿Qué significaba eso? Para una Gwyrach no había ningún lugar seguro.

La furia volvía a escocerle en el pecho como un anillo de fuego carmesí. ¿Por qué estaba tan enfadada? ¿Y con quién? No entendía por qué su cuerpo había empezado a oscilar entre temperaturas extremas. En las listas de crímenes cometidos por Gwyrachs había leído que eran capaces de provocar enfermedades que empezaban con una sensación de frío helador seguida de un dolor agudo y ardiente. Luego la piel se llenaba de ampollas y la cosa acababa en extremidades pudriéndose y desprendiéndose del cuerpo. Cerró los ojos porque no podía creerlo. La magia era una enfermedad. Por lo que sabía, su propia magia podría estar devorándola viva.

¿Cuánto faltaba para llegar al Bosque Retorcido? Los árboles empezaban a inclinarse hacia el este y en el aire se sentía la promesa del invierno. A la vista de su fracaso con el diario, se consoló pensando que iban camino de respuestas. No. De justicia. Corazón por corazón, vida por vida.

—No tenía intención de ser cruel —dijo el príncipe. Era más veleidoso que las aguas sobre las que navegaban—. Te dije que, mientras fuéramos en dirección opuesta al Kaer, no me quejaría. Y hablaba en serio.

Ella asintió.

—Bien. No tienes de qué preocuparte. Voy a llevarnos a un lugar seguro.

Él volvía a estudiarla. Si pretendía ponerla nerviosa, ella también sabía jugar. Le escudriñó la cara en busca de defectos. Pero lo que encontró fueron largas pestañas, unos ojos verdes penetrantes, pómulos cincelados, una nariz ligeramente respingona, unos labios arqueados, una clavícula delicada, bíceps esculpidos y la superficie llana de su pecho estrechándose hacia un abdomen plano. Tenía la camisa abierta hasta la cintura; veía la punta de los huesos de su cadera dibujando una V bien definida, como un ave alzando el vuelo.

Sintió un aleteo en el estómago, pero no se detuvo a averiguar si el causante era un pajarillo o una mariposa, porque lo estranguló sin miramientos.

Permanecieron en silencio un largo rato mientras el día daba paso lentamente a la noche. Los reflejos del sol sobre el agua se volvieron dorados, luego de un rosa salmón y más tarde púrpuras mientras la luna se tocaba con un velo blanco para cruzar el cielo oscuro.

De improviso, el bote se encalló. Mia no se lo esperaba y la sacudida le hizo soltar el remo mientras caía hacia delante. Tenía los brazos doloridos y agarrotados y las manos tan entumecidas que ya ni las sentía. Quin la sujetó antes de que cayera por la borda, sosteniéndola por las curvas redondeadas de los hombros con sus manos firmes.

—Deberías comer más skalt —dijo, aunque Mia sospechaba que era otra cosa lo que quería decir. Entonces retiró las manos abruptamente. Por un momento había olvidado los peligros del contacto piel con piel.

Con las piernas temblorosas, Mia pisó la orilla, haciendo lo posible por andar derecha. Observó el bosque. El Natha desembocaba en una pequeña cala y la quilla del *Rayo de Sol* se había hundido en un bancal de piedras grises astilladas.

El príncipe se frotó el cuello.

—Supongo que el río termina aquí.

Pero el río no terminaba, en verdad. Sobre sus cabezas descubrieron una imagen que desafiaba toda lógica: el Natha saltaba cuesta arriba sobre un muro de pedruscos grises en una cascada invertida. Mientras lo contemplaba maravillada, Mia se dio cuenta de que nunca había creído de verdad que ese lugar existiera. Pero ahí tenía la prueba irrefutable: el agua corría hacia arriba en lugar de hacia abajo.

Sintió desasosiego, curiosidad y —contra toda lógica— hambre.

—Por los cuatro infiernos —murmuró el príncipe—. No me lo puedo creer.

En el bosque que se extendía más allá, los árboles swyn torcidos se abrazaban unos a otros, cubiertos con un dosel de un azul suntuoso.

El Bosque Retorcido los llamaba, algo demasiado bonito para ser verdad.

131

20

Un trabajo terrible y sangriento

*E*l Natha corría montaña arriba, más riachuelo que río, y Mia y Quin se vieron obligados a abandonar el bote. Se adentraron en Foraois Swyn a la luz de una luna color albaricoque que dibujaba sombras entre los árboles trenzados.

El Bosque Retorcido era uno de los grandes misterios de Glas Ddir.

Los troncos blanquecinos de los swyn se inclinaban de forma uniforme en dirección este, hacia Fojo Karação. La base de sus troncos crecía de forma horizontal, cerca del suelo, formando un cómodo asiento bajo. Pero, unos palmos más adelante, los troncos se disparaban hacia arriba en ángulo, como el codo de un brazo que quiere alcanzar el sol.

Después, los árboles se volvían aún más interesantes. A unos siete metros del suelo del bosque, empezaban a entrelazarse unos con otros en grupos de dos o tres, a menudo más. Las ramas, de un blanco cremoso, se abrazaban unas a otras como dedos rotos y sus agujas de un azul aterciopelado formaban un tupido entoldado.

Como a las niñas no les estaba permitido acceder a Foraois Swyn, Mia nunca había visto los árboles. Pero su madre, que siempre había sido una enamorada de los árboles de todo tipo, se los había dibujado.

—Qué árboles más solitarios —decía Angie, recorriendo con el dedo las ramas trenzadas. Mia siempre opinó lo contrario. Los swyn nunca crecían solos.

Su forma característica —el tronco torcido y las ramas entrelazadas— le había valido su apodo al Bosque Retorcido, además de innumerables conjeturas acerca del motivo por el que los árboles crecían así. Había hipótesis científicas: tal vez los granjeros de antaño manipularon los retoños para conseguir madera con más facilidad, o quizá los árboles respondieran a alguna especie de movimiento magnético del centro de la Tierra. Pero los glasddirianos eran supersticiosos por naturaleza y la mayoría creía que era cosa de magia. Los demonios de las leyendas antiguas eran el chivo expiatorio perfecto. En el Reino del Río, se echaba la culpa de todo a los demonios.

Mia siempre se había reído de esas ideas peregrinas. Pero al pisar sin hacer apenas ruido el blando lecho de agujas azules que alfombraba el suelo del bosque, no lo tenía tan claro. ¿Y si las supersticiones habían nacido de una semilla de verdad y los árboles habían sido mágicos en algún momento? ¿Significaba eso que eran perversos?

—Cuanto más pienso en quién querría matarme —dijo Quin—, más pienso en las leyes de sucesión.

—¿Y?

—Si me pasara algo, mi primo heredaría el trono. Cosa que parece muy conveniente, ya que Tristan es el hijo que mi padre siempre quiso tener.

Mia detectó una amargura mal disimulada en sus palabras.

—Debería heredarlo Karri —siguió él—. Mi hermana siempre ha sido mejor que yo en todo, al menos, en todo lo que importa: la caza, el tiro con arco, la esgrima, la diplomacia, los ejercicios militares... Yo me dedicaba a limpiar pescado en las cocinas mientras Karri hacía morder el polvo a nuestro maestro de armas.

—Tal vez puedas cambiar las leyes sucesorias cuando seas rey.

—Es que no quiero ser rey.

—Pues eres el único hombre de la historia que no ha soñado con sentarse en el trono del Río.

133

—Y, sin embargo, soy el único que debe hacerlo. Mientras, mi hermana, la mejor espadachina que he visto jamás, la estratega más hábil, la mente más aguda y el alma más noble, se verá obligada a languidecer en la galería de la reina mientras se emborracha con cerveza de roca.

Mia lo observó con atención.

—Tú también tienes habilidades. Has pescado una docena de skalt con un botón.

Quin rio.

—Ah, sí. Maestro de las artes del botón, me llaman —rio Quin. Y añadió con tristeza—: Ojalá bastara una docena de skalt para salvar la piel.

Volvieron a quedarse en un silencio apacible. Un rato después, Quin dijo:

—Se me dan bien otras cosas además de la pesca, que lo sepas. Me encanta la historia. Destacaba en estudios teatrales, tengo un don para fingir. Y tengo una afición especial por la música.

—Sí —dijo Mia—. Te he oído tocar.

¿Eran imaginaciones suyas, o a Quin se le había nublado la mirada?

—Tuve un profesor de música. Era de Luumia, solo un año mayor que yo. Sus padres eran músicos en la corte de mi padre, así que vivía en el castillo con su hermana. Ella era encantadora. Solíamos pasear juntos por el bosque de ciruelos. A veces, ella y yo...

—No necesito oír lo que hacías con ella —lo interrumpió Mia.

Quin sonrió.

—Su hermano era un prodigio musical. Y fue mi primer amigo de verdad. Pasábamos horas en la biblioteca tocando el piano. Me dijo que un pianista debía tocar las teclas de la misma forma en que se toca a una mujer: con suavidad. Pero mi padre... —Se le endureció la mandíbula. Fuera lo que fuese lo que iba a decir, cambió de opinión—. Mi padre decidió que en mi futuro no había sitio para el piano.

—Quin. —Mia se detuvo—. ¿Y si tu padre está preparando a Tristan para ser rey? Si no te cree apropiado para reinar, podría haber contratado a un sicario para matarte.

Quin no parecía ni la mitad de encantado que ella con esa teoría.

—Agradezco tu interés por el filicidio, pero me parece un tanto radical. —Hizo una pausa—. Aunque supongo que si mi padre anduviera en busca de un sicario experimentado, no tendría que ir muy lejos.

Le lanzó una mirada cargada de significado.

—Ah. Estás pensando en mi padre.

Mia recordó el extraño comportamiento de su padre cuando le dio el diario y cuando la acompañó a la capilla real. ¿El rey Ronan había encargado a Griffin que matara a su propio hijo?

¿O acaso Quin se refería a ella?

Una vez más, la conversación entre Quin y sus padres que había oído a medias volvió de golpe. Incluso entonces, la consideró peligrosa.

—Los Cazadores solo matan a los mágicos —dijo ella—. Es el Juramento. Es sagrado.

—Admite que eres un poco fanática con esto, Mia. Anoche vimos a un Cazador romper el juramento y matar a otros dos Cazadores. Todo el mundo tiene un precio.

—Mi padre no.

—De acuerdo. Pues uno de sus hombres. Eran los únicos en toda la capilla que llevaban arcos y flechas.

—¡A excepción de todos los guardias! Ya te lo he dicho, los Cazadores solo matan a Gwyrachs.

Él se quedó mirándola, con sus ojos verdes reflejando el azul de las agujas, como el color de una charca al pie de una cascada.

—¿Qué te hizo querer unirte al Círculo? Parece un trabajo terrible y sangriento. Para una chica, por lo menos. —Señaló hacia el río con un gesto de la cabeza—. Tu amigo el cazador es un buen espadachín, pero no te imagino a ti...

135

Con un gesto rápido, Mia se sacó el cuchillo del morral, lo tomó con ligereza por la hoja y lo lanzó a un swyn que tenían a unos seis o siete metros. Recorrió el aire como una cinta plateada y se clavó en el tronco blanco con una precisión impecable.

—Ya me hago a la idea —dijo él.

Mia recuperó el arma y limpió, frotando con su vestido, las delicadas virutas de corteza blanca antes de volver a envainarla. El príncipe sonreía con los labios, pero no con los ojos.

—La verdad —dijo él—, empiezo a arrepentirme de haberte prestado el cuchillo.

21

Un lugar incognoscible

*H*icieron camino a través del Bosque Retorcido mientras el aire se aligeraba. Mia estaba cansada, pero el aire fresco de montaña le daba vigor. Aunque iba desprovista de brújula y no tenía ningún mapa salvo el de su madre, se sentía como una exploradora, lo que siempre había deseado ser más que nada.

El príncipe se dejó caer pesadamente sobre el tronco de un swyn, rompiendo así el silencio.

—Tengo hambre.

—Pero el pescado…

—Hace horas que nos lo comimos. Y yo siempre tengo hambre. —Estiró los brazos, se puso las manos en la nuca y contempló el tapiz de agujas azules sobre su cabeza—. Es precioso. Como ver dos cielos azules.

Mia se sentó en otro tronco. Ella también estaba hambrienta. Tenía un hambre atroz.

Abrió discretamente el libro de su madre. Iban siguiendo más o menos el curso del Natha en su ascenso: el río era la línea de tinta más clara. Intentó una vez más frotar la página suavemente con el dedo para ver si podía hacer salir más tinta. No sirvió de nada.

—Espero que no estés trazando nuestro itinerario con ese libro lleno de nada.

Mia lo cerró de golpe.

—Tal vez sea hora de que vuelvas a ponerte a pescar.

Quin hizo un gesto hacia el río.

—Diría que los nobles peces de Glas Ddir son físicamente incapaces de nadar cuesta arriba.

Tenía razón. Ningún skalt reluciente y plateado parecía atreverse a nadar desafiando la gravedad.

Mia se mordió el labio. Gracias al caprichoso diario de su madre, era difícil establecer un itinerario exacto. Si cerraba los ojos, podía imaginar los mapas normales y corrientes que se había pasado la infancia estudiando. Según sus cálculos, la caminata por el Bosque Retorcido les llevaría algunos días, tal vez una semana. Tenían que llegar a la cima de la montaña y bajar por la ladera opuesta para llegar hasta el Mar Salado, que unía Glas Ddir con Fojo Karação. Hasta entonces, el río les proporcionaría toda el agua dulce que quisieran, pero necesitaban comida.

—Tú eres Cazadora —dijo él—. ¿Por qué no cazas algo de carne?

—No cazo animales.

—Los humanos somos animales.

—Las Gwyrachs no son humanas —dijo ella.

—A mí me pareces bastante humana. —Se le borró la sonrisa de la cara—. ¿Cómo me curaste, Mia?

—No me apetece darte lecciones de magia.

—No tienes ni idea, ¿verdad?

Mia sintió cómo el rubor se extendía por sus mejillas y su cuello. Otro ejemplo, pensó, de cómo su propio cuerpo podía traicionarla. Sus propias palabras la golpearon: «Las Gwyrachs no son humanas».

¿Lo creía de verdad? De ser así, la sangre que corría por sus venas, el aire que le raspaba la tráquea, las válvulas aórticas que se contraían para mantenerla con vida… eran válvulas inhumanas, aliento inhumano, sangre inhumana.

¿Qué hacía que alguien fuera humano? ¿El cerebro? ¿El corazón? ¿O era una suma incognoscible de partes incognoscibles?

—No voy a hacerte daño.

—¿Cómo lo sabes? Si me tocas sin querer, podría caerme muerto.

—¿Es por eso que les dijiste a tus padres que yo era peligrosa?

Él se quedó mirándola fijamente.

—¿Y qué más oíste escondida en mis aposentos?

—Que tus padres desconfiaban de mi padre. Y que yo era una moneda de cambio. Tu «novia de chantaje».

Él enrojeció.

—Eso no fue culpa mía. Sabía que mi padre pretendía que nuestro matrimonio fuera una técnica de intimidación y no me equivocaba. Pero supuse que era a los ciudadanos de Glas Ddir a quienes quería intimidar, cuando, en realidad, era a tu padre. —Cogió un palo y lo clavó en el suelo—. Le prometieron que te mantendrían a salvo... mientras él cumpliera con su cuota.

—Su cuota de Gwyrachs.

—Sí. —Quin miraba el palo sin pestañear—. Para el Corredor de las manos de mi padre.

—¿Y si mi padre no cumplía?

El silencio de Quin era como un libro abierto. Como una estantería llena de libros. Como una biblioteca.

Así que su padre no le había mentido. Era verdad que intentaba protegerla. Le habían obligado. Si Griffin se negaba al matrimonio, el rey la habría matado.

O algo peor.

Mia tragó saliva.

—Pero no sabíais que yo tenía magia. Ni siquiera yo lo sabía. ¿Por qué creías que era peligrosa, Quin?

La sangre corría a borbotones por sus venas y se había vuelto de repente tan fría que la hizo estremecer.

El príncipe apartó la mirada.

—Porque —dijo con voz queda— lo eres.

139

22

Deshielo

A medida que avanzaba la noche, el aire se enfriaba y, por una vez, Mia no le echó la culpa al príncipe de hielo. El viento del norte le mordisqueaba la nariz y las puntas de los dedos.

Oyó un chasquido de ramas al romperse y se giró.

—¿Quin?

Él llevaba horas sin hablar, pero su voz era suave.

—Estoy aquí.

—Me ha parecido oír algo. —Olisqueó el aire, pero solo percibió el aroma húmedo y margoso de la tierra.

—Han debido de ser los gruñidos de mi barriga. Voy a recoger verdolaga.

—Me parece un plan excelente.

No tenía ni idea de lo que era la verdolaga, pero no estaba dispuesta a admitirlo.

Quin empezó a rebuscar por el suelo del bosque, recogiendo puñados de verde, hasta que, finalmente, dejó caer un ramillete de hojas carnosas en el regazo de Mia.

—Para ser una mala hierba, es sorprendentemente nutritiva.

—¿Es comestible?

—Sí, Mia. No pretendo envenenarte.

La verdolaga sabía a papel, pero Mia no tenía intención de quejarse. Mientras se quitaba discretamente los hilos fibrosos de entre los dientes, miró hacia las copas de los árboles.

Los bocetos de su madre no le habían permitido apreciar

la sensualidad de los swyn: sus curvas sinuosas y elegantes, sus largas ramas que se enredaban y entrelazaban unas con otras. La luna se reflejaba en su corteza blanquecina como la luz de una vela sobre la piel desnuda.

—¿En qué piensas? —preguntó Quin.

Avergonzada, ella apartó la vista.

—En que deberíamos acampar. —No había pensado nada por el estilo—. Si tendemos el vestido entre dos árboles...

Y así empezó su humillante intento de construir un refugio. Primero intentó remeter el vestido entre las ramas trenzadas, pero no quedaba tela suficiente por culpa del sedal de Quin. Así que decidió montar una tienda. Dispuso un marco sencillo clavando dos palos en el suelo y atándolos con lo que quedaba del vestido y su cola. Pero necesitaba un mástil más fuerte o, al menos, ramas más robustas, porque cada vez que intentaba asegurarlas, un soplo de viento helado lo mandaba todo al suelo.

Quin la observaba en silencio mientras masticaba verdolaga.

—Gracias, no necesito ayuda —dijo ella.

—De nada. —Quin escupió un poco de corteza—. He visto una cueva hace un rato.

Mia podría haberle pegado un puñetazo.

—He cambiado de idea —dijo—. No necesitamos estar a cubierto. Dormiremos al raso. El cielo está despejado.

Tan pronto esas palabras salieron de su boca, un trueno retumbó en el cielo. Las primeras gotas de lluvia perlaron las copas de los swyn.

Quin se cruzó de brazos y se reclinó en el tronco del árbol con una sonrisa de suficiencia.

—¿Decías?

Sentada cerca de la entrada de la cueva, Mia se estremeció. La lluvia goteaba de la cornisa que tenían sobre sus cabezas como pálidas cintas colgando de una franja de seda, o las lágrimas plateadas de Angelyne.

141

Se abrazó las rodillas y apoyó la barbilla sobre ellas, esperando que el susurro de la lluvia la tranquilizara. Se había envuelto en los jirones que quedaban de su vestido de novia. No abrigaban mucho, la verdad.

Mia se ocupó en descifrar sus propias reglas para la magia. La magia de verdad, no la información incompleta que abundaba en sus libros. Las oscilaciones salvajes en su temperatura corporal eran un síntoma, claramente, igual que los repentinos dolores que le hacían sentir que la cabeza se le iba a hacer añicos como si fuera de cristal. Le habían enseñado que las Gwyrachs manipulaban el cuerpo de sus víctimas, controlaban sus huesos y su sangre, el aliento y la carne. Pero empezaba a sospechar que, a nivel fisiológico, lo que ocurría era algo mucho más complicado. Lo que sus libros no mencionaban era que el cuerpo de las Gwyrachs también se veía afectado.

El cuerpo de Mia era un instrumento altamente sensible a su entorno. Sus dolores de cabeza se habían reducido de forma notable desde que se encontraba fuera del castillo, lo que apoyaba su teoría de que se debían a algún tipo de sobreestimulación sensorial: docenas de cuerpos, cada uno con su química única y delicada, chocando con el suyo. Curar a alguien era doloroso y agotador. Ver morir a otro era el vacío.

Y luego estaba todo lo que había sentido al embrujar a Quin: un calor pegajoso, las extremidades ligeras, la carne como si fuera chocolate derretido.

Si su cuerpo se ponía en sintonía con los que tenía a su alrededor, tenía sentido pensar que su temperatura corporal también reflejaba la de los demás. Las criaturas mágicas y las no mágicas parecían ligadas por esa extraña alquimia. Emociones concretas estaban ligadas a temperaturas concretas.

El embrujo era cálido. Eso tenía sentido: el deseo era algo candente.

Miró a Quin disimuladamente.

El odio, al parecer, era frío.

Quin se había acurrucado al fondo de la cueva. Mia sospechaba que sería capaz de doblarse como unos pantalones solo para apartarse de ella. Antes, ella se había acercado demasiado sin querer y él se había alejado de un salto, dejando entre ellos un aire que chirriaba lleno de escarcha.

Quin la odiaba. Y, para una Gwyrach, el odio era una sensación de frío.

Era incapaz de calentarse o ponerse cómoda en el duro suelo de la cueva. La lluvia rechinaba por el Bosque Retorcido, tamborileando suavemente sobre los árboles, igual que los dientes de Mia, que empezaron a castañetear de frío.

A su espalda, Quin se agitó. Algo suave y pesado le frotó la mejilla. Vio un atisbo de oro y luego sintió un peso sobre los hombros. Su cuerpo quedó envuelto en una tela gruesa y cálida.

El príncipe la había cubierto con su levita.

Mia se giró para mirarlo, pero él ya volvía a darle la espalda. Sin decir palabra, volvió a acostarse sobre las rocas y a ponerse de cara a la pared de la cueva.

Cada vez que creía entender al príncipe, él la sorprendía.

Permaneció despierta hasta oír el ritmo suave y regular de su respiración. Entonces se puso de pie en la entrada de la cueva, con el deseo, que no comprendía, de protegerlo. Sobre su cabeza, las agujas azules lloraban y susurraban. A través de la niebla gris de la lluvia, podía ver un trocito de río mucho más abajo. Le pareció distinguir una mancha verde y oro.

Se frotó los ojos. No podía fiarse de ellos. Cuando volvió a mirar, la mancha había desaparecido.

Mia se hizo un ovillo entre las rocas y se arrebujó en la chaqueta de Quin. Olía a pescado y a metal. Cerró los ojos e imaginó el aroma de piel de naranja chisporroteando sobre una trucha fresca, pan recién horneado, dulces quesos tiernos y café caliente en una cafetera de metal. El recuerdo de las agradables mañanas de su infancia en las que la familia Rose se amontonaba en la acogedora cocina de los Du Zol para compartir un desayuno delicioso. Pequeños consuelos de una vida que ya no parecía la suya.

Se hizo una almohada huesuda con las manos mientras las nubes del sueño la cubrían.

143

23

Una taza humeante de ponche de mantequilla

*T*enían hambre y frío.

Mia había visto ya tres amaneceres desde que abandonaran el río, tal vez cuatro. Era difícil llevar la cuenta. Cuanto más se adentraban en las montañas, más se confundían el día y la noche en una mezcla de blancos y azules.

La lluvia se convirtió primero en granizo y después en nieve, que se acumuló en las ramas azuladas de los árboles como pegotes de nata montada. Mia forró las botas de los dos con musgo seco y agujas de los árboles. Cambiaban el forro todos los días, aunque cada vez era más difícil encontrar vegetación seca. Recogían lo que podían para comer —malas hierbas y matorrales y bayas— y, cuando se sentían débiles, mojaban un pedazo de corteza acanalada en el río que fluía cuesta arriba para saciar su sed con el agua gélida. Aunque el frío ralentizaba y espesaba la sangre que les corría por las venas, el Natha no daba señales de congelarse.

—¿Adónde vamos, Mia? —preguntó Quin—. ¿Adónde nos llevas?

—A un lugar seguro —respondió ella. En sus ojos veía preguntas, dudas, pero, de una forma u otra, ambos eran conscientes de que Quin no tenía ningún otro sitio adonde ir.

Se estaban acercando. A Mia le dolían los dedos helados al abrir el libro, pero cada día aparecía más tinta reluciente sobre la página. Hacia el este, las islas de Fojo Karação empezaban a revelarse, un racimo de masas de tierra flotando en el Mar Salado.

Paso a paso, Mia y Quin siguieron su ascenso a través del Bosque Retorcido. Una vez llegaran a la cima de la montaña, podrían empezar a bajar por la ladera opuesta, suponiendo que sobrevivieran el tiempo suficiente como para llegar.

Mia estaba decidida a sobrevivir.

Incluso sin sus fieles varitas de azyfre, tuvo suerte al frotar la cara roma del cuchillo contra un pedazo de jaspe sin pulir hasta arrancarle chispas. Consiguió arrancar una llama naranja a la yesca y, cuando creció, la metió bajo un nido de ramas más largas y gruesas. Una noche afortunada, Quin consiguió hervir un poquito de agua en una piedra con forma cóncava para preparar una infusión de capulín. Fue la bebida más acre, amarga y deliciosa que Mia había probado jamás.

—Necesitamos más alimento —dijo Quin.

Ella asintió. Tenía los labios tan agrietados que le dolían al hablar.

145

Sus tendones temblequeaban, sus piernas apenas podían sostenerla al descender profundos cañones y escalar acantilados escarpados. Mia tenía arañazos en los brazos causados por matorrales y ramas. Y cuando la vegetación se hacía demasiado impenetrable, no le quedaba más remedio que abrirse camino a machetazos con el cuchillo de Quin.

El silencio se extendía ante ellos como un lago negro helado. Mia empezó a inventar sonidos para llenarlo. La cuerda que la aferraba a la cordura empezaba a deshilacharse: una noche, hubiera jurado oír un sabueso aullando a la luna de color amarillo limón.

Para mantener el cerebro despierto, manoseaba el saltaparedes fojuen constantemente, recitando para sí todo lo que sabía acerca de esa especie de pájaro. Los saltaparedes eran los únicos pájaros que hibernaban en invierno. Eran autóctonos del Reino de la Nieve. Su anatomía era única: igual que los mamíferos, tenían un corazón con cuatro cámaras. Pero, mientras que los humanos tenían dos venas pulmonares, los saltaparedes tenían cuatro, y ese sistema circulatorio más eficiente era lo que les permitía volar. Los corazones de los saltaparedes, además, latían más deprisa —su latido en reposo era siete veces más veloz que el humano— pero, al hibernar, podían ralentizar el pulso durante meses.

A veces, cuando Mia se llevaba el saltaparedes rubí a la mejilla, le parecía oír a su madre llamándola a casa. «Mi cuervo rojo. Mi pequeño cisne.»

Cada vez que pensaba en su hermana, sentía un temor innombrable clavándole una dentellada en el pecho. El Kaer no era un lugar seguro mientras el rey Ronan y Tristan estuvieran allí.

Quizá su miedo no fuera tan innombrable al fin y al cabo.

Quin no le iba a la zaga. Ya no se quedaba a un lado enfurruñado mientras ella lo hacía todo; excavaba en el suelo para hacer hogueras y buscaba leña. Cada uno encontró formas de ir al baño sin llamar la atención con breves frases en código que aprendieron a interpretar: «Voy a buscar moras», «Mira, una comadreja».

Pero cuanto menos comían, menos necesitaban ir al baño. Se cruzaron con armiños y conejos y un majestuoso ciervo blanco, animales hermosos y, probablemente, sabrosos. Pero cada vez que Mia agarraba el cuchillo sentía los dedos torpes y las manos pesadas.

Mientras anochecía en su cuarta o tal vez quinta noche en el bosque, Quin le hizo una pregunta:

—Ahora mismo, si pudieras comer cualquier cosa —dijo, con los dientes castañeteándole de frío—, ¿qué sería?

¿Es que se había vuelto un sádico? El estómago vacío de Mia crujía y protestaba como un barco vacío en un mar tempestuoso.

—Lo diré yo primero —añadió él—. Trufa negra. Unas suculentas trufas negras en salsa con tortitas y unas virutas de friedhelm por encima.

Mia respondió:

—Una torta de patata.

—¿Una torta de patata?

Un recuerdo le vino a la cabeza sin previo aviso: una comida que había compartido con su familia antes de que muriera su madre. Se habían reunido alrededor de su sencilla mesa cuadrada, riendo e intercambiando anécdotas, mientras arrancaban pedazos de una torta de patata caliente y los mojaban en una lata de mostaza dulce. Esa noche, su madre besó a su padre, le dio un beso con todas las de la ley. Y cuando Mia y Angeline la abuchearon por ello, alzó su jarra de cerveza de roca e hizo un brindis:

—A mis pajarillos, tan buenos y listos: porque las dos encontréis el amor que vuestro padre y yo tenemos la suerte de haber encontrado.

Mia movió la cabeza para despejarse:

—Sí, una torta de patata. Con mostaza dulce para mojar.

—Veo tu torta de patata y subo un guiso de conejo. Y una jarra de ponche de mantequilla bien caliente. Y torta de miel con salsa de caramelo y mermelada de frambuesas. Y...

El príncipe se calló de golpe.

Habían llegado a una pequeña hondonada donde las rocas se allanaban y los árboles pálidos se arremolinaban como un corro de ninfas fantasmales.

En el centro del claro, pulcramente colocada sobre la nieve virgen, había una liebre.

Una liebre muerta.

Como si alguien la hubiera dejado allí para ellos.

147

24

Peligrosamente cálido

*U*n velo de sudor cubrió la frente de Mia mientras Quin soltaba un grito de guerra y se abalanzaba sobre la carne.

—Está recién muerta —dijo él—. Debe de ser la presa de alguna lechuza o lobo que ha huido al olernos. Qué suerte hemos tenido. ¡Menudo guiso voy a preparar!

A Mia se le erizó el vello de la nuca.

—Esto me da mala espina, Quin.

—¿El frío te ha congelado el cerebro? Es la primera comida de verdad que encontramos en días. La liebre quizá no sea el animal con más carne de todo el bosque, pero es un millón de veces mejor que la verdolaga y las nueces que hemos estado comiendo.

Mia se acercó a mirar.

—¿Cómo la mataron? No veo ninguna herida.

Exasperado, Quin la izó por las orejas e inspeccionó todo el cuerpo.

—Mira. —Con gesto triunfal señaló una marca en el pescuezo—. Le clavaron algo en el cuello.

—Es un corte limpio. No parece obra de un depredador.

—¿Vas a ponerte tiquismiquis con la forma en que murió? ¡Está muerta! Y ahora podemos comérnosla. El cuchillo, por favor.

Mia se sacó la daga de la bota, pero titubeó antes de entregársela.

—No sé si deberíamos…

—Por los cuatro dioses, Mia. —De un tirón, le quitó el cuchillo de la mano—. Menos mal que uno de los dos está interesado en nuestra supervivencia.

A la luz del sol poniente, Quin bullía de actividad. Después de días avanzando a paso de caracol, recuperó el brío: encontró un pedazo de cordel gastado y cortó un trozo con el que colgó a la liebre por las patas traseras. Con el cuchillo hizo un corte alrededor de cada pata, abriendo luego el interior de la izquierda y, después, la derecha. Con un gesto ampuloso, hizo un largo corte desde el abdomen hasta el pescuezo. Mia lo observó retirar cuidadosamente la piel.

—No te tenía por un carnicero.

—¿Y si haces algo útil? ¿Por qué no enciendes una hoguera?

Cómo habían cambiado las tornas. Se hubiera reído de no ser por la sensación de tragedia inminente que le hacía vibrar la columna vertebral como si fuera un arpa.

149

—Prepararé una sopa —murmuraba Quin para sí—. Con los huesos haré un caldo estupendo. Con puerro silvestre y un puñado de capulines para darle sabor.

Mia dio unos pasos para ponerse a buscar leña y se detuvo en seco.

—Leña —dijo.

—Sí, claro, no voy a hacerlo yo todo, ¿verdad? Tendrás que…

—No, quiero decir que aquí hay una pila de leña.

Quin bajó el cuchillo.

En el borde del claro había un montoncito de troncos. Era evidente que no los habían cortado con un hacha —eran, sobre todo, ramas de swyn y pícea— pero la leña estaba perfectamente seca y apilada con la pulcritud de una criatura con mucha más voluntad que una lechuza o un lobo.

Quin se pasó los dedos entre los rizos.

—Qué curioso. ¿Quizá haya alguien viviendo en el bosque? Sigo pensando que hemos tenido mucha suerte.

Pero ya no sonaba tan seguro.

Trabajaron en silencio. Mia estaba tensa y nerviosa y Quin canturreaba para sí, tal vez para disimular que él también estaba tenso y nervioso. Pero no lo aparentaba. Mia se maravilló ante su habilidad con el cuchillo. Extrajo las vísceras de la liebre, unos cordeles temblorosos de color rosa y rojo, con tanta naturalidad como si fueran cintas de pelo. Con el cuchillo despegó la piel del cuerpo sin pinchar ni un solo órgano. Arrancó todo tipo de partes carnosas y grises —el hígado, los riñones y el corazón, supuso Mia— y las dispuso ordenadamente sobre una roca.

—Es alarmante lo bien que se te da esto.

—Ya te lo he dicho. Me he pasado horas y horas en la cocina del castillo.

—¿Los cocineros permitían que el principito destripara los conejos para la cena?

—Los cocineros se sentían honrados de que me interesara por su trabajo. Mi hermana siempre andaba de caza, nunca puso un pie en las cocinas, pero eran mi parte preferida del castillo.

Gracias a lo seca que estaba la leña misteriosa, Mia consiguió una hoguera chisporroteante en un santiamén. Siguiendo las instrucciones de Quin, colocó tres piedras grandes sobre las llamas y, con un palo, excavó un hoyo en la tierra que forró con la piel del conejo y llenó de nieve derretida. Una vez las piedras estuvieron bien calientes, las colocó sobre la nieve para hacer el caldo.

—Calienta más piedras —le dijo el príncipe—. El caldo tiene que estar muy caliente para que se cocine la carne.

Mia asintió y se puso manos a la obra. Una vez el caldo alcanzó una temperatura que Quin consideraba adecuada, metió pedazos de carne y un puñado de huesecillos. Partió un hueso más grande por la mitad y sorbió el líquido que había dentro.

—Por los cuatro infiernos, qué rico. —Se lo ofreció a Mia—. Tuétano. Es muy rico en minerales. Y muy nutritivo.

Mia sorbió el resto del tuétano y se relamió.

El cambio obrado en el príncipe la dejaba pasmada. En apenas una semana había pasado de ser un quejica consentido a un hombre de monte experimentado, alguien que podía despiezar hábilmente una liebre para cenar. Nunca se le hubiera ocurrido que ver a un chico troceando carne le resultaría atractivo, pero en las manos habilidosas de Quin volando sobre las vísceras y separando la carne de la grasa encontraba, por decirlo de alguna manera, un cierto encanto.

A pesar del frío, Quin sudaba; no dejaba de apartarse los rizos de la frente con el dorso de la mano. La luz del fuego lo bañaba en un resplandor naranja arrebolado. Mia sintió una llamarada de calor en la barriga.

Percibió un martilleo silencioso en el pecho, la sensación de que algo no estaba en orden. ¿Les había dejado alguien la leña? ¿Y cazado la liebre para que la encontraran?

El instinto le decía que algo no iba bien. Pero ¿desde cuándo se fiaba ella de su instinto? Mia no era el tipo de persona que tomaba decisiones basándose en lo que sentía; se basaba en la lógica y las pruebas empíricas.

Todo iría bien. Esa comida les daría la energía que necesitaban para llegar a su destino, por raro que fuera decir eso cuando no sabía dónde quedaba ese destino. «El camino a un lugar seguro se mostrará a la que quiera encontrarlo.»

En el mapa no quedaban muchas páginas para llenarse con tinta. Debían de estar acercándose a su destino.

151

Devoraron el guiso, sorbiendo el caldo caliente de las piedras cóncavas que usaron como platos. La carne era sabrosa y suculenta. Mia no creía haber probado un guiso mejor en su vida. Quin sonrió cuando se lo dijo.

—Puedo hacer que las sobras nos duren. Ahumaré la carne que queda, tal vez seque algunas tiras al sol mañana por la mañana. Será lo mejor para comer por el camino. Una fuente excelente de proteínas.

La sopa le calentaba el cuerpo y aflojaba el nudo de tensión que sentía entre los hombros. Se estaba poniendo paranoica. No tenía motivos para inquietarse: los castores y otros animales solían apilar madera y una liebre muerta no era motivo de alarma.

—Siento haber estado tan antipático —dijo Quin de repente, detalle que la sorprendió—. Sé que puedo ponerme detestable cuando tengo hambre, y llevaba muchos días hambriento.

Él alargó la mano y le tocó la muñeca. Sus dedos no estaban fríos, ni siquiera un poquito.

—¿Más tuétano?

Mia asintió. Las puntas de los dedos de Quin permanecieron un momento sobre su piel y Mia sintió cómo el pulso le zumbaba de ganas de acariciarlas antes de que él apartara la mano.

El corazón le palpitaba en algún lugar de la cavidad glótica. Miró de reojo a Quin, pero él tenía la vista clavada en los restos de la liebre. O la contemplación de intestinos era una de sus aficiones, o le rehuía la mirada.

Mia inspiró profundamente para calmar su respiración. Un olor acre a huevos podridos le llenó la nariz. Se quedó congelada. ¿Había encendido alguien una varita de azyfre?

Quin estaba a punto de decir algo, pero se detuvo.

—¿Me lo parece a mí, o tú también hueles…?

—Azyfre.

Mia se puso de pie y dio algunos pasos hacia delante, pero dejó de percibir el olor. Cuando avanzó en la dirección contraria, volvió a notarlo, más fuerte. La inquietud que había sentido antes volvió de repente, una orquesta entera tocando sobre sus vértebras.

Él empezó a avanzar hacia el olor.

—¿Quin? Creo que no deberíamos…

Pero él ya salía del claro, con energías renovadas gracias al guiso. A Mia no le quedó más remedio que seguirlo. Él caminaba con agilidad y elegancia, incluso sobre el terreno irregular, mientras que Mia se sentía mareada y no conseguía pisar con firmeza. Al alejarse, la luz de la hoguera pronto se desvaneció y Mia empezó a tropezar con los troncos de los swyn. Su pobre dieta silvestre durante tantos días le había encogido el estómago y lo notaba ahíto de carne sin digerir.

Quin iba más adelantado cuando gritó:

—¡Mia! ¡Mia!

La sangre se le heló en las venas. Era incapaz de discernir la emoción de su voz. ¿Sorpresa? ¿Terror?

Corrió más deprisa para alcanzarlo. Unos segundos más tarde llegó a toda velocidad a un pequeño claro y estuvo a punto de empujar a Quin a la fuente termal que burbujeaba a sus pies.

—Mira lo que he encontrado.

Antes de que Mia pudiera responder, Quin ya se estaba quitando la chaqueta y la camisa que llevaba debajo. Mia se preguntó si debería apartar la mirada cuando se quitó los pantalones, pero, antes siquiera de que tuviera tiempo de pensar, él ya se los había quitado. La mirada de Mia quedó atrapada en su cuerpo lampiño y dorado mientras él se metía en el agua de un salto.

Sus órganos se derretían dentro de su cuerpo y sus huesos se hicieron harina. Era una sensación familiar y, además, peligrosamente cálida.

153

25

Ropa interior

—*T*e vas a meter, ¿no?

Quin dio palmaditas a su lado en el agua. De la superficie se levantaban volutas de vapor. La fuente era fosforescente, y espirales de escamas azyfradas se mezclaban con la luz de las estrellas en un verde rielante.

—Venga, Mia. Ven a calentarte, no seas tonta.

No había nada que Mia deseara más. La fuente era perfecta, una bañera natural de agua caliente excavada en la ladera, señal de actividad volqánica subterránea. Se hubiera metido de un salto encantada de no ser por un pequeño problema.

El calor.

Seguía dando forma a su teoría sobre la magia y la temperatura corporal —complicada por infinitas variables desconocidas— pero, en las dos ocasiones en las que había embrujado al príncipe, el calor era una constante. Como Cazadora, había abordado la cuestión desde el lado opuesto, estudiando los síntomas del embrujo: pulso acelerado, manos sudorosas, pupilas dilatadas… Esas eran señales de atracción física. Y también la respuesta natural del cuerpo al calor.

¿Y si el único motivo por el que no había embrujado a Quin sin querer en el bosque era porque tenían demasiado frío?

Y, de ser eso cierto, ¿qué pasaría en una fuente termal?

También a ese respecto, ¿Quin aún llevaba puesta la ropa interior, o también se la había quitado? En una escala del uno al diez, ¿cómo de desnudo iba el príncipe debajo de tanta burbuja?

—Creo que soy demasiado peligrosa —dijo. Para su sorpresa, sus palabras sonaron extrañamente coquetas.

Las cejas de Quin describían una ligera curva, sobre todo cuando enarcaba una.

—Nunca me ha dado miedo una chica en ropa interior. Aunque admito que mi experiencia es limitada.

En el juego de la coquetería, Quin estaba ganando.

De repente, se puso serio.

—Estamos al borde de la congelación, Mia. Esto podría salvarte la vida.

Mia se sentó en el borde de la fuente. La nieve crujió bajo su cuerpo mientras se quitaba las botas de los pies hinchados. Cautelosamente, metió la punta del pie en el agua. El paraíso.

—Si te quedas en ese lado —razonó Quin—, no nos pasará nada.

La sensación que sentía en los pies era maravillosa. Quin tenía razón, era perfectamente capaz de controlarse. Si eran la ira, el amor y el pánico lo que desencadenaban la magia, se aseguraría de no sentir ni ira, ni amor, ni pánico. Muy fácil. Y si empezaba a percibir los síntomas del embrujo, saldría del agua. Y, lo más importante, no tocaría a Quin, por más que tuviera ganas de hacerlo.

Mia se quitó el vestido por la cabeza, se bajó los pantalones y se metió en el agua sin apenas salpicar.

El agua era más que agradable. Era como un baño de canela y chocolate, como si alguien le hubiera agarrado el corazón y hubiera hecho que volviera a latir. Se hundió un poco más, dejando que el agua caliente se arremolinara alrededor de su cuello y hombros y acariciara su piel vapuleada por el viento. Cada rincón helado de su cuerpo empezaba a derretirse, cada extremidad muerta volvía a la vida con un escalofrío.

Quin suspiró con satisfacción.

—Qué maravilla, ¿verdad?

Mia sumergió la cabeza en el agua, dejando fuera solo los ojos.

—Cuidado con el alabeo que hace el agua—dijo él—. Hay una especie de película de azyfre en la superficie.

Mia sacó la boca.

—De todas las palabras posibles, tenías que usar la más pedante, ¿verdad?

La cara de Quin se quedó inexpresiva un instante. ¿Le había ofendido? Entonces, sus ojos chispearon al recordarlo.

—Ah, ya. Supongo que a veces me pongo un poco pretencioso.

—Un poco. Pero tienes una inteligencia aceptable.

—Aceptable. —Una sonrisa tiraba hacia arriba las comisuras de sus labios.

Mia sumergió toda la cabeza y se peinó el pelo con los dedos. La mugre se le caía a puñados. No se hacía a la idea de lo sucia que estaba. El agua le causaba un placer sobrehumano mientras le lamía las costras de suciedad. ¿Cómo había podido sospechar del calor? Era glorioso.

Oyó la voz borboteante de Quin en la superficie y volvió a sacar la cabeza del agua.

—… frío que no me había olido el sudor. —Olisqueó e hizo una mueca—. Hasta ahora.

—Tampoco se nota, con el olor a azyfre.

—Puedes acercarte un poco —dijo él—. Si quieres.

—Aquí estoy bien, gracias.

Volvió a zambullirse y se frotó la cara, preguntándose cuánta mugre tendría acumulada sobre la piel. La inquietud que había sentido durante la cena se derritió con la espuma que la rodeaba. La única inquietud que sentía era lo a gusto que estaba, animada y caldeada hasta lo más profundo de su cuerpo.

Pero estar animada no presagiaba nada bueno. Y caldeada, tampoco.

El príncipe volvía a hablar. Solo oyó el final de la frase.

—¿… casados?

Mia escupió un poco de agua.

—¿Cómo?

—Que si estamos casados. En tu humilde opinión.

—No —respondió ella.

—Dijimos los votos sagrados.

—Yo no. No llegué a decir el último.

—Tienes razón. Yo prometí, oh, prometí que sería tuyo, pero tú no prometiste, oh, prometiste que serías mía. —Inclinó la cabeza en gesto pensativo—. Y Tristan no nos declaró marido y mujer.

Mia balbució con la boca llena de agua.

—Siempre he detestado esa parte de los votos. Por una vez, me gustaría oír «mujer y marido».

—Pues probablemente nunca lo oirás en boca de mi querido primo Tristan. Él es así, chapado a la antigua. Igual que mi padre.

—«Chapado a la antigua» es una forma de decirlo.

—¿Te gusta más «odioso»?

—Me gusta «repugnante».

Compartieron una sonrisa. Entonces, Quin carraspeó.

—Quiero que sepas que lo de tener una experiencia limitada con chicas en ropa interior es cierto. Mi padre llena el Kaer de mujeres hermosas, pero a mí nunca me pareció correcto...

—No hace falta que lo digas —intervino ella apresuradamente.

—Una vez me dijiste que mi poder nunca se había cuestionado. Y tenías razón. Aunque mis intenciones fueran honestas, siempre habría un desequilibrio de poder. Y yo veía a mi padre abusar de ese poder todos los días... Y me juré que nunca sería como él.

Mia sintió una alegría irracional. Había supuesto que el príncipe trataba a las mujeres igual que su padre, pero se equivocaba.

—Eso es muy bonito, Quin. Y sabio.

—¿No te habías enterado? Tengo una inteligencia aceptable.

Mia se acercó un poquito. No lo suficiente como para to-carlo, solo para oírlo mejor. Tenía el control, estaba en plena posesión de sus facultades. Era una Gwyrach, sí, pero más fuerte y más inteligente que antes. La magia no era el motivo por el que sentía ese calor tan delicioso. Estaba completamente... casi... del todo segura.

—En las fuentes termales, el agua se filtra a través de un depósito de magma y asciende a través de la corteza terrestre —dijo, porque fue lo único que se le ocurrió.

—¿Es un requisito para ser Cazadora saber de todo en cantidades insufribles?

—Me subestimas. Lo sé todo sobre una cantidad insufrible de cosas.

Él le hizo una reverencia irónica.

—Gana la dama.

Mia se acercó un poco más, aún sumergida casi del todo, peinándose los rizos bajo el agua. Notaba cómo mechones de su cabello flotaban por la superficie como seda roja. Quin seguía sonriendo.

Mia se encontraba tan solo a algunos centímetros de distancia. Estaba lo suficientemente cerca como para ver la pelusilla rubia que le cubría el rostro, poco más que una sombra alrededor de su boca. Y para ver la luz plateada de las estrellas reflejada en sus rizos.

Era guapísimo. Incluso después de una semana de espanto en el bosque. Incluso después de estar a punto de morirse. El cuerpo de Mia vibraba de sensaciones. La perfección de la cara de Quin le hacía papilla hasta los órganos internos.

Quin se dio cuenta de que lo estaba mirando y le devolvió la mirada.

Los dedos de Mia ansiaban tocarlo. Sus ojos parecían más verdes que nunca, tal vez gracias a la fuente termal, tal vez porque ardían llenos de sentimiento. ¿Eran imaginaciones suyas, o lo que percibía era verdad? Su respiración era distinta, eso era cierto. Y, a decir verdad, la de ella también.

Aquello era peligroso. Sabía que debería salir de la fuente termal inmediatamente. ¿Y si su magia estaba ejerciendo una influencia sutil, haciéndole arder la sangre, trastocando su deseo? Imposible. No lo había tocado. Aunque, claro, si Quin la miraba así porque la deseaba de verdad... eso sería algo totalmente distinto.

Mia se enderezó y lo miró a los ojos. El agua resbalaba por sus curvas y la ropa interior se le pegaba a la piel cálida y mojada. Quin entreabrió los labios ligeramente. Mia los recorrió con la mirada hasta la curva perfecta de su mentón, el pico agudo de su clavícula, y entonces se quedaron clavados en un fragmento de piel desgarrada a la altura del corazón. Miró fijamente la herida serrada y furiosa, inflamada y supurando pus de color negro.

Se le cortó la respiración.

La flecha.

159

26

Una luna de miel mágica

Quin se zambulló en el agua. Solo reapareció su cara, mojada y perlada de gotas de agua.

—No me mires así. No es nada.

Era, claramente, algo. Había visto la lesión, la siniestra telaraña morada alrededor de la herida en forma de raspa de pez y, lo más innegable: el fragmento rojo de punta de flecha que abultaba bajo la piel.

—No la saqué del todo —dijo Mia.

Su propio fracaso la abofeteó. Estaba convencida, absolutamente segura de que había extraído todos los fragmentos de la punta de flecha, pero ¿se había cerciorado a conciencia? No lo suficiente. En los túneles había desechado la flecha sin pensarlo dos veces.

Mia sabía lo suficiente de teoría de lesiones para reconocer las señales de alarma. Un fragmento de la punta de flecha se había roto dentro del pecho de Quin, permaneciendo alojado en el tierno tejido de encima de su corazón. El cuerpo, intentando combatir a los animálculos microscópicos, desencadenaba una respuesta inflamatoria. Pero, a lo largo de la semana, la infección había llegado con disimulo. La herida estaba séptica.

El miedo le clavó las zarpas en la carne. El cuerpo de Quin se volvería contra sí mismo, declararía la guerra a sus órganos, haría que su presión sanguínea se desplomara y, finalmente, le devoraría el cerebro.

Si la sepsis no se trataba, Quin moriría.

—No pasa nada —dijo con brusquedad—. Estoy bien.

El azyfre era un antiséptico natural. El baño de Quin en la fuente termal podría haber sido desinfectante, pero Mia temía que fuera demasiado tarde: una vez la infección llegaba a la sangre, cualquier limpieza superficial de la herida era tan inútil como asegurar un hueso roto con una brizna de hierba.

Con cautela, rozó la herida con las puntas de los dedos. Quin jadeó de dolor y se apartó de un salto.

—Tenemos que sacártelo, Quin.

—Sé que quieres ayudarme, pero puede ser que me mates.

Mia abrió la boca para protestar, pero no pudo pronunciar palabra. Quin tenía razón.

—Y, para ser totalmente sinceros —continuó él—. Creo que ahora mismo estabas intentando embrujarme.

—No pensaba en nada más que en no embrujarte. No te he tocado ni una vez.

—Quizá nos equivocamos respecto a la magia. Quizá no tiene nada que ver con el contacto. —Se pasó los dedos entre los rizos mojados—. Con solo mirarme, justo ahora… mi cuerpo se comportaba de una forma extraña.

—El mío también. Estamos desnudos en un baño caliente, Quin. Creo que «extraño» es una cuestión de perspectiva. —Suspiró—. No quiero obligarte a hacer nada que no quieras. Pero no puedes echarle la culpa a mi magia cada vez que sientes algo.

Y, sin embargo, ¿no era eso lo que hacía ella? Echarle la culpa a su magia por cada cambio en su temperatura corporal, cada escalofrío o cada chispazo de deseo?

—No es justo que tengas ese poder.

—¿Y qué hay de justo en todo esto? No tengo ningún interés en controlarte. Quiero que te sientas como te sientes porque es lo que sientes. Porque es real. Y, ahora mismo, quiero sacarte esa flecha antes de que…

—Mia.

—¡Es la verdad!

—Mia.

Se había puesto blanco como una sábana. Sintió la sangre borboteando por su espinazo un momento más tarde, cuando una sombra se desplegó detrás de ella.

—Una cena a la luz de la luna y un baño en una piscina de burbujas —Era una voz áspera y familiar—. Qué luna de miel tan mágica.

El primo Tristan, flanqueado por dos enormes sabuesos blancos y tres guardias del rey, apareció entre los árboles del Bosque Retorcido.

27

El poder de un rey

—*Q*ué sorpresa verte por aquí, primo.

Quin había regresado a su tono frío y formal, el que empleaba en Kaer Killian. Mia no se había dado cuenta de lo mucho que le había cambiado la voz en el bosque; había abandonado su cadencia altanera por un tono más cálido y bajo.

Los perros de Tristan chasquearon sus inmensas mandíbulas.

—Déjate de cortesías. —El duque hizo un gesto a sus hombres—. Apresadlos.

El guardia más nervudo fue a por Mia. Su cuerpo esbelto, piel de un blanco reluciente y cabello rojo le recordaron a un arce en otoño, como los que se partían bajo el embate de una tormenta.

Pero era más fuerte y agresivo que cualquier arce. Agarró a Mia por las axilas y la arrastró por el suelo. Se sintió dolorosamente vulnerable mientras la sacaban del agua, con la ropa interior pegándosele al cuerpo como una segunda piel goteante. El intenso dolor de cabeza, que le había mostrado clemencia manteniéndose a raya durante los últimos días, volvió de golpe con energías redobladas, abrasándole los delicados huesos del cráneo.

Los otros dos guardias redujeron a Quin. Sí iba en ropa interior, comprobó Mia. Y estaba furioso.

—Soltadla —espetó—. Os ordeno que nos soltéis.

Tristan se agachó para recoger el vestido sucio de Mia

con las puntas de los dedos y una mueca de asco evidente. Lo arrojó a un lado. Tenía la cara oscurecida por la barba de una semana, pero era desigual e irregular, una sombra de color castaño oscuro que dibujaba líneas dentadas por la piel blanquecina de sus mejillas. Sus iris azules habían desaparecido del todo porque tenía las pupilas dilatadas hasta un extremo antinatural que convertía a sus ojos en dos inquietantes pozos negros.

—Te contaré lo que pasa, primo: estás muerto. O eso es lo que cree todo el Reino del Río. Y un hombre muerto no puede dar órdenes, ¿verdad? —Se dirigió a los guardias—: Atadlos al swyn.

Mia alargó la mano en busca de sus pantalones, pero uno de los sabuesos de Tristan estuvo a punto de pegarle una dentellada.

—¿Puedo vestirme, por favor?

—¿Para qué? —El duque estaba de buen humor—. ¿Necesitas estar vestida para morir?

—Esto es absurdo. —La voz de Quin era fría y desdeñosa—. Es evidente que no estoy muerto. Eso es una buena noticia. Estoy seguro de que mi padre se alegrará de saberme sano y salvo junto con mi esposa.

Esposa. Esa palabra era como un pinchazo. Mia sabía lo que Quin se proponía, aunque no tenía claro si sería efectivo. Parecía evidente que al duque su matrimonio le traía sin cuidado.

Los guardias ataron a Mia a un árbol, e hicieron lo propio con Quin en un tronco algunos metros más allá. Mia era íntimamente consciente del cuerpo de él, de su respiración, de la sangre que corría por su cuerpo. Despedía un frío punzante y quebradizo, algo que daba crédito a su teoría: el odio era frío.

Sintió cómo los ojos de Tristan arañaban su piel desnuda.

—Nunca te había visto así antes. Qué pena ejecutar a una cosa tan bonita.

—No es una cosa —gruñó Quin.

—A un demonio, pues.

164

Se quedaron los dos congelados. Tristan parecía complacido.

—¿Me tomas por idiota? En el túnel encontramos tanta sangre que parecía el sacrificio de una virgen. Pero «virgen» no es la palabra más adecuada, ¿verdad? —Dio un puntapié al árbol donde el príncipe estaba atado. Mia sintió la mueca de dolor de Quin—. Parece que no tienes muy buen gusto, primo. Tu esposa es una Gwyrach.

El duque desenvainó un cuchillo y se agachó frente al príncipe.

—Y ya sabes lo que les pasa a los hombres que se casan con demonios, ¿verdad?

Quin rugió.

Una sensación aguda rebotó por el cuerpo de Mia. Tristan había pinchado la herida de flecha infectada con su cuchillo. Recorrió la cicatriz, quebrando las finas líneas de tejido cartilaginoso. Quin jadeaba y, aunque Mia no podía verlo, sí sentía su mandíbula apretada, sus dientes rechinando contra el dolor. No sabía qué vínculo había creado la magia entre ellos, pero sentía el cuerpo de él como el suyo propio.

Pero Tristan no clavó el cuchillo a mucha profundidad. Mia oyó cómo volvía a guardarlo en su funda.

—Qué cerca del corazón —dijo el duque—. Creo que esta diablilla te salvó la vida. —Se puso en pie—. Hace días que os sigo el rastro. Mis sabuesos lo encontraron con facilidad. —Arrojó dos grandes huesos de ternera a los perros y sonrió al ver que los atacaban con una ferocidad sangrienta, manchándose el pelaje blanco de sangre—. Os hemos dejado una liebre. ¿Os ha gustado? Y algo de leña seca. Parecía lo menos que podíamos hacer, una última cena digna de un rey. —Rio—. Ha sido tan fácil que hasta me siento decepcionado. Como atraer a dos animales muertos de hambre hasta una jaula.

Mia se maldecía mentalmente. Todos sus instintos —las chispas doradas en el río, el sabueso aullando a la luna, incluso su mal presentimiento al ver la liebre— habían resultado acertados. ¿Por qué no les había hecho caso? Tal vez porque nunca en la vida había actuado movida por un presentimiento. No era una chica muy dada a los presentimientos.

165

Si salía de esta, resolvió, se esforzaría en estar más atenta a su intuición. Aunque escapar parecía harto improbable.

El príncipe respiraba de forma rápida y superficial, intentando regular el aliento. El color de su sufrimiento cubría a Mia de pinceladas estridentes y punzantes.

Si querían tener alguna posibilidad de salir vivos de la situación, tenía que tirar a Tristan de la lengua. Alzó la barbilla.

—¿Ese era el plan desde el principio? ¿Matar a tu primo y hacerte con el trono?

Tristan se quedó mirándola durante un instante muy largo. ¿Por qué tenía los ojos tan negros? Estaban llenos de violencia. Mia recordó cómo había blandido el candelabro de peltre en la sacristía, su evidente placer al romper cualquier cosa que pudiera romperse. Sintió cómo luchaba contra las ganas de estrangularla.

—Eres guapa —le dijo—, pero estúpida. Yo no tuve nada que ver con el intento de asesinato. Aunque, gracias a un espectacular giro del destino, conseguiré todo lo que deseo.

166

Cuando se agachó frente a ella, Mia lo vio. A través de una abertura en su camisa, descubrió una cadena plateada que le colgaba del cuello, con un colgante a la altura del corazón. La piedra era de un blanco lechoso, delicada y esférica. Una piedra lunar.

El pánico se abatió sobre la mente de Mia.

—¿Dónde está? ¿Qué le has hecho?

—Nada.

—Le has hecho daño. Ella nunca te hubiera dado ese colgante. Voluntariamente no. A menos que…

—Tu hermana es una chica muy especial. —Los labios de Tristan esbozaron una sonrisa—. No tienes de qué preocuparte, estará bien cuidada. Yo, al contrario que tú, mantendré a Angelyne a salvo. Yo solo quiero lo mejor para mi novia.

Mia sintió el corazón en un puño. Lo veía todo con una claridad que le daba náuseas: el duque, siempre con el ojo puesto en su propio beneficio, había saltado al ver una oportunidad. No solo deseaba el trono del Río; también deseaba a su hermana. Y estaba a punto de conseguir todo lo que quería.

El trono y una reina.

Mia temía que Angelyne fuera demasiado débil para resistirse a él. ¿Acaso no había dicho que quería vivir en un castillo y casarse con un príncipe? Pero incluso si, a los quince años, Angie era lo bastante frívola como para creer que lo que de verdad quería era un matrimonio real, Mia la conocía mejor. La desdicha acabaría creciendo en su corazón como una rana húmeda y fría.

Angie era todo luz de luna y música y elegancia de cisne. No merecía morir en una jaula de oro.

Una aguja de hielo se clavó en el cráneo de Mia. Odio, odio, odio, si de Tristan o el suyo propio, no lo sabía. Si su cuerpo era tan sensible a las emociones de los demás, ¿cómo podría distinguir qué sentimientos le pertenecían y cuáles la habían tomado de rehén?

Él se acercó un poco más.

—¿No tienes nada que decir? —Levantó el cuchillo y ella cerró los ojos mientras esperaba el pinchazo del metal. Pero él se limitó a recorrerle la clavícula con la hoja y acariciarle suavemente los pechos. «Senos de porcelana», pensó Mia, y el recuerdo estuvo a punto de romperle el corazón.

Sentía que Tristan se excitaba mientras recorría su barriga con la hoja. Mia tenía el corazón en un puño. Así acababa todo, pues. Era el fin. La mataría, o la violaría primero y después la mataría, algo incluso peor. Moriría a manos del rey, mancillada y humillada, incapaz de volver a proteger a su hermana nunca más.

Su corazón se abrió paso a golpes en su pecho.

Tenía magia.

Mia no necesitaba un cuchillo para matar a un hombre. Podía hacer que se le parara el corazón. No tenía muy claro cómo hacerlo, pero si invocaba todo su amor, ira y terror, tal vez pudiera canalizar su magia y en ese momento tenía de esas tres emociones a espuertas. Y, si no era capaz de matarlo, tal vez sí de embrujarlo al menos, para así conseguir una oportunidad de escapar.

La magia era mala, perversa, malvada. Era consciente de todo eso. Pero se encontraba ante una situación de vida o muerte.

Tenía que convencer a Tristan para que la tocara.

—Alteza —murmuró en lo que esperaba que fuera un tono de voz susurrante y seductor. Sabía que el duque era un cliente habitual de los burdeles de Villa Killian, lugares donde las chicas guapas le acariciaban el ego y fingían disfrutar de su compañía—. Hace tanto tiempo que deseo tocaros que ya ni recuerdo cuánto.

—¿Me tomas por imbécil?

Mia percibió su titubeo, la sospecha mezclada con la lujuria. Él le recorrió el muslo con la hoja del cuchillo, luego el estómago, luego el cuello. Aunque a Mia se le llenó la boca con el sabor acre de la bilis, emitió un gemido grave.

—Sí. Así. Ahora dejadme sentiros, piel con piel.

—No llevas guantes. No llevas casi nada. —Le puso la punta del cuchillo sobre el labio inferior, con cuidado, pero, aun así, Mia notó que una gotita de sangre brotaba de la piel—. Qué pena —dijo él— que no pueda ni darte un beso de despedida.

No iba a tocarla.

La mente le daba vueltas desesperadamente. ¿Qué era lo que Quin había dicho mientras se bañaban? ¿Que a lo mejor la magia no siempre necesitaba el contacto?

Era su única esperanza y se lanzó a ella de cabeza. Dejó que sus sentimientos se adueñaran de ella, que la furia le saliera del estómago y fuera directa al cerebro. Apagó toda lógica, ahogó la razón bajo la superficie agitada de sus pensamientos hasta asfixiarla. Amontonó todas esas emociones —el terror, la ira y el amor— y les prendió fuego.

No pasó nada.

—Tristan. Primo. —La voz de Quin era un graznido seco atascado en su garganta.

El brazo del duque, con el cuchillo preparado junto al cuello de Mia, se detuvo.

—Te debo una disculpa —resopló Quin—. Te debo muchas disculpas.

—Tus disculpas no me interesan.

—Ya lo sé. Haz lo que tengas que hacer. Estamos prácticamente muertos de todas formas. Solo quería decir... —Su voz se apagó. Cuando volvió a hablar, lo hizo en un tono ahogado por la emoción—. Te he subestimado. Te he subestimado toda la vida. Y lo siento. Ahora soy consciente de mi error. No puedo pedirte nada... No me merezco nada... pero, si pudieras escucharme, tengo una última cosa que pedirte.

Todos estaban expectantes. Los sabuesos de Tristan aguzaron las orejas, incluso los guardias se inclinaron un poco hacia delante. Mia no podía creer que esos fueran los mismos hombres que, apenas una semana antes, habían jurado protegerla. Iban a quedarse de brazos cruzados mientras ella se desangraba en la nieve.

—Un último brindis —dijo Quin—. Un último trago juntos. No pido nada más.

Tristan entornó los ojos.

—¿Y por qué iba a concederte eso?

—Porque eres el hombre que va a ser rey. Eres más hombre de lo que yo he sido jamás. Tú entiendes de poder e influencia, te ganaste el favor de mi padre de una forma de la que yo nunca hubiera sido capaz. —Su voz volvía a flaquear—. Yo nunca he estado preparado para ser rey. Yo lo sabía, tú lo sabías y mi padre lo sabía mejor que nadie. En realidad, me estás haciendo un favor al liberarme de esta carga. Soy hombre muerto. Siempre lo he sido. Pero tú, primo, reinarás algún día. —Carraspeó y tragó saliva—. Y un rey siempre concede la última voluntad de un hombre muerto, porque ese es el poder de un rey.

El duque titubeó. Mia veía cómo consideraba la propuesta. Una sonrisa siniestra recorrió sus mejillas adustas hasta sus fríos ojos negros.

—Muy bien—. Tristan enfundó el cuchillo—. Porque ese es el poder de un rey.

28

Rota

*E*l opio del demonio le bajó por la garganta como un trago de grasa de cerdo espesa y rancia.

Mia no quería beberlo, pero Quin insistió.

Estaban reunidos alrededor de una hoguera crepitante, encendida por uno de los guardias en el campamento de Tristan. Mia había observado cómo aquel hombre se hacía un nudo en la larga barba negra y, con un cuchillo, rebanaba una mullida pila de virutas de madera de un tronco. Encendió las virutas con un pedernal y, pronto, una alegre hoguera bautizaba su piel satinada de color pardo con leves motas de ceniza. Al ver que Mia lo miraba, le dijo:

—Es el juego de muñeca. —Y le dedicó un guiño casi paternal.

Qué extraño envidiarle a un hombre su habilidad para hacer fuego minutos antes de que fueran a ejecutarte.

—Compartir un trago es algo bueno —dijo Quin, haciendo entrechocar su petaca con la de Tristan. Indicó a los guardias con un gesto que se acercaran—. Ellos también. Ellos también.

Había convencido al duque que se merecía brindar por su éxito («Porque conseguiste lo que querías, ¿verdad?»), que la bebida debía calentarse («¡No hay demonio que valga en el opio del demonio sin una llama!») y que todos deberían brindar («¡El agua para los bueyes y el vino para los reyes!»). Incluso consiguió convencerlo para que le quitara las esposas, aunque a Mia no la desataron. Los hombres la hicieron caminar empujándola con palos, con cuidado de no rozarle la piel.

La verborrea de Quin había conseguido persuadir a Tristan de muchas cosas. Desafortunadamente, perdonarles la vida no era una de ellas.

El príncipe alzó su petaca.

—Por Tristan, hijo del clan Killian, príncipe de Glas Ddir. Por ti, primo, por permitir a un hombre calentarse los huesos antes del sueño eterno.

Todo aquello debía de ser una treta. Si era un último deseo genuino, a Mia le parecía rarísimo que Quin se aviniera a beber en alegre compañía con el hombre que estaba a punto de quitarle la vida. Qué típico de los hombres, pensó, abrazar un ritual ridículo y arcaico.

El duque alzó su opio del demonio. Quin hizo entrechocar las petacas y dio un trago al licor mientras Tristan y los otros hombres lo imitaban. Gruñeron con un asentimiento de aprobación y se limpiaron la boca con la manga.

El guardia larguirucho y pelirrojo dio otro trago.

—Mucho mejor que la bazofia que Spence nos prepara. —Lanzó una mirada torva al tercer guardia, un hombre de pelo cano cuya mano velluda reposaba sobre su abultado vientre.

—A ver si tú sabes preparar mejor comida para cuatro en medio del bosque, Talbyt, viejo gruñón.

Mia nunca había probado el opio del demonio y no entendía cómo podía gustarle a nadie. Dio otro sorbo. Era como beber grasa de ganso.

¿Formaba parte todo aquello de un plan de Quin? Intentaba constantemente cruzar la mirada con él, pero Quin parecía decidido a rehuirla.

La cabeza de Mia se había convertido en un bloque de hielo que se derretía. Solo de pensar en su hermana caminando hacia el altar de la capilla real, obligada a casarse, atrapada para siempre en esa cárcel de piedra…

Tenía que salvarla. Las cuerdas le laceraban la carne mientras intentaba liberarse. Observó de reojo a los sabuesos, que tenían hilos de saliva colgándoles de las fauces, con las encías

171

rojas y húmedas contrastando con sus dientes de sierra. Incluso si consiguiera milagrosamente usar su magia sobre los cuatro hombres a la vez, sería incapaz de reducir a los perros.

—¿Qué me dices, Mia? —Quin la miraba fijamente—. Del opio del demonio.

—Que es asqueroso —respondió ella.

—Muy bien. —Quin asintió—. Porque el tuyo era diferente al de los demás.

El guardia larguirucho se llevó una mano a la garganta.

Sucedió muy deprisa. Tristan se levantó de un salto y luego se desplomó bocabajo, evitando por poco caer sobre la hoguera. Gritaba, pero sus palabras no eran más que saliva y espumarajos amarillos. Intentaba dar una orden a sus perros. No lo entendían, pero percibían su angustia y gruñían mientras arañaban la nieve.

Spence estaba a cuatro patas vomitando bilis de color mostaza sobre el suelo. Talbyt se sujetaba la barriga, pálido como un hueso, mientras que el guardia que había encendido el fuego se metía nieve en la boca con un gesto frenético. Todos se arañaban el pecho mientras vaciaban el estómago sobre la tierra.

Quin estaba de pie. Mia lo observó con asombro mientras él se quitaba un pedazo de corteza de árbol de la boca y lo arrojaba al suelo.

—Swyn —dijo él—. Muy absorbente. Un antídoto natural para el veneno.

Quin recorrió el campamento, recogiendo su ropa y metiéndolo todo en el macuto del cocinero. Cortó las cuerdas que maniataban a Mia y la tomó de la mano.

Giraron sobre sus talones, preparados para correr y se encontraron con los perros.

Los sabuesos de Tristan parecían dispuestos a hacerlos pedazos. Tenían los ojos en blanco y los miraban con sus dos lunas pálidas. Movían el rabo enhiesto y enseñaban los dientes.

—Mia —dijo Quin—, ¿puedes embrujar a los perros?

—Yo… No creo…

—¿Puedes intentarlo?

No tenían elección. Mia se arrodilló.

Se obligó a pensar cosas amables y apacibles. Un perro en sí mismo no era una amenaza. Eran criaturas leales, sumisas a sus amos, ansiosas de caricias y golosinas. Pensó en los perros de Quin, esas dulces bestias doradas que tenían el pelo como en llamas y suavísimos hocicos que parecían sonreír siempre. Un recuerdo medio olvidado entró de puntillas en los márgenes de su memoria.

No tenía ni idea de lo que hacía. ¿Cómo iba a convertir a dos perros de presa en cachorritos dóciles? Con dedos temblorosos, Mia cerró los ojos. Extendió las manos hacia delante.

Sucedió algo.

Se sintió limpia y boyante, como si le hubieran quitado los órganos para sustituirlos por plumón de ganso. Notaba la cabeza ligera y los dedos, que un segundo antes le temblaban, huecos, diez nenúfares que flotaban sobre una nube de vapor.

Sintió algo cálido y húmedo. Estaba convencida de que los perros le habían hundido los dientes en las manos y tendría heridas chorreantes de sangre. Pero, al abrir los ojos, vio que la humedad era saliva y la calidez, una lengua. El perro más grande le lamía la mano. El más pequeño meneaba el rabo.

Mia observó con estupefacción cómo los perros se dejaban caer sobre la nieve. Gimieron y se pusieron bocarriba, ofreciendo sus barrigas sonrosadas para que se las acariciara.

Cinco dedos gélidos se cerraron alrededor del tobillo de Mia. Tumbado en el suelo, Tristan, con la cara retorcida en una mueca, cubierto de vómito y saliva, la sujetaba con una garra de hierro.

Mia sintió cómo los huesos crujían unos contra otros. Sintió un chasquido agudo y seco y Tristan gritó de dolor. Le soltó el tobillo. Mia miró hacia abajo y vio lo imposible: los dedos de Tristan estaban doblados hacia atrás, fracturados por la falange central. La cara pálida de Tristan se había vuelto cetrina.

Mia apartó la mano rota de una patada, entrelazó sus dedos con los de Quin y echó a correr.

173

29

Clivaje imperfecto

*L*a luna era una cicatriz blanca en el cielo, con nubes grises supurando de la herida. Una nevada ligera espolvoreaba los swyn mientras Mia y Quin corrían montaña arriba. Corrían sin aliento, sin mirar, sin dejar de dar vueltas en silencio a la misma pregunta: ¿Cuánto tardaría la magia en dejar de hacer efecto a los perros?

Mia Morwynna Rose, conocedora de todas las cosas, maestra en elaborar teorías, tenía la mente en blanco. No tenía ni idea de lo que les había hecho a los perros, ni de cómo lo había hecho. Lo que sí sabía era que Quin les había salvado la vida. Era un genio culinario y mucho mejor asesino que ella.

Aún oía el ruido que habían hecho los dedos de Tristan al romperse. Había sentido el tirón familiar de la magia en los dedos, el reflejo del cuerpo de él en el suyo propio. Le había roto los huesos sin querer. ¿La había visto Quin? Lo miró por el rabillo del ojo. Lo más probable era que eso no calmara sus preocupaciones acerca de su capacidad para controlar la magia.

El aire, pobre en oxígeno a esas alturas, silbó por su nariz hasta sus pulmones doloridos. Daba gracias por que Quin hubiera pensado en recoger su ropa, porque la nieve cada vez caía más tupida. Pero las prendas que llevaban no eran suficientes. Mia dio palmas para calentarse.

—¿Cómo sabías que Tristan no se negaría a un último trago?

—No lo sabía. Era una esperanza. Siempre le ha gustado el opio del demonio.

—«Porque es el poder de un rey.» Brillante.

Él parecía ensimismado.

—Mi primo siempre ha sido vanidoso. Sabía que, si apelaba a su arrogancia, tendríamos una oportunidad de sobrevivir.

—Y tú que decías que la estrategia militar nunca se te ha dado bien.

—No. Te dije que a mi hermana se le daba mejor. Yo siempre he tenido talento para fingir. —Esbozó una sonrisa triste—. La vanidad parece fortaleza, pero casi siempre oculta una debilidad.

—Y la has explotado con maestría. Eres un actor estupendo. Un genio total.

—Un genio aceptable.

—¿Qué pusiste en el alcohol?

—¿Te acuerdas de nuestro té de capulín?

Mia asintió.

—La carne del fruto no es venenosa. Pero el hueso sí. —Se sacudió la nieve de los rizos. Infusión de capulín con extra de hueso.

Mia estaba impresionada.

—¿Te has estado guardando los huesos?

—Toda precaución es poca. Al menos en esta vida de fugitivos que llevamos.

No se oía nada más que el crujido de la nieve bajo sus pies y el susurro quedo de los copos cayendo a su alrededor. Habían aflojado el paso. Empezaban a sentirse seguros, cosa que era más peligrosa, pensó Mia, que cuando se sentían perseguidos.

—¿Te parece raro que le crea? —decía Quin—. No pienso que Tristan estuviera detrás del asesinato, al menos, no creo que fuera idea suya. Le vino muy bien, eso sí. Mi primo puede ser violento, pero no tiene la astucia necesaria para ejecutar un plan complejo. Es una de esas personas que esperan a que el destino les caiga en el plato antes de echar mano del cuchillo.

175

—Seguramente trabajaba en colaboración con alguien.
—No le hacía falta añadir: «Y ese alguien seguramente sea tu padre o mi padre». Los dos lo pensaban—. ¿Es una muerte muy dolorosa? ¿El envenenamiento por capulín?

—Ah, no van a morir. Estarán malísimos unos cuantos días. Les quedará el estómago hecho polvo. Pero no creo que mueran. —Frunció el ceño—. Eso espero. Intenté no poner suficiente como para... —Su voz se apagó—. Es dicícil de calcular. Es como cocinar: ensayo y error. Un poco de conocimiento y una pizca de intuición. —Hizo una pausa—. No es que matar sea como cocinar.

—Pero cocinar, a menudo, sí supone matar, ¿no? Antes de comer la carne, hay que matarla.

—Cocinar es un acto de amor. Cocinar significa cuidar de alguien. No es...

Quin tropezó.

—¿Quin?

Tenía las mejillas demasiado sonrosadas. Volvió a dar un traspiés y luego se abrazó a la rama de un árbol. Mareado, se dejó caer sobre la nieve, cubriéndose con la mano el hombro izquierdo.

La flecha. Había vuelto a olvidarse de ella. ¿Cuántas veces más lo haría? Era una insensata, una estúpida, una inepta como...

—Ayúdame —dijo él antes de desmayarse.

Mia se arrodilló y le abrió la camisa de un tirón.

La herida supuraba. Tristan la había irritado y rezumaba pus blanco y amarillo. Quin tenía el hombro entero inflamado e hinchado. Cuando le tocó la piel abultada, él gimió.

¿Podía curar la sangre infectada? No sabía hasta dónde llegaba su poder. Había sanado la herida de Quin, animado a los tejidos a seguir su camino natural de reparación y recuperación, pero aquello era una sola herida de extensión limitada. Lo único que había hecho era cicatrizar la piel, no reparar un sistema entero de órganos que fallaban. El cuerpo de Quin se revolvía contra su dueño. El cerebro. El corazón.

—Voy a tumbarte —le dijo. Él seguía inconsciente, pero tal vez le reconfortara el sonido de su voz. Lo colocó boca arriba e improvisó apresuradamente una almohada de agujas de swyn.

Abrió el macuto. Con las prisas, Quin lo había llenado de cosas, pero el cuchillo brillaba por su ausencia. Adiós a aquella hoja lisa y reluciente; en su lugar tenían el cuchillo oxidado del cocinero. Sería como usar la estaca de una tienda de campaña, por no hablar de que debía de estar recubierto de animálculos después de años troceando carne. Si la sangre de Quin no estaba ya infectada, desde luego que así lo conseguiría.

Apartó esa idea de su mente. Tenía dos cosas que hacer:

Extraer el fragmento de flecha.

Sanar la infección.

Quin le había salvado la vida; ella se la salvaría a él.

El rostro de Quin relucía bajo una pátina pegajosa de sudor. Perdía la conciencia intermitentemente y murmuraba sin parar la misma canción: «Bajo el ciruelo invernal, si así tiene que ser, a mí vendrás…»

—Shhh. Reserva tus fuerzas.

Mia inspiró, evocando mentalmente la lámina de El Hombre Herido. Sintió una oleada repentina de calma. Al fin y al cabo, no era la primera vez que hacía algo así. Esta vez lo haría mejor. Colocó la mano sobre el esternón de Quin y clavó el cuchillo en la herida.

El príncipe se convulsionó en una reacción instintiva. Ella siguió hurgando. El cuchillo romo imposibilitaba hacer movimientos precisos, así que cuando el corte fue lo bastante grande, metió un dedo bajo la piel. La carne era cálida y esponjosa y enseguida detectó la piedra, diminuta y helada.

Al extraer el último pedacito de la punta de flecha, el cuerpo de Quin se estremeció y se quedó muy quieto.

Mia presionó la herida con ambas manos. Notó que la sangre se coagulaba, fluía más lentamente, se espesaba. Sin-

177

tió como su propia sangre también se espesaba. Sentía cosquillas por todo el cuerpo, empezaban a dormírsele los dedos. La fatiga le corrió un velo ante los ojos.

Esta vez, sin embargo, era más difícil. Sentía los animálculos gritando en sus venas. Le enfurecía que la sangre de él plantara batalla a la suya, que su cuerpo quisiera matarse en un plan absurdo para salvarse. ¿De verdad que los humanos eran tan imperfectos? ¿Tan defectuosos?

Mia se mordió el labio tan fuerte que sintió un sabor metálico. En los túneles quería que el príncipe no muriera. Pero en ese momento quería que viviera.

El corazón de Quin se había encabritado en un frenesí explosivo y el suyo también. Sístole a sístole, diástole a diástole. Oía la voz de su padre: «La magia necesita de un corazón cruel y rebelde». Le daba igual. El corazón de Quin tarareaba una canción que le resultaba familiar. El tremendo dolor que había sufrido a manos de su familia. La furia al verse atrapado en una vida que no quería. Una vergüenza profunda y penetrante.

¿Por qué sentía las emociones de Quin? Estaba agotada. Se sentía pesada como una montaña. Se sentía ingrávida como un soplo de aire.

Y entonces acabó todo. Las manos resbalaron del pecho del príncipe y cayeron sobre la almohada de agujas de swyn. Exhausta, Mia se desplomó encima de Quin y sintió su cuerpo blando y suave, su pecho cálido bajo el suyo. Sus rizos quedaron esparcidos sobre la cara de él y, aunque le preocupaba estar aplastándolo, no quería apartarse. No hasta que no percibiera su respiración.

Él cogió aire de repente y Mia estuvo a punto de gritar de júbilo. Las manos de Quin le acariciaron los brazos con suavidad y firmeza, haciendo que oleada tras oleada de pequeñas vibraciones le recorrieran la columna vertebral. Notó el pecho y el abdomen tersos de Quin cuando él se estrechó contra ella y sintió un escalofrío que empezaba en la boca del estómago y se extendía como un hilo de seda que se devanaba.

Sintió sus labios suaves en el cuello.

—Gana la dama —murmuró él.

Mia estaba mareada. ¿Era posible caerse del suelo? Quin se movió bajo su cuerpo y notó la dureza afilada de sus crestas ilíacas y, luego, sus manos firmes en la cintura. El calor de su cuerpo irradiaba al de Mia. Lo tenía atrapado contra la tierra, pero, por la forma en la que le recorría la piel con las puntas de los dedos, haciéndola arder, no parecía importarle.

Pero, al parecer, en eso también se equivocaba, porque, de repente, notó que la empujaba. Al darse cuenta, ella misma se apartó, avergonzada. Quin se incorporó y apoyó la espalda en un árbol. Mia se puso en cuclillas.

—Lo siento —dijo él con voz débil—. No quiero ser desagradecido. Es que...

—No quieres que te mate sin querer.

—Sí, entre otras cosas.

Su rostro era como un cielo de tormenta, surcado de emociones indescifrables, como un libro escrito en un idioma que ella no era capaz de entender.

—¿Qué quieres decir con «otras cosas»?

—¿Puedo preguntarte algo?

Mia asintió.

—¿Qué le pasó a tu madre?

—La... La mató una Gwyrach.

—¿Y encontrasteis a esa Gwyrach?

—Todavía no. Pero la encontraré.

Se llevó una mano al pecho instintivamente, pero no encontró el saltaparedes rubí. Mia se sintió consternada. El diario y la llave estaban en el campamento, junto al guiso abandonado. Se moría por desandar el camino para recogerlo, pero les llevaría horas y, además, ¿quién sabía cuánto tardarían los perros en salir de su embrujo? Lo único que le quedaba de su madre, perdido para siempre.

¿Y cómo sabría adónde ir? El Reino del Fuego era un archipiélago de centenares de islas. Sin el mapa, estaba perdida de verdad.

—¿Cómo sabes que no fue tu padre quien la mató? —dijo Quin.

179

—Ya te lo dije, mi padre no es un asesino. Es un cazador. Solo caza...

—Gwyrachs. Sí, ya lo sé. —Le lanzó una mirada cargada de intención—. ¿No es evidente, Mia? Tu madre era una Gwyrach, igual que tú.

—No me lo creo. No puedo creerlo. Mi madre era buena. Era la mujer más gentil, cálida y amable que he conocido jamás. Ella nunca...

—¿... usaría la magia para curar a alguien? —Se señaló el hombro—. ¿Igual que tú has usado la tuya dos veces? Qué cosa más atroz, esto de salvarme la vida.

Mia negaba con la cabeza con tozudez, incapaz de aceptarlo. Su padre había tejido una densa telaraña de secretos, pero su madre y sus secretos velados tampoco eran mejores. ¿Había sido Wynna una Gwyrach? Incluso si lo era, Griffin no la había matado con una espada o una flecha. Mia había visto y sostenido en sus brazos el cuerpo sin vida de su madre: no había sangre, ni golpes, ni huesos rotos.

Se estremeció al recordar el chasquido seco de los dedos de Tristan.

—Mia. —Quin le tocó la barbilla suavemente con las puntas de los dedos. Mia sintió un aliento frío, pero en su cara no vio ni rastro de odio—. Solo digo que no creo que seas tan malvada como piensas. —Esbozó una leve sonrisa—. Y me encuentro en una posición privilegiada para decirlo, como víctima de tu hechizo subyugante.

«Hechizo subyugante.» ¿Quién hablaba así fuera de los libros? Una sonrisa tiró hacia arriba de las comisuras de su boca.

Pero la sonrisa desapareció tan rápido como había aparecido. A lo lejos, oyeron el aullido de un perro. De dos perros.

Quin se levantó tambaleándose. Mia también se puso en pie... Y, de no ser porque Quin la sujetó del brazo, hubiera caído de bruces.

—Sanarte me ha dejado agotada. No creo que me quede magia para los perros.

—Necesitamos un arma.

Mia se arrodilló para rebuscar en la nieve hasta encontrar la punta de flecha que había desenterrado del pecho de Quin. Era un fragmento bastante afilado. Al sostenerlo entre el pulgar y el índice, le perforó la piel y le hizo sangre. Pero era muy pequeño. Lo tiró a la nieve describiendo un arco carmesí como el ala de un saltaparedes.

Algo en ese color le llamó la atención.

Volvió a recoger el pedazo de piedra, esta vez con más cuidado, y lo frotó en sus pantalones para limpiarlo. Le quitó la sangre, pero la piedra seguía siendo roja. Vítrea, tenacidad quebradiza, clivaje imperfecto. Un brillo como de cristal. Lo reconoció al instante.

Fojuen.

Una piedra que no había visto nunca hasta hacía una semana.

Una piedra forjada por las volqanes de Fojo Karação.

La misma piedra que su madre había usado para cerrar su cuaderno lleno de secretos.

Si la asesina de Wynna procedía de Fojo, ¿era una mera coincidencia que quien había intentado asesinar a Quin también fuera fojuen?

Se metió la punta de flecha en el bolsillo. El «lugar seguro» hacia el que corrían parecía cada vez más una guarida de asesinos.

—Los perros, Mia. —Quin estaba muy pálido—. Ya están aquí.

30

Monstruo

$\mathcal{M}$ia corrió a toda velocidad montaña arriba con Quin a su lado, apartando a manotazos el espeso follaje. Corrió hasta que sintió el corazón a punto de explotar, hasta que sus pantorrillas echaron fuego y el aliento le arañó los pulmones. Corrieron hacia la cima de la montaña como si sus vidas dependieran de ello.

Oía jadear a Quin. ¿Cuánto tiempo aguantarían corriendo? No sabía si llevaban minutos u horas, pero, de repente, ya no iban cuesta arriba, sino cuesta abajo. Pisaron rocas irregulares hasta llegar a un sendero. Para sorpresa de Mia, allí las piedras estaban desgastadas, erosionadas por los pies y las pezuñas que las habían pisado durante siglos, prueba de que, incluso después de que Ronan cerrara las fronteras, aún quedaron vías de escape.

El camino bajaba en zigzag por la montaña bordeando un impresionante acantilado blanco. Más allá, Mia vio una masa ondulante de agua gris.

Habían llegado al Mar Salado.

La sangre de Mia se le aceleró en las venas. No necesitaba el mapa de su madre; algo la llamaba, una fuerza invisible tiraba del hierro de su sangre. ¿Era por eso que el Natha corría montaña arriba? ¿Había una magnetita gigante que tiraba de él? Pensar que una fuerza invisible podía mover la sangre y el agua destrozaba todas las teorías y todos los principios científicos que había aprendido en su vida. Pero, a decir verdad, todas las teorías que tanto esfuerzo le había costado elaborar se estaban derrumbando por los cuatro costados.

Una lluvia de gravilla les cayó sobre la cabeza. Los perros ya pisoteaban las piedras del camino de arriba. Estaban cerca.

El pulso de Quin se entremezcló con el suyo, un eco de sus latidos reverberando con los de ella, cuando se detuvieron de golpe al filo del precipicio. Donde un minuto antes había un camino que lo bordeaba, al siguiente había desaparecido.

Oyó un rugido monstruoso y atronador.

A sus pies había una cascada.

El agua caía por el risco como un velo de novia blanco y aterrador. Nunca había visto agua caer con tanta fuerza. La neblina ocultaba el abismo y no permitía ver lo que había más abajo. Imposible sobrevivir a la caída. Desde esa altura, el agua les rompería los huesos como si fueran de cristal.

Una vez más, volvió a ver los dedos torcidos en una posición antinatural de Tristan, las falanges aplastadas, fracturadas desde los huesos metacarpianos. El cuerpo era débil, una máquina de componentes frágiles. ¿Qué era más fácil de romperle a una persona: los huesos o el corazón?

El cerebro de Mia permanecía en silencio. Pero su corazón chillaba.

—Tenemos que saltar —dijo.

—¿Qué?

En cuestión de segundos sentirían el aliento cálido de los sabuesos en la nuca, sus dientes clavándoseles en la piel.

Pero no era solo eso. Había una vocecilla en su cabeza que la llamaba desde que había salido del castillo, que la animaba a seguir adelante, que le pedía que confiara en ella; ya no podía ignorar su llamada. No sabía qué pasaría cuando cayeran al agua; más allá de ese momento, el futuro era una página en blanco. Pero sabía que tenía que llenarla.

—Tenemos que saltar.

Mia nunca había dado mucha importancia al destino. Pero, en ese momento, lo oía: el canto de sirena del destino. Estaba justo donde se suponía que tenía que estar. Estaba

183

haciendo lo que se suponía que tenía que hacer, tal vez por primera vez en la vida.

Los perros estaban a unos pocos pasos. Mia tendió la mano. Quin se la tomó.

El aire salió a borbotones de su garganta.

Piedra, tierra y, luego, el vacío.

Caída libre.

Aire helado.

Latigazos en la piel.

Espuma blanca y oro hilado. Los rizos dorados del príncipe. Se precipitaba por el abismo como un relámpago.

Mia cerró los ojos.

El agua recibió sus cuerpos blandos con los brazos abiertos y hambrientos, un monstruo vestido de blanco, mientras la muerte salía a recibirlos.

TERCERA PARTE

Aliento

31

Fuego y aire

Quin fue el primero en caer. Mia lo hizo un instante después.

La superficie era una fina lámina de cristal que sus cuerpos atravesaron. El agua se quebró bajo su peso. El mundo se volvió blanco y luego negro y luego azul. Mia esperaba sentir un millón de esquirlas cortándole la piel.

Pero el agua estaba caliente.

Sintió que la empujaban hacia el fondo, que la cascada le mantenía la cabeza sumergida. A pesar de la fuerza brutal del agua, se impulsó violentamente con las piernas hacia arriba. Su cara rompió la superficie y Mia empezó a jadear ansiosamente. Se apartó nadando de la bruma que rugía a su alrededor, braceando con fuerza hasta llegar a un rincón donde el agua no era más que una llovizna que le ungía la cabeza y le pegaba los rizos a la frente. Una lengua suave y cálida, no el mazazo frío que había esperado.

A lo lejos veía unas formaciones rocosas amenazantes de un color entre ladrillo y canela. Unos metros más allá, los rizos dorados de Quin flotaban en el agua. No sabía si tosía o reía. Quizá las dos cosas.

—¿Estás…?

—¿Hemos…?

El agua caía con demasiada fuerza como para que pudieran oírse, pero las palabras sobraban. Estaban vivos. Habían sobrevivido.

Al este, el sol empezaba a despuntar, una fina oblea son-rosada en el horizonte. Inclinaron la cabeza para mirar hacia lo alto del acantilado. Dos puntos blancos diminutos se agitaban en el borde, sus aullidos ahogados por la cascada. Los perros ya no eran más que una mota blanca en la cima del precipicio.

¿Cómo era posible que hubieran sobrevivido a la caída?

La poza en la base de la cascada era de un profundo verde azulado, pero, algo más allá, el agua se enturbiaba. Mia cogió algo de agua con la mano y se la llevó a la boca. La sal le escoció en los labios.

Se apartó de la cascada mientras el agua le lamía la piel. Entornó los ojos para observar aquellas extrañas rocas rojizas. Quería nadar hacia ellas, pero titubeó. ¿El príncipe sabía nadar? ¿Cuándo habría aprendido, si había vivido encerrado en el castillo? Pero nadaba con elegancia, dando brazadas largas y regulares. Entrelazó los dedos en la nuca y se puso a flotar bocarriba tranquilamente, como si hubiera nacido para estar en el océano.

188

Nadaron hasta las rocas rojizas. Los rayos de sol se derramaban sobre la superficie del agua como largos tentáculos de color óxido y melocotón. La oblea rosada del horizonte era ya una corona de oro alzándose sobre el mar.

Al llegar a las rocas, Mia estaba cansada, pero en el buen sentido, con los músculos blandos como si fueran masa de pan. Siguió la curva natural de la formación rocosa, recorriendo la superficie porosa con las manos mientras el agua le lamía los hombros. La pared rocosa la llevó hasta una cala poco profunda, donde salió del agua a gatas, sintiendo la arena roja entre sus dedos, el calor turbio del sol en su espalda.

Quin también salió del agua y se puso en pie delante de ella, sacudiéndose el agua salada del pelo. Al mojarse, sus rizos se volvían de un dorado menos lustroso, como el trigo tostado. Tiritaba.

Mia no sentía ni el atisbo de un escalofrío. Su cuerpo había pasado de invierno a verano. El agua salada resbalaba por su cabello y se acumulaba en las oquedades de su clavícula. Su piel estaba suave y radiante, tersa y húmeda y, por dentro, también se sentía así de suave. Voluptuosa.

Quin alargó la mano para tocarla. Mojó un dedo en el agua recogida en su clavícula y se lo llevó a la boca.

Mia tenía ganas de decir un millón de cosas, ninguna de las cuales podía expresar en palabras. Él había confiado en ella y habían sobrevivido. Ella había confiado en sí misma y habían sobrevivido. Iba contra todo lo que creía saber, pero confirmaba el susurro quedo de su corazón. Por una vez, le había hecho caso.

—Gracias, Mia —dijo él con suavidad—, por salvarme la vida.

Su voz rebotaba entre las paredes de roca rojiza. Le recorrió la mandíbula con la punta del pulgar, dejando un rastro de calor tan intenso que creyó que la barbilla le quedaría reducida a cenizas.

Quin dio un paso hacia ella y a Mia se le encogió el estómago.

Detrás de él había un globo aerostático.

189

El globo era gigantesco. Tenía alas y estaba pintado de rojo.

Se acercaron con cautela, sin saber si habían encontrado un tesoro o un peligro. El globo estaba amarrado a una roca; se meció suavemente con la brisa cuando tocaron su barquilla de bronce de bordes ondulantes y estriados, con una banqueta estrecha de madera encajada en el interior.

Encima había un tubo enorme soldado a la estructura metálica, con una sencilla manivela en un extremo y puñados de yesca seca remetidos en el otro. Debajo estaba clavada una tira de roca sin pulir y de una cuerda colgaba la varita de azyfre más grande que Mia hubiera visto en la vida.

El sol, que ya era una esfera en alegre equilibrio sobre el horizonte, calentaba el globo como un ascua.

—¿Habías visto algo así alguna vez? —preguntó Quin.

—Solo en libros.

Conocía su funcionamiento básico: al atrapar aire caliente en un contenedor, el globo se elevaría más arriba que el aire frío que lo rodeaba. Era la ley de la flotabilidad. El piloto no tenía más que encender el quemador para calentar el aire y elevarse; para descender, apagar el quemador y dejar que el aire se enfriara y el globo volviera al suelo.

Mia se metió en la barquilla de bronce, probando a mover el primitivo timón de madera, la única forma de manejar el globo una vez se encontrara en el aire, y vio una palabras grabadas en el ala roja.

Si has llegado hasta aquí,
no te falta mucho para llegar.
Por el fuego y el aire hasta Refúj, donde
todos tus problemas se desenmarañarán.

¿Desenmarañarse en el buen o en el mal sentido? Era una palabra en la que no confiaba; una palabra que significaba una cosa, pero también podría significar la contraria.

Su mente deba vueltas a «Refúj». Significaba «refugio» en fojuen. Un lugar seguro.

«El camino se mostrará a la que quiera encontrarlo.» Resultaba que el críptico mensaje de su madre no tenía nada de críptico. Conducía a su hija a un lugar seguro que era un lugar geográfico de verdad. Refúj. Un refugio con mayúsculas.

Mia sintió un chispazo de triunfo. Incluso sin el cuaderno de su madre, había encontrado el camino. Quizá siempre lo había conocido y lo único que le hacía falta era escuchar.

Quin tenía una mano apoyada en la barquilla del globo. Mia percibía las corrientes de sentimientos encontrados que lo recorrían, unas frías y otras ardientes.

—No puedo prometerte que sea seguro —le dijo. El fragmento de la punta de flecha fojuen le ardía en el bolsillo del pantalón.

—No estoy seguro en ningún sitio —dijo él, y se encaramó en la góndola junto a ella.

Mia frotó la enorme varita de azyfre contra la piedra y esta humeó y chispeó. Al rozar la yesca con el extremo llameante, la antorcha se prendió con un rugido. En lugar de la luz verdosa del azyfre, ardía con un rojo dorado reluciente, el color de la lava.

Mia tomó el timón con manos firmes.

—¿Crees que…? —empezó Quin.

Sabía lo que iba a decir. ¿Creía que alguien les había dejado ahí ese globo? ¿Que los esperaban en algún sitio?

Pues sí.

Porque era verdad.

191

32

Cinco cráteres pequeños

Mientras el globo aerostático los elevaba hacia el cielo, Mia vio a su madre.

Veía la cascada de su cabellera en las laderas y colinas rojizas; la curva de sus caderas en la forma en que el Mar Salado se encontraba con el amanecer. Ese lugar contenía la forma de Wynna y Mia vio el espíritu de su madre en aquel baño vibrante de colores: las rocas color sangre, el mar color cobalto.

Hizo ascender más el globo, acompañada por el siseo y gorgoteo del fuego que empujaba el aire caliente en su interior. Su sangre también parecía elevarse. Un tirón suave —¿o era un empujón?—, una fuerza casi magnética que la impulsaba, o tiraba de ella, hacia algún sitio.

El trayecto estaba lleno de altibajos; no era para estómagos delicados. Pero Mia no se sentía nada mareada. Agarraba con fuerza el timón metálico mientras absorbía todo cuanto la rodeaba. Pensó en su madre a su llegada a Fojo Karação siendo solo una niña, en su corazón henchido ante la belleza del lugar, el Reino del Fuego, que la había fascinado en el alma. Hasta olía como ella, dulce y salvaje, a flores recién cortadas y a fuego de leña. Mia tuvo que recordarse que su madre no estaría esperándola en Refúj. Su madre no la esperaba en ningún sitio.

Accionó la manivela de la antorcha y el globo dio una bocanada de aire. El sol, que se había vuelto de un naranja centelleante, colgaba sobre el océano y Mia se sintió como un pájaro, una criatura alada flotando entre dos mundos.

—Siempre acabamos cruzando una frontera, ¿no crees? —dijo Quin—. El laghdú, el bote y ahora el globo. Siempre nos encontramos en algún estadio liminal, yendo hacia algún sitio o huyendo de otro.

Mia suponía que tenía razón. El globo se elevó sobre la cresta de una montaña y los dos ahogaron un grito de sorpresa.

A sus pies había un lago que parecía una joya perfecta engarzada en la roca. El cielo se reflejaba en el agua como una réplica impoluta. El agua centelleaba bajo el sol de la mañana y en el centro de la joya azul había una isla roja diminuta. Rojo rodeado de azul rodeado de rojo.

—Nunca había visto un agua tan azul. —Quin tosió—. El aire huele a humo. —Frotó el borde de la barquilla. Las puntas de los dedos se le mancharon de gris—. ¿Eso es ceniza?

Mia observó detenidamente el cráter del lago. Al fijarse más en los picos de un rojo deslumbrante que tenían a su alrededor, descubrió que no eran montañas; las cimas eran cóncavas como cucharas. A lo lejos, de una de esas cucharas salían penachos de humo negro.

—Sí que es ceniza —dijo—. Y si nunca has visto un lago tan azul es porque nunca habías visto uno tan profundo. Se llama «qaldera» en fojuen, como una cazuela de agua hirviendo.

—¿Significa eso lo que creo que significa?

Todo cuanto Mia sabía acerca de las volqanes lo había aprendido de un libro; nunca había visto una en persona. La excitación la recorrió como un silbido. Por fin exploraba los cuatro reinos, cumpliendo su sueño de infancia. Era libre.

Sintió una punzada aguda de culpa. No había venido a explorar; había venido a encontrar a la Gwyrach que mató a su madre.

—Cuando era pequeño —empezó Quin— vino un académico al Kaer. —Hizo rodar la ceniza entre las puntas de los dedos hasta convertirla en una bolita gris—. Nos habló de los cuatro dioses antiguos, los cuatro hermanos que estaban en guerra unos con otros. Nos contó que cada uno se retiró a un rincón del mundo, dando origen a los cuatro reinos. Pero el dios glasddiriano era el que más quería a sus hermanos y fue el que más lloró. Por eso en el Reino del Río hay tantos ríos.

—Todos los niños conocen esa historia. Es nuestro mito fundacional.

—Mi padre siempre insistió mucho en lo de creer en los mitos, lo de «devolver el reino a su antigua gloria» y todo eso, pero nunca le gustó la parte del dios del Reino del Río. Decía que un dios de verdad no hubiera llorado.

Quin se despeinó los rizos con la mano.

—En realidad, Glas Ddir nunca ha tenido la apariencia de un lugar épico en el que los dioses lloraban y guerreaban. Es un reino frío y húmedo y los glasddirianos no proceden de ninguna grandeza, sino que son un pueblo triste y hambriento del que mi padre abusa. Pero esto… —Señaló con un gesto el paisaje que los rodeaba—. Este lugar sí que parece hecho por los dioses. «El dios del río lloraba agua, pero el dios del fuego respiraba fuego.»

—Pensaba que no creías en los dioses.

Quin se encogió de hombros.

—Los mitos me parecían una bobada, pero albergaba la esperanza secreta de que fueran verdad. ¿Acaso no deseamos todos creer en algo superior a nosotros?

Mia no lo veía tan claro. Su magia era superior a ella y no le gustaba. Cuando algo se hacía demasiado grande, ya no se podía controlar.

Pero ¿no era la magia el motivo por el que Quin seguía con vida? ¿No era gracias a ella que los dos habían sobrevivido?

No, concluyó. Habían sobrevivido porque ella había hecho caso a su instinto e intuición, no a su magia.

¿Y si las dos cosas fueran lo mismo?

Quin sonrió.

—Según la leyenda, tú desciendes de un dios. No me digas que no te has planteado hasta dónde llega el poder que escondes.

—El poder no sirve de nada si no sabes controlarlo.

—Pero tú sí que sabes. —Puso una mano encima de la suya.

Mia se quedó mirando fijamente sus manos, piel con piel. En diecisiete años, nunca se había tomado de la mano con un chico. En Glas Ddir, esas cosas se consideraban traición. Su cuerpo se excitó con ese contacto. ¿Era porque siempre se había cubierto la piel con guantes? ¿O tenía la piel de Quin algo especial, alguna alquimia de química y deseo?

Las puntas de los dedos de Quin eran cálidas.

—Ya no me odias —dijo ella.

—Nunca te he odiado. Ni por un segundo.

En la mente de Mia se encendió una varita de azyfre. Había supuesto —correctamente— que su cuerpo tenía una conexión íntima con los cuerpos de los demás. Los dedos helados del príncipe, sus miradas gélidas.

Recordó las palabras que Quin había dicho a sus padres la víspera de la boda: «Es peligrosa. No podéis negarlo».

Había relacionado su temperatura con la emoción equivocada. El frío constante que percibía en presencia de Quin no era odio.

Era miedo.

—Me tenías miedo —dijo lentamente.

—Sí. Pero ya no.

Quin se llevó su mano a los labios. Sintió su boca, blanda y ardiente, besándole las puntas de los dedos. Mia se preguntó si, cuando la apartara, le dejaría cinco pequeños cráteres.

—Hace una eternidad que quiero hacer esto —murmuró él—. Desde que llegaste al Kaer. Soñaba con quitarte los guantes. Me moría por ver cómo eran tus manos. Son incluso más hermosas de lo que imaginaba.

Mia se quedó helada de miedo. ¿Lo estaba embrujando?

Se apartó.

—¿Cómo sabes que no te estoy...?

Antes de que pudiera terminar la frase, la distrajo un movimiento que percibió más abajo por el rabillo del ojo.

Sobre las rocas irregulares había un pueblo, formas y colores esparcidos por la orilla del lago azul.

Habían llegado a Refúj.

195

33

Un poco de magia mental

*L*o primero que Mia notó cuando el globo tocó tierra fue que el suelo era más blando de lo que había imaginado. Eso era algo positivo, dado que sus habilidades para el aterrizaje nunca se había puesto a prueba.

El globo se estrelló contra el suelo haciendo zozobrar la barquilla. Quin chocó contra ella y los dos estuvieron a punto de caer por la borda mientras intentaban aferrarse a lo que tuvieran más a mano, así que acabaron agarrados el uno del otro.

Mia se dio cuenta de que no estaban solos.

Un grupo de niñas, en corro, los observaba.

Tenían el pelo recogido en complejos moños y trenzas, su piel iba del beis al caoba y negro ónice y no llevaban guantes. Algunas vestían con vestidos largos y holgados de lino de color blanco y arena; otras, con elegantes pantalones que les llegaban a la pantorrilla.

—Atadla —dijo una mujer mayor, cuyo reluciente pelo negro estaba recogido por un deslumbrante pañuelo morado. Mia se encogió de miedo cuando una chica voluptuosa con aros en la nariz dio un paso al frente. Pero la chica fue a sujetar el globo, no a Mia. Agarró la cuerda y la amarró a un aro metálico que había en el suelo. El globo escoró una vez más y luego se quedó quieto.

Las niñas no les ofrecieron ayuda para desembarcar. Mia y Quin saltaron de la barquilla al suelo, donde sus pies se hundieron de una forma muy agradable. La roca ígnea de la volqán había sido aplastada y pulverizada; un millón de años de caos convertidos en una ladera de suave arena rojiza.

—*Bhenvenj Refúj*. —La mujer les indicó que se acercaran con la voz con un marcado acento—. Venid, venid. Por favor, como si estuvierais en vuestra casa.

Mia nunca había experimentado una bienvenida así. «Por favor, como si estuvierais en vuestra casa.»

La mujer de morado no parecía especialmente interesada en ellos. Ya estaba indicando a las niñas que rellenaran de yesca las antorchas del globo.

—Lo siento —dijo Mia—. No estamos seguros de dónde...

—Refúj.

—Pero ¿no deberíamos...?

La mujer murmuró algo en un idioma que Mia no entendía. Señaló a la derecha.

—¡El *merqad*! Venga, venga.

197

Parecía ansiosa por deshacerse de ellos. Perplejos, Mia y Quin echaron a andar por la arena hacia donde ella había dicho.

El camino estaba flanqueado por árboles de aspecto extraño cuya especie Mia no reconocía. A diferencia de los elegantes swyn, estos eran achaparrados, nudosos y moteados de gris, como las manos de una bruja vieja.

Más adelante, Mia oyó el rumor quedo de voces. Habían visto movimiento a la orilla del lago al descender, un diorama de actividad y puntos de color que daban vueltas. Descubrió el toldo amarillo de una tienda aleteando en la brisa.

—Mi fojuen es lamentable —dijo Quin—, pero supongo que *merqad* significa «mercado».

Mia asintió. Cuando el sendero que seguían desembocó en una pequeña plaza arenosa rodeada de puestos de comida, esperó encontrar algo parecido a los monótonos mercados del Río a los que estaba acostumbrada, pero estaba del todo equivocada.

ϒ

El *merqad* era una explosión de aromas y colores. Carne asada, vino dulce, zumo de frutas ácidas, tés amargos y pan recién horneado especiaban el aire. Hileras de tiendas naranjas y amarillas hechas de lona y madera se apoyaban unas en otras, mientras por las calles paseaban chicas vestidas con mallas coloridas, pantalones y largas faldas vaporosas. Una niña de unos doce o trece años pasó a toda velocidad en una silla de ruedas de mimbre que hacía correr con una manivela, echando una carrera a su grupo de amigas. Rio al dejarlas atrás, su frente morena reluciendo de esfuerzo mientras giraba la manivela sin parar, su piel de un marrón oscuro luminosa por el sudor y la alegría.

Una bandada de pollos muy gordos salió de repente de una tienda, cloqueando mientras se arremolinaba a los pies de Mia. Ella dio un salto, sobresaltada, y chocó con un trío de chicas mayores que estaban reunidas un poco más allá. Ellas rieron y cuchichearon. ¿Estaban mirando a Quin?

Quin también las miraba. Mia sintió un pellizco de celos.

—Vámonos. —Lo agarró del brazo y sintió un calor pegajoso ene su piel. Esa era una emoción que le constaba haber relacionado correctamente: el deseo era cálido.

—Mira eso. —Quin se relamía—. ¿No es la cosa más hermosa que has visto jamás?

Quin tenía la vista clavada en una pata de ave inmensa asándose en un espetón.

Mia sentía un hambre distinta. Aún estaba cansada de sanar al príncipe, agotada por su carrera por la montaña y mareada de su salto de la cascada. Al menos, debería haber sentido todo eso. Pero desde que había emergido del Mar Salado, se sentía abrigada por una dicha cálida. No era capaz de explicarlo. Y, por una vez, no tenía ganas de explicarlo.

La Mia científica le pegó un bofetón a la Mia Gwyrach. Aquella dicha cálida era peligrosa. Igual que no ser capaz de explicar la causa de una sensación física. ¿Acaso no parecía todo aquello demasiado bueno para ser verdad? El mapa de su madre los había llevado hasta la isla fojuen precisa, donde un globo rojo los había llevado a un lugar seguro, también conocido como Refúj. Si le quedaran dos dedos de frente, diría que los estaban conduciendo a una trampa.

Pero aquello no parecía una trampa. Ese era el problema. Nada de eso le provocaba escalofríos como los que había sentido al adentrarse en la guarida de Tristan en el bosque.

Se sentía como si volviera a casa.

—¿Quin? —Lo había perdido—. ¡Quin!

Lo encontró algo más adelante, avanzando lentamente hacia el muslo de pavo. Un corro de mujeres tejiendo lana de colores vivos murmuraron con aprobación al verlo pasar. Era evidente que el príncipe llamaba la atención y Mia no sabía si preocuparse. ¿Estaba Quin a salvo allí? ¿Y ella?

—¡Quin! —siseó, pero él no la oyó, o fingió no oírla. A cada puesto que pasaba, las chicas se detenían a observarlo. Mia se dio cuenta de una cosa.

Aún no había visto a un solo hombre.

¿Era eso posible? En los mercados del Río a los que había ido con su madre, las mujeres glasddirianas iban siempre acompañadas de un hombre. «Para garantizar la seguridad de las buenas mujeres del Reino del Río», afirmaba el rey Ronan.

Pero en el *merqad* de Refúj no había más que niñas y mujeres y todas parecían sentirse perfectamente seguras. Los instintos de Mia estaban en guerra con su razón, la sangre se le acumulaba en los pies para llevarla hasta algo o alguien, de eso estaba segura.

—*Veraktu.*

Mia sintió un tirón y se dio la vuelta. Una mujer mayor encorvada había sujetado la camisa de Mia en su puño desnudo. Sus gruesas trenzas plateadas estaban recogidas en un moño y su piel era de un tono sepia intenso y curtido, arrugada como un pergamino que llevara muchos años siendo doblado y desdoblado con cariño. Su rostro contaba una historia.

La mujer estaba agitada.

—*T'eu veraktu* —dijo.

T'eu significaba «eres» en fojuen, pero Mia no reconocía la otra palabra. Siempre se le habían dado bien los idiomas; detestaba no saber la respuesta.

—¡Nanu! —La niña que había ganado la carrera se les acercó en su silla de ruedas, maniobrándola con la manivela mecánica. El sudor de la victoria había convertido los rizos de su frente en un halo encrespado. Se lo alisó con la mano. La niña miraba a la anciana con una mezcla de afecto y frustración en sus grandes ojos castaños.

—Has vuelto a escaparte, Nanu. ¿Ya te estás metiendo en líos? —Empezó a soltar los dedos de la anciana de la camisa de Mia—. Lo siento. Le pasa a veces. Mi abuela se pone nerviosa. Te prometo que no tiene mala intención.

La niña miró a Mia a la cara por primera vez. De repente, esbozó una sonrisa.

—¡Mia Rose!

Era increíble. Esa niña era Sach'a, la hermana pequeña de Dom. Mia no veía a las gemelas desde que tenían nueve años, cuando su madre cogió sus bártulos y huyeron del Reino del Río de un día para otro.

Era asombroso lo mucho que la niña había crecido en tres años. Estaba irreconocible. Sach'a se movía con la elegancia y la gravedad de una mujer.

—Mamãe se alegrará tanto de verte… —Nanu resopló y empezó a murmurar palabras incoherentes. Sach'a suspiró—. Perdona, Mia, dame un minuto.

Acercó la cara a la de su abuela y puso las manos sobre el cráneo de la anciana, hundiéndole los dedos en la oquedad bajo las cejas.

A su alrededor, el aire empezó a ondear. Mia sintió como si alguien también le presionara la oquedad bajo las cejas; un eco de los pulgares de la niña en su hueso etmoides, que unía la nariz al cráneo.

Cuando recuperó la respiración, Mia miró a Nanu con asombro. Estaba serena, con la boca relajada y una leve sonrisa en los labios. Enderezó la espalda y dio unas palmaditas afectuosas en la cabeza a su nieta.

Sach'a asintió, complacida.

—Lo siento —le dijo a Mia—. Es que a veces se confunde. Pero en cuanto le calmo los nervios del cerebro, es la persona más dulce del universo.

A Mia todo le daba vueltas.

—¿Cómo has hecho eso?

—¿Eso? Es solo un poco de magia mental. Asangrar el cerebro. Mamãe dice que ninguna Dujia de mi edad puede hacerlo. —Se enderezó con orgullo en su triciclo—. Pero yo sí.

¿Desde cuándo tenía magia Sach'a?

—¡Mia! —Quin reapareció sosteniendo dos muslos de pavo asados. Le ofreció uno—. ¿Tienes hambre?

—¿Cómo has conseguido eso?

—He hecho un trueque.

—¿Un trueque de qué? No me digas que de botones de oro.

Por la expresión de su cara, la respuesta era, obviamente, botones de oro.

Sach'a miró a Quin, luego a Mia y luego de nuevo a Quin. Inclinó la cabeza en señal de respeto.

—Alteza.

Incluso desaliñado y con síntomas de congelación tras una semana en el bosque, desprovisto de botones de oro y de su mueca altiva, Quin parecía un príncipe de la cabeza a los pies.

—¿Aquí estamos a salvo, Sach'a? —preguntó Mia.

—Tú sí —le dijo la niña a Mia. Observó a Quin, dispuesta a decir algo, pero se contuvo—. Sois el primer hombre glasddiriano que veo en tres años, alteza. Aquí no somos precisamente... —Manoseó la manivela de su triciclo y suspiró—. ¿Por qué no venís los dos conmigo? Os llevaré con Mamãe.

34

Prohibido

Mientras Sach'a los guiaba por el *merqad*, con su abuela arrastrando los pies a su lado, Mia vio todo lo que se había perdido.

Vio a una mujer de piel clara que llevaba un delantal impoluto y almidonado y el pelo color trigo recogido en un moño flojo. La mujer sacó un ave de una caja de madera y lo colocó sobre una tabla de cortar. En lugar de partirle el pescuezo, colocó sus manos pálidas y limpias de pecas sobre el corazón del animal. Sin emitir un sonido, sin un solo batir de alas, el pájaro se quedó quieto.

Vio a una niña pequeña con el pelo lleno de finas trencitas adornadas con cuentas llorando porque se había magullado la rodilla, con la herida sangrando, hasta que una mujer robusta de piel suave y dorada y una cara afable le puso una mano sobre la rodilla y los sollozos de la niña se convirtieron en hipidos. Cuando la mujer le limpió la sangre, la niña no hizo ningún gesto de dolor. Tenía la rodilla curada y su piel cobriza relucía, cálida e inmaculada, como si la hubiera besado un sol indulgente.

¿Es que allí todo el mundo era Gwyrach?

Mia oscilaba salvajemente entre la euforia y el estupor. Tres años de mentiras —«las Gwyrachs nunca utilizan sus poderes para sanar; las Gwyrachs son demonios que disfrutan causando dolor y sufrimiento»— borrados de un plumazo. El *merqad* estaba lleno de luz y risas y música. A lo lejos,

Mia oía el tañido liviano de una viola mezclado con la voz cristalina de una chica. Todo el mundo parecía feliz y alegre, a excepción de la mujer que había sacrificado el ave. Su rostro era solemne y respetuoso.

Cuantas más mujeres veía, más se sentía como si, de alguna manera, las conociera, como si un hilo invisible las uniera a todas. Vio madres, hijas, hermanas, amantes y amigas, tan dinámicas como distintas unas de otras: jóvenes y viejas, gordas y flacas, guapas y feas y mil variaciones entre los extremos.

Pero lo que más la sorprendió fueron sus manos.

Al crecer en Glas Ddir, solo había visto tres pares de manos desnudas en la vida: las de su madre, las de su hermana y las suyas. Pero en Refúj, todas las mujeres llevaban las manos al aire. Mia vio una profusión de pecas, lunares, manchas de nacimiento y cicatrices sobre un fondo de piel tostada, lechosa, bronceada y de un ébano reluciente. Vio uñas largas como garras y otras bien recortadas; palmas de las manos surcadas de líneas y arrugas; tinta de colores claros tatuada sobre piel oscura, tinta oscura tatuada sobre piel clara. Vio a mujeres que andaban con los dedos entrelazados o cogidas del brazo y, en el puesto que había en una esquina, dos chicas apretaban sus cuerpos, hundiéndose los dedos con ansia en el pelo sedoso la una a la otra mientras se besaban.

Y no eran solo las manos. Las mujeres llevaban melenas lisas y sedosas, o gruesas trenzas negras, tirabuzones rubios o la cabeza afeitada; una abundancia de cabello, peinado, rizado o cortado. Todo el mundo iba vestido con una variedad vertiginosa de telas, cortes y estilos que Mia nunca había visto en Glas Ddir y, mientras se abría camino entre la multitud de chicas, sus oídos se embebían maravillados de la dulce cacofonía de las distintas lenguas.

—Yo soñé con un sitio así —dijo al recordar de repente. Durante la boda, mientras estaba en la capilla real, Mia había visto esos colores, había oído esos sonidos, había estado en ese lugar. Pero lo que nunca hubiera esperado era que estaría lleno de Gwyrach.

203

—Yo no podría haber soñado con un sitio así ni en un millón de años —replicó Quin—. Y mira que tengo mucha imaginación.

Mia lo entendía perfectamente. Nunca hubiera imaginado tantas culturas prósperas mezclándose en un único lugar. Por primera vez entendía el verdadero coste de las políticas del rey Ronan: había vaciado el Reino del Río de la energía y la vida que una vez lo recorrieron, como un cuerpo exangüe.

—Cuando tu padre cerró las fronteras —dijo—, no solo borró estos lugares de nuestros mapas. También los borró de nuestras mentes.

La música se oía cada vez más fuerte. Al final de la calle, pasaron frente a una bandera ondeante en la que se veía un pájaro de color azul medianoche alzándose sobre unas llamas rojas. PHÉNIX BLU, decía. El Fénix Azul. Detrás de la bandera había una taberna, un cobertizo acogedor en el que las mujeres se sentaban en sillas o se reclinaban sobre la arena roja. La clientela cantaba alegremente alrededor de una hoguera con sus pintas de cerveza y vasos chatos de una bebida que Mia no supo identificar, un líquido ambarino moteado de rojo. Todas parecían saber la canción de memoria, aunque algunas arrastraban las palabras. Mezclados con las mujeres había tres hombres y un par de chicos; los primeros varones que Mia veía en Refúj. Le pareció extraño.

Estuvo a punto de echarse a reír. ¿La presencia de hombres la extrañaba, pero la de Gwyrachs no? Era sorprendente lo rápido que se había adaptado. Y alarmante. Y aun así, si escuchaba atentamente su cuerpo, no se sentía en absoluto alarmada. Solo sentía curiosidad y un vértigo moderado que se acumulaba lentamente en su esternón.

—Pero no lo entiendo —preguntó Mia a Sach'a—. ¿Todas estas mujeres tienen magia?

—La mayoría sí. Las que no tienen es porque llegaron aquí con alguien que sí tenía.

—¿Y los hombres?

Sach'a se echó a reír.

—No es que los hombres estén estrictamente prohibidos en Refúj. Pero tienen que venir con sus madres o hermanas o esposas Dujias. Se los tiene que declarar inofensivos.

—¿«Dujia» es como llamáis a las Gwyrachs?

—¡Shhh! —Sach'a bajó la voz—. No digas esa palabra. No somos demonios. Aquí no.

Mia tomó nota.

—Pero ¿y qué pasa con Quin? Estrictamente hablando, no es mi marido y... —Se giró y contempló con sorpresa el espacio vacío a su lado. Había vuelto a perderlo.

—¿Quin?

Dio media vuelta y lo encontró mirando El Fénix Azul, fascinado, con un muslo de pavo al que no hacía ningún caso en cada mano. Al advertir su mirada, él se enderezó.

—Perdona —dijo mientras se apresuraba en volver a su lado. Para ser un chico rodeado de Gwyrachs, se le veía sorprendentemente tranquilo. Antes de que Mia pudiera preguntarle qué le había llamado tanto la atención en la taberna, él le dijo a Sach'a—: Esta carne es deliciosa. Creo que es la mejor que he comido nunca.

Ella sonrió complacida.

—No me extraña. Cuando matas a un animal con violencia, el miedo endurece y estropea la carne. De un animal aterrorizado siempre sale carne de peor calidad. Pero uno sacrificado con magia muere en paz. No siente miedo.

A Mia le costaba procesar lo que oía. ¿La magia como acto de compasión? Otra mentira que se derrumbaba: en sus libros no se mencionaba que una Gwyrach pudiera usar la magia para hacer que la muerte fuera menos dolorosa.

—Toma. Deberías comer algo. —Quin intentó ofrecerle nuevamente el otro muslo de pavo y, esta vez, Mia aceptó. Dio un bocado y tuvo que darle la razón: la carne era dulce y suculenta.

—No sabía que el pavo pudiera estar así de bueno.

—En realidad —dijo Sach'a— es cisne.

Mia se atragantó. De repente no veía otra cosa que el rostro angelical de su hermana mientras su madre le trenzaba el pelo de color fresa. «Angie, mi pequeño cisne.»

—La verdad es que casi no tengo hambre —dijo. Quin no tuvo ningún problema en recuperar el muslo.

Y entonces, por primera vez desde su llegada a Refúj, Mia vio algo que le dio miedo.

Una niña estaba en plena rabieta. No tendría más de cuatro años, con el pelo rubio recogido en dos trenzas, una piel de porcelana rosada y los labios como una cereza. Se encontraba detrás de un puesto cubierto con una pila de pasteles escarchados y pastas de té, tirando de las faldas de su madre y gritando con tanta virulencia que de su boca salían despedidas gotas de saliva. La mujer le gritó algo en un idioma que Mia no entendía. Entonces agarró a su hija por la muñeca. La niña se calló al instante.

Intranquila, Mia miró a Sach'a.

—¿Qué es lo que acaba de hacer esa mujer?

—¿Qué mujer? No lo he visto.

—Agarró a la niña por la muñeca y... —Mia se detuvo—. No sé. De repente se quedó muda.

—Debe de haberla asangrado —dijo Sach'a como si nada—. No es algo que esté estrictamente prohibido, porque no rompe ninguna de las Tres Leyes, aunque se podría argumentar que sí. Mi madre a veces se lo hace a mi hermana. Es la única forma de calmarla cuando se pone como una fiera.

—Antes también has usado esa palabra: asangrar. ¿Qué significa?

—Justo lo que te imaginas. —Sacha hizo que su triciclo avanzara un poco más deprisa—. Mamãe te lo explicará todo mucho mejor que yo, te lo prometo.

A pesar del sol pegajoso que le acariciaba la piel, Mia se estremeció. Miró a Quin de reojo y sintió un escalofrío creciendo bajo su piel. A pesar de su aparente despreocupación, tal vez sí que tuviera miedo. Al fin y al cabo, se le daba bien fingir.

Se quedó un poco rezagada y le dijo a Quin:

—¿Va todo bien?

—El cisne está excelente. Muy sabroso.

—¿Tienes miedo?

Él se encogió de hombros.

—No. ¿Por qué iba a tenerlo?

Mia oyó un ruido extraño, como un rumor de agua. Lo había oído antes. Era la sangre de Quin, golpeando las paredes de sus arterias con más fuerza. Esta vez, sospechaba lo que significaba.

—Mientes —dijo.

Él se ruborizó.

—No es verdad.

—Sí es verdad. —Oyó el rumor acuoso de nuevo—. Puedo oírlo.

—Eso es impresionante —dijo Sach'a, mirándolos por encima del hombro—. A la mayoría de Dujia les lleva años aprender a oír una mentira. Yo no puedo. Ojalá fuera capaz.

El pecho de Mia se hinchó de orgullo. Era capaz de hacer magia avanzada. Tenía talento. Pero tan pronto como lo pensó sintió un atisbo de vergüenza. Encontrarse en ese lugar tan extraño y hermoso le estaba mermando la razón. Se obligó a recordar lo que aquella madre le había hecho a la niña. Una Gwyrach podía hacer callar y someter a otro ser humano. Un poder así no era algo de lo que enorgullecerse.

—Ya hemos llegado —dijo Sach'a—. Por fin en casa.

Los había conducido hasta una hilera de casitas a la orilla del lago. Mia veía la isla roja en el centro del agua, jorobada como una criatura viva, palpitando con energía. Se sentía atraída hacia ella de un modo que era incapaz de explicar. Pero también notaba el sabor de lo prohibido. Una manzana roja bañada en veneno.

—Esa es la nuestra. —Sach'a señaló una casita del mismo color que el lago, como si una ola hubiera rebasado el borde del cráter y teñido las paredes de azul.

Y allí, en la puerta, estaba Lauriel du Zol. La mejor amiga de su madre.

Lauriel siempre había tenido una presencia imponente, grande de voz y estatura, una fuente de energía inagotable tan grande como su gloriosa corona de tirabuzones negros que bailoteaban cada vez que se reía. A Mia le dolió verla. Los Du Zol habían sido una presencia constante en su infancia en Ilwysion, con su cocina cálida y acogedora y sus chistes fáciles. Ver a Lauriel la devolvía a una época más feliz antes de que todo se torciera. Apenas unos días después de que la madre de Mia desapareciera, Lauriel también desapareció.

—Mia. Querida mía. —A Mia la reconfortó la forma en la que Lauriel pronunciaba su nombre, la «M» suave y las vocales dulces como la miel. Lauriel la envolvió en un abrazo de oso y le besó primero una mejilla y luego la otra—. *Bhenvenj*. Eres muy bienvenida aquí. *Vuqa*. Ven, ven. —Cuando por fin la soltó, Mia vio que tenía los ojos vidriosos. Lauriel se secó una lágrima que resbalaba por su radiante mejilla morena—. Cómo se alegraría tu madre. Soñaba con que un día vinieras a Fojo Karação y conocieras el mundo del que se había enamorado. Ojalá estuviera aquí para verlo.

La verdad que llevaba días recorriendo a Mia por fin se le asentó en la boca del estómago. Sabía la respuesta antes siquiera de preguntar, pero fue en ese momento cuando se materializó en trazos claros, como la tinta secándose sobre un papel.

Tomó aire.

—¿Mi madre tenía magia?

—Ay, querida. Tu madre tenía magia a espuertas. En nuestra sororidad, era una Dujia muy poderosa, una Dujia con mucho talento. —Lauriel le tocó la mejilla—. Igual que tú.

35

Ángeles asesinos

Mia se sentó a una mesa pequeña con Lauriel, Quin y las gemelas a devorar un sabroso desayuno. Añoraba el diario de su madre, ansiaba abrazarlo y exprimirle hasta la última gota de la verdad que su madre había ocultado durante tantos años. No entendía nada: ni sobre su madre, ni sobre la magia, ni sobre el mundo.

Pero en la cocina se estaba calentito. Los días de miedo y agotamiento exudaban por sus poros. A pesar de todo, notaba como su corazón se abría como una flor al sol. Si cerraba los ojos y se abandonaba al golpeteo de los cubiertos y el olor de los platos de sartén, podía imaginar que estaba en su casa, sentada a la mesa de la cocina, con su padre robándole besos a su madre mientras la masa del pan crecía. El único beneficio de sus salvajes dolores de cabeza era que impedían toda posibilidad de elaborar conjeturas científicas. Se vio obligada a estar presente en su cuerpo, dejar que la calidez de la mañana se adueñara de ella con una mezcla de placeres sencillos, entre los cuales el más importante era volver a comer comida de verdad.

—¿Qué tal la *minha zopa*? —preguntó Lauriel. Mia le alargó su cuenco y Lauriel sonrió y le sirvió otra ración—. Un clásico fojuen. *Chouriço* de cerdo, cebolla a la parrilla, tomate asado y patatas paja, todo aderezado con ajo y vino.

Lauriel les había preparado un magnífico festín. Además de la *minha zopa*, había un robusto pan recién sacado del horno, mantequilla amarilla y mermelada de zanaba, quesos tiernos que se desmigaban, bacalao fresco a la parrilla con chile verde y leche de tigre, mostaza de hoja salteada, pollo a la pimienta asado en ascuas y un líquido dulce hecho con maíz tostado. Lauriel los nombró con orgullo mientras ponía los platos humeantes sobre la mesa.

Las papilas gustativas de Mia estaban en éxtasis. Un hambre atroz se apoderó de ella y a cada mordisco que daba notaba como su cuerpo recuperaba las fuerzas. Su madre había intentado cocinar sus recetas fojuens preferidas para la familia muchas veces, pero nunca le salían del todo bien. Era casi imposible encontrar los ingredientes y especias apropiadas en Glas Ddir, decía, después de que el rey Ronan cerrara las fronteras.

Sentada en la acogedora cocina de Lauriel, Mia sabía que estaba comiendo platos fojuens de verdad por primera vez en su vida. Sus aromas y sabores le llenaban la boca. Pensó en todas las mañanas que había pasado con los Du Zol, cómodamente arrebujada en su soleada cocina de Ilwysion, su madre más feliz que nunca.

—Hay más de todo, cariño —dijo Lauriel, golpeteando una sartén inmensa con una cuchara de madera. Sobre los fogones se mecían largas ristras de ajos colgadas de las vigas de madera, entre cazuelas de hierro y cobre forjadas por la propia Lauriel. Debajo, en una hilera de tiestos de arcilla crecían frondosas plantas y hierbas aromáticas. En la cocina no había paredes: se abría al resto de la modesta casita. Por la puerta trasera abierta, Mia descubrió una mata de tomates de un rojo intenso.

—¿Le gusta el pescado, alteza? —Sach'a miraba al príncipe esperanzada—. Yo ayudé a prepararlo.

Mia esperaba que Quin expresara su euforia gastronómica habitual, pero estaba silencioso y retraído desde que habían entrado en la casa.

—Le encanta —respondió por él—. Quin se pirra por el pescado.

—Qué bien —dijo Lauriel—. Traemos pescado fresco del lago todas las mañanas.

Junay puso los ojos en blanco.

—Si tengo que volver a comer pescado, enterraré las espinas en esta casa y nunca las encontraréis.

Junay, la gemela de Sach'a, aún tenía el carácter incendiario que Mia recordaba. Sach'a era encantadora y grácil, con una madurez cuidadosamente controlada; Junay era volátil y franca. Las dos compartían la complexión de un marrón oscuro de su padre —mientras que Dom había salido a su madre, con la piel de un cálido tono ocre— pero su parecido terminaba allí. Incluso el cabello de las gemelas evidenciaba sus personalidades contrapuestas: Junay tenía unos gruesos tirabuzones rebeldes que le llegaban hasta los hombros, mientras que su hermana, sentada en una butaca de mimbre con aire remilgado, se untaba aceite de almendras dulces en el cuero cabelludo.

—Si entierras un pescado en tu propia casa —dijo Sach'a con calma—, tú también tendrás que aguantar el olor.

—Gracias —le espetó Junay—. Cómo me alegro de tener una hermana que lo sabe todo. —Dedicó su atención a Mia—. ¿Cómo es que no sabías que tu madre era una Dujia?

—¡Duj! —la riñó Lauriel—. ¡Junay!

—¿Qué, Mamãe? Quiero saberlo. —Volvió a mirar a Mia sin darse por vencida—. ¿No hubo señales? ¿Cosas que no cuadraban? Algo tuviste que notar.

Mia se quedó algo perpleja.

—Supongo que... Nunca hablaba de su pasado. Sabía que guardaba secretos, pero nunca se me ocurrió pensar... —No terminó la frase. Se sentía un fracaso como hija por haber pasado por alto una parte tan evidente de la vida de su madre. Además de un fracaso como científica: había ignorado todos los indicios—. Sabía que estudió medicina en Fojo Karação. Que se desplazaba a los pueblos a la orilla del río de Ilwysion y Villa Killian para ayudar a los enfermos o moribundos.

Junay gruñó.

—¡No vino a estudiar medicina! Vino a estudiar magia. ¿No te preguntaste nunca cómo conseguía que se recuperaran tantos enfermos?

211

Mia abrió la boca para responder, pero no pudo articular palabra. Su madre curaba a los enfermos con magia. Por supuesto. Una niña de doce años sabía más que ella.

—Junay. —Lauriel puso una mano sobre la mesa con firmeza—. Estás siendo muy pesada. Mia acaba de llegar después de un largo viaje. ¿Puedes dejarla en paz?

—Vale. —Junay se cruzó de brazos y volvió a descruzarlos—. ¿De verdad no lo sabías? Es que me parece difícil de creer.

—¡Mi padre lideraba el Círculo de la Caza! ¿Cómo iba a tener magia mi madre? Las Gwyrachs eran demonios. Eran implacables e inhumanas.

Vio como Lauriel lanzaba una mirada a sus dos hijas.

—Lo siento —dijo Mia atropelladamente—. No quería decir...

Lauriel le hizo un gesto para que no se preocupara.

—Imagino que en tu viaje te habrás llevado muchas sorpresas y no todas agradables.

—Incluyendo cuando Nanu la ha cogido en el *merqad* y la ha llamado *veraktu* —dijo Sach'a.

Todos se volvieron para mirar a la anciana, que tricotaba tranquilamente sin suponer una amenaza para nadie. Soltó un resoplido.

Lauriel se dirigió a Junay.

—Hoy te tocaba a ti vigilarla.

—¡Ya la vigilé ayer!

—Y yo la vigilé los cinco días anteriores —dijo Sach'a sin levantar la voz—. ¿Le has dado la medicina?

—No le ha hecho falta. —Junay echaba chispas—. Está perfectamente.

—¿La medicina es para cuando se confunde? —preguntó Mia.

Lauriel negó con la cabeza, haciendo rebotar su cascada de rizos negros. Se levantó y empezó a arrancar hojas de los tiestos de hierbas aromáticas.

—Nuestros cuerpos y mentes nos fallan al envejecer, incluso a las Dujias. Especialmente a las Dujias. Es como si la magia nos erosionara el cuerpo más deprisa. —Metió las hierbas en un cuenco de piedra moteada y empezó a machacarlas con una mano de mortero—. La mente de Nanu la perturba, pero los pulmones también le dan problemas. Ya no son lo que fueron. A veces el aire se queda atrapado en ellos y le cuesta respirar.

Lauriel espolvoreó las hierbas machacadas en una taza de cobre abollada y la llenó de un líquido morado humeante. Cuando Nanu volvió a jadear, le puso la taza en sus arrugadas manos pardas.

—Bebe, Mamãe. Esto te aliviará la respiración.

Mientras la anciana sorbía el caldo, Mia preguntó:

—¿Por qué no usáis la magia para curarla?

Lauriel sonrió.

—Porque lo que pasa no es que toquemos a alguien y curemos todos sus achaques para siempre. Curamos a la gente de mil pequeñas formas todos los días. Pero la magia es reactiva, no preventiva. Para cuando nos vemos obligadas a intervenir con magia, suele ser demasiado tarde. —Dio unas palmaditas en la rodilla a su madre—. Así que tomamos todas las precauciones que podemos. Y cuando nos es necesario usar la magia, lo hacemos.

—Hoy he usado magia con Nanu —dijo Sach'a con orgullo—. Después de que llamara *veraktu* a Mia.

—¿Qué significa *veraktu*? —preguntó Mia.

—Nada —resopló Junay—. Una Dujia que niega su condición. Una Dujia que se avergüenza de serlo porque lleva toda la vida oyendo mentiras y tragándolas como si fueran gelatina. —Le dedicó una amplia sonrisa—. ¿Puedo hacerte algo en el pelo?

Indefensa ante los cambios de humor de Junay, Mia asintió. La niña dio palmas de alegría y subió corriendo al altillo.

—Perdónala —dijo Lauriel—. Aún no ha florecido. Su hermana sí y... Bueno. Ya te imaginarás que la casa se ha convertido en una zona de guerra. Tener una hija Dujia y una gemela sin florecer es una pesadilla que no le deseo a ninguna madre.

213

Mia tenía muchas preguntas. ¿Qué significaba «florecer»? ¿Se refería a cuando la magia latente en el cuerpo de una Gwyrach se manifestaba? ¿Y donde estaba Domeniq? Intentó imaginarse al viril y corpulento Dom en un pueblo lleno a rebosar de mujeres demonio. La idea le divertía. Suponía que estaría bien entrenado para ello, habiéndose criado rodeado por tres mujeres.

A juzgar por la forma en que las chicas del *merqad* se habían quedado mirando a Quin, Dom debía de ser muy popular.

Mia miró a Quin de reojo. Con el tenedor, perseguía un pedazo de queso por su plato. Él percibió su mirada, alzó la vista e intentó forzar una sonrisa. Mia sabía que debería preguntar a Lauriel si el príncipe estaba a salvo. Pero si la respuesta era no, ¿no significaría eso que ella también tendría que marcharse de Refúj? Era egoísta, pero no quería hacerlo. Allí sentada junto a Lauriel hablando de magia se sentía más cercana a su madre de lo que se había sentido en años.

—¿*Dujia* significa «demonio» en fojuen? —preguntó.

—¡*Duj*, no! Una Dujia es una criatura divina. Las Dujias son una sororidad.

—Entonces, aquí en Fojo, ¿las Gwyrachs son criaturas divinas?

—Cariño mío, somos criaturas divinas en todas partes. *Duj katt* —soltó un improperio—. ¿Es que tu madre no te enseñó nada?

Mia intentó traducir sus palabras.

—¿*Duj katt* significa «por los cuatro dioses»?

Lauriel echó la cabeza hacia atrás y soltó una risotada potente que hizo bailotear sus rizos negros.

—Cielos, no. ¡*Duj* significa «diosa»! Dios no. Dios nunca. Somos Dujias, descendientes de las diosas. En el Reino del Río nos llaman demonios, pero aquí, en Fojo Karaçao, usamos nuestro verdadero nombre. —Sus ojos centelleaban—. Somos ángeles. Una sororidad de ángeles hijas de las cuatro grandes diosas que dieron luz a los cuatro territorios.

—No dice «los cuatro reinos» —explicó Sach'a— porque no cree en los reyes.

—Los reyes no son más que hombres con sombreros de papel. —Lauriel señaló al príncipe con un gesto—. Lo que pasa es que, a veces, ese papel está hecho de oro.

—Las coronas de oro pueden ser muy bonitas —dijo Sach'a, sonriendo a Quin con timidez.

—¡No cuando las lleva el rey de Glas Ddir! —gritó Junay desde el piso de arriba.

Quin, incómodo, se removió en su asiento.

Verlo así de taciturno y reservado hizo pensar a Mia en el príncipe que había conocido en el castillo. Se sentía más a gusto con las Du Zol de lo que se había sentido en mucho tiempo, pero imaginaba que a él debía pasarle lo contrario. Por infeliz que fuera en Kaer Killian, allí tenía poder; en Refúj estaba del todo indefenso. ¿Tenía miedo? Aguzó el oído para escuchar el ritmo de su pulso, pero no lo percibía.

Pensándolo bien, no podía oír el pulso de nadie. Ni siquiera el suyo.

La ausencia de sensaciones la inquietaba. Apenas hacía una semana que era consciente de su magia, pero le había animado la sangre, la había hecho cantar. Los dolores de cabeza eran atroces —podría pasar perfectamente sin ellos—, pero se había acostumbrado rápidamente a la sinfonía de los latidos de corazones ajenos, una dulce armonía o notas discordantes. Y no oírlas, estar sumida en el silencio, la hacía sentir sola.

—No siento nada —dijo.

—Pues claro que no.

Junay bajó las escaleras saltando con un peine de gruesas púas de hierro en la mano. Mia se encogió cuando Junay alargó la mano; aparte de su madre y su hermana, ninguna mujer le había tocado jamás el pelo sin guantes.

—Con ese pelo rizado que tienes —dijo Junay— tendrías que cuidártelo más.

Le clavó el peine entre los enredos y tiró tan fuerte que Mia resopló.

—¡*Duj*! ¡Junay! —la reprendió su madre.

—¿Qué pasa? Siempre nos dices que, a veces, para presumir hay que sufrir. —Continuó sometiendo el cuero cabelludo de Mia a ese trato brutal—. No percibes nuestro pulso por el uzoolión.

Señaló el quicio de la puerta y, por primera vez, Mia se dio cuenta de que estaba bordeado de piedras azules: la misma gema cerúlea que Dom llevaba colgada del cuello. Reseguían la puerta y continuaban por el suelo hasta rodear toda la casita en una línea ininterrumpida. Debía de haber miles de piedras clavadas en el suelo.

—Es un límite —explicó Sach'a—. Para mantenernos a salvo.

Mia se levantó de su silla —para consternación de Junay y su peine torturador— y se agachó para inspeccionar el uzoolión. Resiguió con el dedo la hilera de suaves piedras azules, pero no sintió nada. Ese era el problema. Que no sentía nada. Cada vez que tocaba el saltaparedes rubí de su madre, notaba que la sangre se le encendía, que volvía a la vida. Pero al rozar el uzoolión con la punta de los dedos se sentía como si su sangre chocara contra una pared.

—*Uzool* significa «agua» —murmuró Mia. Estaba elaborando una nueva teoría: el fojuen catalizaba la magia, mientras que el uzoolión la impedía.

—Es una norma familiar —explicó Lauriel—: nada de magia en casa. Así podemos confiar en nuestros cuerpos y en nuestros corazones.

—Y eso significa que si alguien se comporta de una forma odiosa en esta casa —dijo Sach'a— es porque lo es.

Lanzó una mirada con segundas a su hermana.

—Hay piedras que tienen determinadas propiedades —continuó Lauriel—. Pueden aumentar o disminuir la magia. Algunas gemas, como la lloira, pueden incluso almacenarla. El fojuen nace del corazón vibrante e impetuoso de las volqanes. Cuando las Dujias llevan el cristal rojo, amplifica su magia. Hace que el corazón lata desbocado y la sangre fluya más deprisa. Cuando una Dujia aún no ha florecido, el fojuen puede hacer que la magia llegue antes.

Así que la teoría de Mia era cierta. Ya entendía por qué, al llevarse el saltaparedes rubí al pecho, había experimentado todo tipo de síntomas extraños, desde palpitaciones hasta desmayos en toda regla. No era ninguna coincidencia que la primera vez que había embrujado a Quin fuera la noche en que recibió el cuaderno de su madre y la llave fojuen que lo acompañaba. El saltaparedes rubí era poderoso.

—Y el uzoolión hace lo contrario —murmuró Mia.

Lauriel asintió.

—El uzoolión debilita la magia de las Dujias. En cantidad suficiente —dijo mientras señalaba las piedras que rodeaban la casa— se puede bloquear la magia por completo. Si llevamos uzoolión, ninguna Dujia que nos quiera mal puede controlarnos. Incluso un hombre que lleve esta gema puede percibir la presencia de la magia. Como un golpeteo flojito.

—Imagino que por eso Dom lleva un colgante de uzoolión.

—Todas llevamos uno. —Lauriel se sacó un amuleto azul de debajo de la blusa—. Para mantenernos a salvo.

—¿Lauriel? —preguntó Mia con un hilo de voz—. ¿Por qué no llevaba mi madre uzoolión el día que murió?

La habitación se sumió en el silencio. Incluso Junay se quedó callada.

—Cariño, no lo sé. —Lauriel se encogió de hombros—. Yo misma me lo he preguntado muchas veces. Si Wynna estaba con alguien en quien confiaba... Alguien cuya magia le daba placer... Alguien cuyo tacto ansiaba...

—Alguien a quien amaba —terminó Mia.

Lauriel le rehuía la mirada. Mia pensó en todas las noches que su madre había pasado con Lauriel en el balcón de su casita charlando y riendo entre sorbos de vino de endrino y de licores más fuertes que traían de contrabando desde Fojo. Por primera vez, la sombra de una duda cubrió sus pensamientos. Sabía que Wynna y Lauriel habían sido muy buenas amigas, pero ¿y si había algo más en su relación?

—Yo quería mucho a tu madre —dijo Lauriel, como si pudiera leerle la mente—. Pero solo como amiga. Yo no era el ángel al que Wynna amaba.

217

El corazón de Mia latía tan fuerte que amenazaba con partirle el esternón. La teoría que había elaborado en el Bosque Retorcido volvía a encenderse.

—Pero me estás diciendo que sí que amaba a alguien. Alguien con magia.

Lauriel se levantó y se secó las manos en el delantal. Sus rizos ya no bailaban.

—He hablado demasiado.

—Lauriel. Por favor. Llevo los últimos tres años buscando a la Gwyr... a la Dujia que mató a mi madre. Su diario me guiaba, me trajo hasta aquí. No puede ser casualidad. Si la mujer que la mató está aquí... si está en Refúj...

Se quedaron mirándose durante minutos, horas, días. Mia perdió la noción del tiempo. No le gustaba ser incapaz de percibir a la gente que la rodeaba; no sabía si Lauriel estaba mintiendo. No sabía lo que nadie sentía, ni siquiera ella misma.

—*Duj katt.* —Junay cogió un bacalao por la cola llena de espinas, lo agitó en el aire y lo dejó caer en un plato con un chasquido húmedo—. ¿Para qué quiero esconder un pescado muerto? En esta casa los secretos ya apestan suficiente.

Lauriel le lanzó una mirada de advertencia.

—Junay.

—Mamãe. —Ella imitó su tono—. ¡Merece saberlo! Si te asesinaran a ti, ¿no merecería yo saber quién te había matado? —Se volvió hacia Mia—. Yo no sé quién lo hizo, pero sé quién lo sabrá. Pregúntaselo a Zaga. Ella lo sabe todo. Debe de tener una lista de ángeles asesinos en su cueva secreta. —Al ver la mirada de incomprensión de Mia, añadió—: Ve a buscar a mi hermano al lago. Estará encantado de llevarte a ver a Zaga.

—¿Por qué lo haces, Junay? —murmuró Sach'a.

Junay dedicó a su gemela una sonrisa beatífica.

—Cuidado con las que somos odiosas, Sach'a. Somos aún más odiosas cuando decimos la verdad.

36

A ti

*E*l camino al lago era una alfombra de suave arena roja rematada con matorrales bajos y resecos. Mia se sintió mejor en cuanto quedó fuera del alcance del uzoolión. Bajo el sol radiante de la mañana, la sangre volvía a cantar en su interior.

Lauriel le había suplicado que no fuera —«Aún no, hasta que estés preparada…»— pero en el instante en el que Junay le había dado una meta, era evidente que no había discusión posible. Mia había apartado su silla de la mesa y se había marchado sin decir palabra.

—¿Mia? —Quin la alcanzó con sus largas piernas—. ¿De verdad crees que es buena idea?

—Buena o no, es lo que he elegido.

—¿Dónde está la chica racional que conocí en el bosque? La que necesita una teoría para todo. Nunca te había visto ser tan… impulsiva.

—Porque no me conoces de verdad.

Él se puso frente a ella de un salto, cerrándole el paso.

—¿Podemos hablar de todo esto? No es solo tu vida la que estás arriesgando…

—Aparta.

—… es también la mía.

Mia sintió la cuchilla helada del miedo de Quin, pero la apartó de sus pensamientos. No permitiría que se lo estropeara. No se había esforzado tanto ni llegado tan lejos para que el príncipe se interpusiera ahora en su camino.

—He dicho que te apartes.

Lo empujó y siguió su camino.

El lago era un guijarro en el bolsillo de una volqán y el agua estaba tan quieta y silenciosa como si fuera una bandeja azul. Al acercarse a la orilla, Mia sintió un cosquilleo en la piel, un calor fibroso que la recorría. Tenía la teoría de que eso tenía algo que ver con la isla roja. La piedra fojuen causaba picos de temperatura y sensaciones extrañas en su sangre, la hacía avanzar con un encantamiento mudo.

—¿Puedo ver lo que llevas en el bolsillo? —dijo Quin a su espalda. Ella no se movió y él añadió—: Sé que guardaste la punta de flecha que me sacaste del pecho.

No dejaba de subestimar al príncipe; era mucho más astuto de lo que ella suponía. De mala gana, se sacó el fragmento de piedra y se lo dio.

—Qué interesante. —Quin sostuvo la piedra en alto, enmarcándola entre las cimas de las volqanes en el horizonte. Entonces se agachó y agarró un puñado de arena roja, que dejó caer entre sus dedos—. Teniendo en cuenta que nunca he visto este tipo de piedra volqánica en Glas Ddir, parece que mi presunto asesino también es de Fojo. El lugar seguro que me prometiste no parece tan seguro, al fin y al cabo.

—Hay centenares de islas en el Mar Salado —replicó Mia—. La posibilidad de que tu asesino venga de esta es mínima.

—También era mínima la posibilidad de que yo sobreviviera a una herida de flecha en el pecho. O la de sobrevivir a la caída de la cascada. O la de llevar horas en Refúj sin que nadie haya intentado matarme aún. —Golpeó la piedra contra la palma de su mano—. Parece que a ti y a mí nos va muy bien con posibilidades mínimas. —Quin se pasó una mano entre sus revueltos rizos dorados—. Sé que esas mujeres son amigas tuyas, y parecen encantadoras. Pero ¿hasta qué punto las conoces? ¿Sabías que tenían magia?

Ahí había dado en el clavo.

—Ha dicho que los reyes no eran más que hombres con coronas de papel —continuó—. Y, en cierto modo, creo que tiene razón. Igual también tiene razón en lo de las Dujias.

Mia se cruzó de brazos, divertida.

—No crees en dioses, ¿y ahora crees en diosas?

—Solo digo que no las culpo por desconfiar de mi familia. Mi padre trata a las criaturas mágicas como si no fueran humanas. Pero yo no soy como mi padre. Te dije que, mientras nos alejáramos de mi asesino, no me quejaría. Pero si resulta que estamos dirigiéndonos hacia mi asesino... —Suspiró—. Sé que quieres encontrar a quien mató a tu madre. Si asesinaran a mi madre, yo haría lo mismo. Pero si voy a arriesgar el pescuezo, al menos me gustaría saber si estás conmigo o contra mí.

—Contigo —dijo ella instintivamente.

—Pero bueno —dijo una voz cortante detrás de ellos—. Si es la familia real.

Mia giró sobre sus talones y vio a una chica de brazos cruzados. Tenía un rostro insolente, una mandíbula angulosa y, aunque no era muy alta, su cuerpo era compacto y parecía dispuesta a saltar en cualquier momento. Le resultaba extrañamente familiar. Tendría la edad de Mia, tal vez uno o dos años más, y en sus caras había algo parecido, aunque esa chica tenía la piel de un tono ambarino y una sedosa melena negra que le llegaba hasta la barbilla. Sus ojos eran castaños en lugar de grises, pero reflejaban la misma ansia.

Mia vio algo más: el carcaj de flechas que le colgaba de la espalda.

—¡Dom! —llamó la chica—. Ha venido tu amiga.

Domeniq du Zol llegó a la orilla en un pequeño bote de pesca. Se acercó corriendo, se sacudió la arena de los pantalones y esbozó su sonrisa torcida de siempre.

—¡Mia! ¡Lo conseguiste! —La envolvió en un abrazo de oso, igual que su madre. Cuando por fin la soltó, la sostuvo por los hombros—. Sí que has tardado. Esperaba algo más de puntualidad de mi compañera de adiestramiento.

Dom siempre sabía darle donde más dolía; no hacía ni cinco segundos que había llegado y ya estaba dando rienda suelta a su espíritu competitivo.

—¿Cuánto hace que llegaste tú?

—¡Varios días! Te dejé el bote (de nada, por cierto), pero no podía remar por ti. —Inclinó la cabeza hacia el príncipe y esbozó una sonrisa ancha—. Alteza.

La chica los observaba.

—Mia Rose, la chica que caza Dujia. La chica que es una Dujia. —Con parsimonia, sacó una flecha de su carcaj y, con la punta, empezó a quitarse la suciedad de debajo de las uñas—. Menudo conflicto de intereses.

Dom gruñó.

—Se te dan fatal las presentaciones. Os presento a Pilar. No encaja bien el fracaso, por eso no se alegra mucho de veros.

—Gracias, pero prefiero lavar mis propios trapos sucios —le espetó Pilar.

222

Mia se quedó mirando la flecha que aquella chica tenía en la mano. La punta era de un rojo intenso. Fojuen. Se le hizo un nudo en el estómago. Quin siguió el recorrido de su mirada.

—Fuiste tú —dijo, despacio—. Tú me disparaste en la boda.

Pilar no respondió. Dio un puntapié a una piedra y la mandó al agua con una salpicadura. Mia sintió una discordancia de sentimientos y temperaturas, una sensación tan visceral que tuvo que dar un paso atrás.

—Esa flecha no era para ti, ¿vale? —Pilar se giró hacia Mia—. Te apuntaba a ti.

37

Rielante y troceada

$\mathcal{M}$ia se quedó mirándola asombrada.

—¿Y por qué, por los cuatro infiernos, querrías matarme a mí?

Pilar devolvió la flecha al carcaj con un suspiro exagerado.

—¿De verdad tienes que hacer esa pregunta, Rose?

—Acabo de hacerla, ¿no?

—No podíamos permitir que te casaras con el príncipe. Odiabas a los mágicos. Querías purgar la sucia y asquerosa magia del reino a cualquier precio.

Pilar se agachó para recoger una piedra lisa y la hizo rebotar sobre la superficie del lago. Describió una hilera elegante de saltos.

—Algún día ibas a ser reina. Sabíamos de buena tinta que tú, la hija de Griffin Rose, darías alas al Círculo de la Caza para expandir su campaña de odio. Gracias a esa vergüenza de rey que tenéis, las Dujia que permanecen en Glas Ddir están en un peligro constante. Lo último que necesitamos es una reina vengativa ocupando el trono del río.

Mia miró a Dom.

—¿Tú lo sabías?

—Les dije que no lo hicieran. No creía que merecieras morir.

—¿Igual que Tuk y Lyman no merecían morir?

Sus palabras dieron en el blanco; Dom se quedó muy callado. Bajó la mirada.

—No eran hombres malos —dijo Dom. No eran hombres buenos, pero no eran hombres malos.

—Y, sin embargo, los mataste.

—¡Sabían lo que eras! Intentaba protegerte.

—¿Después de que esta amiguita tuya que tienes aquí ya hubiera intentado matarme también? —Mia se esforzaba en mantener la voz tranquila. Dom llevaba años en ambos bandos, fingiendo ser un cazador mientras su verdadera lealtad era para las Dujias—. ¡Te conozco de toda la vida!

—Retrocedamos un momento a cuando tú —dijo Quin señalando a Pilar— pretendías dispararle a ella, y a Mia, pero me disparaste a mí.

Pilar gruñó.

—¡No fue culpa mía! De repente te pusiste a bailar y le diste la vuelta. Te pusiste en medio. Si no, no habría fallado. Tengo muy buena puntería.

—¡Está claro que no! —Quin se señaló la cicatriz que tenía sobre el corazón—. Por poco me muero. Dos veces.

—Pues vale. ¿No es una suerte que tu mujercita tenga magia?

Dom miró a Mia, luego a Pilar, luego a Quin. Se llevó una mano a la nuca para frotarse el pelo, que llevaba muy corto.

—Esto se ha puesto muy tenso.

Mia se dirigió a Pilar.

—¿Qué quieres decir con lo de que «sabíais de buena tinta»? ¿La tinta de quién?

Pilar se encogió de hombros.

—Teníamos un espía en el castillo. Nos enteramos de detalles… Como que dijiste que todas las Gwyrachs eran demonios perversos, lo malvadas y depravadas que éramos. Dijeron que recorriste el corredor de las manos riendo a carcajadas y sentenciando a todas las Gwyrachs al mismo destino horrendo.

—¿Quién dijo eso? —Mia sentía el rostro encendido—. Vuestro espía se equivocó, lo único que sentí en la Galería de las Manos fue horror. Y yo solo quería vengarme de la Gwyrach que mató a mi madre. «Corazón por corazón, vida por…»

—Ya me sé el juramento de los Cazadores. Pero querías dar más poder al Círculo para que pudieran matar a más de nosotras. ¿Lo niegas? —Hizo ver que sostenía una copa y alzó la mano como si brindara—. ¡Por los Cazadores! ¡Los verdaderos héroes de este festín! ¡Cuando sea princesa, les daré monedas y armas y todo lo que necesiten para que puedan matar a todas las Gwyrach que encuentren! Etcétera etcétera.

Mia sintió el peso de la vergüenza. Había pronunciado esas palabras. Los recuerdos del banquete en el gran salón la inundaron de repente y le vino a la mente un momento en particular: la doncella chocando con su hombro, el calor y la sensación de mareo que siguieron.

—De eso me suenas. Eres la fregona de la cocina.

Mia veía el banquete bajo una nueva luz. Había llegado a la conclusión de que era la temible familia real la que sobrecargaba sus sentidos, pero Pilar la había tocado. Pilar, que estaba preparada para matarla al día siguiente. El calor que Mia experimentó era un fuego de ira y ansia asesina, magnificada por el saltaparedes rubí que se había guardado junto al corazón.

Mia se enderezó. No era difícil mirar a Pilar con desdén, puesto que le sacaba media cabeza.

—Visto que no le has hecho ningún favor a nadie —dijo Mia— al no conseguir matarme a mí y luego estar a punto de matar al príncipe, diría que estás en deuda con nosotros.

Pilar negó con la cabeza.

—Qué típico. La princesa abandona el castillo, viaja a otro país y decide que los humildes esclavos estamos en deuda con ella.

Intercambió una mirada cargada de intenciones con Dom, que se echó a reír. Mia sintió un relámpago de irritación. Estaba claro que ellos dos compartían un chiste que a ella se le escapaba.

—Quiero ver a Zaga —dijo.

—Pues muy bien —dijo Dom—. Me vale cualquier excusa para remar un rato. ¿Pilar? —Le dio una palmadita en la espalda—. Vamos a llevarla donde Zaga.

—No está preparada para verla.

—Eso ya lo decidirá Zaga.

El trayecto hasta la isla transcurrió sin sobresaltos, atravesando el lago, que era como una sábana azul inmaculada hasta que Pilar y Dom hundieron los remos en sus costuras invisibles. En el bote de pesca cabían los cuatro, aunque algo estrechos. Mia le dijo a Quin que no hacía falta que viniera, que aquello era algo que necesitaba hacer sola, pero él insistió. Aunque ya no estuviera escapando de un asesino, Mia sospechaba que no le apetecía mucho quedarse solo con un aquelarre de Dujias que tal vez quisieran castigarlo por los pecados de su padre.

—Cisnes. —Quin señaló a una bandada que se deslizaba en formación sobre la superficie del lago—. Son distintos a los de casa.

Era cierto: las plumas blancas de los cisnes tenían matices en tonos fresa y mandarina. Resultaban incluso más elegantes que los cisnes de Glas Ddir, con sus largos cuellos, ojos de un azul cristalino y picos de color rosa como rosas recién cortadas.

Mia cerró los ojos y se dejó invadir por el recuerdo del día que su madre las llevó, a ella y a Angelyne, a un estanque de Ilwysion para dar de comer a los patos y los cisnes. Habían traído una hogaza de pan negro y empezaron a echar migas a las aves hambrientas. Angie tenía solo cuatro años y se acercó demasiado, con la mano estirada y un pedazo de miga en la palma. El cisne le pegó un picotazo y ella se echó a llorar inmediatamente.

Le quedó una marca, aunque pequeña. Lo que Mia recordaba por encima de todo era la expresión de sentirse traicionada en el rostro de su hermana. Angie confiaba en el cisne, como si creyera que una criatura tan hermosa nunca pudiera hacerle daño.

—¿Esos son los mismos cisnes que os coméis? —Era Quin quien preguntaba. Por supuesto.

—Algunos, sí —respondió Dom—. Refúj es rico en recursos naturales, pero estamos limitados a lo que podamos cultivar, cazar o fabricar. ¿Os gusta la carne de cisne?

—He probado un poco en el *merqad*. Nunca había comido una carne tan tierna.

—La próxima vez venid conmigo al *merqad*, alteza. Sé en qué puestos se venden los mejores cortes de carne, los más tiernos y sabrosos.

—Te comportas como si siempre hubieras vivido aquí, Du Zol —murmuró Pilar—. No olvides que tú también eres un recién llegado.

Sus palabras tuvieron el efecto de cortar la conversación de raíz, así que permanecieron todos en silencio el resto del trayecto. A Mia no le importó. A cada salto que daba el bote impulsado por los remos, crecía la excitación que vibraba en su interior. Iba a conocer a Zaga, la mujer que todo lo sabía, incluso quién mató a su madre. Por fin avanzaba hacia una respuesta.

—Última parada, el *Biqhotz* —anunció Dom, como si no hubiera habido otras palabras—: La lección de fojuen del día, gratis: *biqhotz* significa «corazón».

Mia ya lo sabía, por supuesto, pero el nombre le pegaba. Las formaciones rocosas de la isla eran más complejas de lo que parecían desde las orillas de Refúj, una maraña de cavernas rojas y túneles de lava, una red reluciente de arterias subclavias y venas braquiocefálicas que se bifurcaban desde la aorta.

Mia sentía un martilleo en la cabeza. Se frotó la frente.

Pilar se puso el remo en el regazo.

—Al principio, los dolores de cabeza son terribles, pero ya te irás acostumbrando.

¿Acaso Pilar pretendía ser amable? Antes de que Mia pudiera pensar una respuesta, Dom se arrancó la camisa y saltó al agua, donde hacía pie, exhibiendo los nudosos músculos de su espalda mientras tiraba del bote hacia la orilla. Rodeada de piedra volqánica rojiza por todos lados, su piel de un marrón rojizo resplandecía como una puesta de sol, en un agradable contraste con las puntas afiladas de sus escápulas. Era innegable que Dom era apuesto, gracias a sus hombros tostados, su sonrisa torcida y la chispa traviesa que siempre brillaba en sus ojos castaños. Si Quin era como el agua, misterioso y cambiante, Dom era todo fuego y calor y energía explosiva. Verlo en el corazón de una volqán parecía del todo apropiado.

Quin se quitó la camisa y saltó del bote para echar una mano a Domeniq. Mia no pudo evitar pensar que el príncipe parecía una brizna de hierba amarillenta al lado de Dom, con su torso moreno y cincelado como un acantilado.

—¿Y si entro yo primero? —dijo Pilar—. Tú puedes entretener a los invitados, Dom. ¿Por qué no les ofreces una visita guiada?

Dom puso cara de alarma.

—¡Si yo soy un recién llegado! Tú misma lo has dicho.

—Lo harás muy bien. No hay más que cenizas y muertos, ¿ves qué fácil?

Se agachó bajo una columna de roca roja y desapareció.

—Pues ya está. Pilar se ha ido y aquí estamos. Cenizas y muertos. —Dom se frotó la nuca—. Qué fácil, ¿verdad?

Y dicho esto, empezó a enseñarles el lugar.

Había una especie de asentamiento prehistórico; o lo hubo antes de que una volqán viejísima acabara con él. Dom guio a Mia y Quin entre montones de escombros unidos por una mezcla basta de arcilla y limo calcinado, muros primitivos que separaban el espacio en cuadrados y rectángulos.

—Supongo que todo esto eran casas. Aquí vivían nuestros antepasados. O antepasadas, que diría mi madre.

—El esqueleto de la civilización. —El rostro de Quin estaba bañado por la fascinación—. Me encanta la historia.

Dom enarcó una ceja.

—¿Y cómo es eso, alteza?

—Le dije a Mia que, en casa, nunca sentí que los mitos pudieran ser verdad. Pero siento escalofríos solo de estar aquí. Los mitos fundacionales empiezan a cobrar sentido.

—Hizo un gesto ampuloso con la mano y recitó, con voz profunda—: «El dios del fuego era el más furioso de todos».

—«Respiraba fuego» —dijeron Dom y Quin al unísono.

El príncipe sonrió.

—No hay mucha gente que lo sepa, pero yo interpreté al dios del fuego en una modesta representación en el Kaer. A decir verdad, interpreté a los cuatro dioses. Fue una obra maestra del escenario, dirigida, escrita, interpretada y contemplada por mí, mí, mí y mí.

Eso arrancó una carcajada de Dom.

—Mi madre te diría que nunca fueron dioses. Solo existieron las cuatro grandes diosas: cuatro ángeles hermanas que se rompieron el corazón unas a otras. Y, al ver como mis hermanas se tratan entre ellas, me lo creo.

—Y yo que creía que empezaba a entender algo de demonología —dijo Quin— y resulta que lo que tendría que haber estudiado es angelología.

A Mia la entusiasmaba que Quin y Dom se llevaran tan bien, pero en ese momento tenía otras preocupaciones. Su cuerpo rabiaba de calor y sus pensamientos no eran más que un cabo deshilachado que amenazaba con romperse en cualquier momento.

—Creía que iba a conocer a Zaga —dijo.

—La paciencia nunca ha sido tu fuerte, ¿verdad, Mia? —Consciente de que había encontrado un público más agradecido en el príncipe, Dom lo guio por un corredor mientras que Mia los seguía de mala gana.

El pasadizo conducía a una estancia gigante de techos abovedados y magníficas arcadas excavada en la destellante piedra de color bermellón.

Y entonces lo vio: el suelo estaba cubierto de formas extrañas y retorcidas. Formas humanas.

—Son nuestros antepasados —explicó Dom—. Enterrados en ceniza y perfectamente conservados.

Aquel lugar no era un santuario. Era una cripta.

Mia se arrodilló junto a uno de los cadáveres. Era de una chica; lo dedujo por la suave curva de sus jóvenes pechos, las líneas de su falda alrededor de los tobillos. Estaba hecha un ovillo en posición fetal, protegiéndose la cabeza con los brazos.

Quin se acuclilló a su lado.

—No entiendo cómo se conservan tan bien.

—Yo leí la explicación —dijo Mia en voz baja—. En la última oleada piroclástica de una volqán, cae una lluvia de ceniza muy fina que cubre los cadáveres formando una cáscara porosa, de modo que, a medida que el cuerpo se descompone, los tejidos blandos pueden evaporarse. Pero, para entonces, la ceniza se ha solidificado, así que los esqueletos se conservan perfectamente. Quedan fijos en su postura final, tal y como estaban cuando murieron.

Se estremeció. Qué cosa tan horrible quedar atrapado para siempre en el momento de una muerte así.

Dom intervino:

—Si preferís ver otra cosa, alteza...

—No hace falta que me llames así, que lo sepas. Alteza, quiero decir.

230

La cabeza de Mia bullía de calor y presión. Se sentía como si la volqán hubiera resucitado su caldera de ceniza encendida y azufre dentro de su cráneo.

—¿Y si salimos de esta sala llena de gente muerta?

—Nos encontramos en la cuna de la civilización —dijo Quin—. ¿Y tú quieres irte?

—A ti la magia no te está aporreando la cabeza.

Oyó pasos y dio media vuelta. Encontró a Pilar bajo un arco color carmín.

—Ya puedes pasar, Rose.

Mia agradeció la interrupción. Los chicos estarían perfectamente los dos solos; Quin parecía fascinado por la clase de historia y Dom, encantado de dársela.

Mientras seguía a Pilar hacia la boca de un túnel de lava, los capilares de Mia parecían hinchados y llenos, como si estuvieran a punto de explotar. Por dentro, el pasadizo era menos colorido, de basta piedra gris y parda, y también más oscuro. Pilar frotó una antorcha contra la piedra y se encendió con un rugido mientras recorrían el laberinto de pasadizos.

—Aquí.

Pilar se detuvo frente a dos enormes puertas excavadas en la roca, pulidas y lustradas hasta relucir. Mia se veía reflejada en ellas, un reflejo fragmentado por el cristal volqánico que le devolvía una imagen de su cuerpo rielante y troceado.

Sujetó uno de los pomos de la puerta —tallados en forma de garras de ave— y titubeó.

—¿Tú no vienes?

Pilar negó con la cabeza.

Mia sentía un hormigueo en la piel. Tenía la misma certeza que había experimentado en la cascada y en el globo, la sensación de que algo inevitable la obligaba a avanzar. Con las dos manos, empujó las garras.

Las puertas se abrieron a una habitación gigantesca iluminada con velas y antorchas desde el suelo hasta el techo abovedado. Mia esperaba oír un órgano interpretando una fuga musical. En la pared más apartada, una cascada diminuta corría hasta una cuenca plateada, idéntica a aquella a la que Quin y él se habían arrojado, solo que en miniatura. Junto a ella, un globo aerostático rojo de juguete subía y bajaba amarrado con un cordel.

Mia inspiró profundamente mientras las puertas se cerraban tras ella. No tenía interés en la cascada o en el globo. Era lo que ocupaba las otras tres paredes que le llamaba la atención. Esa estancia no era una cueva vacía. Era lo que más le gustaba del mundo.

Una biblioteca.

231

38

Desnuda

*L*egiones de libros forraban las paredes.

Estaban organizados por colores: los libros carmesíes pasaban a los de color óxido, los de color óxido a los rosas, los rosas a los de color crema. Habría fácilmente decenas de miles. Las estanterías tenían formas extrañas y los mismos libros eran como obras de arte: vertiginosos círculos concéntricos se convertían en gradaciones en forma de ala o en una escalera de caracol. Había pilas que parecían pirámides y un gran barco con velas hechas con libros.

Mia se había criado con una colección respetable de libros —y la biblioteca de Ker Killian no tenía nada que envidiarle— pero nunca había visto algo así.

Se sentía dichosa. Su dolor de cabeza se disipó mientras daba la vuelta a la habitación. Acariciaba los lomos de los libros con los dedos, devoraba los títulos como si fueran golosinas. *Lo que fue una bruja. Mitologías de la magia. Anatomía del deseo: una introducción.*

Había títulos escritos en pembuka y luumi y otros en dialectos que ni siquiera podía adivinar. Y, por supuesto, una abundancia de libros en fojuen. Uno le llamó la atención: *Zu livru Dujia (El libro de la magia)*. Tal vez las verdades que contenía ese libro fueran realmente verdad.

Con cuidado, cogió el volumen de la estantería. Era muy viejo, con páginas rugosas y gastadas por los bordes, el lomo apenas sujeto por unos hilos muy finos. Recorrió con el dedo las palabras de la cubierta, de color vino tinto sobre un fondo marfil crema.

—Has elegido, pues.

Sobresaltada, Mia dejó caer el libro. Había hablado una voz de mujer, con un fuerte acento, grave y cansada, que se tragaba las consonantes finales.

Mia escudriñó los rincones oscuros de la habitación donde no alcanzaba la luz de las velas.

—No te veo.

—¿Por qué supones que necesitas verme?

Mia se agachó a recoger el libro.

—Déjalo —dijo la voz.

—Pero yo…

—Has elegido ese libro, ¿por qué?

—Porque quiero saber la verdad sobre la magia.

—¿Tu magia?

—Sí. Bueno, sobre toda la magia. —Tragó saliva—. ¿Eres Zaga?

La mujer no respondió. Cuando volvió a hablar, su voz había cambiado ligeramente; parecía venir de otro lado de la habitación.

—Tú no quieres aprender magia. Tú lo que quieres es controlarla.

Mia no supo qué responder.

—Tú, Mia Morwynna Rose, no lees libros para aprender las lecciones que contienen. Los lees para dominarlas.

A Mia le ardían las mejillas.

—¿Cómo sabes quién soy?

—Sé muchas cosas sobre ti. Sé de dónde vienes y a qué has venido. Sé que no eres una verdadera estudiante de magia.

—¿Cómo voy a ser una verdadera estudiante de la magia? ¡Si nunca la he estudiado!

—Pero quieres hacerlo.

Mia titubeó. Aquella voz extraña tenía razón; en cuanto había pisado la biblioteca, Mia se había olvidado por completo de la asesina de su madre. No quería otra cosa que acurrucarse junto a un buen libro y abrir de par en par las ventanas de su mente.

—Me gustaría rectificar las mentiras que me han contado toda la vida, sí. Pero no es por eso por lo que he venido.

—Eso es mentira. Te mientes constantemente. Te mueres de ganas de aprender magia.

Mia hizo visera con una mano creyendo que veía una sombra materializarse junto a la cascada de juguete. Pero ahí no había nadie.

—Eres Zaga, ¿verdad? —Silencio—. ¿Por qué no puedo verte?

—Sigues pensando que necesitas ver. Eres incapaz de fiarte de lo que tus ojos no contemplan, de lo que tu mente no puede comprender al instante. Y, sin embargo, crees que estás preparada para aprender magia.

Aquello era delirante. Mia no quería seguir manteniendo un diálogo de besugos con esa mujer. Lo que necesitaba eran respuestas, no más preguntas.

Mia tomó aire.

—¿Quién mató a mi madre?

—Otra respuesta de la que ansías apoderarte. Codicias el conocimiento de la misma forma que otros codician el poder o la riqueza. Buscas un premio que colgarte del cuello. El conocimiento para ti es algo a lo que cazar y someter para exhibirlo como un trofeo.

—Si eso implica encontrar a la asesina de mi madre —dijo Mia en tono cortante—, entonces sí. Recorreré los cuatro reinos para encontrarla. «Corazón por corazón, vida por...»

—Vida. Sí, ya lo sé. Si quieres respuestas, tal vez deberías leer el libro.

Mia abrió el libro por la primera página. Con las puntas de los dedos tocó una caligrafía escarlata llena de florituras.

La Primera Ley de las Dujias
Las Dujias nunca emplearán el ejercicio de la ma-

gia para infligir de forma consciente dolor, sufrimiento o muerte a sus hermanas, a menos que la vida de la Dujia corra peligro.

La Segunda Ley de las Dujias
Las Dujias nunca emplearán el ejercicio de la magia para infligir de forma consciente dolor, sufrimiento o muerte a sí mismas.

La Tercera Ley de las Dujias
Las situaciones que necesitan del ejercicio de la magia quedan a discreción de las Dujias para determinar el equilibrio de poder más justo y actuar en consecuencia.

Mia sintió un atisbo de esperanza. Incluso los mágicos tenían leyes. Tal vez la magia no fuera tan diferente de la ciencia, al fin y al cabo. La ciencia se podía conocer. La ciencia se podía entender.

Pero cuando giró la página, no vio más que papel en blanco.

Se lamió el pulgar y hojeó el resto del libro. Una página en blanco detrás de otra.

—Este libro no es lo que imaginabas —dijo Zaga.

Mia sacó otro libro de la estantería de un tirón y empezó a hojearlo también, pero también estaba en blanco. Cogió otro y luego otro, pasando las páginas rápidamente en busca de tinta. Encontró tipos de papel muy variados —papiro, cáñamo, lino, algodón, pulpa de madera…— pero todos tenían algo en común: estaban en blanco. De una forma muy incómoda, el sentimiento le resultaba familiar.

—Te ha cambiado el humor —dijo la voz incorpórea.

—Pues sí. Estoy enfadada.

—Muy bien. ¿Enfadada con qué?

—¡Contigo!

—¿No con el libro? El fracaso que experimentas es un

fracaso de papel y tinta. ¿No sería más lógico enfadarse con el libro?

—¿Esto qué es? ¿Una broma cruel? ¿Llenar una biblioteca con libros en blanco y traerme hasta aquí?

—Los libros no están en blanco. Solo se lo parece a aquellos que pretenden leerlos con los ojos en lugar de con el corazón.

Mia tenía ganas de echarse a reír. Pensar en leer un libro con el corazón era ridículo. Entonces recordó que el diario de su madre también estaba vacío hasta que la tinta empezó a adueñarse de las páginas. ¿Era ese su secreto? ¿Que había que sentir algo para ver lo que estaba escrito?

Le vino a la mente algo que su madre dijo durante su última discusión: «Sea lo que sea lo que sientes —miedo, ira, amor— tienes que darte permiso para sentirlo».

Mia exhaló el aire lentamente. Cuando volvió a hablar, su voz se mantuvo firme.

—Hablas como si la búsqueda de conocimiento fuera arrogante. Yo creo lo contrario. Hace falta mucha humildad para admitir que no sabes nada y que quieres aprender.

—Te incomoda no saber.

—Es lo que más odio en el mundo.

Zaga tomó aire y Mia detectó que su respiración se entrecortaba por un brevísimo instante.

—Bien. Entonces, estás preparada.

Y así empezó la primera lección de magia de Mia, una estudiante con una maestra invisible. Dos voces que se tocaban y chocaban en la oscuridad.

39

Un gusto excelente

—¿Qué es el amor, Mia?

—¿El amor?

—Seguro que esa palabra te sonará de algo.

—¡Sé lo que es el amor! Pero es que... nunca nadie me había pedido que lo definiera.

—¿Qué es el amor?

—Es un compromiso. Un sacrificio.

—¿Un sacrificio de qué?

—De uno mismo. Significa renunciar a lo que quieres por otra persona.

—Eso no es amor. Eso es martirio.

—¿Qué diferencia hay?

—¿Qué es el amor verdadero?

—...

—Piensas en tus padres.

—¿Qué sabes de mis padres?

—Ahí es donde la mente te falla, Mia. Para ti, el mundo está dividido en dos: lo que sabes y lo que no. Pero tu lógica es reduccionista. Hay cosas que no encajan limpiamente en esas dos categorías.

—Una cosa o se sabe o no.

—No todo lo verdadero puede conocerse. Tu mente no basta para esa tarea. Solo el corazón puede guiarte. El corazón sabe cosas que la mente es incapaz de aprehender.

—Eso no es fisiológicamente posible.

—Y la magia, ¿es fisiológicamente posible? ¿Y el embrujo? ¿Y la sanación? ¿Cuál de esas cosas te parece fisiológicamente posible?

—…

—Hasta que no aprendas a sentir con la mente y pensar con el corazón, nunca serás una Dujia. No eres una hermana para nosotras.

—¿Qué es el matrimonio, Mia?

—Un pacto de mentiras. Algo que haces porque debes, no porque quieres.

—Es una visión bastante cínica del matrimonio.

—Entonces soy una cínica.

—¿Fue una farsa el matrimonio de tus padres?

—¿Una farsa?

—Debes de haberte preguntado cómo pudo suceder: tu padre, el gran cazador de magia, casado con una Dujia.

—Mi padre dejó de comer después de que mi madre muriera. Se pasó días sin pronunciar palabra. Su muerte lo destruyó. Nunca he visto un dolor semejante.

—Entonces, ¿estás de acuerdo en que el matrimonio puede ser una unión feliz?

—Estoy de acuerdo en que el matrimonio acaba en desgracia, de una forma u otra.

—¿Cuál es el mayor don de una mente curiosa, Mia?

—Estar siempre haciendo preguntas. Tener sed de conocimiento. Ser ágil, con facilidad para adaptarse, estar dispuesta a cuestionarlo todo.

—Incorrecto. El mayor don de una mente curiosa es la capacidad para acallar su propia curiosidad.

—¿Qué?

—¿No estás de acuerdo?

—¿Para qué querría acallar mi mente? ¡Es mi mayor arma!

—Eso es cuestión de opinión.

—¡Será de tu opinión!

—Estás enfadada.

—Estoy ofendida.

—Tuviste un maestro que te dijo que tienes una mente deslumbrante. Que te felicitó por tu cerebro excepcionalmente grande y brillante. Que te felicitó por hacer preguntas.

—Mi padre.

—¿Qué le preguntarías si estuviera aquí ahora mismo?

—…

—¿Si tan mal se me da la magia, cómo es que sané a Quin?

—La magia es poderosa, incluso en su estadio más incipiente.

—Lo sané dos veces. Lo embrujé.

—¿Y te enorgulleces de ello?

—Me hablas como si fuera una niña.

—Eres una niña.

—Tal vez sea algo inexperta al hablar de la magia, pero no soy una niña.

—Tienes razón. Los niños son impulsivos. Aún no han aprendido a acallar sus sentimientos. En ese sentido, no eres una niña. Las niñas son mucho más sofisticadas. Tu cabeza y tu corazón están separadas por un océano.

—¿Por qué no puedo verte, Zaga?

—Porque la vista es una ilusión de la mente.

—La vista no es una ilusión. Es algo científico. Es la interpretación que hace el cerebro de los mensajes que recibe de los ojos.

—El cerebro, los ojos… Hablas de esas cosas como si fueran sagradas. ¿Por qué les das tanta importancia? Tus ojos te engañan cruelmente. El cerebro es un gran mentiroso.

—¿Qué quieres decir con eso?

239

—Tal vez te sorprenda si te digo que estoy de acuerdo con tus maestros. Tienes una mente excepcional. Ágil. Rápida. Y por eso no puedes controlar tu magia. Has desarrollado la mente y descuidado tu corazón.

—No sé qué quieres que haga. No puedo cambiar quién soy.

—Quiero que dejes de preguntarme lo que quiero que hagas. Escucha. Siente. Deja de ser mi alumna y aprende de ti misma. Para descubrir la respuesta a tu pregunta, necesitas hacer otra pregunta. Tienes que preguntarte qué es la magia y quién era tu madre.

—¡Pues vale! ¿Qué es la magia? ¿Quién era mi madre? ¡No puedo aprender si no me enseñas!

—Yo te estoy enseñando. Pero tú no quieres aprender. Lo que quieres es saber.

—¿Qué significa brillante, Mia?

—Una persona brillante es la que tiene una mente que funciona más rápido que otras.

—No. Lo brillante tiene que ver con la luz.

—¿Por qué me haces preguntas, si ya sabes qué respuesta quieres oír?

—¿Te quejas de mi forma de hacer preguntas?

—Me gustaría que dejaras de hacer preguntas abiertas que resulta que no son abiertas.

—¿Qué es la brillantez?

—Has dicho que tiene que ver con la luz.

—En lengua antigua, la palabra significa «que resplandece». Lo brillante es algo que el ojo percibe como luminoso.

—Me has dicho que no debo fiarme de lo que ven mis ojos. ¿Es por eso que te ocultas en una cueva oscura?

—He dicho que la vista es una ilusión de la mente.

—¡Es lo mismo que he dicho yo!

—Estás frustrada.

—No sé qué es lo que quieres que vea en todo esto.

—No quiero que «veas» nada.

ϓ

—¿Hay alguien a quien ames, Mia?

—…

—¿Es una pregunta difícil para ti?

—No. Es solo que quiero responder con cuidado. Aunque no te gustará lo que diré.

—Prometo dejarte hablar.

—Amo a mi hermana. Amo a mi padre… O lo amaba. No sé si lo amo todavía. Me siento… furiosa.

—¿La furia es el antónimo del amor?

—No. Supongo que no. El día en que mi madre…

—¿Sí?

—Da igual. No importa.

—¿Estás enfadada con tu madre?

—No.

—¿Tú le…?

—Mi madre está muerta.

—…

—Di algo, Zaga. Hay demasiado silencio cuando no hablas.

—Tal vez la furia esté profundamente ligada al amor. Quizá te sientas más furiosa con aquellos a quienes más amas. Quizás es el amor lo que te permite ponerte furiosa.

—Quizás.

—¿Y Quin? ¿Amas al príncipe?

—…

—¿Quieres meditar tu respuesta?

—Me duele la cabeza. ¿Puedo irme?

—No. Aún no.

—Sigue la luz de las velas, Mia, hasta la cuenca plateada bajo la cascada. ¿La ves?

—Sí. Espera… ¿es un truco? Me has dicho que la vista es una ilusión.

—Esta vez quiero saber si la ves con los ojos.

—La veo.

—¿Ves el pez rosa en la cuenca?

—Sí.

—Mátalo.

—¿Qué?

—Me has dicho que sabes usar tu magia. Demuéstramelo...

—Pero...

—Como Dujia, tienes el poder de quitar la vida. Detén el corazón del pez.

—No quiero.

—Temes tu propio poder.

—No quiero quitar una vida. Ni una pequeña.

—Te has pasado los últimos tres años perfeccionando tus habilidades para hacerlo. Has pulido tu ambición como si fuera una piedra. Vives para matar a la Dujia que mató a tu madre. Corazón por corazón, vida por vida.

—...

—¿Acaso no es cierto?

242

—...

—¿No tengo razón?

—No sé qué quieres que diga.

—¿Qué es el odio?

—El odio es lo opuesto al amor.

—No. El odio es la perversión del amor. Es el amor del revés, el sentimiento que inunda el lugar donde creció el amor. Si vieras ahora mismo, en esta habitación, a la Dujia que mató a tu madre... ¿la matarías?

—Yo...

—Cada día, durante tres años, has pensado en lo mismo. Ha dominado tus sueños y alimentado cada paso que dabas. Es lo que te ha traído aquí, a este pueblo, a mi isla. Si titubeas, ¿a qué has venido?

—Estoy muy cansada, Zaga. Solo quiero dormir.

—¿Qué significa brillante?

—No lo sé.

—¿Qué es ver?

—No lo sé.

—¿Qué es el amor?

—No lo sé.

—¿Qué sientes?

—Confusión. Agotamiento. Furia.

—Muy bien. Puedes marcharte. Mañana empezaremos con tus lecciones de verdad.

—Mis... de verdad...

—Si quieres enfrentarte a la Dujia que mató a tu madre, antes tienes que aprender a ser una Dujia.

—Pero yo...

—Ve a comer algo, Mia. Tengo entendido que en El Fénix Azul sirven un guiso excelente.

243

40

Ratas de río

$\mathcal{M}$ia estaba hecha polvo. Había pasado casi todo el día en el *Biqhotz* y, cuando por fin salió, el cielo era de color púrpura y estaba tachonado de estrellas.

Se sentó en El Fénix Azul con aire taciturno después de arrastrar su silla a una cierta distancia del alegre fuego que ardía en la chimenea. Apenas había tocado su plato de guiso. Por primera vez en la vida, había sacado mala nota en un examen. Su mente era un torbellino. Para ser alguien que afirmaba no creer en la lógica, Zaga le había lanzado una paradoja tras otra, había deshilachado amarres y atado otros nuevos, dejando que Mia tuviera que deshacer la maraña sola.

Refúj: donde todos tus problemas se desenmarañarán.

A Mia no le hacía ninguna gracia.

Tampoco ayudaba que Domeniq, Pilar y Quin estuvieran sentados en círculo alrededor de la chimenea bebiendo licor y tostando shmardas: almohadillas dulces de huevo bañadas en sal rosa. Mia no podía creer lo relajado que se veía al príncipe, incluso para encontrarse en una madriguera llena de Dujias. Pero ¿por qué no? Ya no llevaba una diana en la espalda. Estaba a salvo.

Pero, en realidad, no lo estaba. Mia no se había sentado algo apartada solo para estar de morros; así tenía la oportunidad de poner la oreja en las conversaciones que tenían lugar en la taberna. En la esquina más cercana, dos mujeres hablaban en voz baja con el ceño fruncido, lanzando de vez en cuando miradas furtivas al príncipe.

—Hace años que lo digo: estamos demasiado cerca de la frontera —decía la mujer de pelo blanco deslumbrante y piel bronceada, que iba vestida con una túnica gris holgada, ceñida a la cintura con una cinta de un morado reluciente—. Era solo cuestión de tiempo que su odio y sus prejuicios cruzaran el Mar Salado.

Su acompañante, una mujer mayor con la cabeza afeitada y anillas de tinta azul en los brazos y el cuello níveos, asentía con vehemencia.

—No debería estar aquí. Las ratas de río son serpientes.

—Tan taimadas y traicioneras como sus ríos —corroboró la primera mujer—. Y la familia real son los peores de todos.

Por lo que Mia veía, los glasddirianos no eran especialmente apreciados. Ella también era una rata de río.

—¿Tregua?

Tenía a Pilar delante ofreciéndole un vaso de un líquido turbio moteado de rojo.

—Un regalo de mi asesina fallida —dijo Mia secamente—. ¿Ahora pretendes envenenarme?

—Si quisiera matarte, no necesitaría veneno.

—Tal vez sí, visto el poco éxito que has tenido con las flechas. —Olisqueó la bebida—. No bebo opio del demonio.

Era cierto; la tabernera de El Fénix Azul había mirado a Mia de una forma muy extraña cuando ella le había pedido una taza de té, pero le daba igual. Ya tenía la mente lo bastante embotada sin necesidad de bebidas fuertes. No hacía ni media hora que había visto a Dom beber de un trago un vasito de un líquido pardo que contenía un esqorpión.

—No es opio del demonio —explicó Pilar—. Es *rai rouj*, una especialidad fojuen. Ya no estamos en el Reino del Río, Rose, donde abonda el aguachirle vergonzoso al que llamáis aguardiente.

Mia aceptó el vaso, dio un sorbo cauteloso y estuvo a punto de caerse de la silla.

245

Pilar se echó a reír.

—Se llama «ira roja» por un buen motivo. El alcohol contiene esquirlas de fojuen. No hay nada mejor que un buen puñetazo en la garganta para despertar a la Dujia que llevas dentro.

—¿Acabo de beber cristal?

—Está pulverizado. No hace falta que llames a la caballería.

Mia decidió beber muy despacio para no perder la cabeza. No quería dar a esa chica la menor oportunidad de que le pegara un puñetazo en la garganta, fuera metafórico o no.

—Tendrías que ver lo que beben en Luumia —dijo Pilar—. Mi padre es de allí. Hace tanto frío que derriten mantequilla en las bebidas alcohólicas como reconstituyente. Los luumi se toman tres vasos de *vaalkä* cada noche: mantequilla y fuego.

—¿Tu padre vino aquí con tu madre? —preguntó Mia con curiosidad sincera.

—Mi padre no está en Refúj —el rostro de Pilar se endureció—. Ocúpate de tus asuntos, Rose.

Volvió a la chimenea arrastrando los pies y se dejó caer en la butaca al lado de Quin. Le dijo algo en voz baja y, para sorpresa de Mia, él se echó a reír.

Entonces Dom arrastró su silla hacia la de Mia, impidiéndole ver a Quin y Pilar.

—¿Te importa si me siento?

Antes de que Mia pudiera responder, se acomodó a su lado.

—No he dicho que sí.

—Ya lo sé. Pero ibas a hacerlo.

Dom era tan fanfarrón como siempre. Casi lo había echado de menos.

Le hizo un gesto con su jarra de loza.

—¿Te apetece tomar algo?

—No bebo con asesinos —dijo—. Ni con gente que ayuda y encubre a asesinos. Especialmente ahora que sé que te parecía estupendo que me clavaran una flecha en el corazón.

Dom se frotó la cabeza. A la luz del fuego, Mia se dio

cuenta de que su grueso cabello negro estaba rapado con un dibujo intrincado en la zona de la nuca, una hilera de espirales y rombos interconectados.

—Lo intenté, Mia. De verdad. Fui el primero en darme cuenta de que eras una Dujia. —Se tocó el colgante de uzoolión que llevaba al cuello—. Sentí como tu magia tocaba mi gema en el gran salón la noche del banquete. Le dije a Pilar que se equivocaban contigo, que eras una Dujia. Pero, para entonces, el plan ya estaba en marcha.

—¿De qué conoces a Pilar? Has vivido en Glas Ddir toda tu vida.

—Creo que mi madre conocía a su madre cuando eran jóvenes. Y a ella la conocí un poco cuando estaba en el Kaer disfrazada de doncella. Es muy leal, mientras estés de su lado. —Dio un trago a su jarra—. Nunca quise que te hicieran daño. Pero sabes que haría cualquier cosa para proteger a mis hermanas.

Mia se ablandó. Recordaba como, de niño, Dom siempre salía en defensa de sus hermanas, especialmente cuando otros niños se burlaban cruelmente de las piernas de Sach'a.

—Eres un buen hermano —dijo—. Yo siento lo mismo por Angelyne. Haría cualquier cosa para protegerla.

«Y, sin embargo —pensó Mia—, ella sigue en el Kaer mientras yo estoy aquí sentada viendo como unos extraños se dedican a tostar shmardas.»

—¿Qué pasó en la Capilla después de que Pilar disparara, Dom? Tú estabas allí, debiste de ver a Angie.

—No vi a nadie. Salí del Kaer antes incluso que tú. —Sonrió—. Mucho más deprisa. Tenía que asegurarme de que llegaba hasta ti antes que Lyman y Tuk. Yo os conduje hasta el campamento. Incluso di un rodeo hasta el campamento de Tristan, pero ya no estabais allí. Solo encontré dos muertos.

Mia se enderezó.

—¿Dos?

—Dos guardas, ahogados en su propio vómito. El príncipe hizo un trabajo admirable con la infusión de capulín. Me encantan los hombres que se manejan bien con los venenos.

Mia sentía la boca seca como la harina de hueso.

—¿Y Tristan? ¿Dónde estaba el duque?

—Ni rastro de él. Pero había pisadas en la nieve.

Mia se puso en pie tambaleándose y sintió como el único sorbo de rai rouj que había tomado le subía a la cabeza. ¿Cómo no se le había ocurrido? Quin dijo que el efecto del veneno era temporal, que se iría en unos días. Y, de ser eso cierto...

—Tengo que volver. Si hay la menor posibilidad de que Tristan haya vuelto a Kaer Killian... si le cuenta al rey que Quin está muerto y que él debería ser rey y pide la mano de Angelyne...

—Relájate, Mia. Esas cosas llevan tiempo. Ayer mismo Tristan estaba rebozándose en su propio vómito en el Bosque Retorcido. Necesitará al menos cinco días para regresar al castillo, y eso encontrándose en plenas facultades. No van a planear una boda real para el día siguiente. Antes tienen que guardar luto por el príncipe.

Mia volvió a dejarse caer en su silla, apaciguada al menos temporalmente.

—Lo mejor que puedes hacer por Angelyne —dijo Dom— es aprender a controlar tu magia. Si quieres mantenerla a salvo del duque, deja de luchar contra tu magia y acéptala. Incluso los más poderosos pueden caer ante un embrujo. —Miró a Quin por encima del borde de su jarra—. ¿Quin y tú habéis consumado?

—¿Que si hemos consumido el qué?

Dom parecía divertido.

—Consumado, Mia. Habéis pasado varios días en el bosque, comiendo juntos... durmiendo juntos...

—No, no lo hemos hecho.

—Pues qué pena —recorrió con la mirada la silueta esbelta del príncipe—. Yo no dejaría pasar la oportunidad de arrimarme a un chico tan guapo.

Mia se quedó mirándolo. Nunca se le había ocurrido que Dom pudiera estar interesado en los chicos. En sus momentos de más arrogancia había creído que tal vez Dom estuviera interesado en ella. Pero cuando advirtió la forma que tenía de observar a Quin, con timidez y ansia, se dio cuenta de que, probablemente, siempre le habían gustado los chicos y ella había sido demasiado ingenua como para darse cuenta.

—No lo sabías, ¿verdad? Quise decírtelo cientos de veces. Ahora ya sabes por qué no eres mi tipo.

Mia se entristeció. ¿Cuánto habría sufrido su amigo en el Reino del Río, suspirando por chicos con los que sabía que nunca podría estar? ¿Y por qué ese tipo de amor suponía una amenaza tan grande para el rey Ronan? La reina Bronwynis quería que Glas Ddir fuera un lugar donde pudiera florecer el amor en todas sus formas. Qué bajo habían caído.

—Por los cuatro dioses, Dom. Todos estos años…

—No fue fácil, desde luego. Por lo menos, aquí puedo ser quien soy de verdad. —Rio—. Más o menos. En todo Refúj hay un total de cuarenta y seis hombres. Y por lo menos la mitad son abuelos. Decir que hay poco donde elegir sería como decir que hace calor en las volqanes.

Mia apenas lo escuchaba. Pilar, cada vez más cerca de Quin, con el cuerpo inclinado hacia él, la había distraído. Le había dado su propio vaso de *rai rouj* y tenía las mejillas sonrosadas, mientras que él parecía más alegre a cada minuto que pasaba.

Pilar le dio un puñetazo amistoso en el hombro y él se echó a reír.

—Quin. —Mia se puso en pie—. Ya sabes que no deberías dejar que te toque. Podría estar embrujándote.

—No puede —dijo Dom. Él también se levantó y apartó con el pie la tierra que cubría el umbral de la puerta de la taberna. Mia vio por primera vez el reborde azul de uzoolión—. Así las peleas de bar no se ponen feas. La magia y el alcohol no son una combinación ideal.

Pilar se levantó con los brazos en jarras.

—No he embrujado a tu maridito, Rose.

La cháchara de la taberna enmudeció repentinamente.

Las dos mujeres que habían estado hablando de ratas de río se inclinaron para escuchar mejor. Mia tuvo la impresión de que a la clientela de El Fénix Azul no le importaría en absoluto que Pilar le pegara un puñetazo en la cara.

—Yo solo digo —empezó Mia en un tono más comedido— que no deberías abusar de tu poder.

—¿Que yo no debería abusar de mi poder? —Pilar abría y cerraba los puños—. Ven conmigo, Rose. Vas a recibir tu primera lección de magia de verdad, te guste o no.

41

Más salvaje

Se apelotonaron en un puesto vacío del mercado, con Domeniq y Pilar a un lado y Quin y Mia al otro. Pilar dibujó una línea en la arena para separar a la Dujia y allegado de las ratas de río.

Pilar alargó la mano.

—El uzoolión —ordenó, y Dom se desabrochó el colgante de piedra azul que llevaba al cuello y se lo puso en la mano.

En un gesto rápido, Pilar clavó el pulgar en el codo de Dom, donde el húmero se unía con el radio y el cúbito. Mia vio como la piel de su amigo palidecía y luego se volvía de un púrpura obsceno. Sus dedos temblaban violentamente y se pusieron de un blanco enfermizo y, justo cuando Mia se disponía a apartarlo de Pilar, ella lo soltó.

—¡*Faqtan*! —Dom soltó un improperio. Se agarró el brazo por la muñeca y lo dejó caer. La mano inerte le golpeó el costado como un peso muerto. Entonces sonrió—. Cada vez eres más rápida.

Pilar le devolvió la sonrisa.

—Lo sé.

Mia estaba horrorizada. Quizá no sabía mucho de magia, pero sí sabía de fisiología humana.

—Has privado de oxígeno a sus músculos, causando una neqrosis.

—Muy bien, Rose. Premio por participar. Pero te equivocas con el nombre: se llama asangrar.

—Te equivocas tú. Se llama neqrosis. ¿Sabes lo que significa neqrosis? «Cadáver.» Si interrumpes la circulación el tiempo suficiente, no solo los músculos se duermen: los tejidos mueren y los huesos se rompen. Nunca podrías volver a usar la mano, Dom.

Pilar negó con la cabeza. En su rostro había una emoción que Mia no era capaz de interpretar. ¿Furia? ¿Tristeza? ¿O tal vez fuera lástima?

—Hay muchas cosas que no sabes —dijo Pilar— y mira que te esfuerzas en saberlo todo. ¿Se te ocurre alguna otra situación en la que pueda ser de ayuda asangrar a alguien? ¿A un atacante, tal vez?

Mia no respondió.

—¿Y qué me dices de la historia de la magia? —siguió pinchándola Pilar—. ¿Puedes decirme cómo o por qué evolucionó tal y como lo hizo?

Todas las respuestas que le venían a la mente eran equivocadas. Solo podía recitar lo que había aprendido de los libros, libros que su padre había dado a todos los cazadores. Libros llenos de mentiras.

—Te contaré una historia —siguió Pilar—. Cuando era joven, mi abuela vino de la tienda con un sombrero rosa nuevo. Cuatro hombres aparecieron de entre las sombras. Le aplastaron el sombrero, la inmovilizaron y le arrancaron la falda. Un quinto hombre salió de una tienda cercana. Ella le suplicó que la ayudara, que mostrara clemencia. «Aquí tienes mi clemencia», dijo él. Y se desabrochó los pantalones.

Les sobrevino un silencio espeso y pesado. Pilar apartó la mirada.

—Crees que si vivimos en los márgenes de la sociedad es por culpa de nuestra magia. Que nos cazan y nos humillan como castigo por ser Dujias. Pero te equivocas. Llevan miles de años cazándonos y matándonos, desde mucho antes de que tuviéramos magia. Somos mágicas a causa de ese sufrimiento. El abuso que puede soportar el cuerpo de una mujer antes de que nuestra sangre y nuestros huesos se alcen en revuelta tiene un límite.

»La magia nace de los márgenes. Se alimenta entre los vulnerables y los que se han roto. Son nuestros cuerpos que claman justicia y quieren compensar siglos de afrentas.

Pilar se había transformado en una hábil oradora, elocuente y apasionada.

Quin también se había dado cuenta; Mia sintió como su cuerpo se animaba.

—Y eso es lo que no entiendes de la magia —dijo Pilar—. No es malvada, sino una forma de combatir el mal. La magia es una forma de derrocar las estructuras de poder que han mantenido cautivas a las mujeres durante miles de años. ¿Por qué crees que tenemos el don del embrujo? Porque, a veces, la única forma de escapar de un guardia que te ha encarcelado, o de un marido que te ha forzado, o de un verdugo que te ha puesto una soga al cuello solo por amar a quien se supone que no deberías… era hechizar su corazón y llenarlo de pasión para poder huir.

»Y, cuando un hombre se dispone a herirte, a violarte, necesita menos sangre en determinadas zonas. Pongamos que un rey se dispone a convertirte en su nueva muñeca favorita. Puedes hacer que la sangre se retire de las partes de su cuerpo que le den más placer. Puedes ralentizar el ataque para conseguir algo de tiempo. Así nació el asangramiento.

Mia sabía que cada palabra que salía de la boca de Pilar era cierta: no sentía ningún rumor delator, ninguna agitación en su sangre. Y eso quería decir que Mia era la ignorante. No sabía lo mucho que no sabía.

Pilar se dirigió a Quin:

—Tu padre ha perpetuado la mentira de que somos malvadas y depravadas. Que somos monstruos y no personas. —Se giró hacia Mia—. Y tu padre no ha hecho más que empeorarlo. Son hombres que se sienten amenazados por nuestro poder. Pero eso no es nada nuevo. Nuestra sororidad siempre ha estado amenazada. A lo largo de toda la historia de la humanidad, los hombres débiles siempre han tenido miedo de las mujeres poderosas.

La luz de la luna bañaba el cabello negro de Pilar con un

253

halo azul intenso. La imagen hizo pensar a Mia en un ave fénix renaciendo de sus cenizas. ¿Acaso la Dujia a quien su madre amó también se había mostrado así en el *merqad*, valiente y hermosa, con el cabello rielando a la luz de la luna?

Y entonces imaginó a esa mujer inclinándose para tocar a Wynna el último día de su vida, la muerte disfrazada de una caricia afectuosa.

—Si todo eso es cierto —dijo Mia—. Si la magia es para las mujeres una forma de protegerse de los hombres que quieren hacerles daño... ¿por qué murió mi madre? ¿Por qué iba una Dujia a volverse contra una de las suyas?

El fuego en el rostro de Pilar chisporroteó y se ensombreció.

—No lo sé.

Mia cerró los ojos y se esforzó en escuchar —con esperanza—, deseando oír el rumor de la mentira. Pero la sangre de Pilar estaba en silencio.

Cuando abrió los ojos, Pilar la observaba con algo que parecía lástima.

—Lo siento, Rose. Es la verdad.

Mia estaba sentada a la orilla del lago, abrazándose las rodillas. Iba descalza. Enterró los talones en el suelo, mientras tomaba puñados de arena roja y la dejaba caer entre sus dedos. De noche, el lago se teñía de un profundo añil, como un paño de seda en el cráter de una volqán.

Pensaba en sus padres. En la atracción física que había entre ellos; la facilidad con la que la mejilla de su madre se acomodaba en la hondonada del hombro de su padre, o en como la mano de él encajaba perfectamente en la curva de su espalda. Una de las preguntas de Zaga la había llenado de dudas: «¿Fue una farsa el matrimonio de tus padres?».

Ansiaba recuperar el diario de su madre. Estaba segura de que contenía todas las respuestas, pero había quedado enterrado bajo la nieve en el Bosque Retorcido, revelando sus secretos solo a la tierra y la hojarasca.

Mia debería haber vuelto a por él. Se maldijo por haber abandonado su posesión más preciada. Era el único vínculo que le quedaba con su madre. En cierto modo, perder el diario significaba volver a perder a su madre.

Mia oyó pasos y, al alzar la vista, encontró a Quin de pie en el camino de arena.

—¿Puedo sentarme? —preguntó.

—Sí.

Se quedaron observando el lago. El agua devolvía al cielo la imagen de la luna azulada, perfecta y plena.

Quin arrastró las manos entre la áspera arena roja.

—¿Crees que todo lo que nos han dicho es verdad?

—Cuando alguien miente, lo percibo.

—Eres un auténtico prodigio.

No se sentía un prodigio en absoluto. Se sentía un fraude. Como si ya no fuera cazadora, pero tampoco fuera una Dujia.

—Pero, si mienten en casa de Domeniq, no lo percibes, ¿verdad? —dijo Quin—. ¿O en la taberna? Para ser un sitio en el que la gente no para de insistir en lo mucho que confían unas en otras, tienen una barbaridad de uzoolión.

Mia no había pensado en ello, pero no le faltaba razón.

—¿Esa volqán está activa? —Quin señaló un pico redondeado de color naranja a lo lejos. Relucía, incandescente y escupía volutas de humo gris al cielo.

—No lo sé.

Él le dio un codazo.

—Creía que lo sabías todo sobre una cantidad insufrible de cosas.

—Ya no sé nada.

Quin le tomó la mano y Mia volvió a sentir una chispa prender en su barriga. Eso sí que lo sabía con seguridad: el frío que antes percibía en el príncipe se había convertido en un cálido deshielo de deseo. Intentó concentrarse en las estrellas del cielo, pero las veía borrosas tras la neblina de ceniza y humo. Su cuerpo irradiaba calor, o tal vez fuera el de Quin, o tal vez fueran ambos.

Con la mano que tenía libre, él le apartó con delicadeza un rizo de la cara.

—Aquí tienes el pelo más salvaje que en el castillo.

—Yo también me he vuelto más salvaje.

—Lo sé —dijo él—. Y me gusta.

El calor se desplazó hacia su boca y Mia sintió que iba a empezar a balbucear.

—Creo que Tristan sigue vivo. Dom encontró dos cadáveres en el Bosque Retorcido. Dos de los guardias.

La mano de Quin se puso rígida.

—¿Muertos? ¿Está seguro?

—No son los muertos lo que me preocupa. Si Tristan está cruzando el bosque para regresar al Kaer...

—... es cuestión de tiempo que llegue hasta tu hermana.

Los impulsos de Mia estaban en guerra. Había pasado un día entero, lo que significaba que el duque estaba un día más cerca del castillo y de Angelyne. ¿Por qué seguía ella en Fojo?

—Iré contigo, Mia —dijo Quin—. Si quieres volver.

—No podéis volver —dijo una voz melodiosa a su espalda.

Mia se volvió y encontró a Lauriel, que se había echado un tosco chal rosa por los hombros. Tenía algo entre las manos.

—No deberías marcharte de Refúj. Al menos hasta que no leas esto.

A Mia le dio un vuelco el corazón.

Lo que Lauriel tenía en las manos era el diario de su madre.

42

La sangre bajo la piel

A Mia le costó todo su autocontrol no abalanzarse sobre el cuaderno.

—Quin, cariño. —Lauriel sonreía al príncipe—. Dom y Pilar preguntaban por ti en la taberna. ¿Y si vas con ellos a tomar algo?

Quin miró a Mia.

—Ve —dijo ella—. Ya sé dónde encontrarte.

Quin se despidió de Lauriel con un gesto de la cabeza y se perdió en la noche, llevándose su calor.

Lauriel se dejó caer pesadamente sobre la arena. Mia alargó la mano para coger el diario, pero Lauriel se lo guardó debajo del brazo.

—No te lo daré así por las buenas —dijo—. Antes tienes que hablar conmigo.

—¿De qué?

—De todo, cariño. De lo que piensas y sientes.

Mia suspiró. Iba a ser una noche muy larga.

—¿Cómo encontraste el diario?

—Dom lo trajo del Bosque Retorcido. Sabía que yo se lo había dado a tu madre, así que me lo devolvió.

—¿Tú se lo diste?

—Sí. Para que tuviera un lugar en el que sincerarse, sin importar lo mucho que tuviera que mentir todos los días. Ansiaba hablarte de la magia, Mia. Tu madre creía que la magia era la reacción del cuerpo a un corazón roto.

Mia pensó en su propia magia, que había florecido cuando se encontró al borde de un matrimonio que no deseaba.

—¿Cuánto sabes de la magia? —preguntó Lauriel.

—Un poco. —Mia recordó las palabras de Pilar en el *merqad*—. A decir verdad, no mucho.

—Durante siglos —empezó Lauriel—, los hombres han encontrado formas de oprimir a las mujeres. Nuestros cuerpos han sido vasijas, contenedores y contenidos; nuestros vientres, dóciles y obedientes para los niños que debíamos engendrar para nuestros maridos, lo quisiéramos o no. Hemos sido reprimidas, silenciadas y aprisionadas. A esto se lo ha llamado de muchas maneras: «protección», «progreso», incluso «amor».

Le colocó un rizo rebelde detrás de la oreja.

—Las Dujias llevamos desde el inicio de los tiempos ocultando nuestra magia, transmitiéndola en secreto de generación en generación, desde que las cuatro diosas nacieron en el corazón de una volqán. Las cuatro hermanas nos bendijeron con el don del tacto, un don que vive en nuestra carne, en nuestra sangre, en nuestro aliento y en nuestros huesos.

Mia reflexionó un instante.

—Si Sach'a tiene magia, ¿por qué no la usa para curarse las piernas? ¿Por qué no lo haces tú?

Lauriel sonrió.

—No todo se puede curar, cariño. Y no todo tiene que curarse.

—¿Todas las mujeres tienen magia?

—Todas no. Muchas, pero no todas. Algunas tienen magia pero luchan contra ella. Se avergüenzan de lo que son. Creen que las Dujias son criaturas sucias, una mácula sobre la Tierra, y que el mundo está más seguro en manos de los hombres que han jurado mantenernos a salvo.

—*Veraktu* —dijo Mia.

—Sí. En fojuen significa «silenciar la verdad». —Lauriel suspiró—. Tú siempre fuiste una buscadora de la verdad, incluso de niña. Tu madre detestaba mentirte. Pero sabía que, si te contaba la verdad, te pondría en un grave peligro. Especialmente en lo que respecta a tu padre.

—Lo tenía por un héroe. Creía que quería abolir la magia para que triunfaran la ciencia y la razón.

Mia recordó sus ejercicios interminables, sus lecciones y arengas, las recompensas que dispensaba a cambio de la respuesta correcta. La había forzado a dar importancia a su mente por encima de todo; por encima, desde luego, de los anhelos irracionales de su corazón.

Sintió el latigazo de la ironía. La ciencia significaba explorar nuevos territorios, poner a prueba límites y, por encima de todo, hacer preguntas. Pero en el Reino del Río, las preguntas podían matarte.

—¿Te habló tu madre de la reina Bronwynis?

—Me contó que ella y mi padre estuvieron presentes en su coronación.

—¿Solo te contó eso? Bronwynis fue toda una heroína. Fue un símbolo de los tiempos, un faro resplandeciente para todas nosotras. En los cuatro reinos, las mujeres se quitaron las faldas y asumieron puestos de poder. Capitanas de barco, mercaderes… incluso políticas.

259

—Como tú con tus cazuelas de cobre.

Lauriel rio de buena gana, haciendo que sus tirabuzones negros rebotaran alegremente sobre sus hombros.

—Sí, cariño. Supongo que mis cazuelas de cobre también formaron una pequeña parte de la revolución. Tu madre solía decir que el progreso es como un pajarillo picoteando una semilla. Un pájaro atrae a otro y luego a otro, hasta que hay una bandada entera. Y una bandada de pájaros puede ser peligrosa. Pregúntaselo a los agricultores. —Lauriel se reclinó en la arena—. Bronwynis rompió todas las reglas. Bajo su reinado hubo cinco mujeres sentadas en el consejo del Kaer y solo tres hombres. Incluso ofreció un asiento a una campesina. Decía: «Si no invitamos a los campesinos a la mesa, ¿cómo sabremos lo que comen?».

Mia se acordó de la princesa Karri. Ella bien podría haber dicho algo así.

Sintió un chispazo de indignación.

—Si no fuera por las políticas de Ronan, podríamos haber aprendido a usar la magia para hacer el bien. Y en lugar de eso tenemos que vivir con el corazón atemorizado y las manos enguantadas.

Lauriel se partía de risa.

—¡Esa es la mentira más gorda que nos contaron! Los guantes no debilitan nuestra magia. Tal vez amortigüen brevemente nuestro poder al tacto. Pero no lo desarman. ¿Crees que un retal de tela bastaría para derrotar a las cuatro grandes diosas?

Mia entendió al fin por qué había sido capaz de embrujar a Quin en la biblioteca del castillo.

Lauriel hablaba al cielo:

—Ronan es un hombre malvado, no lo niego. Se ha asegurado de que la sospecha gane a la curiosidad y de que el odio gane al amor. Pero eso no es más que una nueva letra para una canción muy antigua.

260

Mia se abrazó las rodillas. La historia de la magia era muy distinta a la versión que su padre le había hecho tragar. Mia había aceptado que las Gwyrachs eran malvadas, que los hombres eran fuertes y las mujeres, débiles. Ella no, claro, pero ella era la excepción que confirmaba la regla, la valiente guerrera que llevaría a la asesina de su madre ante la justicia y luego desterraría la magia y liberaría a las pobres damiselas de Glas Ddir. Había interiorizado la creencia de que las mujeres necesitaban protección.

Y aún peor: había confundido a las mujeres cálidas, aquellas que daban más importancia a la bondad y la comprensión, con las débiles.

El día en que su madre murió, Mia la había llamado débil.

—¿Por qué se vuelven las Dujias unas contra otras, Lauriel?

—¿Por qué los humanos se vuelven unos contra otros? Las Dujias somos humanas, al fin y al cabo. Divinas, pero también humanas. Por eso el odio es el veneno más peligroso: nos vuelve contra otros, sí, pero al final, nos vuelve contra nosotros mismos. —Su voz se suavizó—. Refúj es un lugar sagrado donde nuestras hermanas pueden encontrar un lugar seguro. No aparecemos en ningún mapa. El globo es el único medio de entrada y salida y nadie de Glas Ddir lo ha encontrado jamás. Pero no quiero mentirte. Nuestros recursos limitados siempre están bajo presión. En Luumia, las Dujias no viven en el exilio. En el Reino de la Nieve, las tratan como a reinas.

—Entonces, ¿por qué no te vas a Luumia?

—Te estaba esperando, cariño. Antes de morir, tu madre me dijo que vendrías. Te dejó su diario para asegurarse.

El diario. Mia casi lo había olvidado. Podía verlo, encajado bajo las carnes llenas de hoyuelos del brazo de Lauriel. ¿Cuánto faltaba para que pudiera leerlo?

—Tu madre hablaba a menudo de ir a Luumia. Su pasado aquí, en esta isla, la atormentaba. —Había un resplandor distante en los ojos de Lauriel—. Los luumi han prosperado donde nosotros no lo hemos conseguido, en parte porque no tienen que invertir toda su energía en luchar contra sus opresores. Han realizado grandes avances en alquimia y mecánica. A los luumi les interesa la intersección entre la magia y la ciencia. Así que estudian la magia a fondo, sus efectos, sus ventajas y sus riesgos. Han aprendido a embrujar metales y a insuflar vida a las piedras. Incluso han descubierto la forma de detener el corazón de un ave y devolverle la vida.

Mia inclinó la cabeza.

—Si te refieres al saltaparedes rubí, es una especie capaz de detener su propio corazón. Así es como hibernan.

—No conozco esa especie de pájaro, cariño. La apasionada de la ornitología era tu madre. —Se estiró, se sentó cómodamente y señaló con la cabeza la luna color cobalto—. En Fojo tenemos un dicho: *Lloira vuqateu*, «ven a la luna». La luna puede reparar un cuerpo roto y sanar una mente quebrada. La piedra lloira obtiene su poder de la atracción de la luna sobre la tierra. Por eso es una piedra curativa.

—¿Es por eso que mi madre llevaba una piedra lunar?

—Sí. Era una sanadora hábil sin ella, pero la lloira almacenaba su don y lo hacía más fuerte. Nunca te lo había contado, ni a ti ni a nadie, pero yo vi a tu madre el día que murió.

Mia se enderezó. Lauriel se miraba las manos.

—Después de perder a mi marido, lo pasé muy mal. Sabía que debía seguir viviendo por mis hijas, pero no quería. Fui a ver a tu madre, le supliqué que me sanara la mente, que la sacara de la oscuridad. Y lo hizo. De no ser por ella, me habría dado por vencida. —Se secó las lágrimas de los ojos—. Pero esa noche se fue.

La pena cayó como un manto sobre los hombros de Mia.

—Eso es muy típico de ella, salvarte la vida el día que ella perdió la suya.

Mia pensó en su hermana. Angie llevaba tres años poniéndose la piedra lunar sin saber que tenía magia. Pero su enfermedad no había hecho más que empeorar desde el día que se la colgó del cuello. Los poderes curativos que la piedra lloira almacenaba para su madre debían de haber muerto con ella.

—Los cazadores tenían razón en una cosa —dijo Lauriel—. Nuestras hermanas florecen en momentos de emoción intensa, cuando experimentan relámpagos de miedo, cólera y amor. Las mismas emociones que hacen salir la tinta de la flor sangflur.

Con delicadeza, colocó el diario sobre las rodillas de Mia.

—Tu madre usó tinta de sangflur. Solo las Dujias pueden verla.

A Mia se le aceleró el pulso. Recorrió con el pulgar las iniciales grabadas en el cuero blando. W. M.

—Ya has tenido bastante de mi parloteo. —Lauriel le apartó un mechón cobrizo de la mejilla, igual que solía hacer su madre—. Cuánto te pareces a tu madre, cariño. Has esperado mucho tiempo para encontrarla y ha llegado la hora.

Lauriel se puso en pie y emprendió el camino de vuelta a su casita, dejando junto al lago su calidez reconfortante. Pero Mia ya no se sentía sola. Abrió el cuaderno y vio cómo la tinta se vertía sobre las páginas. En cierto modo, sabía que sería así. Ya no le hacía falta sentir miedo o ira para leerlo. Tenía amor.

Mia. Mi Mia.
Si estás leyendo esto, es que lo sabes.

Las páginas le quemaron las manos como ascuas, como un fuego.

El cuaderno y su mapa y dedicatoria no eran arbitrarios o al azar. Siempre habían sido para ella.

Le costaba leer a la tenue luz de las estrellas. Cada palabra le dolía, pero cada trazo de tinta la zambullía aún más en la lectura. Había vivido toda su vida en una casa de cristal llena de mentiras y esas mentiras estaban a punto de saltar en pedazos. El libro era una enfermedad, pero también la medicina para curarla.

Arrancaría los secretos para ver la sangre que corría bajo la piel.

Encontraría a su madre.

Con la respiración entrecortada, Mia empezó a leer.

263

43

Más de lo que nunca sabrás

Mia. Mi Mia.

Si estás leyendo esto, es que lo sabes.

No has nacido todavía; noto como te mueves dentro de mí. Das paladitas y nadas y das más paladitas. Pero sé que eres mi hija y no mi hijo. No me preguntes cómo lo sé. Soy una Dujia. Sé muchas cosas.

La tinta que se destila de las flores de sangflur es especial: solo se revela a las Dujias y solo lo hace en el momento adecuado. Las palabras aparecerán cuando aprendas a canalizar la magia de tu corazón. Cuando seas mayor, te daré este libro y, cuando estés preparada, sabrás quién soy.

Estas palabras que escribo, los secretos que desvelo, son el último bastión de la verdad que me queda en una vida llena de embustes. Este libro es el fragmento final de mi verdadero yo.

Estoy casada con un hombre al que no amo. Ese hombre es tu padre.

No es tan fácil como podrías pensar.

El amor es algo complejo, veleidoso, como una gota de mercurio en la palma de la mano. Es líquido en el corazón de una volgán; caliente un momento y frío al siguiente.

No amo a mi marido y le he perjudicado de más formas de las que puedo contar. Pero amo a las mujeres a quienes estoy atada, a la familia que elegí, a mis hermanas. Para ellas soy Wynna Merth, hija de las cuatro diosas, una Dujia.

No soy, ni seré jamás, una Rose.

Déjame que te cuente un cuento.

Vine a Fojo Karaçāo a estudiar medicina, pero aprendí mucho más. Las sensaciones de mi cuerpo, los terribles dolores de cabeza, mi extraño y poderoso don para la curación, esa era mi magia. Lo que encontré en Fojo fue una comunidad de mujeres que me alimentaron y me nutrieron, que me demostraron que mi magia era un regalo.

Y también encontré a una chica.

Lo tenía todo: era divertida, traviesa, arrogante, encantadora. Tenía magia, mucho más poderosa que la mía y su presencia me mareaba. La sangre me ronroneaba cuando la veía entrar en la habitación.

«No te estoy embrujando —me dijo—. Pero puedo enseñarte lo que es el deseo.»

Y así empezó todo. Aprendí a abrir un mundo de placeres sensoriales, a convertir la carne en cenizas, a inspirar frenesí en la sangre. Mi cuerpo era un diapasón y ella era la melodía que me hacía vibrar.

También me enseñó otras cosas, más siniestras. Me enseñó a embrujar a un hombre, a hacerle delirar de deseo. Me enseñó a empuñar mi poder como si fuera una espada.

Tu padre fue nuestro conejillo de indias.

Pero ni siquiera eso era suficiente para ella. Era insaciable, se sentía atraída por los extremos peligrosos. La Segunda Ley siempre le molestó. Así que volvió su magia contra sí misma, empezó a detener la sangre en sus propias venas, a acallar su corazón. Y cuanto más exploraba esta vena oscura de la magia, más le suplicaba yo que parara y más redoblaba ella sus esfuerzos.

Nos peleamos mucho por esto. Al final, nos peleábamos por todo.

266

Yo estaba furiosa. Fui demasiado lejos. Hice algo terrible, algo imperdonable. A quienes amamos es a quienes más daño hacemos.

Me dijo que solo había una forma de expiar mi culpa. Solo una forma de mostrar mi valía ante mis hermanas y comprometerme con la causa.

Y aquí estoy. Casada con un hombre a quien no amo. Haciendo penitencia, pagando con una muerte diaria. Día a día embrujo a tu padre, líder del Círculo de la Caza. Soy una vasija para sus secretos más profundos, secretos que revelo y esparzo en la noche. Secretos que salvan vidas de Dujia.

Cuando nos conocimos, él era estudiante, inteligente y con curiosidad por el mundo. Pero incluso entonces, la familia real ya lo cortejaba, preparándolo para lo que acabaría siendo. Él ansiaba los halagos, las recompensas, la aprobación. Tu padre siempre se ha enorgullecido de ser el mejor en todo lo que hace.

Duermo junto a un asesino. Finjo amar a un monstruo y lo que es peor: hago que él me ame. ¿Quién es el monstruo entonces?

Lauriel me escribe cartas en las que me habla de la chica a la que amaba: me dice que ha envejecido de un día para otro, que la amargura la ha endurecido y que tiene un bebé. Una niña. No podía creerlo. Si mal no recordaba, un bebé requería de la unión con un hombre y, al contrario que yo, ella nunca mostró ningún interés en los chicos. Lauriel me dice que el padre desapareció hace tiempo.

Pronto, yo también tendré una hija y este hilo nos unirá, aunque todos los demás se hayan roto. Qué extraña puede ser la vida.

Juré que siempre viviría con el corazón. ¿Y qué he hecho? He retorcido mi corazón contra otro ser humano, lo he despojado de su poder. Le he robado su corazón y he enterrado el mío en una tumba.

Deseo muchas cosas para ti, pajarillo. Quiero ferocidad y amor y espacio para respirar. Quiero un mundo en el que las mujeres sean libres de vivir y estudiar, explorar y ser.

Quiero que nunca tengas que fingir amar a un hombre al que odias.

Cada día tomo la decisión de mentir. No hay lugar más solitario en el mundo que el corazón de un mentiroso.

267

Tengo miedo, Mia. ¿Y si no puedo quererte como te mereces? ¿Puede nacer amor verdadero de una mentira?

¿Qué es el amor verdadero?

Antes sabía la respuesta, o eso creía. El amor era un sentimiento. El amor era un acto. El amor era una colaboración, una unión incandescente de cuerpo, mente y alma.

Ahora pienso que fui una niña confundida. ¿Existe el amor verdadero? El amor no es más que retales de sensaciones ardientes, una explosión de luz y calor, algo que revienta. El amor es una volcán. Una volcán es hermosa, pero letal.

268 *Griffin siega vidas con una guadaña implacable, mientras yo intento desesperadamente protegerlas. Me miente a la cara y yo oigo sus mentiras, el vil torrente de la sangre bajo su piel.*

Los hombres siempre se han sentido amenazados por el poder de las mujeres. Pero el rey ha alcanzado nuevas cotas. Pretende mantener a las Dujias vulnerables y asustadas y tu padre es su ariete.

Por la noche, cuando yace a mi lado con la sangre de mis hermanas inocentes manchándole las manos, sueño con una revolución. ¿Y si las mujeres uniéramos nuestras fuerzas y nos alzáramos contra quienes nos violan, nos niegan y abusan de nosotras? ¿Y si derrocáramos el viejo mundo?

Hay un refrán fojuen que dice: «Fidacteu zeu bighotz, limarya eu naj.» «Confía en tu corazón, aunque te mate.» Si salvo a mis hermanas para que ellas se alcen un día, habrá merecido la pena. Para salvar una vida, a una sola Dujia, moriría mil veces.

Lauriel me cuenta que he salvado muchas más que una. Me escribe acerca de las Dujias de Glas Ddir, que reciben mis advertencias y huyen a un lugar seguro por docenas. Me cuenta que el pequeño refugio junto al lago se está llenando con una riada de mujeres que, de no ser por mi trabajo, estarían mutiladas o desaparecidas o muertas.

Espero que tenga razón. Tengo que creer que el amor es la decisión más fuerte; que el amor siempre triunfará sobre el odio.

Qué ironía más cruel, fabricar amor a partir del odio y odio a partir del amor.

En todos los matrimonios se enfría la pasión. Pero el mío es distinto. En mi matrimonio, uso la magia para avivar el fuego y alentar las llamas del deseo.

Mi marido me dice que me ama. Me besa los párpados y dice que son dos lunas.

¿Cómo puede una Dujia fiarse de la forma en que su amante la mira? ¿Cómo puedo fiarme ya de nada?

Solo me fío de ti, hija mía, que creces en mi vientre. Esperando. Esperando.

Otra hermana ha muerto hoy, otro cuerpo de Dujia roto. Y mi corazón con él. ¿Cuándo cesará este odio?

Esta noche, tu padre calentó cazuelas de agua sobre una llama naranja para llenarme un baño. Encendió velas, añadió pétalos de peonía y lulablús dulces a la espuma. Por un momento, vi una vida en la que yo era una mujer enamorada de su marido. Cuando más lo odio es cuando es bondadoso, porque son los momentos en los que más me cuesta odiarlo.

Hoy discutimos a propósito de tu nombre. A los dos nos encanta Mia —siempre nos ha encantado— pero tu padre quiere ponerte un segundo nombre fuerte y glasddiriano, mientras que yo prefiero algo lírico y femenino. Qué cosa más curiosa, un nombre, ¿verdad? Lo llevarás toda la vida, pero no puedes opinar en el asunto y no hay forma de saber si será una cruz o un regalo.

Nos decidimos por Morwynna. En la lengua antigua, Wynna significa «saltaparedes». De esta forma, una parte de mí te acompañará siempre.

Los saltaparedes damos la vida por aquellos a quienes queremos.

Hay una cosa que no entiendo: los efectos a largo plazo de un embrujo. Siento cómo mi sangre empieza a alinearse con la de tu padre, mi corazón se pone en armonía con el suyo.

Lo que sucede cuando te acuestas con un monstruo noche tras noche es que, a la fría luz de la mañana, ya no parece un monstruo.

Hoy llegaste al mundo.

Una cosita diminuta de labios morados, pelo rojo como el fojuen igual que yo y ojos grises como tu padre. Te cogí en brazos y me eché a llorar. No sabía que un corazón humano podía estar tan pleno.

Cada gramo de amor que siento es real. Es todo un alivio sentir amor sin dudas, sin sombras.

Eres mía y eres de él y eres toda tuya.

Eres Mia Morwynna Rose, mi hija.

Y te amo más de lo que jamás podrías imaginar.

La tinta se detenía allí. Había más páginas, pero eran blancas como el hueso. Tal vez no fueran a estar en blanco para siempre, pero sí por ahora. Todo el amor que le salía de dentro no bastaba para llenarlas.

Mia cerró el cuaderno y lo dejó con cuidado sobre la arena. Sostuvo el saltaparedes de piedra roja contra su pecho. Le temblaban los hombros y la columna de sal que tenía dentro se derrumbó. Sintió que el corazón se le partía sin necesidad de un puñal, ni de magia.

La luna recorrió el cielo mientras Mia lloraba y lloraba.

44

Canales perfectos

$\mathcal{A}$ la mañana siguiente, Mia cogió el bote de remos sola.

Apenas consiguió esperar hasta el amanecer. Había pasado la noche en vela a la orilla del lago, consultando el cuaderno cada pocos minutos para comprobar si aparecía más tinta. Tenía la cara hinchada y los ojos enrojecidos por las lágrimas de los últimos tres años.

Cuando llegó al *Biqhotz*, irrumpió en la biblioteca.

—¡Zaga! —gritó—. Sé que estás ahí.

La sala permaneció en silencio un instante. Entonces, se oyó la voz ronca.

—Has vuelto enfadada.

—Sé que fuiste tú. Tú eres la mujer a la que mi madre amaba. Tú la mataste, ¿verdad? Volviste a Glas Ddir a escondidas. Ella te dejó entrar en nuestra casa, dejó que la tocaras. Ella confiaba en ti y murió por ello.

Las teorías de Mia empezaban a encajar: Zaga amaba a su madre. Zaga odiaba a su madre. Practicaba magia negra, el tipo de magia que una Dujia podía usar contra sus congéneres.

—Hace muchos años que no toco a tu madre.

—Así es. Tres años. —Mia apretaba tanto los puños que los nudillos le dolían bajo la piel—. ¿Por qué lo hiciste? Necesito saberlo.

—Sigues obsesionada con saber. Sigues estudiando el amor como si fuera un texto que analizar. Tratas los libros como si fueran personas y a las personas como si fueran libros.

Mia se forzó a respirar hondo, intentando ganar algo de tiempo. Solo mataría a Zaga si podía confirmar su culpabilidad. Y entonces actuaría con rapidez y sin remordimientos. Sí, Mia era Dujia, pero había sido Cazadora mucho más tiempo.

«Corazón por corazón, vida por vida.»

—Necesito saberlo, Zaga. Necesito oírte decirlo.

Silencio. Y entonces:

—Yo no maté a tu madre, Mia. Tu madre intentó matarme a mí.

—Mentira.

Pero no podía saberlo a ciencia cierta. A pesar de que las paredes de fojuen alimentaban su magia por todos lados, tratar de descifrar las emociones de Zaga era como chocar con un muro de piedra. Mia era incapaz de saber si mentía.

—No sabes de lo que era capaz tu madre.

—Tienes razón, no lo sé. Pero estoy harta de secretos y enigmas y mentiras.

Una sombra oscureció momentáneamente la cascada en miniatura. Mia giró sobre sus talones.

—¿Por qué te escondes en las tinieblas? ¿De qué tienes tanto miedo?

Zaga entró en la luz.

Mia echó mano de la daga que llevaba escondida en la bota. Se la había hurtado a una Dujia borracha que salió dando tumbos del Fénix Azul a las tantas de la madrugada. No era de muy buena calidad, pero serviría. Había pasado tres años planeando, soñando, respirando y viviendo por y para este momento.

Pero cuando vio a Zaga se quedó de piedra.

Estaba en los huesos. Tenía el aspecto de alguien que hubiera sufrido una larga enfermedad, la piel olivácea pálida y apolillada, el pelo que antaño fue negro y lustroso lleno de calvas. Era alta pero iba encorvada, era flaca como un junco,

273

con una cara severa y unos ojos duros y oscuros bajo los párpados hundidos. El brazo izquierdo le colgaba inerte al lado, con los dedos agarrotados.

—Tu madre dejó su marca en todas nosotras —dijo Zaga.

Mia empuñó con fuerza el cuchillo. Pero cuando Zaga se acercó un poco más y permitió que la luz de las antorchas le bañara el lado izquierdo del cuerpo, el estómago le dio un vuelco. Vio el brazo marchito de Zaga, con las uñas grises y podridas. Los riachuelos de venas que trepaban por su muñeca eran negros en lugar de azules.

—Me hubieras matado antes de saber la verdad. Antes de ver la obra de tu madre.

Mia reconoció los síntomas de la neqrosis. El tejido llevaba tanto tiempo privado de riego sanguíneo que los músculos se habían atrofiado y los huesos se desmoronaban.

—Mi madre nunca haría eso.

—Te aseguro que sí.

—No hacía daño a los demás. Los curaba.

—¿Qué diferencia hay? Ambas cosas requieren manipular el cuerpo de otra persona. Sea para hacer daño o para curar, asumes el control de la carne.

—No es lo mismo.

—Tu madre era como una tormenta. Impredecible. Cometió errores.

—¿Y por eso la vendiste a mi padre? ¿La encerraste en un matrimonio miserable y vacío para que pagara por lo que hizo?

—¿Sabes cuál es la forma más efectiva para una Dujia de matar a otra, Mia? No es a través del corazón. Eso es lo que creen los Cazadores: que ponemos las manos en el pecho de un hombre para detener su corazón para siempre. Es verdad que tenemos ese poder. Pero es en la muñeca, y no bajo el esternón, donde una Dujia es más vulnerable.

Zaga se llevó los dedos de la mano derecha a la muñeca izquierda y recorrió las venas negras, pasando por el huesudo olécranon en la punta del codo hasta llegar a su pecho.

—Si quieres matar a una Dujia, tócale la muñeca cuando estés furiosa. Las venas de la muñeca son delicadas pero directas y son canales perfectos para la ira. Si le tocas la suave piel de la muñeca, mandarás tu rabia directa a su corazón.

Mia estaba incómoda. Conocía bien esas venas: las había estudiado en sus libros y láminas de anatomía. Las había recorrido en sus propios brazos, un mapa de venas cefálicas, basílicas y cubitales, el sistema de irrigación de la sangre. Sintió que el mapa se enfriaba y los riachuelos se ralentizaban. Una premonición.

—Tu madre intentó pararme el corazón —dijo Zaga.

Mia comprendió por qué no podía percibir las emociones de Zaga: no llevaba una única pieza de uzoolión, sino toda una coraza. Tenía el pecho rodeado de un corsé de piedras azules. Y uno solo necesitaba toda esa protección, pensó Mia, cuando le han hecho daño.

«Una cosa terrible —escribió su madre en el diario—. Una cosa imperdonable.» Mia era incapaz de conciliar lo que veía con lo que sabía de su madre, de su afabilidad. ¿Era posible que el gran corazón desordenado de Wynna la hubiera llevado a ser apasionada y temeraria, incluso cruel?

Zaga regresó cojeando a las sombras y Mia se maldijo. Llevaba tres años preparándose para ese momento: el momento de encontrarse cara a cara con la asesina de su madre. Y había fallado en su intento de hacer justicia.

Pero ¿y si Zaga decía la verdad?

Mia oyó la reveladora respiración entrecortada de Zaga seguida de una profunda tos. Había leído acerca de la neqrosis del tejido pulmonar: de los abscesos supurantes y desechos necrótiqos que llevaban a la gangrena de los pulmones. Algunas víctimas morían rápidamente, pero otras se veían condenadas a una vida larga y dolorosa.

—La ira es un arma —dijo Zaga—. Pero, como todas las armas, no sirve de nada si no sabes cómo usarla. Si aprendes a controlarla, la ira es limpia y sigilosa como un puñal. Si no, puede destruirte.

—¿Madre?

275

La voz sobresaltó a Mia. Pilar estaba en el quicio de la puerta de la biblioteca, con los puños apretados a los costados. Iba vestida y estaba empapada; el agua del lago se acumulaba en un charco a sus pies sobre la piedra roja y el pelo negro y reluciente se le había pegado a la cabeza como un casco sedoso.

—No deberías estar aquí —dijo Zaga en tono cortante a Pilar—. Vuelve a la taberna con tus amiguitos y bebe hasta olvidarte de todo.

—Es de día. Y no son amiguitos. Son amigos, sin más.

Pues claro que Pilar era la hija de Zaga. Eso explicaba su aire de autoridad tan natural, la seguridad que venía de ser la hija de alguien poderoso. Mia conocía bien esa sensación. Ella también había sido una hija así.

—¿Mi madre te está haciendo millones de preguntas, Rose? ¿Sin responder ni una de las tuyas? —Pilar soltó la clase de suspiro exasperado del que solo es capaz una hija—. Eso se le da estupendamente.

Mia sentía que se ahogaba. Había huido del Reino del Río siguiendo un mapa que prometía respuestas, había cruzado un bosque helado y desafiado a la muerte para encontrar a la asesina de su madre y vengarla. Cada paso que había dado la había conducido a ese lugar: el lugar en el que su madre se enamoró... El lugar en el que hizo enemigos. Y, después de todo eso, ¿se encontraba en un callejón sin salida?

—Si tú no la mataste, ¿quién fue?

Silencio.

—¿Estás segura de que no sabes ya quién mató a tu madre? —dijo Pilar—. Tu padre es el líder del Círculo de la Caza. Habrás pensado en lo que habría hecho si hubiera descubierto que su mujer era una Dujia.

—Claro que lo he pensado —le espetó Mia—. Pero es que la vi. Vi su cadáver. No había heridas ni huesos rotos. A mi madre la mataron con magia.

—Pues vale. Había que intentarlo—. Pilar señaló su ropa empapada—. Como me robaste el barco, he tenido que cruzar el lago a nado para entregar un mensaje. El príncipe solicita urgentemente tu ayuda.

A Mia se le cortó la respiración.

—¿Por qué? ¿Está bien?

—Está perfectamente. Aunque, por algún motivo, parece que está enamorado de ti. —Se encogió de hombros—. Está preparando el desayuno y solicita humildemente tu presencia.

45

Sin aire

$\mathcal{M}$ientras Pilar conducía el bote de remos hacia la orilla, Mia se puso a trazar palabras sobre la piel de su antebrazo. «Amor.»

¿Qué era el amor? En el pasado aseguraba que un manojo de nervios agitados con mala puntería eran síntoma de un corazón estropeado. Pero acababa de simplificar esa definición: el amor era una mentira. Sus padres, que tan enamorados parecían, eran mentirosos. Su matrimonio estaba basado en un embrujo y no en el amor.

Y si Mia había nacido de esa unión, ¿significaba eso que ella también era una mentirosa?

Su vida entera estaba construida sobre mentiras, un hatajo infinito de mentiras, una pira muy alta. Imaginaba que le costaría toda la vida hacer que ardieran hasta dejar a la vista la verdad.

Mia dejó de dibujarse palabras sin sentido en la piel. El amor no significaba nada, no en el país de la mentira.

Pilar la dejó en la puerta de la casita de los Du Zol.

—Ahora vuelvo —dijo—. Voy a buscar a Dom.

—¿Dónde está?

—¿Quién sabe? Seguramente por ahí con algún chico. Pero vendrá a desayunar. Es un pozo sin fondo.

Mia se quedó en la entrada observando a Pilar mientras se marchaba. Oía el golpeteo de cazuelas y un coro de risitas procedentes del interior. Parecía que Quin tenía ayuda en la cocina, de una o ambas gemelas.

Dejó caer la mano al costado. Una oleada de nostalgia la invadió.

Mia se sentó en los escalones de la entrada y apoyó la espalda contra la viga de madera, sintiendo por fin el cansancio de la noche que había pasado en vela. Como por instinto, abrió el diario para ver si su tristeza les había arrancado más sangflur a las páginas. Al ver la tinta, su corazón se zambulló en ella.

Mia, mi Mia.

Mi cuervecillo de ojos agudos, mi amor. Aún eres muy pequeña, pero qué lista eres, qué peligrosamente inteligente. Te suplico que escuches a tu corazón, que dejes que la empatía y la compasión te guíen en tus decisiones, pero tu padre halaga sin reparos tu inteligencia, tu lógica.

La lógica es insuficiente. La lógica siempre pone de manifiesto sus defectos. Está bien tener una mente despierta, pero es mucho mejor tener despierto el corazón.

Hoy fuimos al merqad, tú sentada a hombros de tu padre, como la pequeña familia que somos. Aunque lo de aquí no es un merqad, sino un mercado. No hay música ni risas, nadie se toca. El mercado se convierte en un ataúd lleno de cuerpos sin vida. Me hace gracia que traigamos la plata a abrillantar a un sitio que no brilla nada.

* * *

Me preguntaste si lo que escribo en este librito me duele. Yo te contesté que escribía sobre mí misma, lo más doloroso de todo. Me di cuenta de lo mucho que te dolió verme pasarlo mal. Es en momentos así que veo a la mujer que florece dentro de ti. Una mujer sabia y amable de ojos grises y con un corazón valiente y afectuoso. Serás mejor que yo, más fuerte.

279

¿Me prometes que siempre cumplirás las Tres Leyes? Son de una bellísima simplicidad: No harás daño a otra Dujia. No te harás daño a ti misma. No abusarás del poder que hay en tu interior. Tres reglas muy simples para tener una vida que merezca la pena ser vivida.

He roto la Tercera Ley, Mia. La rompo todos los días con tu padre. Y también he roto la Primera Ley y eso me causará una vergüenza eterna. Pero siempre he cumplido la Segunda. Es un pequeño consuelo, tal vez, para los errores que he cometido.

Mia frunció el ceño. Ya eran dos veces las que su madre mencionaba haber hecho daño a otra Dujia. «Algo terrible, algo imperdonable.»

Al parecer, Zaga decía la verdad.

Mia no quería creer que su madre hubiera sido cruel. Su mente conservaba a Wynna a la perfección con su belleza arrolladora y su corazón bondadoso.

La gente tenía defectos. Eso Mia ya lo sabía. ¿Pero de verdad su madre había intentado pararle el corazón a Zaga? ¿Por qué?

Los Cazadores dicen que somos demonios, cuerpos sin alma. Dicen que no sentimos remordimientos. Dicen que no sentimos nada.

¡Mentira! Yo no hago otra cosa que sentir. Es implacable. Ser una Dujia es sentir, sentir, sentir.

¿Has aprendido a usar tu magia, cuervecillo, ahora que has florecido? ¿Te han enseñado nuestras hermanas a canalizar tus dones para hacer el bien? Es bueno experimentar tus sentimientos y también es bueno aprender a calmarlos antes de que te lleven a sitios a los que preferirías no ir.

Voy a darte una lección muy breve: la próxima vez que se te acelere la respiración y se vuelva errática cuando estés asustada o disgustada, siéntate en una silla y planta los pies en el suelo. Llévate la mano izquierda al corazón y la derecha bajo las costillas hasta que sientas como tu barriga se hincha y se deshincha. Y entonces cierra los ojos e imagina el viento soplando entre los árboles de Ilwysion antes de una tormenta. Recuerda cómo azotaba los robles y los arces, cómo hacía susurrar las hojas. Deja que el recuerdo se te acumule en las puntas de los dedos mientras tu respiración se convierte en el viento. Tus pulmones se ablandarán y la respiración se te calmará.

En lengua antigua, la palabra para «aliento» era la misma que para «vida». Nuestros antepasados creían que la respiración era la base de nuestro espíritu. Estoy de acuerdo. Cada vez que tomamos aire, las diosas respiran a través de nosotras, sus hijas.

No somos demonios, Mia. Somos el mayor regalo de las diosas al mundo.

—¡Ayuda! ¡que alguien nos ayude!

A Mia se le heló la sangre. Era la voz de Junay.

Se levantó de un salto y abrió la puerta de golpe para cruzar la frontera de uzoolión abrazada al cuaderno de su madre.

Quin estaba inmóvil en medio de la cocina con un cucharón de cobre en la mano. La cara de Junay estaba congelada de miedo. A sus pies, Nanu yacía bocarriba en el suelo. Y se estaba quedando sin aire.

46

Mi hermana

$\mathcal{N}$anu se llevó las manos a la garganta mientras se retorcía en el suelo. Tosía y resoplaba, sus puños arrugados le golpeaban el pecho, un velo de sudor le cubría la frente.

—¡Mia! —exclamó Junay. Tomó a Mia del brazo y la arrastró junto a su abuela—. No sé qué le pasa, de repente ha dejado de respirar…

—¿Dónde está tu madre?

—En el *merqad*, con Sach'a… —Junay estaba aterrorizada—. Ayúdala, Mia, por favor. Yo no puedo. No tengo magia.

Mia se arrodilló. Las gruesas trenzas de Nanu se habían soltado del moño y bailoteaban alrededor de su cabeza como serpientes plateadas.

—Tenemos que sacarla de aquí —dijo Mia—, alejarla del uzoolión.

Quin entró en acción. Cogió a Nanu por sus frágiles tobillos mientras Mia la izaba por las axilas, haciendo que su cabeza cayera hacia delante al levantarla del suelo.

—La puerta —dijo Mia.

Junay corrió hacia la puerta trasera y la abrió de un puntapié. Mia y Quin arrastraron a Nanu hasta una parcela de tierra blanda junto al huerto.

—¿Puedes hacer algo? —sollozaba Junay—. ¿Puedes ayudarla?

—Lo intentaré —dijo Mia.

Curar una herida de flecha no tenía nada que ver con curar una enfermedad crónica. Nunca había intentado reparar los pulmones de otra persona, conseguir que entrara el aire, calmar el tejido inflamado y acompasar la respiración.

«Recuerda el viento... Deja que se te acumule el recuerdo en las puntas de los dedos. Tus pulmones se ablandarán y la respiración se te calmará.»

Sintió los ojos irritados por las lágrimas. Su madre le había enseñado la lección que necesitaba en el momento más adecuado. Como si ya supiera que iba a necesitarla.

Mia puso una mano sobre el corazón de Nanu y la otra sobre su barriga. Cerró los ojos y evocó el viento de Ilwysion, el susurro constante y rítmico de los árboles.

Hizo también algo más: en lugar de apartar sus sentimientos de un empujón, se dejó embargar por el amor. Su amor por las montañas, por una infancia pasada entre los altos árboles, amor por su madre. Recordó el fresco día otoñal en el que su madre puso a Angelyne, que aún era un bebé, sujeta al pecho con un grueso chal de lana y preguntó a Mia, que tenía cinco años, si quería subir a la cima de una montaña. Y subieron juntas, paso a paso, hasta llegar hasta lo más alto y contemplar a sus pies el follaje en todo su esplendor otoñal, un dosel ondeante de óxido y oro y ocre. «Vamos a quitarnos los guantes», dijo su madre, y cuando Mia titubeó, le dijo: «Aquí estás a salvo, pajarillo».

Mia todavía recordaba la sensación de estar en la cima agarrada a la mano desnuda de su madre: el zumbido efervescente que le recorrió el brazo hasta bajar por su columna vertebral, una sensación cálida y reconfortante, como sentarse junto a una chimenea chisporroteante con una taza de cacao.

¿Fue magia todo eso? ¿Le dio su madre un regalito secreto?

—Mia —susurró Quin—. Lo has conseguido.

Abrió los ojos.

En el suelo, la respiración de Nanu era regular y su pecho subía y bajaba sin esfuerzo. La anciana miraba fijamente al cielo, parpadeando con perplejidad. Quin la tomó del brazo y la ayudó a incorporarse sobre la tierra blanda. La mano de Nanu no tembló cuando recogió sus largas trenzas plateadas formando un moño en la nuca.

—¡Nanu! —Junay se lanzó a los brazos de su abuela y estuvo a punto de volver a tirarla al suelo. Las lágrimas corrían por sus mejillas, no había ningún rastro de la niña orgullosa e impertinente del día anterior—. Estás bien. ¡Estás bien!

Al abrazar a su nieta, una sonrisa se extendió por su cara tostada y cuarteada, llenando de arrugas la suave piel alrededor de los ojos.

—Sí, Junay, estoy bien.

Por encima de la corona temblorosa de los rizos de Junay, miró a Mia fijamente con calma y certeza y los ojos más despejados de lo que Mia había visto hasta entonces.

Y no dijo *veraktu*.

Dijo:

—Hermana.

284

Quin les había preparado un magnífico festín. La mesa estaba cubierta de todo tipo de exquisiteces glasddirianas, adaptadas a los ingredientes de que disponía: láminas de patata con queso en grano, buñuelos de maíz y salsa de ganso, flan de leche cuajada, bollos de canela espolvoreados con nuez moscada y, para beber, chocolate caliente con dados de shmarda.

Pero la comida quedó del todo olvidada en cuanto Lauriel y Sach'a regresaron del *merqad* y Junay les contó lo que había sucedido.

Lauriel besó a Mia en la frente y en ambas mejillas.

—Ángel —le dijo—. Hoy eres mi ángel.

Sach'a rodó con su silla hasta su abuela y empezó a acariciarla y estrecharle la mano, como si necesitara asegurarse de que Nanu seguía allí.

Mia estaba entumecida, pero agradecida. Magia de la respiración, dijo Lauriel.

—No es un tipo de magia fácil de aplicar, cariño. Creo que tienes el don de tu madre para sanar.

Mia sentía como la satisfacción borboteaba en su interior. Sentía a su madre muy cercana.

Un recuerdo despertó en su mente. Dom le había contado que su padre murió cuando las Gwyrachs le congelaron el aire en los pulmones.

—Cuando perdiste a tu marido... —empezó Mia, pero no terminó la frase. No quería invocar malos recuerdos.

Pero Lauriel sonrió.

—Me hace bien hablar de él. Así mantenemos vivo su recuerdo. Lo mataron los hombres de tu padre, él intentaba protegernos de los cazadores. Sabíamos que nuestros días en Glas Ddir estaban contados, que teníamos que huir antes de que nos descubrieran. Los cazadores mintieron y dijeron que las Gwyrachs le habían helado la respiración, y le dije a Dom que mintiera también. Lo que fuera necesario para mantener a salvo a las niñas. Y entonces, tu madre murió unos días después... dos pérdidas inconmensurables.

—Se llevó las manos al pecho—. Lo apuñalaron en el corazón. Ni siquiera pudimos enterrarlo; se llevaron su cuerpo al Kaer.

Una tos procedente de la cocina hizo que Mia se girara.

Quin merodeaba con aire incómodo detrás de la mesa, apartado de los demás. Se afanaba con la comida, intentando cubrir las bandejas con tapaderas de hierro para que los platos no se enfriaran, pero el vapor escapaba de todas formas. A Mia le rompía el corazón verlo esforzarse tanto. Pero no podía evitar sentir que él estaba fuera de lugar. Ese mundo no era el suyo.

—No tendría que haberme ido —le dijo Sach'a a su madre—, te lo dije, Mamãe. Es peligroso dejar a Junay sola con ella. Si Nanu tiene otro ataque...

—Pero ya no será peligroso —insistía Junay— cuando yo florezca.

Su madre suspiró.

—Sí, Junay. Pero eso no sabemos cuándo será. Y hasta entonces...

—No entiendo por qué ella floreció antes que yo. —Junay se volvió contra su hermana—. Si no sientes nada. Estás siempre arrellanada en tu silla, tan remilgada y formal, juzgándonos a los demás.

Sach'a le respondió muy despacio.

—No tienes ni idea de lo que siento.

—Sé que casi no tienes emociones. ¿Qué es lo que desencadenó tu magia? Si ni siquiera…

—¡Cómo te atreves! —Sach'a dio un puñetazo tan fuerte en la mesa que se hizo el silencio en toda la sala—. ¿Crees que no me duele verte correr y saltar y jugar? ¿Estar atada a esta silla mientras tú lo das todo por supuesto? Eres egoísta e imprudente, solo te preocupas por ti misma. Si no has florecido es porque no te mereces el don. No te mereces nada. Puede que un día seas una Dujia, pero no eres mi hermana.

Sus palabras fueron escalofriantemente frías. Normalmente, Sach'a tenía una apariencia de madurez y compostura. Pero tal vez esa compostura no fuera más que una máscara. Mia se sentía como si hubiera visto una grieta en su fachada.

Las lágrimas relucían en los ojos castaños de Junay. Incluso Lauriel parecía sorprendida por el estallido.

—¿Mia? —Quin convirtió su nombre en una pregunta—. ¿Te importa acompañarme al Fénix Azul?

Mia miró los platos intactos de comida.

—¿Y el desayuno?

—Ahora mismo no tengo mucho apetito.

Ella tampoco. Miró por la ventana. Una neblina de ceniza volqánica flotaba en el aire, amortiguando la luz áspera de la mañana. Las nubes se separaban en volantes sonrosados, largas hileras de surcos arrebolados, como si el sol hubiera arado el cielo.

—¿No es un poco pronto para ir al Fénix? —dijo ella.

—Nunca es pronto para beber.

47

Huecos

Mientras caminaban hacia el Fénix Azul, Mia se puso a pensar en Angelyne. Ellas también habían tenido sus riñas, pero siempre terminaban de la misma forma: con disculpas y obsequios. Mia traía para Angelyne ungüentos aromáticos y cintas de rayas para el pelo del mercado y Angie le traía mapas y dagas. Las dos sabían lo que gustaría a la otra. Tras el fragor de la pelea, nunca querían hacerse daño de verdad.

Pero ¿y la forma en la que Junay provocaba a su hermana, o el tono frío y cortante de Sach'a al hablarle? Mia nunca había atacado a Angelyne de esa manera. ¿Qué le había dicho Zaga? «Si aprendes a controlarla, la ira es limpia y sigilosa como un cuchillo.»

Había algo en esas palabras que incomodaba a Mia.

—¿Estás bien? —preguntó Quin.

—Estaba pensando en mi hermana.

—Ah, sí. Supongo que es cierto lo que dicen: las chicas son así.

Mia lo fulminó con la mirada.

—Espero que no creas de verdad esa bobada.

Él alzó las manos en señal de derrota.

—Tienes razón. Empiezo a creer que no hay dos chicas iguales. —Siguió hablando en un tono teñido de tristeza—: Me pregunto si mi hermana seguirá buscándome, o si mi padre la habrá envenenado también contra mí.

—Hablas como si tu padre te odiara.

—¿Qué te hace pensar que no me odia? Apenas soporta mirarme. Le doy asco. —Le tembló la voz apenas un instante—. Considerando su afición por las manos cortadas, él también me da asco a mí.

Un retazo de recuerdo pasó fugazmente por la mente de Mia: la noche que se escondió en el salón de Quin, el príncipe acusó a su padre de castigarlo por un crimen que había cometido. «He sido mucho más generoso de lo que mereces», le respondió el rey.

—¿Por qué te odia tu padre, Quin?

¿Eran imaginaciones suyas, o vio cómo Quin apretaba la mandíbula?

—Por nada en particular —dijo él—. Ya conoces a mi padre. Él es así.

Mia oyó un goteo que se convirtió en un torrente pero luego volvió a reducirse a un goteo. Sus oídos ya estaban acostumbrados a detectar la mentira, pero lo que acababa de oír no era la oleada repentina que había oído otras veces; era algo más sutil. Tal vez no fuera del todo mentira, pero tampoco era del todo verdad.

Quin parecía ansioso por cambiar de tema.

—No creo que mi primo mintiera sobre lo de que todos creen y esperan que esté muerto. A mi padre le encantaría librarse de mí. Tristan es el hijo que siempre quiso tener.

El miedo hizo que a Mia se le encogiera el estómago. ¿Cómo había podido olvidarlo otra vez? Tristan ya estaba un día más cerca del castillo, es decir, un día más cerca de Angelyne.

Tenía que marcharse de Refúj.

—Tengo que irme, Quin. No puedo dejar que Tristan llegue al Kaer.

—Iremos juntos. Pero ¿cuán capaz te crees de emplear la magia como un arma? Porque si vamos a enfrentarnos a mi padre y a una legión de guardas profesionales, estaría bien saber que contamos con algo más que con nuestros puños.

Mia tenía que darle la razón. Ojalá el diario le revelara más lecciones de magia. Hasta ese momento, una única lección de su madre había resultado mucho más útil que las sesiones sobre existencialismo de Zaga.

—Vamos a tomar un trago primero, al menos —dijo Quin—, antes de emprender una batalla que tenemos escasas posibilidades de ganar. Entonces podemos elaborar un plan.

Mia lo sopesó. Una semana antes, jamás hubiera creído posible que el príncipe pudiera convertirse en un aliado, un amigo. Pero ¿era eso todo? «Parece estar enamorado de ti.» ¿Era eso cierto? ¿Amar significaba apoyar a alguien incluso en una decisión de probables consecuencias más que nefastas?

La tristeza volvió a apoderarse de ella. Su padre *parecía* enamorado de su madre. Su madre *parecía* enamorada de él. Si el amor solo tenía que aparentar serlo, podía decirse con seguridad que no era amor.

Además, el príncipe ya le había mentido y, a juzgar por cómo había cambiado de tema hábilmente apenas unos instantes antes, seguía mintiendo. Mia sintió cómo las murallas de siempre se levantaban en su interior.

289

Llegaron al Fénix Azul. Mia oía música procedente de una cacofonía de instrumentos de cuerda de intestino de oveja y risotadas joviales que llegaban hasta las calles arenosas del *merqad*.

—¿Oyes eso? —Quin sonrió—. Es el sonido de gente que está pasándolo bien.

Mia titubeó. Veía a Dom y a Pilar dentro de la taberna; era evidente que habían dado un rodeo de camino al desayuno que ya no se celebraría. Estaban bromeando y parecían pasarlo de maravilla, pero había algo en su alegría que hizo que Mia se sintiera sola.

—Creo —dijo —que voy a quedarme aquí fuera un rato.

Quin se quedó mirándola.

—No pensarás salir corriendo sin mí, ¿verdad?

—Solo quiero poner en orden mis pensamientos. Ha sido una mañana muy rara.

Él asintió.

—¿Puedo hacer algo por ti?

A Mia le dio por pensar que «¿Puedo hacer algo por ti?» era lo que la gente decía cuando no había nada que hacer.

—Ahora vengo a buscarte.

Mia quería, necesitaba, que Quin la dejara sola. No quería confiar en él, si lo único que él haría era mentirle. A veces, al mirar a Quin, sentía que su razón se resquebrajaba, que el corazón se le henchía bajo las costillas. Y no quería sentir nada. No era seguro sentir nada: ni gratitud, ni vulnerabilidad ni, desde luego, amor.

Pero, si no sentía nada, ¿cómo podría leer las palabras de su madre escritas con tinta de sangflur?

En cuanto Quin se metió en la taberna, Mia buscó un rincón apartado en el *merqad*. Los tenderos estaban colocando sus mercancías, comida y telas y cachivaches y, mientras las calles se convertían en un hervidero de actividad, Mia se escondió en un puesto abandonado. Sacó el diario de su madre del escondite de su chaqueta y lo abrió.

Era evidente que Mia no había sido capaz de reprimir todas sus emociones, afortunadamente. La tinta negra se extendía por la página.

Duj katt. Griffin lo sabe. Siento en mi sangre el martilleo de su corazón. Lo noto por cómo me mira.

¿Lo sabe de verdad? Los sentimientos de amor no son siempre fáciles de distinguir de los de ira. Ambos son formas de pasión, aunque tendemos a creer que el amor es bueno, un objetivo noble al que todos deberíamos aspirar y la ira, mala, una deformación perversa del corazón.

A veces, cuando estoy con tu padre, me cuesta interpretar las sensaciones de su cuerpo. El pulso acelerado, las oleadas cálidas cuando me toca, nuestros corazones amarrándose en una sinfonía de sonidos... podrían ser síntomas del amor de la misma manera que podrían ser síntomas de ira.

¿Sabe que le he traicionado? ¿O me ama?

Y me pregunto: ¿es posible para un corazón humano contener ambas emociones?

La verdad es que no sé cuál de las dos me merezco. Me he introducido con sigilo en el corazón de tu padre y me he apoderado de él. Lo he embrujado y he disfrazado el embrujo de amor. Lo he hecho por el bien de las Dujias de todo el mundo, pero eso no lo convierte en algo bueno.

Noto que su corazón late con más fuerza cuando te mece para que te duermas, o te enseña a trepar a un árbol, o alimenta tu intelecto con libros que ha adquirido en sus viajes. ¿Es posible que los murmullos de su corazón no tengan nada que ver con la rabia, sino que los cause el amor que siente por ti, su niña?

291

Mia.

Debo prevenirte en contra del embrujo. Una Dujia no es inmune a la atracción de la magia. Griffin nos ha convertido a todas en víctimas, pero él también ha sido víctima de mí y ahora yo soy víctima de mis propios crímenes.

Me he enamorado de tu padre. Lo amo por lo bien que él te quiere a ti.

Mia se frotó los ojos, tras los cuales notaba calor. Así que su madre sí amaba a su padre al fin y al cabo, de una forma extraña. La avergonzaba el fervor con el que ansiaba creer que sus padres se querían, o que habían encontrado la forma de amarse, habían abierto un camino entre el engaño y la mentira. ¿Y por qué lo deseaba tanto? El amor solo traía dolor. «La gente a la que amas es la que más daño te hace.»

El resto de páginas del cuaderno seguía en blanco; Mia lo cerró de golpe y volvió a esconderlo en la chaqueta. Le había prometido a Quin que iría en su busca y cumpliría su palabra. Se obligó a poner un pie delante del otro hasta llegar a la puerta del Fénix Azul. Del interior le llegó un estallido de aullidos y gritos de alegría.

No estaba preparada en absoluto para lo que vio dentro.

Cinco chicos se habían encaramado a la barra. A pesar de que aún era muy pronto, se encontraban todos en distintos grados de embriaguez, con una variedad de botellas y jarras en la mano y, según parecía, bailando —o, por lo menos, intentándolo con muchas ganas— ante un coro de silbidos de las chicas que tenían a sus pies. Ni uno de los chicos llevaba camisa. Al parecer, todas las camisas de Refúj habían ido a refugiarse a otro sitio.

Domeniq era uno de los cinco y su robusto torso moreno estaba cincelado en ocho segmentos perfectamente delineados.

292

Mia tragó saliva. No, más bien diez.

Si lo que le había dicho era cierto, aquello era un porcentaje significativo de la población masculina de la isla (sin contar a los abuelos). Pero entonces se dio cuenta de que el quinto chico no era un residente de Refúj.

Era Quin, hijo del clan Killian. Preparador de desayunos, arrancador de camisas.

Las líneas bien definidas de su abdomen relucieron de sudor mientras inclinó una petaca, vació su contenido de un trago y se secó la boca con el antebrazo.

—¡Acabo de beberme un esqorpión! —exclamó—. ¡Y cristal!

La multitud lo aclamó.

Mia estaba estupefacta. ¿Cuánto rato había pasado sumergido en el cuaderno de su madre? Imposible que el suficiente como para que a Quin le diera tiempo de emborracharse tanto. Peinó con los ojos su cuerpo rubio y lampiño, que hasta entonces solo había visto por partes, asomando por su camisa desabrochada o escondido tras burbujas de azyfre.

Era más perfecto que cualquiera de sus láminas anatómicas, de una simetría inmaculada y largas líneas esbeltas.

Casi ni lo reconocía. ¿Cómo podía ser ese el chico con el que se había fugado del Kaer? Decir que se había transformado por completo era quedarse corto: el malhumorado príncipe de hielo estaba seduciendo a una manada de Dujias entusiastas, vaciando vasos de licor de cristal y esqorpión de un trago y bailando sobre la barra de una taberna. No era muy buen bailarín, pero Mia estaba impresionada por las ganas que le ponía.

También estaba furiosa.

Llevaban solo un día en Refúj, tiempo aparentemente suficiente para que toda su vida quedara reducida a polvo. Sus padres nunca habían estado enamorados o, de haberlo estado, era un amor perverso, construido sobre mentiras y secretos. Todo cuanto Mia había aprendido sobre las Gwyrachs a lo largo de toda su vida era mentira. Y aún no había encontrado al asesino de su madre.

¿Es que Quin no veía lo mal que lo estaba pasando? ¿Por qué no le importaba?

«Porque no dejaste que le importara —dijo una vocecilla insistente—. Lo has mantenido al margen. Querías que te dejara tranquila y eso ha hecho.»

Una de las chicas gritó algo y Domeniq echó atrás la cabeza y soltó una carcajada. Susurró algo al oído al príncipe. Quin se ruborizó.

Los chicos parecían a gusto juntos. Cómodos. Como amigos, pero con un matiz de algo más. Mia lo notaba: era una energía que crepitaba en el aire. ¿Cómo no se había dado cuenta? Recordó el calor que sintió al encontrarse entre los dos en el *Biqhotz*, o la forma ansiosa en la que Quin había observado el interior de la taberna… el primer lugar en el que habían visto hombres en Refúj.

De repente, se vio encerrada en una soledad tan profunda que se sorprendió. ¿De verdad era tan ingenua? ¿Era posible que Quin nunca hubiera estado interesado en ella en absoluto? Quizá le gustaban los chicos, como a Dom. Y no pasaba

293

nada. Claro que no pasaba nada. Pero había empezado a abrir su corazón a otra persona solo para que esa persona le abriera el suyo a otro. Una vez más había demostrado que no sabía nada, nada de nada, del corazón humano.

Al corazón como órgano del cuerpo lo entendía a la perfección. Cordones tendinosos, válvulas atrioventriculares, músculos papilares: visto, visto, visto. Lo que era incapaz de aprehender era la mecánica del deseo, del amor. ¿De qué estaba hecho? ¿Era algo que coagulaba en la circulación sanguínea? ¿Algo que bombeaban las arterias? Amor, pasión, deseo... parecían elementos de los que otros disponían con facilidad, pero que a ella se le escapaban. Cuando creía tenerlos, se escurrían entre sus dedos, quedando siempre fuera de su alcance.

El corazón humano estaba hecho de cuatro cámaras huecas. En el pasado, los anatomistas creían que el espíritu de los dioses circulaba libremente entre las cuatro oquedades. Los científicos lograron refutar estos mitos gracias a la observación cuidadosa y paciente, reduciendo el cuerpo a una colección de reglas y teoremas, de piezas y partes. No había dioses dentro del corazón humano. Solo sufrimiento. Pérdida. Soledad. Y, a veces, nada de nada.

En sus momentos más oscuros, Mia se preguntaba si estaría mal hecha. ¿Había algo más que cuatro cámaras vacías en su corazón? ¿Estaría más hueco que lleno?

—¡Mia! —Quin la vio y descendió de la barra, volviendo a ponerse la camisa mientras se acercaba. Tenía la cara enrojecida y el pelo revuelto de una forma muy atractiva. Mia resistió el impulso de alargar la mano y peinarle los rizos con los dedos—. No te he visto entrar.

—Creo que deberíamos hablar —dijo ella.

48

Todo lo que creías saber

*E*l *merqad* ya estaba lleno de Dujias paseando cuando Mia llevó a Quin por sus calles en busca de un lugar tranquilo donde hablar. El príncipe no trastabillaba en absoluto, cosa que quería decir que no estaba ni de lejos tan borracho como aparentaba en la taberna. ¿Por qué iba a fingir? Pasaron de largo del puesto en el que Mia se había sentado minutos antes, en el que en ese momento había dos mujeres mayores fundidas en un abrazo amoroso.

—Aquí no —dijo Mia, tirando del brazo de Quin. Se alejó a paso ligero de las tiendas y los puestos hasta encontrarse en el estrecho caminito que salía del mercado. ¿Hacía solo un día que ella y Quin habían llegado a Refúj? Parecía difícil de creer. Pasó de largo de los árboles nudosos y moteados y estaba a punto de llegar al lugar en el que aterrizaron en el globo rojo cuando Quin la detuvo.

—Mia —dijo—. ¿Qué pasa?

Mia no entendía todas las emociones que bullían en su interior, así que se aferró a la única que reconocía.

—No puedo quedarme aquí. Mi hermana está en peligro y tengo que volver.

—Ya te he dicho que quiero volver contigo. Solo necesitaba…

—¿Beber y bailar? —Sus palabras estaban teñidas de furia—. Mi vida entera arde por los cuatro costados, pero me alegro de que hayas encontrado un rato para echar un trago de licor de esqorpión. ¿Es solo la compañía de Dom la que prefieres a la mía, o la de otros chicos en general?

—Yo prefiero a quien sea. Chicas. Chicos. —Quin endureció la mandíbula—. ¿De qué estamos hablando ahora mismo? Me da la impresión que estamos simulando que hablamos de una cosa, cuando en realidad estamos hablando de otra.

—Seguro que lo sabes. Príncipe Quin, Maestro de las artes del fingimiento.

Él la estudió cuidadosamente, con su propio enjambre de emociones en conflicto visible en la cara. Detrás de él, Mia creyó ver el globo rojo a lo lejos, descendiendo lentamente en Refúj.

—Sientes que te he traicionado —dijo Quin.

—¡No se trata de traicionar! O tal vez sí —Mia suspiró con impaciencia—. Mira, no pretendo echarte la culpa de nada. Quiero mantener la cabeza fría. Es solo que... Ya no sé lo que es verdad y lo que es fingido. No sé si te importo...

—Me importas, Mia.

—... o si solo lo finges. No quiero que me mientan más. Todo lo que me han contado en la vida era mentira. Los últimos tres años he tenido una única ambición: encontrar a la Gwyrach que mató a mi madre. Vine a Refúj creyendo que la encontraría, pero encontré Dujias, no Gwyrachs. En lugar de demonios, encontré ángeles. Ya no estoy segura de nada. No sé quién la mató, Quin. —Mia intentaba contener las lágrimas—. Si pudiera encontrar a quien lo hizo... Si pudiera poner fin a esto...

—Tal vez estás pasando algo por alto. Algo que sucedió la noche que tu madre murió. No tenía heridas cuando tu padre la trajo al Kaer. Parecía dormida. Pero puede que él...

—¿Qué has dicho?

Mia se había quedado silenciosa y quieta como una tumba. El gusanillo de una revelación trepó por su cuello.

—Solo digo —respondió Quin— que quizá has pasado algo por alto.

—Has dicho que parecía dormida.

Él le sostuvo la mirada. El frío que antes sentía manando

de él volvió de repente, cubriéndole la piel de escarcha. El sol bañaba sus hombros en agradable calidez, pero Mia se sentía como si estuviera enterrada bajo la tierra helada.

La voz le rascaba la garganta.

—Viste a mi madre.

Nervioso, él se pasó la mano por los rizos.

—No sé por qué te importa. Yo estaba en la cripta cuando los guardias trajeron el cuerpo, sí. Pero no es que yo…

—¿No se te ocurrió contarme que estabas en la cripta esa noche?

—No quería disgustarte.

Mentía. La sangre le daba volteretas por las venas.

—¿Por qué mientes?

El miedo le salía a borbotones como una corriente de aire frío, pero estaba mezclado con otra cosa. Mia sintió que algo se encabritaba en su pecho, como si sus pulmones se estuvieran haciendo un nudo y luego, un tremendo peso. Un peso tan inmenso que estuvo a punto de caer hacia delante. Intuitivamente, supo lo que era. Vergüenza.

—¿De qué te avergüenzas, Quin?

Él la miraba fijamente. Tenía los labios entreabiertos y los ojos abiertos de par en par y, por un momento, Mia creyó poder ver el color de su vergüenza: pasaba del rojo al gris, como una herida cauterizada. Quin dejó salir el aire muy despacio.

—Fue la peor noche de mi vida —dijo.

«Y la mía —pensó ella—. Y la mía.»

Pero el recuerdo ahogaba sus palabras. Llevaba tres años negándose a dejarlo entrar, pero los recuerdos eran como el agua: se colaban bajo las puertas, por grietas y agujeros y se acumulaban en huecos de cuya existencia uno no sospechaba. Se agitaban y se hacían más fuertes, lo bastante fuertes como para golpear, como para romper los diques de todo cuanto uno creía saber.

El recuerdo llegó como una inundación, vertiéndose en su interior como un torrente.

El día que murió su madre.

49

Merécelo

Mia tenía catorce años y era tan tozuda como precoz. Sabía que era inteligente, de una forma ofensiva. Empleaba su intelecto para humillar a cualquiera que no estuviera de acuerdo con su punto de vista. Hacer que otros se sintieran pequeños la hacía sentir grande.

—Un ogro —la llamaba Angie cariñosamente—. Un ogro muy brillante.

Mia se enorgullecía de ser una alumna excelente. Existían el bien y el mal y estaban claramente delineados. Veía el mundo como una naranja partida en dos: una mitad era dulce, la otra estaba agria.

Su madre creía que el mundo era un huevo de gorrión, moteado de preciosos tonos de gris.

El día que sucedió, Wynna estaba preparando un cesto de provisiones para una mujer de un pueblo cercano que había enfermado. Acababa de perder a su hija; uno de los espías del rey Ronan la había entregado. Se rumoreaba que la mujer también era una Gwyrach, así que los cazadores montaban guardia en la puerta de su casa, escudriñando todos sus movimientos.

—Pobrecilla —dijo Wynna—. Se lo han quitado todo. Incluso la pena.

Griffin y Angelyne habían ido al mercado, así que Mia estaba sola sentada a la mesa de la cocina, dibujando los nervios craneales del cerebro, mientras Wynna, con las manos desnudas de sus guantes de piel de cordero, se arremangaba y se ponía manos a la obra, llenando el cesto de frutas de hueso, una hogaza de pan, mantequilla fresca, mostaza dulce, una botella de vino de endrino y skalt salado frito envuelto en papel de estraza.

Mia echaba chispas. Hacía apenas unos días que habían asesinado al padre de Dominiq. Todos los pueblos de la montaña y del río estaban en tensión; la Gwyrach que lo había matado campaba a sus anchas, sin que nadie coartara su ansia de muerte y destrucción. Todos estaban de los nervios en Ilwysion, incluyendo la casa de los Rose.

—No entiendo por qué vas a ver a esa mujer —le dijo Mia a su madre—. Podría ser una Gwyrach.

—¿Y si lo es?

—¡Te matará sin dudarlo!

—Puede que no. Puede que me ayude.

—La magia no funciona así.

—¿Y tú qué sabes de cómo funciona la magia?

—Sé que mi mejor amigo perdió a su padre por culpa de una Gwyrach —saltó Mia— y que esa mujer podría ser su asesina. ¿Y tú piensas recompensarla con pan y vino?

—Las cosas no son tan sencillas. En el mundo hay muchos más matices de lo que crees. Siempre habrá sitio para la compasión y el amor. A veces, el amor es la decisión más fuerte.

—¿Cómo puedes hablar de amor, cuando es el odio lo que las alimenta? Las Gwyrachs dan caza a la gente para matarla. Hablas de ellas como si fueran humanas, Madre. Las odio por lo que le han hecho a Dom.

—El odio solo conseguirá apartarte del camino. He visto cómo ha cambiado a tu padre.

—Padre es mucho más sensato que tú. ¡Tú llevarías pan a las Gwyrachs y las invitarías a matarnos mientras dormimos!

—Mia, por favor. —Su madre la tomó de las manos—. Tienes mucho talento. Eres inteligente y tienes muchos dones. Pero tienes que prometerme una cosa: tienes que apren-

299

der a acallar tu mente para escuchar a tu corazón. Es importantísimo. Sea lo que sea lo que sientes, miedo, ira, amor, tienes que darte permiso para sentirlo. Y luego usar esos sentimientos para hacer el bien. Úsalos para conocer y sanar a otros; para aliviar su sufrimiento, no para causarles más. No debes permitir que el odio pervierta tus sentimientos.

Su madre le apartó un mechón de pelo de la mejilla.

—Eres igual que yo. Yo también me resistí. Me pasé años resistiéndome a mis sentimientos. Me daban miedo, creía que las emociones eran traicioneras. Pero es que son lo único que importa. Al final, el amor es lo único que importa. *Fidacteu zeu biqhotz, limarya eu naj*: Confía en tu corazón, aunque te mate.

Sus manos eran tan enfermizamente suaves como el resto de su cuerpo. Mia la tomó de las muñecas.

—No soy igual que tú. Dices que escuchar a tu corazón te ha hecho más fuerte, pero yo creo que te ha hecho más débil. Padre nos proteje cazando Gwyrachs mientras que tú les preparas cestas de provisiones, como si dieras de comer a los patos. No son patos, Madre. Son demonios. Si un demonio mató al padre de Dom, ¿qué te hace pensar que no te matará a ti?

Vio el dolor reflejado en los ojos castaños de su madre, pero siguió adelante, alimentada por lo que creía justo y por la ira.

—Quizá es solo tu corazón el que te matará. Y quizá te lo mereces.

Mia salió en tromba de casa y cerró de un portazo.

No miró atrás.

Mia recorrió el bosque pisando un lecho de pícea y agujas de pino mientras esperaba a que las manos dejaran de temblarle. No recordaba la última vez que había estado tan enfadada y, desde luego, nunca lo había estado con su madre. Pero aquello era distinto. Después de la muerte de su padre, Dom quedó como insensibilizado, las gemelas lloraban sin parar y Lauriel vagaba por su casa como un fantasma. Los Du Zol quedaron anonadados por la pérdida. ¿Y Wynna llevaba víveres a una mujer que podría ser la Gwyrach que lo mató? Eso Mia no podía perdonárselo. Había un lugar y un momento para ser amable, pero no era ese.

Llegó a un pequeño claro donde oyó un ruido extraño. Un pájaro aleteaba y se removía en el suelo con un ala rota. Trinaba una larga nota melancólica y sus ojos se movían sin parar. El pequeño saltaparedes sabía que iba a morir.

Antes de que pudiera hacer nada, el pajarillo se estremeció y se quedó muy quieto.

Mia guardó un momento de silencio en señal de respeto y entonces se sacó un cuchillo del bolsillo. Abrió el pecho del pájaro para observar sus huesos y tendones, maravillándose ante la frágil anatomía que le permitía volar. Llevó el saltaparedes hasta la cueva secreta en la que almacenaba todos los tesoros exóticos que su padre traía de sus aventuras: sumergió las alas del pájaro en un tarro de polvo de chinchilla de Fojo, ahuecando las plumas hasta que quedaron lustrosas. Pulió dos cuentas de turmalina negra de Pembuka para los ojos. Luego rellenó el cuerpo de yesca y cosió la piel con aguja y cordel.

Aunque cuando terminó tenía los dedos llenos de pinchazos de aguja, valió la pena. Envolvió las patas del pájaro con un filamento de bronce para atarlo a una ramita bifurcada. Parecía que el saltaparedes iba a ponerse a cantar en cualquier momento como si la hubiera devuelto a la vida.

301

Para cuando terminó, la noche se había abatido sobre el bosque. Mia estaba más tranquila, arrepentida. Angelyne tenía razón: se había comportado como un ogro. Aunque su madre estuviera equivocada, solo pretendía ser bondadosa. Mia decidió que le pediría disculpas en cuanto llegara a casa.

Pero algo no iba bien. Lo notó en cuanto divisó la casita: la luz que salía de su interior era extraña y proyectaba unas sombras largas y fantasmagóricas.

Entonces oyó el grito de su hermana.

Mia abrió la puerta de un golpe. Primero vio a su padre, sentado a la mesa de la cocina con la cara entre las manos. Angelyne estaba tirada bocabajo en el suelo sollozando. Fue solo después de entrar que Mia se dio cuenta de que Angelyne se había arrojado sobre el cuerpo sin vida de su madre.

Conmocionada, Mia recurrió a su lógica. Se arrodilló y recorrió con las manos la piel inmaculada de su madre: la garganta, el pecho, las muñecas. Fue Mia quien encontró la piedra lunar en el puño cerrado de Wynna, el talismán que no había podido protegerla.

—No tiene heridas —repetía sin parar—. No sangra. No puede estar muerta, padre.

El dolor de su padre era tan espeso que se mezclaba con el aire que respiraba, una capa de humo acre que le quemaba la garganta.

—Las Gwyrachs no necesitan espadas o flechas —dijo—. Pueden detener un corazón humano.

El rey envió una citación real para que Griffin acompañara el cuerpo de su mujer al castillo y, unas horas más tarde, llegaron ocho guardias y metieron a su madre en una caja de alabastro. Incluso abotargada por la conmoción, a Mia le pareció una cantidad excesiva. Ocho hombres para una mujer muerta.

Mia suplicó que le permitieran acompañarlos.

—Quédate con Angelyne —dijo su padre—. Protégela.

Con un horror mudo, se quedó sentada mientras los cazadores peinaban el bosque en busca de la asesina de su madre. La mujer enferma del pueblo vecino ya no era sospechosa: más tarde, Mia descubriría que los cazadores ya se la habían llevado al Kaer esa mañana, mucho antes de que mataran a Wynna. Su mano ya colgaba en el Corredor de las manos del rey.

Fue Angie quien encontró el cadáver de su madre. Entró en casa a la carrera, enseñando con orgullo el astrolabio que había comprado para Mia en el mercado, cuando vio a su madre tendida en el suelo. La pobre Angie tenía solo doce años y lloraba y temblaba sin parar mientras Mia le acariciaba el pelo de color fresa.

Pero Mia no podía dejar de pensar en las palabras crueles que había dedicado a su madre. Se convirtieron en un augurio, una profecía maliciosa que se dibujaba sobre sus párpados cada vez que intentaba dormir.

«Quizá es solo tu corazón el que te matará. Y quizá te lo mereces.»

50

A casa

—*L*os hombres de mi padre la trajeron al castillo —dijo Quin—. Ocho guardias.

Mia se obligó a volver al presente. Su cuerpo entero temblaba, la sangre le aullaba en los oídos.

—Me acuerdo.

—La llevaron a la cripta y la dejaron allí.

Le dolía imaginarse el cuerpo de su madre abandonado sobre una fría piedra.

—¿Y qué hacías tú allí, Quin? Dime la verdad.

Él se quedó mirándola durante un largo instante. Entonces, las palabras le salieron a borbotones, como si quisiera librarse de ellas.

—Iba a encontrarme con alguien. Necesitábamos un sitio donde no pudieran descubrirnos.

—¿Con quién ibas a encontrarte?

—Con mi profesor de música.

—¿El chico que te enseñó a tocar el piano?

Quin asintió.

—Te conté que fue mi primer amigo y era verdad. Me enamoré de su hermana, que era preciosa, pero no tardé mucho en enamorarme de él también. Nuestra amistad se convirtió en algo más. Pero en el Kaer siempre había alguien mirando: los criados, los guardias o mi padre. Ni siquiera podíamos rozarnos. Lo único que nos quedaba era tocar canciones para expresar nuestros sentimientos.

—Como *Bajo el ciruelo invernal* —dijo Mia—. La canción que estabas tocando en la biblioteca.

—Fue la primera canción que Tobin me enseñó. Esa melodía te atrapa… —La voz de Quin se apagó un instante. Pero volvió enseguida—: Queríamos reunirnos en algún sitio sin ser vistos. Y entonces, ¡nos dimos cuenta de que la cripta estaba justo debajo del bosque de ciruelos! «Bajo las ciruelas, si así tiene que ser. Vendrás a mí bajo el ciruelo invernal…» La canción nos había dicho adónde ir. Así que nos citamos en la cripta en cuanto cayera el sol.

Quin frunció el ceño.

—Pero las cosas no salieron como planeamos. Apenas llevábamos unos minutos en la cripta cuando oímos a los guardias. Nos escondimos detrás de las tumbas cuando entraron el cadáver. Mi padre iba con ellos y el tuyo también. Estaban discutiendo. Mi padre quería que el cuerpo de tu madre se quedara en el Kaer. Para estudiarlo, dijo. Sospechaban que tenía magia, que el famoso líder de los cazadores tenía una Gwyrach metida en casa.

A Mia se le hizo un nudo en el estómago. Tenían razón.

—Mi padre ganó la discusión, por supuesto —dijo Quin—. Siempre gana. Aunque dejó que tu padre eligiera la lápida. Creo que ese es el motivo por el que la tumba de tu madre es la única de toda la cripta que no parece una parodia grotesca, en mi opinión. La luna y el pájaro.

Mia sentía la respiración entrecortada. El rey no solo la había usado como garantía para asegurarse de que Griffin cumplía con su cuota de manos. La verdad era incluso más siniestra. Ronan lo había acusado de dar refugio a una Gwyrach.

A Mia le dolía el pecho. La única esperanza de su padre para salvar las vidas de sus hijas era dar al rey lo que quisiera.

—Por eso nos obligaron a casarnos —dijo ella.

—No fue el único motivo. —El rostro de Quin se ensombreció—. Mi padre nos encontró agazapados entre las tumbas. Nunca lo había visto tan enfadado. Y, cuando se enfada, mi padre puede ser muy… severo. —Exhaló—. No me hizo daño. Físicamente no, por lo menos. Pero sí se lo hizo a Tobin. Y me obligó a mirar.

Mia sintió un escalofrío recorrerle la espalda.

—¿Qué le hizo?

—Dímelo tú. Ya has visto a Tobin.

—¿Qué quieres decir? ¿Cómo habré yo…?

El chico del pueblo.

La verdad la golpeó como un relámpago. El profesor de música de Quin era el muchacho de Villa Killian que les había dado pan y una bolsa de ciruelas invernales. Recordaba el andar tambaleante del chico, los dos dedos que faltaban en su mano derecha.

—Expulsó a Tobin del Kaer —dijo Quin con voz queda— y lo exilió al pueblo. Pero antes se aseguró de que nunca pudiera volver a tocar un instrumento.

Mia palideció. Aquello era demasiado horrible como para expresarlo en palabras.

—Lo siento, Quin. No puedo ni imaginar cómo te sentiste.

Él se enderezó y borró toda emoción de su cara.

—Ya te lo he dicho, fue la peor noche de mi vida.

Por primera vez, Mia comprendió por qué Quin se había mostrado frío y retraído cada vez que la oía hablar de su madre. El miedo y la vergüenza de esa noche se mezclaban en su sangre como una ventisca.

Un recuerdo chispeó en la mente de Mia.

—¿Es por eso que le dijiste a tu padre que yo era peligrosa la víspera de nuestra boda?

—Fue él quien me lo dijo. Sospechaban que tu madre era una Gwyrach y, por lo tanto, sospechaban de ti también. Aunque, a decir verdad, yo hacía tiempo que imaginaba que era posible que tuvieras magia. Las circunstancias de la muerte de tu madre eran demasiado extrañas. Era fácil culpar a tu padre, el gran cazador de criaturas mágicas, pero yo había visto el cadáver y no tenía ni una sola herida. En mis momentos más oscuros, cuando no podía dejar de revivir esa noche en mi mente, me pregunté si la habrías matado tú.

—Por eso te escondiste un cuchillo en la bota el día de nuestra boda.

Él sonrió con tristeza.

—Yo no te caía bien, eso era evidente. Creo que a padre le complacía enormemente casarme con una chica que podría matarme.

—Nunca has parecido especialmente sorprendido de que yo tenga magia.

—Y ahora ya sabes por qué. —Carraspeó—. Pero ya no te tengo miedo, Mia. Sé qué clase de mujer eres y he visto lo mucho que has llorado la pérdida de tu madre. En el bosque, me pregunté durante un tiempo si la habrías matado sin querer. Pero no creo que puedas matar a alguien por accidente, por más magia que tengas. Solo te he visto usar tu magia para hacer el bien.

Mia se quedó helada. Las palabras de Quin pretendían consolarla, pero se le clavaron en el corazón como una flecha. «Me pregunté si la habrías matado sin querer.»

Oía la voz áspera de Zaga: «Si quieres matar a una Dujia, tócale la muñeca cuando estés furiosa. Las venas de la muñeca son delicadas, pero directas y son canales perfectos para la ira».

Mia había cogido a su madre de las muñecas cuando estaba furiosa.

—Quin. —Aquellas palabras eran como fuego en su garganta—. Creo que maté a mi madre.

A él no le dio tiempo a responder. Un grito cruzó el aire. Estaba cerca, a la vuelta de la esquina. A través de los árboles, Mia vio un destello rojo a lo lejos. El globo aerostático.

Más gritos de terror llenaban el aire. No podía moverse. Estaba clavada en el suelo. Pero del *merqad* no dejaban de salir mujeres que pasaban de largo corriendo en tromba hacia el globo. Fuera quien fuera que acababa de llegar, era evidente que no iban a dispensarle la misma bienvenida impasible que habían recibido Mia y Quin el día anterior.

«Yo la maté. Yo maté a mi madre.»
Quin la tomó de la mano.

—Vamos.

En la pista de aterrizaje, un silencio inquietante se había extendido sobre la multitud. El globo se mecía suavemente, aún sin amarrar, y la mujer de piel oscura con el pañuelo de un púrpura deslumbrante en la cabeza, que parecía estar al mando, estaba muy quieta junto al borde del cesto de bronce.

—Nos han encontrado —dijo.

Al lado de Quin, Mia estaba como en trance cuando la mujer la apuntó con un largo dedo acusador.

—Por tu culpa.

Mia sintió como se le encogía el corazón. ¿La habían seguido los cazadores hasta la isla y había revelado el escondite de las Dujias? ¿A cuántos ángeles matarían por su descuido?

La mujer del pañuelo le indicó que se acercara. Mia soltó sus dedos rígidos de la mano de Quin y a pasos muy lentos, como si caminara hacia la muerte, anduvo hacia ella.

No había nadie dentro del globo. Pero, al mirar dentro del cesto, se le hizo un nudo en el estómago. Deseó poder olvidar lo que acababa de ver.

Un ave nadaba en un charco de sangre. Un cisne esbelto y elegante con el cuello cortado. Mientras Mia contemplaba el malogrado cuerpo, no podía pensar en otra cosa que en su hermana. *Angie, mi pequeño cisne.*

Escrito con sangre dentro del cesto había un mensaje rojo reluciente:

Mia,
Vuelve a casa.

CUARTA PARTE

Sangre

51

La amenaza, o promesa, de violencia

*L*as embarcaciones de las Dujias eran robustas, aunque pequeñas. Guardaban su flota en una cala espaciosa a la que se podía llegar a nado fácilmente desde la cascada. Aunque «flota» era una palabra generosa: había apenas una docena, cada una con dos remos y tallada en una madera dura y fibrosa barnizada de negro. A diferencia de la forma de cascarón de nuez del *Rayo de Sol*, estos botes eran largos y estrechos, afilados en un extremo y abultados en el opuesto. «Como lágrimas —pensó Mia—. O gotas de sangre.»

La llegada del cisne a Refúj había hecho cundir el pánico. El refugio, el lugar seguro, el santuario a salvo del resto del mundo, había desaparecido. El globo nunca antes había llegado con un animal muerto y una advertencia. Niñas pequeñas lloraban mientras sus madres intentaban calmarlas, pero las mujeres estaban igual de asustadas. Las habían descubierto.

«Mia, vuelve a casa.»

El mensaje no podía estar más claro: si quería volver a ver a Angelyne con vida, volvería a Kaer Killian.

No hubo discusión posible. Desde el mismo instante en el que vio el cisne con el cuello cortado, supo que volvería.

Con lo que no contaba —y contra lo que había protestado ferozmente— era con que Zaga insistiría en ir con ella. Zaga prometió a sus hermanas Dujias que se enfrentaría personalmente a la amenaza. Si solo era cosa de unos pocos, se encargaría de ellos. Si los glasddirianos en pleno planeaban atacar, se prepararían para luchar.

Ordenó a Dom y a Pilar que la acompañaran y, para sorpresa de todos, también a Quin. Él nunca había visto a Zaga y Mia, por los soplos de aire helado que emanaban de su cuerpo, percibía que le tenía miedo. Zaga ofrecía un aspecto formidable y, cuando ordenó al príncipe que fuera con ellos, él ni rechistó.

Solo se llevaron dos barcos: Quin y Domeniq iban en uno. Pilar y Mia manejaban el otro, mientras que Zaga iba encogida en la popa, con la espalda profundamente encorvada. Dos lágrimas solitarias recorriendo la costa oriental de Glas Ddir. Una lágrima para los chicos y una para las Dujias.

«Yo maté a mi madre.»

Cada pocos segundos, el dolor volvía a acuchillarla. Su madre estaba muerta por su culpa. Y su hermana pronto seguiría el mismo camino… si no estaba muerta ya.

El bote surcaba las olas. El mal de mar de Mia combinaba a la perfección con su culpabilidad, empañando su dolor. Intentó distraerse pensando quién habría mandado el cisne. ¿Habría sido Tristan? Parecía improbable que hubiera conseguido llegar al Kaer; hacía menos de dos días que lo habían dejado en el bosque. ¿El rey Ronan? Cortarle el cuello a un ave parecía algo muy típico de él.

¿O habría sido el Círculo? Los cazadores habían pasado el tiempo suficiente rondando por casa de los Rose como para oír a Wynna llamar a Angelyne «pequeño cisne». ¿Tendría también Angie magia por florecer? Solo de pensarlo, el corazón de Mia dio un aullido de miedo. Si los otros cazadores habían descubierto que Mia y su madre eran Gwyrachs, matarían a Angie sin miramientos para eliminar cualquier riesgo. Y, si ya habían matado a su padre por traición, Griffin no podría protegerla.

—¿Deseas saber más acerca de tu magia? —dijo Zaga desde popa, con la voz brumosa.

—No —dijo Mia. Y, después de un segundo—: Sí.

Todas aquellas horas sin sentido estudiando libros de

anatomía, creyendo que hubiera podido salvar a su madre si hubiera sido capaz de entender cómo la sangre arterial circulaba por el corazón. Qué infantil había sido. La magia de Mia había matado a su madre, pero si lo hubiera sabido —si hubiera sido capaz de usarla y controlarla— hubiera podido salvarle la vida.

Le pareció ver una sombra de ternura tras los ojos duros de Zaga.

—¿Sabías que fui yo quien enseñó a tu madre el arte del embrujo?

Lo sabía gracias al cuaderno de su madre.

—Yo ya sé cómo embrujar.

Pilar intervino:

—Lo que tú sabes es una versión simplificada. Mi madre es capaz de embrujar a diez hombres a la vez.

Zaga asintió.

—Es posible hechizar con deseo una habitación llena de hombres.

Mia sintió una semilla de miedo plantarse en su estómago.

—¿Sin tocar a nadie?

—Sí. Requiere de mucha concentración, pero puede hacerse.

El océano abofeteaba el barco con olas ribeteadas de blanco. Cada vez que cerraba los ojos, Mia veía a Angie flotando en un baño de sangre. Agarró el remo con más fuerza. Si había fracasado en su intento de mantener a salvo a su madre, tenía la oportunidad de compensarlo salvando a su hermana. Nunca había tenido ninguna intención de blandir su ira como un cuchillo, pero tal vez pudiera aprender a hacerlo: una lección que llegaba tres años tarde.

—¿Por qué nadie habla de las Tres Leyes? —preguntó Mia.

Zaga se removió en su asiento.

—No hay mucho de que hablar. Las leyes han ido pasando de generación en generación entre las Dujias, simplificadas y codificadas a lo largo de los siglos. La Primera Ley: no usamos la magia para hacer daño a nuestras hermanas. La Segunda Ley: no usamos la magia para hacernos daño a nosotras mismas. La Tercera Ley: no usamos la magia para hacer daño a quienes no tienen magia, a menos que tengamos una causa justificada para hacerlo.

—¿Y cómo se define «causa justificada»?

Una sonrisa levantó las comisuras de los labios de Zaga. Era la primera vez que Mia la veía sonreír y su sonrisa parecía oxidada, como si su boca hubiera olvidado cómo darle forma.

—La interpretación de las Leyes siempre ha estado bastante abierta.

En ese caso, pensó Mia, ¿de qué servía tener leyes?

—Mi madre dijo que tú coqueteabas con magia oscura. Que quebrantaste la Segunda Ley.

Mia vio cómo la ternura se evaporaba del rostro de Zaga.

—Hay cosas que no me apetece recordar. —Volvió a cerrarse como una caja—. ¿Quieres aprender el arte del embrujo o no?

Mia intentó concentrarse en las palabras de Zaga, pero su mente no dejaba de volver a su padre. «Embrujar a alguien es convertirlo en esclavo, rosita. Es robarle la voluntad. Y, sin voluntad, ¿qué somos?»

¿Era consciente de que su mujer llevaba años embrujándolo?

Una llamita de esperanza se encendió en su interior. Su padre no quería casarla con el príncipe. Si resultaba que su padre había sido desleal a la corona, ¿significaba eso que había descubierto la verdad sobre su madre… y había intentado ayudarla?

La llamita se hizo más fuerte. El padre de Mia le había dado el diario. En la cripta, le había preguntado por la piedra fojuen y le había dicho que era el examen más importante al que se sometería jamás. Era como si le hubiera dado un mapa para llegar a Fojo. Y, en cierto modo, lo había hecho. Tocó el diario, escondido en la chaqueta que le había prestado Pilar, mientras un torrente de alivio corría por su interior.

Su padre lo sabía. No podía ser de otra manera.

«Tu madre te quería más que a nada. Un amor así es poderoso. Tú también cargas ese amor sobre tus hombros.»

¿Y si había dicho «amor» cuando quería decir «magia»?

Y si sabía que Mia tenía magia, ¿sabía que había matado a su madre?

Mia aún sentía la mano de su padre en la espalda al acompañarla hasta la capilla real. Firme y sólida, más como un libro que como una mano. Creía casi con total seguridad que era su padre quien le había escondido el diario en la cola del vestido mientras la llevaba al altar. ¿Es que quería que Mia escapara, después de fingir que no? ¿Y por qué iba a someter a Angelyne a una boda real y al mismo destino cruel?

—¿Has escuchado una palabra de lo que mi madre ha dicho? —dijo Pilar, haciéndole soltar un respingo.

—Por supuesto —respondió Mia, aunque ambas sabían que mentía.

El viaje de regreso al castillo era más rápido por mar que por tierra. En lo alto veía la mancha de las agujas azuladas de los swyn, de las montañas que se convertían en colinas antes de hundirse en el río.

Mientras los dos botes recorrían velozmente la costa, el día dio paso a la noche, que dio paso al día, que dio paso a la noche, mientras alcanzaban el Mar Opalino.

El padre de Mia le había hablado con aprecio del Mar Opalino, pero ella nunca lo había visto. Apenas se fijó en el fulgor opalescente del agua, en la luz de las estrellas que se derramaba sobre las olas. Había leído que el agua debía su color característico a la acumulación de animálculos bajo la superficie, creando un resplandor ultraterreno. Le daba igual. Lo único en lo que podía pensar era: Angie. Angie. Angie.

—¿No nos estará esperando un ejército? —murmuró Mia—. Quien sea que mandó el cisne sabe que venimos.

—Si hubieras prestado atención —dijo Pilar— sabrías que el embrujo nos hace mucho más poderosas que ellos. Si controlamos los corazones de los hombres, controlamos a los hombres. Aunque Ronan enviara a una legión de diez mil soldados, no podrían con nosotras.

Pilar parecía un poquito demasiado segura, pensó Mia. Si lo que decía era cierto, era evidente que las Dujias no habrían pasado tantos siglos oprimidas.

Miró hacia el otro barco, donde Quin y Dom hablaban tranquilamente. De vez en cuando, una carcajada cruzaba las olas. Estaba celosa de lo a gusto que estaban juntos, de su familiaridad innata. Con Domeniq, Quin nunca tendría que preguntarse si lo estaban embrujando. Podía confiar en sus propios apetitos. En su propio deseo.

Remaron durante horas, enfrentándose a las olas que aspiraban y succionaban los remos, deteniéndose solo lo necesario para comer los víveres que habían traído con ellos. Mia tenía los labios cortados, abrasados por la sal y el sol. Después de dos días remando sin parar, el acantilado se alisó y el Mar Opalino los escupió directamente en la desembocadura del Natha. Desde allí, el camino hacia Kaer Killian era rápido: una límpida línea negra.

A Mia le dolían los hombros y le escocían las ampollas de las manos. En el cielo, la luna se resquebrajaba en un millar de cuchillos de plata y bailoteaba sobre la superficie del río. En la negrura, el agua bullía con la amenaza, o la promesa, de violencia.

Mia fue la primera en divisarlos: los altos árboles de Ilwysion. Aspiró el aroma de pino. Después de tres días remando, por fin habían llegado.

—Silencio —ordenó Zaga mientras arrastraban los botes a la orilla, con los pies hundiéndoseles en la esponjosa arena negra. Se encontraban a poca distancia de Kaer Killian; lo bastante lejos como para que el bosque estuviera desierto, pero lo bastante cerca como para ver la bruma anaranjada de las antorchas de los burdeles en el pueblo.

Pilar ayudó a su madre a bajar del bote. Teniendo en cuenta lo agarrotadas que Mia sentía las extremidades, apenas podría imaginar lo que las olas le habrían hecho al cuerpo de Zaga. Sorprendentemente, había requerido de muy poca ayuda en el barco; si el accidentado viaje había agravado sus dolencias, no lo mostraba.

Zaga se apoyaba en su nudoso bastón blanco.

—Acamparemos aquí y dormiremos unas horas para recuperar fuerzas. De nada nos servirá la magia si estamos demasiado débiles para usarla. Entonces, en lo más negro de la noche, descenderemos hasta el peñasco y seguiremos los túneles hasta las profundidades del castillo.

A Mia no le hacía ninguna gracia que Zaga se hiciera con el control de lo que debería ser una operación de rescate. Quería ir al castillo y encontrar a Angelyne de inmediato. Pero sabía que necesitaba dormir. Zaga le había dado lecciones de magia en el barco, enseñándole una serie de ejercicios rudimentarios que la habían dejado exhausta.

Montaron el campamento. Zaga descansaba junto a una roca llena de musgo mientras Mia se afanaba en encender una hoguera. Pilar desapareció en el bosque para cazar algo para cenar y Quin y Domeniq izaron una lona tosca que los refugiara. Mia detestaba que andaran como de puntillas a su alrededor, hablando en susurros. Preferiría que gritaran.

Mia estaba tensa y nerviosa. Cada chasquido de una rama al romperse, cada crujido de la hojarasca, la hacía girar sobre sus talones como si esperara ver a Tristan o a los guardias del rey irrumpir entre los árboles. Si había calculado bien —y, a decir verdad, raramente calculaba mal— el duque llegaría al castillo al mismo tiempo que ellos.

Sopló sobre las ascuas cenicientas hasta volverlas de un rosa chisporroteante. Se giró rápidamente al oír un sonido, pero era solamente Pilar, que llegaba orgullosa al campamento con un jabalí colgando del hombro. Mia no le preguntó si lo había matado con magia o con una flecha. Asaron su carne sobre la hoguera, arrancando bocados tiernos del hueso.

Hablaron quedo hasta que Quin preguntó en un tono cargado de intención:

—¿Qué estoy haciendo aquí? —Los demás se quedaron callados. Los ojos de Quin iban de Pilar a Zaga y a Mia—.

317

Es evidente que vosotras tres sois perfectamente capaces de sitiar el castillo sin ayuda.

Mia esperaba que Zaga respondiera a la pregunta con otra pregunta. Pero, por una vez, habló sin rodeos:

—Te quedarás con Dom en el bosque que rodea el castillo. Si tenemos algún problema, estoy segura de que el rey se alegrará mucho de saber que su hijo está ante las murallas del castillo, perfectamente sano y salvo.

A Mia se le hizo un nudo en el estómago. Oía la amenaza velada detrás de las palabras de Zaga: sano y salvo, de momento.

Quin era su garantía.

«Mi novio de chantaje.»

Miró a Dom, que se frotaba la cabeza febrilmente. A él tampoco le hacía ninguna gracia. Pilar ni la miraba a los ojos.

—Dormid todo lo que podáis. —Zaga echó mano de su bastón—. Os despertaré cuando llegue el momento.

Se acercó cojeando a un roble muy alto, se sentó sobre el musgo del suelo con la espalda apoyada en el tronco y cerró los ojos.

Mia sentía el miedo de Quin, un velo de frío que le hacía cosquillas en la piel. También sentía su tristeza, un cansancio muy pesado en manos y pies. Una vez más, se dio cuenta de que no era capaz de determinar dónde terminaban las emociones de él y empezaban las suyas: ella también tenía miedo. Ella también estaba triste. ¿No habían hecho ya mucho daño a Quin? Estuvo a punto de morir en la Capilla Real solo porque estaba cerca de ella. El sitio menos indicado, el momento menos indicado, la esposa menos indicada.

¿Cuánta gente moriría por su culpa?

Quin se apartó de la hoguera. Todos se mostraban excesivamente precavidos unos con otros mientras enterraban los restos de la cena en silencio. Mia apiló agujas de pícea para hacer una almohada y colocó el diario en el centro, como un suave huevo de cuero. Luego lo cubrió con un manto protector de hojarasca y piñas. Enroscó su cuerpo a su alrededor, pero estaba demasiado ansiosa como para dormir. Pensó en esperar a que los demás se durmieran y escabullirse sola al castillo. Podría marcharse con Angie y llevarla a un lugar seguro.

Pero ¿adónde? Refúj ya no era un lugar seguro. Ya no quedaba ningún lugar seguro.

Oyó cómo alguien se dejaba caer en el suelo no muy lejos. El príncipe.

Con gran vergüenza, fingió estar dormida. Por el rabillo del ojo lo veía tumbado pero en tensión sobre el frío suelo, lejos de la lona que él y Dom habían colgado, con los puños apretados y mirando al cielo. Bajo la suave brisa, sus rizos parecían respirar y su cara era besada por la luz de la luna. «En otro mundo», pensó Mia, «en otra vida, podría amarlo.»

Entonces, el terror de Quin se le clavó como una estaca en el cráneo. Si algo salía mal al día siguiente, ¿Zaga lo mataría?

Mia nunca debería haberlo llevado a Refúj. El rato que había pasado bailando y bebiendo en el Fénix Azul parecía muy lejano, un juego de niños ingenuo. Zaga no era ninguna niña. No dudaría en hacerle daño a Quin para proteger a los suyos.

Tal vez todas las madres fueran así.

—¿Mia? —Quin hablaba con una voz suave—. ¿Estás despierta?

No dijo nada. Se odió por su silencio. ¿De verdad le quedaba tan poco para dar?

«Es por su bien», se dijo. Mantendría a Quin a distancia para protegerlo. El amor no era algo que pudiera existir entre ellos. Ni entonces ni nunca.

Una nube pasó sobre sus cabezas. El cielo chisporroteaba de un azul medianoche salpicado de estrellas. El aire era demasiado pesado como para respirar. Mia estaba agotada, se sentía quebradiza como el papel, desgastada hasta los huesos por todos sus esfuerzos.

Hiciera lo que hiciese al día siguiente, alguien saldría mal parado.

52

La gente a la que amas

Mia despertó al oír un rumor seguido de silencio. Una rama crujió bajo el peso de una bota.

Todos los nervios de su cuerpo se pusieron en tensión. ¿Era Tristan? Escuchó atentamente unos segundos. Otro chasquido.

Barrió el campamento con la mirada. Los demás dormían profundamente. Dom estaba tumbado bajo la lona con dos manos sobre la barriga. Pilar estaba tendida en el suelo, ocupando mucho espacio. Zaga seguía recostada en el árbol, con la espalda curvada como una guadaña.

Quin no estaba.

Oyó cómo alguien apartaba ramas cuidadosamente, pisadas, una respiración. Algo pesado cayó al río con una salpicadura. Nadie se movió cuando Mia se levantó y se escabulló sigilosamente entre los árboles.

El suelo del bosque estaba cubierto de musgo verde y líquenes blanquecinos. Pasó junto a torres inclinadas de lutita, gneis y cuarcita cubiertas de estrías glaciales en tonos de gris y marfil, como un abanico de bolsillo de mujer. Mia imaginó a la diosa del río, apartada de sus tres hermanas y su paraíso volqánico. La vio paseando por ese extraño reino pedregoso, dejando caer sus lágrimas, que resbalaban por las rocas hasta llenar el Natha.

La tierra se volvió más blanda y pasó a estar compuesta de finos gránulos. Había llegado al río.

Oyó un chapoteo y vio una mancha dorada en medio de la negrura. Tomó aire y salió de entre los árboles.

Quin estaba sentado en la orilla, arrojando guijarros al Natha. Sus zapatos estaban pulcramente colocados sobre la arena; iba descalzo y tenía los pies en el agua. Hizo un gesto de irritación al verla.

—No pasa nada. —Alzó las manos en señal de paz—. No me envía Zaga a espiarte. He venido como amiga.

—Amiga. —Esbozó una sonrisa triste —. ¿Cuándo hemos sido amigos tú y yo? Refugiados, tal vez. Compañeros de fatigas. Un matrimonio dudoso. Pero nunca amigos.

—¿Puedo sentarme?

—Puedes hacer lo que quieras. Si hay una cosa que he aprendido de ti es que siempre lo haces.

Mia se dejó caer sobre la arena. Juntos, contemplaron el agua que corría a sus pies. El aire estaba preñado de las cosas que no se decían.

—Es curioso —dijo ella al fin—. Antes me reconfortaban muchísimo los árboles. A mi madre le gustaban los árboles, y creo que a mí me encantaban por eso; eran gigantes bondadosos que cuidaban de mí cuando era niña. Pero creo que era mentira. Mucho de lo que creía eran mentiras. Ahora el agua me parece más sincera. Negra y turbia y capaz de matarte en un abrir y cerrar de ojos… y mucho más honesta.

Quin pasó un largo rato mirando el río, negro y revuelto.

—No quiero volver, Mia.

—No te culpo.

—Pongamos que Zaga no me mata. Que regreso al Kaer de una pieza. Si vuelvo, si vuelvo con mi padre, a ese mundo, me aplastarán. Me convertirán en alguien irreconocible. —Enterró los puños en la arena—. Sé que quieres salvar a tu hermana. No quiero que le pase nada a Angelyne. Pero no puedo evitar sentir que, si vuelvo, moriré.

Las flores de endrino entregaban su dulce fragancia al aire fresco de la noche. Ese olor había sido una constante en su infancia, un placer sencillo. Pero desde la muerte de su madre olía a pérdida.

321

—Lo siento. —Mia se miraba las manos—. No he traído más que miedo y terror a tu vida.

—No. El miedo y el terror estaban ahí desde siempre. Tenía miedo de ti, sí, pero he tenido miedo de mi padre casi toda mi vida. Después de lo que le hizo a Tobin... —Negó con la cabeza—. No sé por qué me sorprendió. Llevaba años viendo cómo colgaba las manos de las mujeres a las que mataba. Niñas. Niñas pequeñas...

Las palabras se le atragantaron y no pudo terminar.

—Me he pasado toda la vida temiendo a mi padre. Pero también temo volverme como él. Temo que sentarme en el trono del río me haga volverme implacable y brutal, en la clase de persona que construye un reino basado en los prejuicios y el odio.

—Quin. Mírame. —Le sostuvo la barbilla—. Tú nunca podrías ser como tu padre. Jamás. Eres bueno y bondadoso y generoso. Te preocupas por la gente. En el Kaer te creía egoísta, un principito mimado como cualquier otro. Pero me equivoqué contigo. Me he equivocado en muchas cosas.

Él le tomó la mano y se la llevó a la mejilla.

—Tú me sacaste, Mia. Me has llevado a sitios donde nunca había estado, me has hecho probar la libertad. Me has enseñado cómo podría haber sido mi vida. Cómo podría haber sido yo.

—Tu vida no ha terminado.

—Tal vez sí. Depende de lo que pase mañana. —Le soltó la mano para coger un canto rodado, que empezó a acariciar con el pulgar—. Nunca pensé que llegaría hasta aquí. Ni en un millón de años lo hubiera imaginado, ni en todos mis juegos de fingir y hacer ver. Pero no me arrepiento. No me arrepiento ni un solo minuto de haberte conocido.

Mia se preguntó por qué había vuelto a dejar crecer su corazón si iba a romperse de nuevo.

—No permitiré que te pase nada —susurró—. Te lo prometo.

Él sonrió.

—Estás muy guapa cuando mientes. —Al ver que se ruborizaba, añadió apresuradamente—: No lo digo por hacerte de menos ni insinúo que la belleza tenga nada que ver con lo que vales.

Mia no entendía lo que estaba pasando en su cuerpo. No era la languidez meliflua del embrujo, sino la sensación de dar vueltas en el aire, ingrávida. Supuso que esa sensación era deseo.

—¿Y qué pasa con Dom? —preguntó.

—Él también es muy guapo. —Quin arrojó una piedra al agua, haciendo que rebotara con elegancia, como una grulla—. Puede haber más de una persona guapa, que lo sepas.

—¿Pero tú...?

—Estoy enamorado de ti, Mia. ¿Con todo esto de la magia, no te habías dado cuenta?

Mia se inclinó hacia delante, hundió los dedos entre sus rizos y acercó sus labios a los de él.

El deseo le lamía la clavícula, se retorcía en su barriga como una llama. No sabía que se podía querer a alguien. Así no. La boca de Quin era tierna y suave, sus labios, cálidos y salados. Él le sostenía la cara con las manos y le recorrió la mandíbula con el pulgar, haciendo que su piel se derritiera al contacto.

Mia se apartó.

—No te estoy embrujando. No quiero que pienses...

—Lo sé. —Quin se sacó una cadena del bolsillo. Del extremo colgaba un pequeño trozo de uzoolión—. Un regalo de despedida de Lauriel —dijo, poniéndose el collar al cuello.

Mia contuvo la respiración, temiendo que el deseo desaparecería de sus ojos, que tal vez sí estaba embrujándolo al fin y al cabo. Pero se sentía firme en su cuerpo, poderosa de una forma que nunca había experimentado durante un embrujo. Lo deseaba. No era la magia, era ella.

—Deseo esto —dijo él—. Te deseo a ti.

Sintió cómo la recorría el fuego especiado del deseo de Quin. Embrujarlo era un artificio disfrazado con un vestido de engaños. Una manipulación haciéndose pasar por deseo lo que, desde fuera, era encantador, hasta fascinante. Pero eran emociones manufacturadas, nacidas de la magia, no del anhelo.

Lo que sentía en ese momento, el calor que palpitaba en su interior, temblando en las puntas de los dedos, latiendo en sus caderas, era real.

Él enterró las manos en los rizos de Mia, transformando su pelo en rayos de sol candentes. Con la otra mano le recorrió la nuca con los dedos. Le inclinó la cabeza hacia atrás con suavidad y le tocó con los labios la mejilla, la mandíbula, el cuello. Le recorrió el escote de la camisa mientras dejaba caer besos como chispas sobre su clavícula. Le estaba prendiendo fuego.

—Demasiado calor —murmuró ella.

—¿Qué quieres que haga?

—Refréscame.

Él le apartó el cuello de la camisa un par de centímetros y sopló sobre su piel sofocada. Unas sensaciones deliciosas hacían estremecer su columna.

—El río —dijo ella.

Se dejaron caer en el Natha, bajo el embate refrescante del agua. La ropa se les pegaba al cuerpo como una segunda piel. Mia enterró los dedos en los rizos de Quin, que, mojados, se le pegaban a la frente y saboreó su grueso labio inferior. Recorrió su pecho con las palmas de las manos y se detuvo allí donde las crestas de su cadera se encontraban con la cintura del pantalón.

—¿Esto es lo que se siente al ahogarse? —murmuró él—. Porque creo que quisiera ahogarme para siempre.

Mia se echó a reír.

—Lo siento. Perdona. Es que juraría haber leído esa misma frase en una de las novelas de mi hermana.

Temía haber echado a perder el momento, pero él también rio.

—No hace falta decir —le susurró él al oído—, que yo también he leído esa novela.

Quin tenía los dedos enredados en los tirabuzones resbaladizos de su melena y la atrajo hacia él para explorarle los labios con los suyos ansiosos. Mia le rodeó la cintura con las piernas y sintió su cuerpo esbelto y terso, más fuerte de lo que esperaba. La tela que los separaba se estaba deshaciendo en el agua del río. Todo se deshacía. Se sentía como una cucharada de azúcar en el mar.

Los besos de Quin eran ardientes y prendían fuego a sus pensamientos y a su razón. No podía creer que jamás hubiera pensado que el príncipe no tenía sangre en las venas. La sentía bombear desde su corazón, aplastado contra sus costillas.

Su cuerpo vibraba con un zumbido grave y sostenido. Perdió la noción del tiempo y los segundos se derretían en minutos y los minutos se derretían en horas. No había ningún teorema que pudiera explicar aquello. ¿Y por qué iba a querer hacerlo? Lo que Quin le estaba haciendo desafiaba toda lógica.

Mia recorrió su piel mojada con los dedos, memorizando el mapa de su piel. Estaba explorando los límites más lejanos del placer de él y del suyo propio, las aguas fronterizas del deseo. No había ciencia que pudiera explicar el calor que surgía de su núcleo, los rayos chisporroteantes de fuego y fricción, como una estrella fulgurante.

Cuando por fin separaron sus cuerpos, salieron del río y se dejaron caer en la orilla, agotados. Mia temblaba de calor, si es que eso era posible. Y todo parecía posible en ese momento. Se sentía envuelta en una neblina de ensueño como de otro mundo.

En medio de la neblina, percibió un susurro lejano: «La gente a la que amas es la que más daño te hace». Lo apartó de su mente. No quería oírlo. No en ese momento, cuando todo el sufrimiento de los últimos días por fin había dejado paso a la dicha.

—Maravilloso —dijo Quin, besándole la muñeca—. Maravilloso. —Le besó la clavícula—. Maravilloso. —Se distrajo con sus labios.

Mia emitió un gemido grave de placer y el río se lo devolvió.

Y entonces, una mujer gritó.

53

Desquiciado

*O*yeron el grito de nuevo, estridente y rezumando miedo.

Mia y Quin se levantaron apresuradamente y echaron a correr hacia donde venía el grito.

No había tiempo para debatir un plan de acción. Volaban por el bosque, tropezando con piedras y tocones de árbol. Segundos más tarde, llegaron dando traspiés a un claro, donde una imponente yegua blanca estaba atada a un árbol. La yegua relinchaba y pataleaba, claramente agitada.

Dos hombres tenían a una chica sujeta en el suelo. Uno la agarraba por los muslos y el otro, por las muñecas. Ella tenía el pelo salvajemente revuelto y su camisa rota y abierta dejaba ver el pecho.

—¡Karri! —gritó Quin.

Karri lo miró con los ojos abiertos de terror. Se debatía con todas sus fuerzas, revolviéndose y pataleando, pero ni siquiera la princesa magnífica era rival para aquellos dos hombres.

Cuando Mia se fijó en los dos hombres, la bilis le quemó la garganta. El primo Tristan y su único guardia superviviente le devolvieron la mirada.

El duque tenía una mano muerta colgando al costado, los dedos destrozados por donde la había sujetado por el tobillo. Él y su guardia pelirrojo llevaban días de camino a pie hacia Kaer Killian y estaban sedientos y hambrientos, con las caras pálidas endurecidas y sin afeitar y los cuerpos macilentos. Aún no habían llegado hasta la hermana de Mia.

Pero se habían topado con la hermana de Quin.

Cuatro días de nieve y hambre deberían haberlos debilitado, pero la lujuria les había devuelto las fuerzas. Engulleron su poder hasta estar ahítos y borrachos. Sabía que podían tomar lo que desearan, y lo que Tristan deseaba era a su propia prima. Hasta donde sabían, era incluso posible que el rey hubiera dado su beneplácito.

Mia sintió náuseas. Ni siquiera Karri, hija del clan Killian, heredera legítima del trono del tío, estaba a salvo.

Con un rugido, el príncipe se abalanzó sobre Tristan, rodeándole el cuello con un brazo. Cayeron al suelo mientras el duque gritaba e intentaba golpear a Quin.

En lugar de apartarse, el guarda nervudo aplastó a Karri con su peso. Le acarició la cara interior del muslo con una mano sucia.

—Como quieras, princesa —gruñó—. Me gustan más las que se resisten.

Karri se quedó paralizada y Mia sintió miedo, un miedo frío y letalmente afilado. Una de las lecciones que Zaga le había enseñado en el barco le hizo cosquillas en los dedos. Sabía perfectamente lo que tenía que hacer. Rodeó al hombre con sus brazos por la espalda, enterrando las palmas de las manos en su entrepierna.

Notó cómo la sangre le aullaba en las manos. Sintió cómo el calor desaparecía de la entrepierna del guardia a medida que ella empujaba más y más abajo. Lo estaba asangrando. Allí donde su cuerpo estaba enhiesto apenas segundos antes, sentía cómo se desinflaba. Hizo más presión con las manos, enviando la sangre hasta los pies, donde no podría hacer daño a nadie. Con un grito, el guardia soltó a Karri agarrándose los dedos de los pies, hinchados por el exceso de sangre.

La cara de la princesa estaba bañada en lágrimas a la luz de la luna. Mia nunca la había visto llorar.

—Mia —susurró—. Gracias a los dioses.

El violador salió del claro dando tumbos, gritando a su amo que lo siguiera. Tristan aprovechó el momento de confusión y propinó un puñetazo a Quin con su mano buena que mandó al príncipe al suelo. El duque y su guardia echaron a correr por el bosque y desaparecieron tras una arboleda de arces.

Karri estaba temblando.

—Nunca pensé… No creí que fuera a…

Mia oyó un crujido a su espalda. El aire se partió en dos cuando una flecha roja pasó volando por encima de su cabeza y se clavó en el estómago de Karri.

Mia vio con horror como la princesa se desplomaba en el suelo del bosque.

329

54

Lágrimas de sangre

—¡No! —exclamó Quin.

Tardó solo un instante en arrodillarse junto a su hermana. Ella luchaba por respirar mientras un halo de sangre empezaba a rodearla, empapándole la camisa y ungiendo también a Quin cuando hizo presión en la herida con las manos.

Mia no podía moverse. No le hizo falta; Pilar apareció de entre los árboles, con el arco que le quemaba entre las manos. Temblaba.

—Mi madre —susurró—. Mi madre dijo…

Zaga también llegó con su bastón blanco en la mano.

—Te dije que la hirieras, Pilar. No que la mataras.

Mia notó cómo la sangre se le espesaba en la garganta mientras Karri no dejaba de sangrar. Las dos se ahogaban. La boca de Karri se movía, pronunciando sin hacer ruido: «Ayuda. Por favor, ayúdame.»

Zaga se inclinó sobre la princesa caída. Apretó los labios en una pálida línea gris.

—Cúrala —le dijo a Mia.

—No sé cómo.

—Sí que sabes. Ya lo has hecho, con una flecha fojuen muy parecida.

—Deberías hacerlo tú, Zaga. Yo no sé si…

—Cada segundo que pierdes es precioso. Te guiaré para que no falles.

Mia percibió cómo Pilar se apartaba y se ocultaba en el

bosque, y era vagamente consciente de la presencia de Dom en la orilla del rio, grande pero silencioso. Seguía mareada por el asangrado, pero se arrodilló y apartó con suavidad las manos de Quin. Hacía apenas unos minutos, esas mismas manos eran suaves y cálidas sobre su cuerpo; se habían convertido en bloques de hielo que no parecían humanos.

—Toma esto —dijo Zaga, y puso una piedra roja en las manos de Mia. El saltaparedes rubí de su madre, vio sobresaltada. Zaga debía de haberlo sacado de su lecho en el bosque.

—Póntelo cerca del corazón —dijo Zaga— para que amplifique tu magia.

Mia asintió y se lo guardó en la blusa y luego colocó las manos sobre el estómago de Karri, con los dedos envarados por el miedo.

—No —dijo Zaga en tono cortante—. Al corazón.

Mia hizo lo que le decían. Cada segundo contaba, no podía arriesgarse a cometer ningún error.

—Dile a la sangre que se tranquilice. —La voz de Zaga sonaba quedamente en sus oídos—. Tienes que calmar su corazón desbocado.

Mia recordaba la sensación de sanar a Quin, el entumecimiento en los dedos; la impresión de ser un trapo mojado, escurrido por ambos costados.

—Tienes que ralentizarle el corazón. Hacer que salga la sangre.

Pero ¿eso no era asangrar? ¿Vaciar el corazón de sangre? Al curar a Quin, le había puesto las manos directamente sobre la herida, pero es que la herida estaba justo sobre el corazón...

—Estás distraída. Necesitas tener la mente en blanco.

Mia lo intentó de nuevo. Cerró los ojos y pensó en cosas tranquilas que la serenaran. El lago azul de Refúj. Una jarra de nata sobre una mesa. Una piedra blanca y lisa.

—Vacía la mente del todo —jadeó Zaga, así que Mia borró también esas imágenes. No veía nada. Todo estaba en blanco.

331

Algo iba mal.

Sus manos no funcionaban. Le pesaban, estaban demasiado frías. Los colores y los sonidos estaban entremezclados; oía ruido negro, los colores chillaban.

La respiración de Karri le arañaba el pecho. Mia la sentía tartamudear en sus propios pulmones.

—Calma, Mia. Un pasillo oscuro. Una habitación vacía. Tienes que conseguir que se calme.

No podía respirar. Su cuerpo era una avalancha. Frío. Un frío tremendo.

Los ojos de la princesa se abrieron de par en par mientras su cuerpo se convulsionaba con violencia. Con una mirada de profunda traición en los ojos, se quedó muy quieta.

—¿Karri? —Quin se aferraba a la mano de su hermana—. ¡Karri!

Mia no sentía el latido de su corazón. No sentía nada. El saltaparedes rubí estaba silencioso junto a su pecho. La corpulenta princesa parecía imposiblemente pequeña tendida en el suelo del bosque. ¿Cómo no se había dado cuenta de lo hermosa que era Karri? Mia se había dejado seducir por el ideal de belleza del reino del río: cinturas finas, cabello largo, ojos grandes. Pero, en aquel momento, la princesa Karri era la mujer más hermosa que Mia había visto jamás.

Y su corazón había enmudecido.

—La has matado. —Quin hablaba en un tono tan bajo que le costó esfuerzo entenderlo—. Has matado a mi hermana.

Los ojos azules de Karri miraban el cielo nocturno sin ver nada.

Quin no la miraba. Unos momentos antes sus cuerpos estaban fusionados como dos delicados instrumentos de deseo. Con qué facilidad se convertía el amor en odio.

Mia se vio arrodillada en el suelo de su casa abrazándose a su madre, intentando desesperadamente insuflar vida en un cuerpo que ya no la tenía.

—Mia —dijo Zaga con frialdad—. Has fallado.

Gritos de hombre inundaron el bosque. O bien los soldados del Rey Ronan los estaban buscando, o Tristan había regresado y los había llamado con rapidez. No había tiempo de reaccionar. Los guardias llegaron al claro a caballo, sus cascos aplastaron delicados retoños y flores de endrino.

Mia oyó cómo Dom echaba a correr por el bosque, pero Pilar titubeaba, sin saber qué hacer. Zaga no se movió de su sitio.

—¿Madre? —La voz de Pilar rezumaba pánico—. Tenemos que...

El jefe de la guardia se abalanzó sobre ella. Mia percibió el embrujo melifluo que Pilar emitía esforzándose con cada gramo de su magia, extendiendo la mano hacia él.

Él la abofeteó en la cara. Su guante le hizo un corte en la mejilla, el pómulo empezó a sangrarle.

Mia vio algo en lo que antes no se había fijado: llevaba el guante tachonado de piedras azules. Al mirar a los otros guardias, descubrió que todos llevaban armaduras recubiertas de uzoolión. Alguien les había revelado las propiedades protectoras de la gema.

—Sucia Gwyrach —espetó el guardia, y a Mia le pareció que oía esa palabra por primera vez. *Gwyrach*. Era áspera y cortante, consonantes labradas de miedo y odio. Muy distinto a las vocales suaves y delicadas de *Dujia*.

—Atadlos a todos —. El jefe de la guardia señaló a Mia—. Pero apresadla a ella primero.

Mia intentó mirar a Quin a los ojos, pero él estaba hundido en su angustia, inclinado sobre su hermana como un animal salvaje. Las cuerdas se clavaron en las muñecas de Mia cuando los guardias le ataron los brazos. La echaron a la grupa de un caballo como si fuera un saco de patatas y sintió dolor en las costillas.

El ruido atronador de los cascos de los caballos engulló todos los sonidos.

55

Una familia de gusanos

*E*l hedor en las mazmorras era nauseabundo, como a carne en putrefacción. Mia estaba rodeada por todos lados por los cadáveres en descomposición de otros prisioneros. ¿Cuánto tardaría en convertirse en uno más?

No sabía cuántas horas habían pasado —tal vez dos, tal vez veinte— desde que los guardias la habían arrojado al interior de esa celda mohosa y oscura. No había forma de pasar el tiempo; como era de esperar, las mazmorras no estaban equipadas con una biblioteca.

Por algún motivo, no dejaba de pensar en el diario. Lo único que le quedaba de su madre languidecía sobre un lecho de pinaza en el suelo del bosque. Presionó el saltaparedes rubí contra su pecho. El corazón del saltaparedes tenía cuatro cámaras, igual que el humano, pero ni siquiera cuatro cámaras bastaban para todo el dolor y el amor y la pérdida de una vida.

En la negrura veía a Karri, veía cómo la luz se apagaba en sus ojos. Si Mia no la hubiera tocado, tal vez hubiera sobrevivido. Antes de ponerle las manos en el corazón, la princesa aún estaba consciente, aún luchaba.

Zaga había puesto su confianza en Mia y Mia había fallado.

Era el peor fracaso de su vida.

¿Dónde estaba Quin? ¿Había acompañado el cuerpo de Karri al castillo? ¿La había llevado a casa?

Al recordarlo arrodillado junto a su hermana en el bosque, el corazón se le partió en dos. Él tenía razones para tenerle miedo. Había intentado salvar a su hermana y fracasado estrepitosamente. Mia era una asesina y eso nunca cambiaría.

No tenía hambre, pero sentía la garganta reseca. Sabía que había un carcelero apostado en lo alto de la escalera, aunque no podía verlo.

—Por favor —suplicó—, ¿me das un poco de agua?

—Si la reina quiere que bebas, enviará un cubo de meado de caballo especialmente para ti.

Más le hubiera valido no haber preguntado.

Había supuesto que era Ronan quien había ordenado encarcelarla, pero tal vez Rowena hubiera asumido un rol más activo en su ausencia. Si la reina culpaba a Mia de la desaparición de su hijo, era evidente que la querría encerrada a cal y canto. Y si Rowena sabía que Mia era el motivo por el que su hija estaba muerta, era un milagro que no hubiera pedido su cabeza en bandeja.

—Por favor. —Hizo sonar los grilletes—. Un sorbo de agua, nada más. Me muero de sed.

El carcelero se echó a reír.

Mia notaba la respiración entrecortada e irregular. Trató de recordar lo que le había enseñado su madre. Se apoyó en la pared mugrienta y puso los pies en el suelo, la mano izquierda sobre el corazón y la derecha sobre la barriga. Intentó evocar el sonido del viento. Pero no recordaba cómo sonaba.

No merecía consuelo. Merecía que la encerraran en una mazmorra, merecía pudrirse en un cuarto oscuro. Pensar en el dolor descarnado de Quin la destrozaba. No pretendía matar a su hermana, ¿pero qué más daban las intenciones cuando el mal ya estaba hecho? Mia era un peligro para sí misma y para los demás. ¿De verdad había creído que podría mantener a salvo a su propia hermana, cuando podía matar con tan solo tocar?

Quin nunca la perdonaría. Ella tampoco podía perdonar-

335

le. Lauriel le había dicho que era un ángel; qué ridículo. Era un demonio. La muerte con rizos cobrizos.

Tenía las manos manchadas de óxido de la sangre de Karri. No lo veía, pero cada vez que se tocaba la piel con las puntas de los dedos, notaba la textura rugosa. Se recorrió las líneas de la palma de la mano con una uña, dibujando un mapa sangriento de ojalás.

Ojalá se hubiera interpuesto entre Karri y la flecha.

Ojalá Zaga no la hubiera obligado a sentir en lugar de pensar.

Ojalá no hubiera viajado nunca a Refúj.

Ojalá Pilar no hubiera disparado al príncipe.

Ojalá su madre siguiera viva.

Ojalá Mia no tuviera magia.

—Tú. Rata sedienta. —El carcelero golpeó con su bastón los barrotes de hierro de su celda. No lo había oído bajar la escalera—. Te traigo un regalo. —Mia se preparó para el cubo de orín de caballo. Pero él le entregó un bulto envuelto en un papel blanco y arrugado—. Parece que tienes algún amigo importante. No corras mucho comiendo, no pienso fregar el suelo si vomitas por toda la celda.

Tuvo la decencia de clavar una antorcha pequeña en la pared, dejando a Mia sumida en un hilo de luz. Abrió el papel blanco. Un mendrugo de pan le cayó en el regazo, seguido de una botella de líquido transparente que estuvo a punto de escurrírsele entre los dedos y hacerse pedazos contra el duro suelo de piedra. La agarró justo a tiempo. Abrió el tapón y olisqueó, pero el líquido era inodoro. Los venenos eran inodoros.

Inclinó la botella y la vació de un trago.

Era agua, nada más. ¿Y qué más daba si alguien quería envenenarla? Estaba condenada a morir en esa celda, de un modo u otro. Fue arrancando pedazos de pan seco para devorarlos; tenía más hambre de la que creía.

Hasta que no se comió todo el pan y se bebió toda el agua, no se dio cuenta de que el papel arrugado no estaba en blanco.

A la luz tenue de la antorcha costaba leer. Se le cortó la respiración. En la mano tenía una página del diario de su madre.

Era imposible. El cuaderno estaba en el bosque, enterrado bajo una pila de piñas.

A menos que alguien lo hubiera recogido. Alguien que quería que leyera las palabras de su madre.

Incrédula, se quedó mirando la tinta de sangflur. Era una página que no había visto nunca. La letra de su madre era distinta a la de las otras entradas: su pulcra caligrafía llena de florituras se había convertido en unas líneas afiladas e inclinadas, como si hubiera escrito esas palabras muchos años después, o con mucha más prisa.

A veces sospecho que Griffin no cree en lo que predica. Que sabe que es todo mentira, pero, como no sabe cómo deshacer el daño que ya ha hecho, no dice nada. Que continúa matando Dujias porque es demasiado cobarde para admitir que estaba equivocado.

Tu padre sabe más de lo que deja ver. Oigo cómo me miente, el fragor de su sangre en mis oídos. Siento que el embrujo se debilita, ya sea porque él se le resiste o porque yo estoy flaqueando, eso no lo sé. Pero la forma en que me mira...

Si me pasa algo, sé que, al menos, tú y Angelyne os tendréis la una a la otra. Eso es para mí un gran consuelo.

Pero si las cosas llegan a este punto, si no me queda otra salida, sé lo que debo hacer. He estado experimentando, tanteando la misma magia negra cuyo uso le reproché a la mujer a la que amaba. Ella tenía razón y yo me equivocaba. Situaciones desesperadas requieren magia desesperada.

Sé que cuando llegue el momento, si es que llega, estaré preparada. Quebrantaré la Segunda Ley.

Mi hija listísima, mi cuervo rojo, mi niña mayor.

Hoy nos hemos peleado. Sé que no pensabas de verdad las cosas que me has dicho. Veo tu corazón, tan delicado, y la forma en la que intentas silenciarlo, ahogarlo con lógica, con reglas. Las madres conocemos a nuestros hijos mucho mejor de lo que ellos piensan.

Estás enfadada. Muy enfadada. Te he fallado en esto, como en tantas otras cosas; no te he enseñado a estar furiosa, a cuidar de ti misma en tu ira. A las Dujias nos enseñan que la ira es peligrosa, que debemos sofocarla. Pero yo no estoy de acurdo. Yo creo que la ira es más peligrosa cuando se la sofoca; es así como crece.

¿Y cómo no iba una Dujia a estar furiosa? La nuestra es una vida de sombras y dolor, de sufrimiento y pérdida. Yo creo que la furia solo da miedo cuando se la esconde. Sentir ira es algo natural, es bueno. Pero debemos canalizarla para el bien, no para el mal.

Lo que quiero para ti, pequeña mía, es muy sencillo: saca tu ira a la luz y el amor la sanará.

* * *

Mia, ha ocurrido algo. Yo me equivocaba. En todo.

Tu padre lo sabe. Dice que ha intentado protegerme. Dice que estoy en peligro, pero el peligro no viene de quien yo creía. Y si lo que me temo es cierto... Si el rey sospecha... entonces puede que estas páginas sean las últimas que leas.

Hay una canción que tú y Angie cantabais a me-

nudo: «Bajo las ciruelas, vendrás a mí, bajo el ciruelo invernal...». Vuela, mi cuervecillo rojo. Vuela rauda y libre.

Y, si tengo una última verdad que enseñarte: Fidacteu zeu biqhotz limarya eu naj. Prométeme que siempre confiarás en tu corazón aunque tengas que dejar

Ahí terminaban las palabras. Debajo, su madre había dibujando un boceto apresurado de un ciruelo invernal.

El mundo le daba vueltas, por las paredes de la mazmorra trepaban siluetas deshilachadas y sombras grotescas y sus recuerdos mutaban con ellas.

Su padre lo sabía. Él no había matado a su madre, la estaba protegiendo. Pero ¿de quién? ¿Del rey? ¿De los otros cazadores?

¿Quién más estaba presente esa noche?

Mia tenía todas las piezas del rompecabezas, pero no conseguía encajarlas.

«Aunque tengas que dejar... ¿qué?»

Un nuevo pensamiento se abrió paso con un escalofrío. Su madre dijo que se disponía a quebrantar la Segunda Ley: «Una Dujia nunca empleará la magia para hacerse daño o causarse el sufrimiento o la muerte».

¿Había decidido Wynna hacerse daño? No necesitaría cuchillos ni flechas, si podía emplear la magia para detener su corazón.

¿Se había quitado la vida?

Mia se levantó de un salto. En lo alto de la escalera, alguien estaba hablando con el carcelero en un tono suave y empalagoso. Luego, el silencio, seguido de pisadas rápidas y veloces.

Una antorcha se mecía en la oscuridad. Si Mia entornaba los ojos, podía entrever el gorro blanco de uno de los sirvientes de la cocina. Entonces, una fregona apareció bajo la luz, con la melena negra que le llegaba a la barbilla recogida bajo la cofia.

—¿Pilar?

Estaba exactamente igual que la noche del banquete, con las manos torpes y los ojos negros centelleantes. Con dos diferencias notables: la mancha de sangre seca en la mejilla y la pesada anilla llena de llaves que blandía.

—¿Cómo has salido?

—Tengo mis métodos. No todos los guardias llevan uzoolión.

—¡Has embrujado al carcelero!

—Pues claro. —Pilar metió la antorcha en una grieta del muro y fue pasando llaves por la anilla hasta encontrar la que buscaba. Olisqueó el aire—. ¿Qué se ha muerto aquí?

—Querrás decir quién…

—Bueno, no vas a ser tú. Hoy no.

Los grilletes se soltaron de las manos de Mia con un agradable sonido metálico. Se frotó las muñecas instintivamente.

—¿Y los demás? ¿Están a salvo?

—No te preocupes por nosotros. Has venido a salvar a tu hermana. Pues sálvala.

—¿Y la hermana de Quin?

Las dos se quedaron en silencio. Entonces, Pilar dijo:

—A decir verdad, no tengo muy buena puntería.

Mia vio una grieta en la fanfarronería de Pilar.

—Solo obedecías órdenes de tu madre.

—Y tú también. Las dos fallamos. —Pilar suspiró—. Lo intentaste, Rose. Eso es lo que importa. No es culpa tuya que no sepas de magia. No te criaste con ella como yo. Yo no podría escapar de la magia ni que quisiera. —Su semblante se ensombreció—. Aunque a veces me gustaría.

—Intenté sanarla. De verdad que lo intenté.

—Ya lo sé. Intentaste calmar su corazón, pero no eres consciente de tu propio poder, así que lo acallaste. Para detener un corazón, hay que pensar en el silencio. En una habitación vacía.

Mia se sintió mareada.

Pilar se removió.

—Las cocinas son un hervidero de actividad. Dicen que la reina va a dar un banquete nupcial.

Un banquete nupcial. Las palabras le quemaron la piel como un hierro al rojo vivo. Tristan había regresado a Kaer Killian inmediatamente después de su intento de violación. Quin también estaba en casa. Y, aunque Mia no sabía cuál de los dos sería el novio, sabía perfectamente quién iba a ser la novia.

—Ve a por tu hermana —dijo Pilar—. Nosotros nos encargamos del resto.

Mia se había equivocado con Pilar. Tenía un corazón de oro.

Sostuvo la antorcha en alto mientras se acercaban a las escaleras de piedra. Bajo la luz parpadeante, Mia vio una sombra extraña en un rincón de la mazmorra. Se le aceleró el corazón. En la celda más alejada había alguien hecho un ovillo bajo una fina manta.

—Espera.

Sintió el invierno en la nuca, volviéndole la sangre espesa como el aguanieve. Vio un mechón de pelo rubio asomando debajo de la manta. El cuerpo estaba demasiado quieto.

—Venga, Rose. Vámonos.

—Tengo que ver quién hay ahí.

—No se mueve.

—Tengo que verlo.

—Vale. Pues ve a ver. —Entregó la antorcha a Mia—. Encuentra a tu hermana y reúnete con nosotros en el peñasco. —Dicho esto, desapareció escaleras arriba.

Mia avanzó muy despacio. No oía nada más que su propio corazón o su propia sangre. El hedor era insoportable.

—¿Angie? —Su voz apenas perturbó el aire.

Mia sentía un frío letal, el miedo era como un grillete de hierro en el cuello. No se le ocurría nada más horripilante que descubrir a su hermana debajo de esa manta, pudriéndose en las mazmorras de Kaer Killian. Pero necesitaba saber.

Agarró una esquina de la manta y dio un tirón.

En el suelo de la mazmorra yacían dos cadáveres en descomposición. El más pequeño estaba atrapado bajo una masa de cabello rubio como la miel. Una familia de gusanos se estaban dando un festín en las cuencas oculares de un rostro delgado y muerto.

Pero no era Angelyne. Era la reina Rowena.

Y a su lado, estaba el rey Ronan.

56

Diáfano

$\mathcal{M}$ia recorrió a tientas las mazmorras, pasó de largo del carcelero embrujado y llegó a la luz. Se sentía mareada y desorientada. Recorrió los pasillos dando tumbos hasta toparse con una pared de piedra pulida. Lo único que veía eran gusanos arrastrándose por el lugar que antes ocupaban los ojos color violeta de Rowena. Se quedó mirando fijamente el ónice negro e intentó concentrarse. Hasta su propio reflejo la inquietaba.

Un hatajo de sirvientas que cuchicheaban entre sí pasó junto a ella. No reaccionaron como si su presencia fuera algo fuera de lo normal. Una de ellas incluso le hizo una reverencia. Por los cuatro infiernos, ¿qué pasaba? El rey y la reina estaban pudriéndose en el suelo de la mazmorra y a nadie parecía importarle.

Se apoyó en la pared e inspiró ansiosamente aire que no apestara a carne en descomposición. El rey Ronan había torturado y asesinado a miles de mujeres inocentes. Su sino no parecía inmerecido. La reina Rowena no había cometido esos actos atroces, pero había mirado hacia otro lado fingiendo no darse cuenta. ¿Significaba eso que ella también merecía morir?

Mia cerró los ojos intentando apartar la imagen de su memoria, pero los gusanos se arrastraban también por su mente. Karri también estaba ahí, con la expresión traicionada en los ojos mientras se desangraba en el suelo. Toda la familia de Quin había desaparecido. Se había quedado solo en el mundo.

Si asumía esa verdad inamovible, la destruiría. Y no podía permitirse que la destruyeran.

Mia corrió hacia la parte del castillo donde se alojaba su familia. No había guardias apostados ante la puerta de los aposentos de Angelyne; nadie le impidió precipitarse adentro.

La habitación estaba vacía. Olía a lilas y a jabón y vio collares y pulseras con gemas centelleantes colgando de perchas de madera en la pared más alejada. Sobre la cómoda de marfil, horquillas de pelo, cintas y peines estaban pulcramente dispuestos. Sintió tanto alivio que estuvo a punto de besarlos. Angie había estado allí, en esa misma habitación. No había ninguna señal alarmante.

—Rosita.

Giró sobre sus talones y encontró a su padre en la puerta.

—¡Padre!

Esperaba sentir una tormenta de emociones al volver a verlo: tristeza, confusión, ira. Pero todas esas emociones se resumían en una: alivio.

Mia corrió hacia él y le echó los brazos al cuello. Estaba más delgado de lo que recordaba, con el rostro tenso y los hombros encorvados, pero decididamente lleno de vida.

—Padre —dijo, con la cara enterrada en su chaqueta y las lágrimas ardiéndole en los ojos—. Lo sé todo. Sé que no querías entregarme a la familia real... y sé por qué tuviste que hacerlo. Sé la verdad sobre Madre y cómo intentaste ayudarla...

Él esbozó una sonrisa vaga, pero sus ojos ya no eran grises. Eran negros, vidriosos y distantes.

—Tienes una mente deslumbrante, rosita.

Pero lo dijo con poca convicción, como si leyera un guion. Mia frunció el ceño. Los ojos negros de su padre daban la impresión de no verla. Un mal presentimiento resbaló por su espalda.

—¿Dónde está Angelyne?

Él no dijo nada. El corazón de Mia, loco de contento apenas un momento antes, tropezó con sus propios latidos desbocados.

—¿Dónde está Angie, Padre? ¿Está bien?

Silencio. El vello de su brazo empezó a ponerse de punta.

—Sí —dijo él. Su voz era como un hueso al que le habían sorbido todo el tuétano.

Mentía.

Mia sintió la garra del terror.

—Llévame con ella.

Su padre dio media vuelta y salió de sus aposentos con los brazos tiesos a los lados. El corazón de Mia parecía a punto de reventarle las costillas. Algo la hacía desconfiar profundamente. Algo no iba bien.

Recorrieron apresuradamente los corredores negros y relucientes, la cámara de la guardia y los jardines y el corredor de las manos. Mia se estremeció al ver las manos meciéndose cuando pasaron por debajo, con la mente ocupada por un torbellino de ideas morbosas. Si el rey sospechaba que la madre de Mia era una Gwyrach, ¿estarían sus manos en la Galería? ¿Se las había quedado como trofeo, había cortado con un serrucho los tendones y arterias y huesos de sus muñecas?

«Las mismas muñecas que toqué —pensó Mia— cuando la maté.»

Su corazón lloraba. Suplicaba a sus rodillas que siguieran avanzando, pero sentía el cuerpo roto, vacío, como un cascarón sin alma.

Estaban en la puerta del Gran Salón. En el aire flotaba un aroma tentador a guisos sabrosos y deliciosos postres.

—Nos esperan —dijo su padre. Hizo un gesto a los guardias, que les abrieron las puertas de par en par. Mia notó la mano de su padre, ligera y fría, en la espalda mientras él la guiaba al salón. La pesada puerta se cerró tras de ellos, dejándolos atrapados.

El salón estaba lleno de gente y todo el mundo estaba totalmente quieto.

La gran mesa negra estaba puesta para un festín, igual que la mesa de piedra gris a sus pies, y de los platos de opípara comida salían volutas de vapor. Los invitados estaban ataviados con vestidos de seda y chaquetas hechas a medida, con los dedos enjoyados, con gemas relucientes colgando de sus cuellos. Todo el mundo sostenía copas o cubiertos con las manos a medio camino de la boca, tiesos como el lomo de un libro. Los platos y bandejas estaban llenos de comida; cortes de pato asado, jabalí ahumado, ganso tierno relleno, tortas de caramelo, tartas de grosella, áspic de venado y fruta caramelizada.

Nadie probaba bocado. Nadie emitía ni un sonido.

Lo único que se oía eran los chasquidos y crujidos de la leña en las dos inmensas chimeneas de piedra. Los perros rubios de Quin estaban tumbados junto a la chimenea más cercana, con las patas muy tiesas y el pecho subiendo y bajando. Una fuerza invisible parecía sujetarlos contra el suelo.

La mirada de Mia barrió la mesa de piedra gris como el haz de un faro barriendo el océano. Reconocía todas las caras. Los Cazadores estaban sentados en una larga hilera de cara a la mesa principal, aunque ya no eran trece: sin Tuk, Lyman ni Domeniq, el Círculo solo contaba con diez miembros. Mia nunca había visto a esos hombres tan engalanados. La única cazadora estaba casi irreconocible con un vestido de cuello alto de marta cibelina que relucía a la luz de la chimenea como el plumaje de un cuervo mojado.

Nadie miraba a Mia. Todos los ojos estaban clavados en la mesa principal.

La jerarquía de la familia real había cambiado. El asiento de la reina Rowena estaba llamativamente vacío y Tristan, muy rígido, estaba sentado a su lado. Y había varias sillas nuevas ocupadas por Domeniq y Pilar, cuyos ojos estaban vidriosos como si fueran de turmalina negra.

Pero fue la cara de Quin la que heló a Mia. Tenía los ojos

tan inexpresivos como antes, cuando lo creía un príncipe de hielo, y ya no llevaba el colgante de uzoolión al cuello.

Miró a la izquierda. Cuando vio quién ocupaba el trono chapado en oro del rey Ronan, se le cortó la respiración.

No. No era posible.

Zaga presidía el gran salón. Su rostro no estaba congelado, sino que sonreía alegremente. Alzó su copa y la inclinó hacia Mia.

Les había traicionado.

Las paredes se le caían encima. Mia dio un paso atrás y notó a los guardias a su espalda al instante, cerrándole el paso. Estaba atrapada.

Se volvió para preguntar a su padre qué había hecho, pero solo encontró su rostro absorto, los ojos aún más negros que antes. Observaba a alguien que quedaba detrás de Mia.

—Muy bonito —dijo una voz musical.

Por el rabillo del ojo vio una silueta con un vestido blanco como la nieve con bordados dorados y el escudo real. Mia intentó enfocar la mirada, pero solo percibía detalles: la cintura esbelta; la cara en forma de corazón; los brazos desprovistos de guantes; la piel tan pálida que era casi luminosa.

Una corona dorada besaba la frente de su hermana, rielando bajo la luz de las hogueras.

—Hola, Mia —dijo Angelyne—. Bienvenida a casa.

347

57

Corazón por corazón

Angie se le acercó y la besó con ternura en ambas mejillas.

—¿Es que no vas a saludarme? Ya veo que no. Bueno, pues yo sí que me alegro de verte.

Mia no podía respirar.

Angelyne alargó la mano.

—Padre, por favor, la piedra.

Mia vio que su padre manoseaba una cadena que llevaba colgada al cuello. Fue entonces cuando se dio cuenta de que era el colgante de piedra lunar. Abrió el cierre y colocó la gema perlada en la palma de la mano tendida de Angelyne.

—Gracias por tu buena disposición. Puedes sentarte.

Los ojos de su padre volvían a ser de un gris sediento y estaban llenos de pena. Él tendió una mano temblorosa.

—Siéntate, padre —dijo Angie, esta vez en un tono más firme. Él giró sobre sus talones y se acercó pesadamente a la mesa, donde se hundió en su asiento junto a los demás. Mia sintió un frío tan feroz que trastabilló. Ella no era la única que tenía miedo. Todos los presentes en la Galería estaban asustados.

Angie volvió a abrocharse el collar e hizo girar el colgante en la cadena hasta que la joya quedó centrada en su cuello. La piedra lunar de su madre rielaba como un cuchillo sobre su corazón.

—Te preguntas qué pasa con la piedra. Creía que ya lo

sabrías, puesto que has estado estudiando magia. —Había un filo cortante en las palabras de Angie—. He experimentado con varias gemas, pero la piedra lunar es, sin duda, la mejor. Está claro por qué la usaba madre, es capaz de almacenar un embrujo durante días. Y eso es especialmente útil cuando una pretende, pongamos, enviar a alguien a cumplir un encargo importante. Como un cierto duque al que mandé a buscar a una cierta Mia Rose.

Angie lanzó una mala mirada a Tristan.

—Aunque, claro, la piedra no es garantía de éxito. El duque no te trajo a mí.

Tristan no se movía. Tenía la vista clavada al frente y un fino velo de sudor le cubría la frente.

—Tienes magia —dijo Mia. Su voz era irreconocible, como si una especie invasiva de vocales y consonantes le hubiera asaltado la boca.

Angie le clavó una mirada curiosa.

—Pues claro que tengo. ¿Creías que eras la única? ¡Pues imagina lo que podemos hacer juntas! Un cuervecillo y un pequeño cisne.

Entrelazó los dedos con los de Mia, pero su piel le resultaba áspera y extraña. Mia apartó la mano.

—Tú mandaste el cisne.

—Macabro, lo sé. Pero no quería que te pusieras muy cómoda por allí. Tenemos cosas que hacer aquí, en nuestro reino. —Fulminó a Zaga con la mirada—. Por no hablar de que a mí nunca me invitaron a Refúj a estudiar magia.

Mia hablaba con voz queda.

—Si hubieras estudiado magia, sabrías que debes liberar a la gente de esta sala del encantamiento con el que los has sometido. Vas a hacerle daño a alguien.

La sonrisa se borró del rostro de Angie.

—¿Crees que no lo sé? Llevo ya tres años practicando la magia. Soy autodidacta. Soy mucho más poderosa que tú.

La traición de Angie era como una cuchillada en el abdomen. Todo aquello era obra de su hermana. Ella lo había orquestado todo.

—Tú eras la espía del castillo.

Angie se peinó con los dedos un largo mechón de pelo rojo y luego acarició la superficie nacarada de la piedra lunar.

—No me gusta esa palabra. «Espía.» Suena vil. Estoy al servicio de las Dujias. Lucho por la verdadera familia de nuestra madre. No la familia en la que nació, sino la familia que eligió.

—¡Le dijiste a Pilar que me clavara una flecha en el corazón!

—¡Y a ti te dije que huyeras! ¿Recuerdas? En tus aposentos, la noche antes de la boda, te supliqué que te escaparas y me dejaras atrás. Tenías los mismos dolores de cabeza que tuve yo cuando florecí. —Meneó la cabeza—. Pero entonces prácticamente ordenaste una masacre de Gwyrachs en tu brindis durante la cena. De nuestra gente. De la gente de nuestra madre. Te lo ganaste a pulso, Mia. Pilar oyó lo que dijiste durante el banquete y eso no hizo más que confirmar lo que yo llevaba meses diciéndole a Zaga. Después de eso, ya no dependía de mí. El plan estaba en marcha.

Los ojos de Mia encontraron los de Pilar. Le pareció ver una sombra de arrepentimiento tras la superficie negra y vidriosa.

Se volvió hacia Angelyne.

—Si sabías que Madre tenía magia, ¿por qué no me lo dijiste?

—Para ti todo ha sido siempre blanco o negro. Sabes que es verdad. Te creías una cazadora, una científica racional, pero siempre fuiste un poco ogro, ¿no es así? En tu corazón no había más que odio y cólera. Si te hubiera contado que tenía magia, me hubieras matado.

—Yo nunca te hubiera hecho daño. —Le temblaban las manos—. Eras lo único que me importaba.

—Eso es lo que creías. Pero yo nunca te he importado. No de verdad. Te importaba la imagen de mí que guardabas en la cabeza, la hermanita delicada que no podría sobrevivir sin tu ayuda. No me conoces. ¿Cuál es mi color favorito?

Mia titubeó.

—El lavanda.

—Mal. El verde. ¿Y mi canción favorita?

—No sé... ¿*Bajo el ciruelo invernal*?

—No soporto esa canción. Hace años que la tengo pegada a la cabeza, desde que tú y yo bailábamos por casa fingiendo ser damas. —Su mirada era penetrante—. ¿Qué quería ser de mayor?

Mia notaba las manos pegajosas de sudor.

—Exploradora.

—Mal otra vez. Eso eras tú. Tú querías eso. Yo quería casarme y crear una familia y tú creías que esas cosas me convertían en débil. Yo soñaba con ser princesa. Reina. —Se tocó la corona—. Y aquí estamos.

—Estabas dispuesta a dejarme morir para conseguirlo.

—Eso nunca lo quise. Eres mi hermana. Las hermanas se ayudan por encima de todo. —Retorció su cabello como una soga y se lo echó a la espalda—. Pero las Dujias también son mis hermanas y tenía que protegerlas. Ya sabes de qué va eso, ¿no? Lo de querer proteger a una hermana.

Mia lo había malinterpretado todo. Estaba tan obsesionada en vengar la muerte de su madre que su hermana pequeña se había convertido en otra persona ante sus narices. Angelyne era una ecuación que no supo que debía resolver.

No. Ese era el problema. Angie no era una ecuación: era una persona. Una chica dolida, triste, perdida, furiosa. Y Mia, no sabía cómo, lo había pasado por alto.

Angie carraspeó y se alisó el vestido.

—Lo que quiero decir es que podemos empezar de nuevo. Eres una Dujia. Eso lo cambia todo. Me alegro de que sucediera así, me alegro de que nuestra arquera tenga tan mala puntería. —Fulminó con la mirada a Pilar y volvió a centrarse en Mia—. Doy gracias por que estés viva. Zaga me ha contado que tienes talento.

Angie entornó los ojos.

—Mucho talento, por lo que me ha dicho.

Mia sintió la bilis borboteando en su garganta. Tenía que cerrar los ojos para evitar que la galería le diera vueltas. Así

351

que eso era la envidia. Tenía un sabor rancio y putrefacto, como un queso enmohecido. También tenía color, pero eso no la sorprendía. La envidia era verde.

Barrió con la mirada la mesa, deteniéndose en el rostro de su padre y luego en el de Quin y luego en el de Domeniq. Todos tenían los ojos vacíos, como si les hubieran quitado la voluntad. Nadie podía ayudarla. En una habitación llena de gente, nunca había estado tan sola.

—Impresionante, ¿no crees? —Angie sonreía.

—No lo entiendo. Si ni los estás tocando.

—Mira que llegas a ser cerril, Mia. La Magia no es lo que creemos que es. Nuestro padre nos mintió. —Señaló a Zaga con un gesto—. Incluso ella nos mintió. Es más poderosa de lo que nos han contado. Hay formas de ponerla a prueba, de rebasar los límites establecidos. Mientras tú soñabas con explorar los cuatro reinos, yo he explorado un reino mucho más interesante: la magia que bullía bajo mi piel.

—Lo que haces está mal, Angie. Estás robándoles la voluntad. Embrujar a alguien es…

—Es que esto no es un embrujo. ¿Qué te ha hecho pensar eso? El embrujo es un juego de niños. Ya te lo he dicho: llevo practicando la magia desde que Madre murió. He aprendido a hacer cosas maravillosas. No he embrujado a esta gente. Los he encandilado.

La boca de Angie se torció en una sonrisa sardónica.

—En lengua antigua, *kindyl* significa antorcha, o llama. *Enkindyl* significa prenderle fuego a algo. Pero lo que yo hago significa inspirar o despertar. Cuando encandilo a alguien, enciendo un fervor en su corazón. Ese fervor hace que cambie la forma en que la sangre circula por sus venas, reescribe los mensajes que su cerebro envía a su cuerpo. Desea algo con cada fibra de su ser. Lo ansía. Y no puede pensar en otra cosa.

—Eso es control mental.

—Te equivocas otra vez. Si controlo algo, son sus corazones. —Angie sonrió, complacida—. Sé lo mucho que te gustan la lógica y las teorías, pero un mensaje forjado en el cerebro nunca pesará tanto como una emoción que se forja en el corazón. Una vez esa emoción ha echado raíces, es poderosa. El cerebro tiene que aceptarla. Porque, en el fondo, el corazón domina a la mente. Nuestra mente no puede más que aceptar lo que el corazón nos dice que es cierto.

Sonrió a los invitados del gran salón, una sonrisa indulgente, como si fueran todos perros que aguardaban a que les rascaran las orejas.

—No les hago ningún daño. Sus cuerpos están íntimamente ligados al mío: quieren lo mismo que yo, sienten lo mismo que yo. —Hizo un gesto con una mano esbelta—. ¡Hablad!

Una cacofonía de voces inundó la galería: gritos, alaridos, súplicas de ayuda, un torrente ardiente y frenético de palabras en un ferviente batiburrillo.

—Silencio —dijo Angie.

Al instante, todos se callaron. Las hogueras respiraban y chisporroteaban en las chimeneas.

—¡Comed!

La Gran Galería se llenó con el tintineo de los cubiertos sobre los platos. Todos los presentes empezaron a comer, a masticar y triturar, a tragar y chascar la lengua, el sonido de cientos de dientes arrancando pedazos de tierna carne de animal.

Mia nunca había visto nada tan horripilante.

—Esto no es propio de una Dujia. La magia no consiste en emplear nuestro poder contra la gente inocente. Consiste en corregir el desequilibrio de poder.

—¿Ves algún inocente aquí? —Angie señaló primero a los cazadores y luego a la familia real—. ¿Quién hay aquí que no haya hecho daño o violado o matado a mujeres como nosotras?

Mia se revolvió, incómoda. Su hermana no estaba equivocada.

—Pero te has apoderado de sus cuerpos sin su consentimiento.

—Igual que ellos se han apoderado de los nuestros durante siglos. —Angie sacudió una mota de polvo invisible del corpiño de su vestido—. Lo que te pasa es que no estás acostumbrada a verme como la fuerte.

—Si fueras fuerte, no necesitarías encandilar a la gente para que te siga.

—¡Siempre haces lo mismo! —De repente, Angie se puso agresiva—. Me has tratado como a una víctima toda la vida, tu hermanita la enferma. ¿Cómo iba a sobrevivir sin ti? Por eso sabía que volverías corriendo en cuanto te mandara el cisne. No quieran los dioses que la pobre y dulce Angie tenga que apañárselas sin su hermana mayor, tan valiente. Siempre quisiste arreglarme, pero te equivocaste. Yo nunca estuve rota.

Mia señaló a Quin con la cabeza.

—El príncipe nunca ha hecho daño a nadie. Solo ha intentado reparar el mal que ha hecho su padre. —Señaló la otra mesa, donde sus amigos movían manos y bocas en movimientos bruscos y frenéticos—. Domeniq es inocente. Y Pilar también. Pero los has convertido en tus rehenes.

—Una consecuencia desafortunada. —Meneó la mano—. ¡Silencio! —gritó, y la Galería se quedó callada. Volvió a toser, más violentamente, y se apretó la piedra lunar contra el pecho.

Mia tenía una nueva teoría.

—Creo que has pervertido la magia de la piedra de Madre. Ella embrujó a padre durante años y lo sentía como un peso que acarreaba todos los días. Pero también intentó usar la magia para hacer el bien. Esa piedra lunar almacenaba su magia; la ayudaba a curar a gente enferma o herida. Pero tú la has corrompido y la has convertido en otra cosa. Y, a cambio, ella te ha corrompido a ti. Te está haciendo enfermar, Angie.

Mia hizo acopio de todo su valor.

—Deja ir a esta gente. Aún no es tarde.

La sonrisa de Angelyne estaba torcida y tenía los ojos encendidos por una emoción que Mia no podía identificar.

—Pero aún no han visto el espectáculo.

Su vestido susurró como una brisa veraniega mientras daba la vuelta a la mesa de los cazadores. Todos tenían las armas a su alcance —cuchillos, dagas, arcos— pero mantenían los brazos pegados a los costados.

—Cazadores, en pie.

Los diez cazadores que quedaban se levantaron. Angelyne alzó una copa de vino de endrino. La sostuvo en alto y esbozó su sonrisa beatífica.

—A los héroes verdaderos de este festín. Ellos son los guerreros que limpian los cuatro reinos de magia. Los que viven y mueren según el Credo de los Cazadores: «Corazón por corazón, vida por vida». Por eso, por todos los corazones que habéis destruido, por todas las vidas que habéis quitado, os doy justicia.

Dejó caer la copa. El cristal se hizo añicos contra el suelo sobre un charco de vino rojo.

Los cazadores cayeron.

355

58

Dolor y vergüenza y magia

*L*os Cazadores se derrumbaron en fila; algunos cayeron hacia delante, aterrizando con la cabeza sobre su cena; otros cayeron de espaldas, golpeándose el cráneo contra la piedra del suelo. A excepción de los cráneos que se abrieron contra el suelo, no se derramó ni una gota de sangre.

Mia se ahogaba. Sintió cada muerte retumbar en su propio corazón, un montón de puertas que se cerraban, un inmenso vacío. La única cazadora cayó hacia delante y encontró un final ignominioso en el guiso de una cazuela. Su pelo blanco se veía fino y quebradizo cerca del cuero cabelludo. Parecía desnuda, dolorosamente humana.

La compasión inundó el corazón de Mia. Si los cazadores creían que las Gwyrachs eran peligrosas era solamente porque esa era la única verdad que les enseñaron. La suya era una cultura en la que las Gwyrachs eran demonios que no traían más que dolor y sufrimiento. Tal vez los cazadores fueran malvados, o tal vez estuvieran, simplemente, equivocados. Al fin y al cabo, igual que Mia en el pasado, creían estar haciendo lo correcto.

Eran todos víctimas del Reino del Río, comprendió. Estaban infectados por los siglos que habían vivido bajo la influencia del clan Killian. Bajo sus mentiras, su crueldad, su odio.

—He sido compasiva con ellos —dijo Angelyne—. Podría haberles hervido la sangre, podría haberlos quemado vivos desde las entrañas. Eso es lo que le hice al amigo de

Tristan en el bosque. —Una sonrisa se dibujó en las comisuras de su boca—. Era un violador y se lo merecía. Pero he tenido clemencia con los cazadores. Diez corazones que dejan de latir; una muerte rápida e indolora.

Los ojos de Mia buscaron a su padre en la mesa principal y luego a Domeniq. Al menos Angie no los había contado con los Cazadores. Al menos estaban vivos.

Era todo por su culpa. Las palabras de Angie eran un eco de las que ella misma pronunciara en el banquete, cuando llamó a la muerte y a la venganza, una justicia corrompida. Su hermana no hacía más que seguir su ejemplo, dando a esa idea de justicia un giro final.

—Me equivocaba, Angie. Sé que estaba equivocada. Pero no tienes por qué cometer los mismos errores que yo. No sé lo que te ha hecho esa piedra... Ni las mentiras que Zaga te ha susurrado al oído... pero esto está mal.

—¿De verdad? ¿Estás segura? Porque este era el juramento según el que tú vivías: corazones y vidas por corazones y vidas. No puedes negar que los cazadores han matado a cientos de Dujias, a miles tal vez. Yo no hago más que pagarles con la misma moneda.

—Tiene que haber otra forma. Tú no eres así, Angie. No eres una asesina. Eres bondadosa. Te encanta la música y bailar y leer novelas. ¿Recuerdas cuando bailoteábamos por casa disfrazadas con los vestidos de Madre?

—¡Éramos niñas, Mia! La vida real no tiene nada que ver con bailotear. La vida es vergüenza y pérdida y decisiones dolorosas. Decisiones que empañan el límite entre lo hermoso y lo feo. —Angelyne suspiró—. ¿Crees que ha sido fácil para mí? Te he admirado desde pequeña. Creía que tú lo sabías todo. Pero cuando descubrí que tenía magia, tuve miedo de lo que me harías.

—Yo solo quería protegerte. Hay muchas cosas que temer en este mundo. Llevo toda la vida intentando mantenerte a salvo...

—¿Y si te dijera que es por mi culpa que Madre está muerta?

Mia se obligó a permanecer en calma.

—No es cierto. Yo maté a Madre cuando nos peleamos.

—No —dijo Angie—. No la mataste. Aún estaba viva.

La protesta se marchitó en los labios de Mia. No oía el rumor de la sangre. Angelyne decía la verdad.

—Estaba en casa cuando llegué del mercado —dijo Angie—. Padre se fue a ayudar a los cazadores a llevar su último trofeo al Kaer, así que volví sola. Encontré una cesta de víveres a medio preparar sobre la mesa de la cocina. Y, cuando miré por la ventana hacia el bosque de detrás de casa, vi a Madre con Lauriel du Zol.

A Mia se le estaban llenando los ojos de lágrimas. Si las palabras de Angie eran ciertas, significaba que ella no había matado a su madre. Mientras recorría el bosque enfadada y su rabia se apagaba lentamente, su madre seguía con vida.

—No llevaba guantes —siguió Angie—. Le había puesto las manos sobre la cabeza a Lauriel, que sollozaba diciendo que quería morirse. Pensé que Madre la estaba matando.

—¡La estaba sanando! Lauriel acababa de perder a su marido. Madre estaba calmando su mente.

—Eso lo sé ahora. Pero en ese momento yo solo vi a nuestra madre tocando a su mejor amiga, que no dejaba de temblar y gritar. En ese momento, lo vi todo claramente: Madre era la Gwyrach a la que buscaban los Cazadores. Había asesinado al padre de Sach'a y Junay e iba a matar también a su madre.

»Pero yo era demasiado cobarde para detenerla. Me escondí en la cocina, demasiado asustada para salir. Yo era débil, en eso tenías razón.

—Yo nunca quise decir...

—No he terminado. No supe qué fue de Lauriel, solo que pasó de estar allí a no estar en un abrir y cerrar de ojos. Yo todavía temblaba cuando madre entró en la cocina sujetando la piedra lunar, agotada por lo que acababa de hacer. Y yo dije: «Eres una Gwyrach». Estaba demasiado cansada para negarlo.

»Creí que iba a hacerme daño. Empecé a llamar a gritos a Padre, a los cazadores, a quien fuera. Estaba fuera de mí. Madre intentó calmarme, intentó tocarme, pero yo no la dejaba acercarse. —El rostro de Angelyne se ensombreció—. Mi miedo se convirtió en ira, como suele hacer el miedo. Había visto a Junay y a Sach'a destrozadas por el dolor. Me enfurecía que quisiera hacerles sufrir una pérdida aún mayor. Madre era la única que sabía lo impredecible que yo llegaba a ser cuando me enfadaba. Tú nunca habías visto mi genio y padre tampoco. Pero ella sí.

»Me suplicó que no la delatara. Dijo que prefería morir mil veces antes que dejar que su mano adornara el corredor de las manos del rey. Pero yo estaba demasiado furiosa y asustada para escucharla. Le dije que le contaría la verdad a padre en cuanto volviera. Y entonces, madre se rodeó una muñeca con una mano y se llevó la otra al corazón. Se desplomó al suelo. —Los ojos azules de Angelyne estaban empañados en lágrimas—. ¿Tienes idea de lo que es, Mia, ver a tu propia madre morir ante tus ojos?

Así que no era la furia de Mia la que mató a su madre. Fue la de Angelyne.

—Me equivocaba, claro. Me equivocaba del todo. Era cierto que Madre tenía magia, pero no que fuera malvada. Y, de alguna forma, la piedra lunar de madre invocó la magia incipiente que había en mi interior. Florecí a la semana siguiente.

Angie se secó los ojos.

—Me despierto todas las mañanas llena de vergüenza y arrepentimiento. La vergüenza me acompaña todo el día y todas las noches me abrazo al arrepentimiento antes de dormirme. Llevo todos estos años arrastrando la verdad a solas.

—¿Por qué no me lo contaste? Te habría ayudado. Podríamos habernos ayudado la una a la otra.

Angelyne negó con la cabeza.

—Te crees una científica racional, pero eres rencorosa y no olvidas con facilidad. Las dos cosas que nunca podría contarte eran mis mayores secretos: que tenía magia y que era la culpable de la muerte de Madre.

Mia engulló sus emociones. Se había equivocado en todo, en todo menos en eso: su madre había quebrantado la Segunda Ley. Temiendo una muerte segura a manos de los cazadores, se había quitado la vida.

Y la piedra lunar había quedado en manos de Angelyne. Había corrompido el don sanador de su Madre hasta convertirlo en una magia oscura y poderosa, una que ya no requería contacto. Si Angie podía encandilar a una habitación llena de gente, si con romper una copa causaba diez muertes instantáneas, ¿qué le deparaba el futuro?

Mia quería a su hermana, pero hacía años que no la veía como era de verdad. Angelyne, hija del clan Rose, guardiana de secretos. El dolor y la vergüenza y la magia habían deshilachado la bondad de su corazón.

Y aun así, a pesar de todo, o tal vez a causa de todo, Mia la quería. Angie había luchado sola bajo el peso de tremendos secretos. Mia no sentía odio ni rabia ni asco. Solo sentía pena.

—Lo siento, Angie —dijo—. Siento no haberlo visto.

—Sigues obsesionada con ver. —Zaga habló por primera vez desde que Mia llegara a la Galería. Se levantó del trono del rey en la mesa principal—. Tu hermana puede hacer una cosa de la que tú eres incapaz: pensar con el corazón y sentir con la mente. —Apoyándose en su bastón, se acercó a ellas—. Será una reina magnífica.

Otra pieza encajó en el rompecabezas. ¿Qué le había susurrado Zaga mientras estaba arrodillada junto a la princesa Karri, intentando salvarla desesperadamente? «En blanco. Vacío. Una habitación oscura.»

Mia se apretó las uñas en la palma de la mano. Aún tenía restos resecos de sangre de Karri en la piel.

—No pretendías ayudarme a sanar a Karri, ¿verdad? Querías que la matara.

—Ya es hora de que Glas Ddir tenga una nueva reina. Una reina poderosa que pueda olvidarse de sus pasiones y agravios por el bien de su sororidad.

Zaga, de pie junto a Angelyne, le rodeó los hombros con el brazo.

Mia comprendió lo que iba a pasar cuando fue una fracción de segundo demasiado tarde: Zaga arrancó la piedra lunar del cuello de su hermana. Bastó un tirón rápido para romper la frágil cadena.

59

Quién eres

$\mathcal{M}$ia no podía moverse. Sus pies habían echado raíces que la amarraban al suelo. Nunca se había sentido tan impotente en su propio cuerpo; sus nervios craneales peligraban; su cerebro era incapaz de obligar a los músculos a moverse. Llevó toda su concentración a las manos, pero no podía mover un solo dedo. Su sangre se convirtió en arena apelmazada. Sus huesos, en un esqueleto dentro de una caja de alabastro.

—Te preguntas por qué no puedes moverte —dijo Zaga con la voz tranquila y cortante—. Los glasddirianos contáis muchos cuentos a los niños sobre las Gwyrachs. Les decís que nos colamos en sus cuartos por la noche para embrujaros el aliento y la sangre a nuestro antojo. En los cuentos, siempre somos demonios o brujas. Y, a veces, tenéis razón. Somos demonios y somos brujas. Y somos también humanas. Eso es algo que los cuentos de hadas han olvidado.

Impotente, Mia vio cómo Zaga encerraba la piedra lunar en su puño.

—No hay un solo humano que sea solo o bueno o malo, blanco o negro. Todos somos una escala de grises. Pero hay una cosa que tenemos en común: en el fondo somos animales, y los animales hacen lo necesario para sobrevivir.

Por el rabillo del ojo, Mia podía ver a Angelyne clavada en el suelo en el lugar en que había intentado abalanzarse sobre la piedra lunar, con los brazos extendidos. Zaga levantó una mano y los brazos de Angie cayeron muertos a los costados.

—Vas a dejar la piedra en mis manos.

La boca de Angelyne se aflojó. Abrió los ojos de par en par, aunque su cuerpo permaneció inmóvil. Zaga debía de haberle liberado la cara.

—Por favor —susurró Angie—. Me prometiste que no me la quitarías.

—Has hecho un gran regalo a las Dujias con tu poder para «encandilar», como tú lo llamas. Nunca habíamos visto nada parecido. Pero eres autodidacta. Te has saltado algunas lecciones básicas. Por ejemplo: saber cuándo te están mintiendo.

Contempló a las hermanas Rose como si la complaciera lo que había hecho.

—Vuestro corazón cree que no podéis moveros y por eso no podéis moveros. Vuestros cuerpos no quieren moverse, porque quieren lo mismo que yo. ¿Entendéis por qué puedo controlaros de una forma tan absoluta? Estoy empleando vuestra magia contra vosotras. Y vuestra magia es más fuerte de lo que creéis.

Aunque su cuerpo estaba inmóvil, la mente de Mia iba a toda velocidad. Así que esa era la sensación de estar encandilada. Era aterrador. Se había pasado la vida más conectada a su cerebro que a su cuerpo y nunca se había dado cuenta de lo mucho que daba por supuesto tener autonomía sobre su anatomía, sobre su propia carne.

Zaga agitó una mano y Mia sintió que su boca volvía a llenarse de saliva. Notó que se le soltaba la mandíbula y se le aflojaba la cara mientras la sangre volvía a arrebolarle las mejillas. Se recorrió los dientes con la lengua, sintiendo una profunda inquietud ante lo extraño de la textura, lo ajeno. Era una sensación horrenda, reconectar con el propio cuerpo a exhortación de otra persona.

—Nunca tuviste ningún interés en mi hermana o en mí, ¿verdad? —Las palabras salieron, lentas y dolorosas, de la boca de Mia—. Lo único que querías era la piedra lunar.

Zaga se acercó a la chimenea más cercana a calentar su mano lesionada.

363

—Tu madre era la mejor sanadora que he conocido nunca. Siempre tuvo mucho más talento que yo. —Señaló a Mia con un gesto—. Tú tienes el mismo don.

Mia sintió un suave tirón en el cuello cuando sus músculos se aflojaron. Pudo girar la cabeza un centímetro para mirar a Angelyne a los ojos. En el rostro de su hermana había una mezcla de ira y arrepentimiento. Al parecer, Zaga tampoco había sido sincera con ella. Las dos habían sido marionetas en su gran plan.

—Yo amaba a vuestra madre —empezó Zaga—, igual que todo el mundo. Wynna brillaba más que la mayoría. Yo quería llevármela a un sitio donde estuviera a salvo, donde pudiera hacerla mía y nunca tuviera que compartirla con nadie. Pero sentía que la estaba perdiendo.

»Mi magia era mi única esperanza. Ella sabía que yo era mejor Dujia porque había pasado muchos años a solas perfeccionando mis dones. Así que le enseñé. Y entonces, cuando ella empezaba a perder el interés empecé a quebrantar las leyes de la magia. Creí que, si conseguía que se preocupara por mí, me querría más. Pero veía en sus ojos que me quería menos.

»Así que tomé medidas drásticas. Empezaba discusiones. Ansiaba su atención y su ira era preferible a que me ignorara. La pinchaba y zahería, encontré sus recovecos más íntimos de dolor y vergüenza y me aproveché. Me volvía loca lo distante que se volvía, así que le hacía daño. Al menos, si le causaba dolor, sabía que había amor.

»Hasta que, una noche, la llevé al límite. Ella se negó y contraatacó. Estaba furiosa y, cuando me agarró por la muñeca, su ira salió disparada por mis venas.

Zaga se tocó el pecho suavemente, como si el recuerdo aún viviera en su carne.

—Ella no pretendía pararme el corazón. Cuando se dio cuenta de lo que había hecho, me trajo de las puertas de la muerte. Wynna siempre fue una sanadora de gran talento. Pero una parte de mi cuerpo murió sin que ella pudiera recuperarla. La culpa la consumía. Decía que ya no podía estar conmigo, que éramos veneno la una para la otra. Yo le dije que solo tenía una forma de redimirse.

—Casarse con mi padre —dijo Mia. No podía verlo, sentado a la mesa principal, pero creyó detectar el filo frío de su miedo.

El rostro de Zaga estaba bordeado de sombra.

—He llevado la cicatriz de esa noche desde entonces, y no solo en la piel. Cuando me dejó, me destrozó el corazón. El amor se marchitó dentro de mí. Ya no podía amar a nadie. Ni siquiera a la carne de mi carne.

Mia notaba de forma difusa la presencia de Pilar en la mesa. Una nueva emoción retumbaba en sus oídos, ni fría ni caliente. Era una especie de chasquido estridente, un estrépito duro seguido de un soplo de aire fino como el papel. Se preguntó si sería el sonido de un corazón al romperse.

—¿Por qué no viniste directamente a por la piedra lunar? —dijo. Le costaba un gran esfuerzo mover la mandíbula para pronunciar las palabras—. ¿Por qué nos enredaste en tus celos mezquinos y tu venganza? Pilar podría haberle robado el collar a Angie sin tener que apuntar una flecha a mi corazón.

Zaga dejó caer el colgante entre sus dedos, dejándolo suspendido de la cadena.

—Las dos sois la viva imagen de vuestra madre. Angelyne, tienes un gran don. Puedes detener un corazón sin ni siquiera tocarlo. Has aprendido a canalizar tus sentimientos, tu tristeza y tu ira. Tu corazón ha pulido tu magia hasta hacerla resplandecer. —Se volvió hacia Mia—. Tú has intentado reprimir tu magia, pero sigue sublevándose en tu interior. Puedes embrujar y asangrar y sanar tan magníficamente como tu madre. La mente te dice todas las cosas que nunca deberías ser, pero el corazón te dice quién eres de verdad.

Zaga se enderezó con aire mayestático, la piedra lloira bien sujeta en el puño.

—El legado de vuestra madre es poderoso y es patrimonio de todas las Dujias. Somos una sororidad. Pero pedimos lealtad a nuestras hermanas. Fidelidad. Amor. Sacrificio.

Mia sentía cómo la magia salía de sus tuétanos mientras regresaba la energía a los dedos de manos y pies. Pero, mientras la magia se retiraba, el miedo fue acumulándose en cada rendija vacía.

—Tendréis que tomar una decisión —dijo Zaga—. Pero, antes de que lo hagáis, vuestra madre me debe una recompensa final. —Hizo un gesto a Angelyne y Mia—. Venid. —Se volvió hacia la mesa principal, señalando a Quin con el índice—. Tú también vienes conmigo.

Al verlo levantarse de su silla, el terror se abrió en el pecho de Mia.

—¿Adónde vamos? —preguntó, temiendo la respuesta.

Zaga sonrió.

—A hacer una visita a tu madre.

60

Nada

*L*a cripta estaba en silencio, como corresponde a una cripta.

Entraron en fila india Quin, luego Mia, luego Angelyne, con Zaga en último lugar. Si temía que escaparan, no tenía necesidad de preocuparse. La mayor parte del encandilamiento se había desvanecido y Mia sentía vibrar los músculos de sus pantorrillas, que ardían en deseos de correr. Pero ¿adónde iría? Su hermana la había traicionado y Zaga los había traicionado a todos. Todos los mapas a los que Mia se había aferrado, incluso el que prometía llevarla a un lugar seguro, ya no eran más que páginas en blanco.

A Mia se le cayó el corazón a los pies al ver la tumba de su madre. Deseó arrodillarse para repasar con los dedos los surcos del ciruelo invernal y saludar al pajarillo que miraba a la luna.

Zaya señaló con un gesto la tumba de Wynna.

—Incluso muerta, tu madre va a ayudarme. Pero, primero, tengo una prueba para ti, Angelyne. Lo has hecho bien. Muy bien. Pero necesito saber a quién eres realmente leal.

Señaló a Quin con la cabeza.

—Embrújalo.

Mia miró a Quin con insistencia. Intentó comunicarle con la mirada lo mucho que lamentaba todo lo sucedido. Sus padres y hermana estaban muertos y a él lo habían herido, poseído y casi asesinado. No se lo merecía. El príncipe era gentil y bueno. Se había equivocado con él, muchísimo.

Angie miró a Zaga con los ojos entornados, como si estuviera sumida en sus pensamientos.

—Si lo hago —dijo—, si embrujo al príncipe, ¿me devolverás la piedra lunar?

—Si no lo haces —replicó a Zaga—, mataré a Mia y te obligaré a mirar.

Mia percibió el oleaje del miedo en el interior de su hermana, en una danza con la vergüenza y el arrepentimiento. Se sorprendió, en vista de que Angelyne se había mostrado dispuesta a ver cómo Pilar le ensartaba el corazón con una flecha.

—No lo hagas, Angie —dijo quedamente—. No por mí. No le hagas eso a Quin. No le robes la voluntad. ¿Recuerdas cuando Padre nos decía que la magia viene de un corazón cruel y caótico? No se equivocaba; la magia surge cuando la gente comete actos crueles y caóticos. Pero si hacemos lo mismo, si actuamos por crueldad, no somos mejores.

Fueron las palabras menos apropiadas, porque al instante, la expresión de Angie se endureció.

—¿No me has oído? Tú no me dices lo que tengo que hacer. Ya no.

Angelyne ni siquiera necesitó tocarlo. Sin una sola palabra, Quin se enderezó, le tomó la cara con las manos y la besó.

Mia quería apartar la vista más que nada en el mundo, pero estaba hipnotizada. Los largos dedos de Quin recorrían la melena de su hermana; con las puntas le acariciaba los hombros como una cálida lluvia veraniega. El beso empezó con dulzura pero pronto se volvió hambriento, dos cuerpos sujetos por el deseo. Sabía que no era de verdad, pero le dolió de todas formas.

Mia cerró los ojos y trató de recordar el río, la sensación de su cuerpo suave y mojado contra el suyo. Fuera lo que fuese aquello, había sido real.

—Ya está —dijo su hermana, y Mia abrió los ojos de golpe. Quin tenía las mejillas enrojecidas y la boca demasiado roja. Angie se tocó los labios inflamados.

—Bien —dijo Zaga—. Tus talentos me complacen. Y veo que también complacen a tu futuro marido. Una esposa hermosa, poderosa y con talento. ¿Qué más puede pedir un rey?

¿Marido? ¿Esposa? La última pieza del rompecabezas encontró su sitio: Angelyne iba a ocupar su lugar. Mia casi podía ver el decreto real: el rey Ronan, la reina Rowena y la princesa Karri habían sido brutalmente asesinados y, con Mia muerta o desaparecida, no quedaba nadie más que el príncipe Quin y la preciosa hija pequeña de los Rose para continuar el linaje del clan Killian. Quin se convertiría en el rey del Reino del Río y Angie sería su novia radiante.

Quin se vería atrapado en una vida que odiaba. Y, de un modo extraño, la historia se repetiría: Angie se encadenaría a una farsa de matrimonio, embrujando un hombre al que no amaba.

En lo que respectaba a Mia Rose, se convertiría en una nota al pie de su propia historia. Si no la mataban, volverían a arrojarla a las mazmorras o, algo aún peor, usarían su cuerpo como un instrumento, una herramienta para que las Dujias refinaran sus poderes mágicos contra una de las suyas. La sacrificarían en nombre de aquello que ella siempre había adorado: la ciencia. Pero ella ya no sería la científica, sino el experimento.

Una vez más, se encontró tanteando en su interior en busca de la furia que sabía que debería inundarla. Pero no sentía más que pena.

Mia habló con una voz apagada y llena de desesperación:

—Angelyne, escúchame. Me equivoqué ninguneándote por desear cosas que yo no quería. No tiene nada de malo desear un marido que te ame, o hijos, o un armario lleno de vestidos bonitos. Pero esto no es la vida que quieres. Este matrimonio es un engaño: un marido al que deberás embrujar cada hora de cada día, como hizo nuestra madre. Es una parodia de la vida que deseas. Tú mereces mucho más.

Angelyne vacilaba. Mia se lo veía en la cara, llena de angustia y de dolor.

Pero, entonces, la voz de Zaga cortó el aire entre las dos con precisión letal.

—Es tal y como yo sospechaba. Mientras os tengáis la una a la otra, nunca elegiréis a nadie más. Vuestro corazón pertenecerá a vuestra hermana antes que a vuestras hermanas. —Juntó las manos—. En el Reino del Río solo hay sitio para una reina. Os dejo la decisión a vosotros.

—No te entiendo —dijo Angelyne.

—Una de vosotras vivirá. Una de vosotras morirá.

Mia sentía fuego en la piel. El calor de la mirada de Zaga dolía como si la estuviera desollando viva. Así que eso era el odio. También se había equivocado en eso. El odio no era frío. Era tan ardiente como quemarse vivo.

Se había equivocado en todo.

El odio, el amor, la ira... se mezclaban en la sangre de una persona, estaban entrelazados como una sinfonía de fuego y humo y cenizas. ¿Por qué dolía tanto ser humano? Era sorprendente que una sola persona consiguiera sobrevivir a lo largo de toda una vida.

Mia ahogó un sollozo. Imaginó a su hermana, inerte, sus ojos azules apagados para siempre. Vio el rostro pálido de Angie atrapado en el momento de la muerte. No importaba lo que Angelyne hubiera hecho o los pecados que hubiera cometido; un mundo sin ella era un mundo descolorido. Sin música. Sin risas. Una parte del corazón de Mia murió con su madre, y si tenía que renunciar también a Angie, sabía que perdería el resto.

«El odio solo te llevará por el mal camino. A veces, el amor es la decisión más fuerte.»

«El amor es una magnetita, una fuerza tan poderosa que nada puede detenerlo. Ni siquiera la muerte.»

Mia sintió un escalofrío que se posó en su hombro, como un pájaro que le picoteó la piel de la nuca. Las palabras de su padre le zumbaban debajo de la piel, con un cambio sutil pero muy significativo.

«La magia es una magnetita, una fuerza tan poderosa que nada puede detenerla. Ni siquiera la muerte.»

—Tal vez —dijo Zaga— os ayude a tomar la decisión si os muestro lo poderosa que puede ser la magia.

Se giró lentamente hacia la tumba de Wynna, arrastrando su pierna tullida por el suelo. Aflojó el puño, dejando ver la reluciente piedra lunar en la palma de su mano.

—Yo le di esta piedra a vuestra madre hace veinte años. Otra de las formas en la que intenté retenerla a mi lado: llenarla de regalos. Por aquel entonces, la lloira no era lo bastante poderosa como para sanarme. —Acarició la gema—. Pero ahora es mucho más fuerte. Cada vez que vuestra madre curaba a alguien, ella se hacía más fuerte, igual que la magia que se almacenaba dentro de la piedra. Pero una gema separada de su dueña es peligrosa. Si le quitas una lloira a la Dujia que la poseía, la magia se corrompe y se convierte en algo irreconocible que solo trae enfermedad y sufrimiento, e incluso la muerte.

Mia miró furtivamente a Angelyne, cuya expresión era imposible de interpretar.

Una luz antinatural relucía en los ojos de Zaga.

—Sin embargo, si se reúne a la piedra con su dueña, la magia que la gema guarda en su interior vuelve a activarse.

Se inclinó hacia delante y puso una mano sobre el nombre de Wynna. Con la otra mano, acercó la lloira a la lápida. Su sombra cayó sobre la talla, de modo que Mia ya no podía ver el árbol ni la luna ni el ciruelo invernal.

Cuando Zaga se retiró, ya no tenía la piedra lunar en la mano.

Mia parpadeó con sorpresa. La gema estaba encajada en la lápida. Se acercó y entendió por qué: Zaga la había colocado dentro de la oquedad de la luna.

Como hecha a medida.

—El polvo y los huesos de una Dujia pueden ser poderosos —dijo Zaga, mientras una sonrisa le retorcía los labios—. Especialmente, de una tan poderosa como vuestra madre.

Cerró los ojos y adoptó una expresión casi serena.

De repente, Mia lo comprendió todo con claridad: Zaga quería curarse. Eso era lo que siempre había deseado. Reunir la piedra de Wynna con el cuerpo de Wynna con la esperanza de activar la magia sanadora de la piedra. De una forma morbosa, tenía mucho sentido: con tener la piedra lunar no bastaba. Zaga tenía que colarse en persona en el Kaer e introducir la piedra en la tumba de Wynna para ver por fin como sus venas coaguladas volvían a ser de un pálido y saludable azul y sentir cómo la vida volvía a fluir por la telaraña de tejidos de su muñeca a su corazón.

«Unos huesos de un valor incalculable. Un polvo de un valor incalculable.»

Mia se sintió invadida por una compasión tan ardiente que se le cortó la respiración. Zaga quería lo mismo que todo el mundo. Estar completa.

Solo había un inconveniente.

No había funcionado.

Zaga abrió los ojos de repente. Seguía igual de demacrada que antes, su brazo esquelético aún colgaba inerte al costado.

—No lo entiendo —murmuró—. He vuelto a unirlas. Wynna yace en esta tumba.

Cerró los ojos y apretó los labios en una fina línea mientras volcaba toda su esperanza en su deseo.

Mia se estremeció cuando otro recuerdo serpenteó por su memoria. La noche antes de la boda, encontró a su padre en la cripta. «Tu madre no está aquí», le había dicho.

Los pensamientos de Mia se movían deprisa, como una flecha volando de una diana a la siguiente. Sus ojos saltaron al pájaro grabado en la tumba de su madre. Un saltaparedes rubí. Por supuesto. Mia repasó toda la información que había almacenado: el saltaparedes rubí vivía en el Reino de la Nieve; era el único pájaro que hibernaba en invierno; su corazón tenía cuatro cámaras, como el de los humanos; al contrario de los humanos, podía paralizar su corazón durante meses para sobrevivir al crudo invierno. Y, por supuesto, era el ave preferida de su madre.

Paralizar su corazón.

Durante meses.

Mia estuvo a punto de ahogarse.

El saltaparedes rubí paralizaba su corazón para sobrevivir. Instintivamente, se dejó caer de rodillas ante la tumba de su madre.

Trazó con los dedos el grabado del ciruelo invernal, recorriendo los profundos surcos, como había hecho al menos una docena de veces desde su llegada al Kaer. Pero, esta vez, sus dedos se detuvieron en la oquedad del pajarillo.

Apoyó la frente contra la piedra, a pocos centímetros de donde Zaga apoyaba todo su peso. Sigilosamente, Mia se metió la mano en el bolsillo y cerró el puño alrededor del saltaparedes rubí.

El fojuen era un mineral muy especial. Vítreo, de consistencia quebradiza y, como su madre le había enseñado, mortalmente afilado. Pero era algo más que la suma de sus propiedades minerales. El fojuen nacía del corazón violento y caótico de las volqanes. Hacía que el corazón de las Dujias latiera más deprisa y que la sangre corriera más ligera, incrementando su magia. Un talismán tallado en fojuen facilitaría enormemente a una Dujia el detener el corazón de otra Dujia.

O el suyo propio.

Pero, ¿y si el fojuen se emparejara con otra gema? ¿Una con propiedades curativas? ¿Una gema que obtenía su poder de la luna, almacenando magia que podría reparar un cuerpo roto, sanar una mente doliente... o revivir un corazón detenido?

«Fojuen para detener el corazón y lloira para revivirlo.» Tal vez, con esas dos piedras, una Dujia podría dar la apariencia de poner fin a su propia vida, cuando, en realidad, solo estaba hibernando.

—Ya basta. —Zaga estaba furiosa porque su plan no había funcionado, porque su cuerpo seguía roto—. Levántate del suelo. Solo una de vosotras saldrá de esta cripta.

Mia apenas oía sus palabras. Su corazón martilleaba contra sus costillas. La hipótesis que crecía en su pecho era una locura nacida del instinto y la desesperación, con lo que no era gran cosa como hipótesis, al fin y al cabo. Era científicamente dudosa, imperfecta, irracional... y burbujeaba de esperanza.

—Muy bien —dijo—. Adiós, Madre. —Acarició la fría lápida por última vez, introduciendo discretamente el saltaparedes rubí en la oquedad del pájaro, solo un instante para comprobar su teoría.

El pájaro encajaba a la perfección.

Mia volvió a guardar el saltaparedes en la palma de la mano y cerró el puño. Al hacerlo, sacó la piedra lunar y también se la guardó. Zaga no se dio cuenta de que Mia tenía ambas piedras escondidas en el puño cuando se levantó y dio la espalda a su madre.

Pero su madre no estaba allí. Había detenido su propio corazón, pero no para matarse. Lo había detenido para salvarse. Había paralizado los latidos del corazón… hasta que pudiera hacer que latiera de nuevo.

Mia sentía la verdad en lo más profundo de su ser. Su padre lo sabía. Había encargado que se tallara una lápida para su madre con tres pistas: un pájaro, la luna, un ciruelo invernal. No, no eran pistas. Eran ingredientes.

Un saltaparedes mortal.

Una piedra lunar sanadora.

Y un mapa.

«Bajo las ciruelas, si así tiene que ser. Vendrás a mí bajo el ciruelo invernal…»

Wynna estaba viva. Y escondida en el Reino de la Nieve, espárandola.

—El tiempo se acaba —saltó Zaga—. ¿Morirá tu hermana, o morirás tú?

Mia miró a Angie.

—Tienes que pararme el corazón.

Su hermana abrió los ojos de par en par.

—Mia…

—Ya quisiste sacrificarme una vez, ¿verdad?

—Aquello era distinto. No era yo quien sostenía el arco.

—Esto no acabará si no lo acabamos nosotras. Tenemos que elegir. Yo ya he elegido.

Angelyne negó con la cabeza.

—Por favor, Mia. No me obligues a hacerlo.

—Tienes que hacerlo —dijo Mia—. Tengo que ser yo.

Apenas habían pasado algunos días desde que intentó huir del Kaer, pero parecía haber transcurrido media vida. Aquella le parecía otra Mia Rose, la niña que robó la bolsa de sangre de jabalí de las cocinas para fingir su propia muerte con la idea de salvar a su hermana y a sí misma. Estaba dispuesta a quebrantar todas las leyes que fuera necesario. Y se disponía a quebrantar una más.

«Una Dujia nunca empleará la magia para hacerse daño o causarse sufrimiento o la muerte.»

No era una ley, exactamente. Era más bien una sugerencia.

Pero ¿quién sacaría su cuerpo de la cripta? ¿Quién la llevaría hasta la seguridad del Reino de la Nieve, donde las Dujias podrían volver a hacer latir su corazón? Suponía que fue su padre quien trasladó a su madre, pero, en ese momento, él estaba sentado en el gran salón, incapaz de acudir en su ayuda.

No tenía respuestas. Mia Morwynna Rose, conocedora de todas las cosas, debía confiar en su ignorancia. Ya era hora de que confiara en el tirón silencioso de su instinto sobre el zumbido cegador de su mente.

375

Mia tomó la mano de su hermana.

—No tendrás que hacer nada —susurró—. Lo haré yo por ti.

Con el saltaparedes rubí y la piedra lunar escondidos en el puño izquierdo, hundió el pulgar derecho en la piel suave y translúcida de su muñeca. Con las manos temblorosas de Angie rodeando las suyas, Mia se las llevó al corazón y las sostuvo con firmeza. Presionó con el pulgar la vena antecubital, el río azul que llevaba la vida de la muñeca al corazón.

—Te quiero, Angie.

Las venas eran magníficos canales para la ira, pero también eran canales magníficos para el amor.

Dejó que su sangre se embebiera de hasta la última migaja. Al hacerlo, vio un tumulto de formas y colores. Vio a su madre de pie en un balcón espolvoreado de nieve, con el viento revolviéndole el pelo castaño mientras dibujaba un ciruelo invernal silvestre. Vio a Angie con un vestido verde acunando a un bebé en los brazos. Vio a Karri cabalgando en la batalla, el sudor satinado sobre sus brazos desnudos y tostados. Vio el corredor de las manos, vacío. Y vio a Quin, sentado a la orilla del río volcando su corazón en una canción.

¿Cómo era posible que amara al príncipe? Apenas lo conocía. Pero quería conocerlo. Su corazón deseaba lo que deseaba y sentía como nadaba hacia él: un destello de oro en una orilla lejana.

Encontró la mirada de Quin y clavó los ojos en los suyos, de un verde centelleante. Volvería a por él. Acababa de descubrir un mapa grabado dentro de ella y él estaba marcado, esperándola allí donde el mar se fundía con las estrellas.

Los dedos de Angelyne eran fríos, pero Mia tenía las manos calientes. Se sentía febril de esperanza.

Y entonces ocurrió algo imposible. Notó un aleteo en la palma de la mano.

En el cálido nido de sus manos, el pajarillo se estremecía y temblaba. Mia contuvo la respiración y aflojó los dedos lo justo para entrever lo que había dentro de la cueva oscura de sus manos. Por el rabillo del ojo vio como el saltaparedes extendía un ala diminuta.

El pajarillo ya no estaba hecho de piedra. Era de carne y hueso y sangre y aliento. El saltaparedes rubí de su madre había cobrado vida.

Hilos de luz salían de entre sus dedos y Mia sentía que el corazón le iba a estallar. Su cabeza no entendía nada. Su corazón lo sabía todo.

Incluso al detenerse.

Epílogo

El pájaro echó a volar sigilosamente, escurriéndose sin que nadie lo viera entre los dedos inertes de la muchacha. Sabía moverse por el espacio sin ser descubierto, mudo como una piedra. Se alzó volando sobre un muchacho de rizos dorados y una chica con el pelo rojo y ondulado que se inclinaban sobre el cuerpo. Tenía los ojos abiertos, de un gris tranquilo y sediento.

La grieta en la piedra era muy estrecha, pero el pájaro era diminuto. Pasó aleteando por la apertura y salió a una arboleda de ciruelos, donde se detuvo a comerse una araña. Necesitaría alimento para el largo viaje que lo aguardaba.

Durante veinte días y veinte noches, el pajarillo aleteó incansablemente, deteniéndose solo a comer insectos y alguna ranita. Sobrevoló las arterias acuosas del Reino del Río, las cuevas de hielo y minas de sal roja del sur, el Estrecho del Hombre Muerto y la Laguna Blanca, cuya superficie cubría un velo de vapor, con el cielo nocturno punteado de luces verdes y un sol hundido, hasta llegar a un balcón donde una mujer vestida con una capa de zorro polar esperaba.

—Mi cuervecillo listísimo —murmuró la mujer, mientras la luz del sol poniente arrancaba destellos al hacha que llevaba sobre el hombro—. Por fin me ha encontrado.

Formó un nido con las manos y el saltaparedes rubí por fin se posó en su hogar.

Agradecimientos

*D*icen que la brevedad es el alma del ingenio, pero no es el alma de los agradecimientos. Al menos, no de los míos. Un libro es un viaje de mil agradecimientos. Intentaré que los míos queden en menos de cien.

A veces, cuando dos personas se aman, engendran un precioso retoño llamado «libro». Este retoño no existiría sin Melissa Miller, que, después de ayudarme a dar a luz a Mia Rose, parió a un niño humano de verdad. ¡Qué prolífica! Unas gracias inmensas a mi editora, Katherine Tegen, nuestra benévola matriarca, por luchar por esta historia. Y a Alex Arnold, mi brillante editor: el corazón de este relato floreció durante nuestras épicas llamadas telefónicas. Gracias por ayudarme a alimentar *Corazón de espino* hasta convertirlo en el saludable bebé libro que es hoy.

¿He gastado ya todas las metáforas de matronas? Mecachis.

Gracias a Kirby Kim por abrirme la puerta a un mundo con el que siempre había soñado. Kelsey Horton, te debo una copa. Por todas las horas que te pasaste editando, pero también por ayudarme a coordinar el Ataque de los Tiburones Cantores de 2016. Gracias a Rebecca Aronson por ser excelente en todo, a Emily Rader y Jill Amack por pulir mis errores y a todo el equipo artístico por haber diseñado una portada que me hizo entender la expresión «amor a primera vista». A todo el mundo de KT y HarperCollins: son excepcionales. Por favor, ¡nunca cambiéis de trabajo!

A mis primeros lectores: cada uno de vosotros consiguió que este libro fuera espectacularmente mejor al prestarme vuestros ojos y cerebros. Gracias a Hannah, Josh y Shari por leer en voz alta la primera versión y a Hannah por leer la cuarta versión en silencio. Sara Sligar me dio caña con mucho cariño cuando más lo necesitaba. Kosoko Jackson me mandó GIFs graciosos y luego me señaló todos los lugares que sabía que podía mejorar. Dhonielle Clayton abrió de par en par las ventanas de mi mente y me enseñó en qué podía convertirse esta historia. Brianne Johnson iluminó el futuro. Bri número dos, ya tengo ganas de ver todos los libros que nos depara el camino que está por venir. Morgan, ¿qué puedo decir? Tus reacciones en tiempo real me lo dieron Todo. Nunca me cansaré de leer: «SSSEEEEH ESTO CADA VEZ VA A MEJOR AHDJAJAHDH<SNCZ»

También le debo un agradecimiento a Emily Bain Murphy por mandarme nutrias y por escribir el libro que me salvó; a Tara Carter por expresar su precioso corazón en forma de e-mail; a Anna Priemaza por hacer los días oscuros más luminosos con flores; y a Stephanie Garber por compartir conmigo las palabras apropiadas en el momento preciso.

Tengo la suerte de contar con un montón de amigos que me brindan apoyo: Anna Frazier, Aruni Futuronsky, Blandine Saint-Oyant, Brianne Kohl, Cori Nelson, Denise Long, Elana K. Arnold, Elise Winn, Emma Jaster, Hillary Fields, Jeff Giles, Jilly Gagnon, Kyle Boatwright, Lauren Spieller, Leah Henderson, Lorna Partington, Martha Brockenbrough, Michele Moss, Rachael Gross, Rebecca Gray, Rebecca Nison, Rob Walz, Shruti Swamy, Terry J. Benton, Windy Lynn Harris, las Sassy Djerassis e incontables miembros de los grupos de debutantes de 2017 y 2018. Gracias por leer mis e-mails excesivamente largos, chicos.

Mi más inmensa gratitud a todos los profesores y mentores que sabían que yo era capaz, aun cuando yo lo dudaba. Nova Ren Suma, me siento indescriptiblemente agradecida por tu corazón generoso y cariñoso. Michael Levin me enseñó a ganarme la vida con las palabras. Nicola Yoon, Francesca Lia Block, Kevin Brockmeier y Kelly Link fueron un ejemplo no solo de cómo escribir el mejor tipo de libro, sino también de cómo vivir la mejor vida. Y, si volvemos atrás unos veinte años más o menos, encontraremos a mi profesora de tercero de primaria, Winifred Mundinger, ayudándome a encuadernar «*The Snog-Pig-Mouse*», mi primera obra de fantasía, con cartulina de colorines. Allí, gente, es donde empezó todo.

Estoy en deuda con Sara Fraser por poner en mis manos mi primera novela juvenil; con Joy Malek por avivar las llamas de mi espíritu creativo; y con Chris DeRosa y Evangelene Strauss por animarme a lo largo de todos estos largos y difíciles años. ¡Por fin lo he conseguido!

A Bill Posley, gracias por saber que aún me quedaban fuerzas para intentarlo de nuevo. A Honora Talbott, ¿qué sería la vida sin nuestros almuerzos, sin tus bocetos, sin pedicuras de cuatro horas? De mayor quiero ser como tú. Teresa Spencer, nuestro hilo de mensajes ha sido un apoyo vital durante más de una década. Desde los COGnados hasta Kauai, es un regalo teneros en mi vida. Y no solo porque dijiste que este libro era un pasapáginas. #TodosSomosHankSorros.

A mi hermano: desde el momento en el que llegaste al mundo esa noche ventosa de abril, mi vida cambió para siempre. Gracias por ser mi hermanito.

A mi hermana: nunca imaginé que esa preciosidad de cabello negro que me pusieron en los brazos se convertiría en una amiga apasionada, divertida y valiente. Tú eres el motivo por el que escribo novela juvenil. ¡De verdad que no puedo imaginar mi vida sin ti!

A mi madre: tantas noches de Narnia antes de acostarme surtieron efecto. No amaría las palabras si no las hubieras amado tú antes. No sabría como soñar, luchar o perseverar sin ti. Gracias por darme la vida.

A Chris: has cuidado de mi delicado corazón artístico como solo tú sabrías hacerlo. Tu amor, paciencia y compasión no son mínimos en lo más mínimo. Finley Fergus tiene surte de tenerte, pero yo tengo mucha más. Te quiero.

Y a todos los blogueros literarios y críticos y lectores (¡sí, tú!): este libro deja de ser mío tan pronto como las palabras se imprimen y se cosen en un lomo. Ahora vive y respira en vuestros corazones y mentes. Vosotros sois los verdaderos magos. Gracias por compartir vuestra magia conmigo.

Este libro utiliza el tipo Aldus, que toma su nombre
del vanguardista impresor del Renacimiento
italiano, Aldus Manutius. Hermann Zapf
diseñó el tipo Aldus para la imprenta
Stempel en 1954, como una réplica
más ligera y elegante del
popular tipo
Palatino

Corazón de espino
se acabó de imprimir
un día de otoño de 2019,
en los talleres gráficos de Liberdúplex, s. l. u.
Crta. BV-2249, km 7,4. Pol. Ind. Torrentfondo
Sant Llorenç d'Hortons (Barcelona)